太阳从东方升起

曾秀苍——著

张德育——图

中国青年出版社

（京）新登字083号
图书在版编目（CIP）数据

太阳从东方升起/曾秀苍著. —北京：中国青年出版社，2019.9
（红色经典文库）
ISBN 978-7-5153-5819-2
Ⅰ.①太… Ⅱ.①曾… Ⅲ.①长篇小说—中国—当代 Ⅳ.①I247.5
中国版本图书馆CIP数据核字（2019）第206606号

责任编辑 侯群雄 叶栩乔
装帧设计 孙 初
出版发行 中国青年出版社
社　　址 北京东四十二条21号
邮政编码 100708
网　　址 www.cyp.com.cn
门 市 部 010-57350370
编 辑 部 010-57350401
印　　刷 北京科信印刷有限公司
经　　销 新华书店
规　　格 880×1230 1/32
印　　张 12.75
插　　页 10
字　　数 297千字
版　　次 2019年12月北京第1版
印　　次 2019年12月北京第1次印刷
印　　数 1-5000册
定　　价 38.00元

曾秀苍画像

海保冲到屋角里，两手乱抓一阵，果然找到了个斗笠。他忙拿到灯光下，左看右看，只见上面写着“洪大喜记”四个大字。正像是决了堤的洪水，哇的一声，海保大哭起来。

老苗站起来，突然把几块热乎乎的现洋塞到绍亮的手心里，同时双手把绍亮的手紧紧捏住，不让他松开。

老苗站起来，突然把几块热乎乎的现洋塞到绍亮的手心里，同时双手把绍亮的手紧紧捏住，不让他松开。

明月照高楼，月光穿过那静静的楼阁的花槅子，把那极其幽美的图案印到楼板上和板壁上，印到剑秋和文漪的衣服上。

大孚见那人已有四十开外，穿一件蓝布大褂，布袜布鞋，很像是串学堂卖笔墨纸砚的先生。剑秋对那人指指大孚说：“这就是周大孚同志！”

周清臣和瞎精商量好了：要他三弟周清官带稀狗屎上去，并且计谋好了，要他们两个照计行事，把朱文漪弄下来。

一家人又说了一阵话，二相公又问绍亮："听说那位提倡兴农民会的毛泽东先生，是你们学校里的教席？"

两人到里头，寻了一丛碧油油的嫩草坐了下来。过了些时候，二利捻住招喜儿的手道：“趁这会儿，我们相好了吧。”

开过脸，表嫂又帮着她截眼眉，剪鼻毛，修鬓脚。这一打扮，招喜儿越发艳丽，犹如仲夏的早晨，池塘里含苞初放的一朵亭亭玉立的芙蕖。

现在，大孚看见他的身边搭起了台子，他就料想到这准定是刘廉甫要出来讲话了。他想："不管怎么样，他站在上面讲话，我们的人站在下面，不管听不听，反正先让他占了上风。不行！这不能让过他！我们要和他唱对台。"

第一章

1

吉水县的地形和吉安府各县差不多,也是在丘陵地带里,山重水复,遍地生长着枫树。

在那高低起伏的山坡和那枝丫盘错的枫树之间,有个叫石浒的小村子。村边林中,隐伏着一条弯弯曲曲的小溪。溪水清澈见底,像是流动着的水晶,悄声细语地流向桐江里去。那桐江,又潺潺地向东,流入那贯穿全省的赣江。

村里有家姓洪的佃户,夫妻两个。丈夫叫大喜。妻子和别的女人一样,也没有名字,人们自然都按自己的辈分,叫她“大喜嫂”或“大喜婶”。他们有个儿子名叫海保。

一九二四年的秋天。

桐江是几乎年年要闹水的。两岸的田亩,正如本地的谚语所形容的,是“十年九不收”。只有这一年,风调雨顺,论年景,不说十成,八九成是坐稳了的。这么着,几年的债息,积欠的租谷,一冬的稀粥,衣被的补丁……就全仰仗这几亩稻谷了。洪大喜望着那几亩壮实的稻穗,不觉喘了口长气。

稻熟的季节,也是个风险的季节。在这时候,桐江往往在一夜之间,陡涨起“割禾水”,把江两岸的稻田淹没,弄得颗粒不留,寸草无收。因此每到将要收割时候,家家都预先请好帮工,等一开镰,就马不停蹄地一口气把稻子割完,把稻草也挑了回来,垛成草垛,这才算靠稳了。可是这当儿是难请到帮工的。不说请不到帮工,就说请到了,按例规,一天不单得管三顿干饭,顿顿还得有酒有肉。

为了请帮工的事，洪大喜愁得肠子打了结头。他是个深沉的人,任有什么事总搁在心里。海保娘和他过了这些年,丈夫虽不说,也知他正在为这事操心,就说:

“要不,叫他绍亮表哥来帮几天,一来是自己的亲戚,再说,他又是撇脱的人,就是粗茶淡饭他也不会拘究……”

大喜摇摇头,没有说话,可是心里和她的主意完全一样。他只是要琢磨琢磨炳记行的黄老板放不放绍亮来帮工。绍亮是海保的姨表哥,在枫镇炳记粮行里学生意。这家粮行,是东溪首户周清臣和他妹夫黄炳仁合股的买卖。这粮行每年要在这桐江两岸的村里放青苗,因此大喜和这家粮行也有来往。大喜租种周清臣家的田,是按倒三七分粮的。每年到了青黄不接的时候,大喜总得把田里的三成青苗,卖给炳记行。眼下快给行里交谷了,今年年景又好,在这个骨节眼上,黄老板是好说话的。

果然不错！大喜到了枫镇炳记行,把请绍亮帮工的事一说,黄老板满口答应。大喜趁这机会,向黄老板借一块钱,准备给周家来人收租的时候,办备酒肉。

“可以可以！一块够吗？交谷的时候再清帐好了,老宾旧主的,这一块钱行里就不算你的息了！”黄老板一面说,一面在“流水”上支了块大洋给大喜。

大喜拿了钱到街上去打酒割肉，绍亮独自一个先赶到石浒姨爹家来。进门一看,收割的家什都还没有齐备,他于是脱下那汗渍渍的竹布长衫,拉上海保,跑到东溪去借。

没多大工夫,表兄弟俩把家什借来了。“打铁赶热”,两人就接着磨镰刀,削楔子紧锄头,刮篾片补箩补垫,忙起生活来。海保娘见这般光景,心里自然欢喜,笑着对绍亮道:

“你也是书生,让你这般做起粗生活来,真叫过意不去。这会儿你就莫做,先歇着,等你姨爹来拾掇吧。”

“姨娘说的好,”绍亮也笑着答道:“什么输生赢生。谁定下了这样的例规:输生做生活,别人就得过意不去;赢生做生活,就过意得去?”

说得海保和海保娘都笑起来了。正在这时候,大喜一手提着一个大酒壶,一手提着篮子回来了。篮子里盛着一方五花肉和几串斧头豆腐。他进门之后,看见大家都在笑,没问什么事,也笑嘻嘻地把篮子和酒壶递给了海保他娘,一面和绍亮打招呼。在这座小小的院落里,充满着收获前夕的欢乐。

大喜、绍亮、海保三个,紧割了两天,三成割了两成多,明天就要收拾了。这天吃夜饭的时候,海保娘搬了张桌子,摆在门外场子上一棵柚子树下,端出晚餐,一家人围着桌子坐下,欢欢喜喜地吃起来。正吃着,大喜对海保娘说:

“明天东家要来收租了,鸡宰了没有?”

“哪来的鸡?”

“就宰了那鸡婆吧。”

海保娘转过脸去。大喜见她不言语了,像哄娃儿似的对她说:

“打下了谷,给你买一只好的!”

海保看看妈妈的脸色,忙对爸爸说:

“爸爸!莫杀它!它才孵下一窝小鸡,杀了,小鸡搁给谁管呵!”

大喜骂道:“用你多嘴!”他举起筷子正要抽海保,正好让绍亮挡住了。

海保眨巴着眼看看他爹,不再说话。

夜里,海保娘为了准备明天请东家的饭食,忙到深夜。上了床,翻来覆去,迷迷糊糊地怎么也睡不好,突然从窗下传来一阵断断续续的啾啾啾的细语:

“娃儿呵！听娘一句话：明天东家来收租了，这里要把我杀了款待他……

“没了娘，你们处处自己要小心，黄鼠狼呵，野猫呵，老鹰呵，谁也没安好心眼儿……

“可莫淘气，可莫走远了……快快地长起毛来，长起翅膀来……”

接着是那群毛鸡儿啾啾地哭起来。

海保娘猛吃一惊，睁大眼睛一看，窗上是朦胧的月色。身旁的丈夫，那边竹床上的儿子，呼噜呼噜地睡得好熟。她毛手毛脚地起来，点了盏灯，走出房门，一片月色，正从天门里照射在厅堂的中央，厅堂里静悄悄的，只听得小溪的流水，潺潺地流过村边。她弯下腰，开了鸡窝的门，把灯探到鸡窝里，只见那母鸡闭着眼，微微地抖动着，伸开两只翅膀，护着一个个绒球似的小鸡儿。她身上一阵冷，不觉也微微地抖动了一下。

第二天，天一亮，大喜睁开眼，就催海保娘杀鸡，海保娘哪里还下得了这个狠心？迟迟疑疑地说不出话来。大喜不再和她噜苏，起了床，拿起菜刀，把鸡宰了，往地上一扔，冲着房里喊道：

“快把鸡烫了炖吧！炖不烂，小心三老板唱高腔！”

说着，他叫上绍亮、海保到田里割禾去了。

海保娘走到外面一看，只见那老母鸡两腿一劲儿抽动，突然站了起来！那群绒球似的小鸡，都啾啾咻咻地，忙向它跟前滚过去。那老母鸡挣扎了一阵，终于又倒下了！小鸡儿一只只往它翅膀底下钻，像是要把它扶起来似的。

一颗豆大的眼泪，无声地落到老母鸡身上。这是一颗受尽人世辛酸的女人的眼泪，这是一颗母亲的眼泪。

中午时分，东家的三老板周清官来收租了。这人三十开外，嘴里镶着两颗翡翠金边的假牙，鼻梁上架副墨镜。头戴一顶入时的草帽，身穿白纺绸长衫，手里摇着白折扇。后边跟着他家的长随稀狗屎。稀狗屎穿件对襟蓝夏布背心,后边裤带上斜插着一把蒲扇。两边太阳穴上,各贴一块铜钱大的黑膏药。他担着一副担子,一头是斛桶,一头是“三德堂”的灰印桶。

主仆两个进来到厅堂里。海保娘招呼他们坐下,忙到田里,把大喜、绍亮、海保叫回家来。

周清官见了绍亮,欠了欠身子打招呼说:

“你也在这里帮忙？好事好事。本来嘛,‘一等人:忠臣孝子;两件事:读书耕田’。要不到田里做做生活,天天在店里乘荫凉,吃白米,就不知道艰难了。”

“是呵,不下力作田,大老官们吃什么呵!”绍亮笑笑说。

“贤弟,你也学会说话了!嘿嘿!”周清官干笑了一声,哗啦地抡开了扇子,摇将起来。

海保娘送茶送水的一阵忙,又把桌子抹干净了,正南摆上借来的一把太师椅,把杯盘碗筷端到桌上。大喜就请周清官入座。

周清官一坐下,连声喊着:

“好热好热!”向站在门边的海保招招手,“娃儿!给我打扇!”

海保瞅了他一眼,一动也不动。

海保娘过来把蒲扇塞到他手里说:

“你没听见三老板喊你？快过去打扇!听话!”

海保扔下蒲扇跑掉了。

海保娘拾起扇,出去叫海保去了,大喜走过来,给周清官斟满了一盅酒。

周清官像是没看见,拿起酒盅一扬手,把酒泼了,从袖筒里拉出条白纺绸手巾,把酒盅里里外外地擦了又擦,才拿起酒壶来倒酒。

绍亮正好一手拿着筷子,一手端了满满一海碗饭,从厨房里出来。周清官向他点点头说:

"绍亮,来来,喝一盅!"

绍亮笑笑,用筷子指指那碗饭,跑到门外树荫下去了。坐在门坎上抽旱烟的稀狗屎,露出羡慕而又奇怪的神气,看了他一眼,心想:这后生怎么那样不识抬举?

周清官举起筷子,像扒垃圾似的在这只碗里挑挑,那只碗里拨拨,夹了片姜放在嘴里。三个指头撮着酒盅抿了一口,放下酒盅说:

"哪里打来的酒?"

"枫镇泰和顺。"大喜说。

"哼!我不信!泰和顺要真是卖这样的薄酒,我得折它的招牌!"

"敢情是老板对多了水?"

"哪里的话?他是少对了酒!一分钱一分货,你是舍不得花钱罢了!"周清官说着,把酒壶酒盅推在一边,对刚进来的海保娘说:

"盛饭吧!先把碗好好洗洗。——有洋碱吗?洋碱洗碗最合卫生。"

盛了饭,周清官夹了条鸡腿,才咬了一口,突然把筷子往桌上一拍,回头笑着对海保娘说:

"你是存心不叫我吃怎么的?"

弄得海保娘莫名其妙,忙问:

"是没炖烂吧?三老板?"

周清官嘿嘿嘿地笑个不停,跷着两个指头捻住鸡腿上一丝平常人不容易察觉出来的毫毛,悬空把那咬了一口的鸡腿拎起,对海保娘说:

"你看看!有半点儿卫生没有?吃鸡怎么能带毛呢?这不怕脏了人家的嘴?你眼花啦?连鸡毛都不拔一拔?"

海保娘忙说:

"三老板!你老人家这回将就些,下次我留心就是。"

周清官叹了口气,无可奈何地把鸡腿撕了,拌在饭里,苦着脸,像吃药似的吃完了这碗饭。站起来,向门外走,大喜紧跟着走出去。

“谷都车[①]过了?领我去看看。”

“车了。”

大喜领着周清官到外边看车好了的谷去了。

稀狗屎见主子走了,一蹦从门坎上站起来,忙走到桌边,一屁股坐在刚才周清官坐的那把太师椅上,抓起酒壶,把一壶酒全倒在一只空碗里。一面大口大口地喝着,一面舞动着一双筷子,夹着一块块一片片的鸡呵,肉呵……接二连三地往嘴里塞,挤眼咧嘴地对海保娘说:

“我不嫌脏,不嫌酒薄!好嫂子,再来一壶!”

稀狗屎一连喝了两壶酒,灰白的脸色泛了红,渐渐发了紫,终于整个脑袋变成红烧猪头一般。喝着喝着,摇摇晃晃地打了几个干呃,哇的一声,吐了一桌子一地。他一面吐,一面“娘嗳娘嗳”地嚷,足足吐了吃一顿饭的工夫, 才吐干净。歪歪斜斜地扶着桌子站起来,正好厅子里有一张竹床,嘎的一声,他在竹床上倒下了,架起条二郎腿,斜眼看海保娘忙着打扫桌上地下。海保娘正要收拾桌上的碗筷,稀狗屎慌慌张张地下床来,大声喝道:

“不忙收走!我连隔夜饭都倒还给你家了!肚里倒了个空!盛饭来!”

稀狗屎端着碗饭,怎么也吃不下去,硬塞下了一碗,只好放下。又向海保娘要了张荷叶,把剩下的鸡头、鸡翅膀、鸡爪、肉骨头……包了,又用绳子捆着,吊在裤带上,自言自语地说:

“留着晚上下酒!——我们老爷上哪儿了?待本帅前去讨令!”

“表嫂!有礼了!”他跑到海保娘跟前作了个长揖,把头一扬,“马童!拿鞭来!锵,锵,锵……一马离了……西凉界……”

---

① 车,就是用风车扬过。

稀狗屎扬着一条胳膊,骑着“马”走了。海保娘冲着他的后影儿,狠狠地吐了口唾沫。

当稀狗屎赶到场上的时候,大喜和绍亮正忙着量谷,海保在打杂,周清官似睡不睡地在树荫下的椅上躺着。

堆成小山似的谷子,闪烁着点点金光。稀狗屎把手插到谷堆里,抓了一把,摊在手心上,尖着嘴吹了吹,捻了几粒搁在嘴里,咯嘣一声响,吃了一惊似的喊起来:

“啊哟!大喜老表!你今年可发了横财啦!”

大喜没答话。稀狗屎把那一把谷,直放到周清官的鼻子旁边:

“老爷老爷!你看看这成色!”

周清官闭着眼说:

“是呵!大喜今年有老酒喝了!”

接着是分谷。稀狗屎用他挑来的斛,把谷一斛一斛地复量了一遍,打上了灰印。

转眼之间,这堆谷换了主人。谷堆上打下了“三德堂”三个白得耀眼的大字。

大喜把剩下的谷又过了过斛,除掉归还炳记行的,已经所剩无几了!他用手背擦擦额上的汗珠,慢吞吞地走到周清官的跟前,指指那一手提得起来的小堆谷说:

“三老板!几年来欠下你的租谷和债息,又得求你宽限一些日子了!”

“回头再说吧!”周清官打了个呵欠,“我们家租给你的田,都是一脚踩得出油来的呵!对你明说了吧,想挖你墙脚的人,把我家的门坎都快踢倒了,磕头作揖,我大哥为的照看你,都没点头……可是你年年求宽限,我们可就照看不了你这么多了。”

一年的辛苦,仔细的盘算,眼看着落空了!

可是大喜还是那个老样子,眉头也不皱一皱,脸色还是那么平和，默默地做生活。把个绍亮反倒急得不知道怎么办好。

周清官和稀狗屎走后，到了傍晚时分，大喜、绍亮、海保三个默默地走回家来。走到半路上，绍亮再也忍不住了，就问大喜：

“姨爹！这一年的血汗莫非就算喂了狗了？”

大喜没哼声。

“这一冬吃什么呵？”绍亮又问。

大喜又是不哼声。

海保突然想起件事来，插嘴说：

“爹，我的棉袄都破成网了，你说打下谷，给我换个面，换不成了吧？”

大喜还是不哼声。

“姨爹，你当真不着急吗？”绍亮还是问。

大喜这才开了口：

“有什么法子呢？作田的人，祖祖辈辈都是这样的呵！”声色仍然是那么平和。

海保娘见他们回来，忙在门外摆上桌子，准备开饭。大喜兴冲冲地对海保娘说：

“把剩下的酒菜都拿出来吃了！”

“连骨头都叫稀狗屎包走了！酒倒还有。”海保娘说。

“好！那就光喝酒吧！”

大喜平时酒不沾唇，今天一口连一口地喝着，脸孔红堂堂的显得很高兴。不一会儿，酒去了半壶。海保娘悄悄地把壶儿拿过来。大喜又从海保娘手里拿了过去，又把壶里的酒全倒在碗里。海保娘小声说：

“你醉了，不能喝了！”

大喜笑笑，摇摇头，又喝了一口。

绍亮正吃饭，一抬头见大喜眼白仁儿都变得血红，忙说：

"姨爹,不喝了不喝了!"

海保更是吓了一跳,嚷道:"爹!你眼睛快冒烟了!"

海保娘伸手去端大喜手里的酒碗,大喜轻轻地把她推开,歪歪斜斜地站起来,两手捧着酒碗,靠在树上,仰脸看着天上朵朵火焰似的晚霞。突然,他举起酒碗,脖子一仰,咕咚咚地喝起来。

绍亮和海保娘猛扑上去,硬夺他手里的碗,碗已经空了。

海保娘扶着他的一条胳膊,轻声说:

"你有话对我说,莫要闷在心里。看在海保的身上,你要保重呵……"

大喜笑了。十几年来,海保娘第一回听到他那么爽朗的笑声。

2

第二天天刚蒙蒙亮,绍亮起床以后,不见大喜,忙去问海保娘。海保娘指指屋外,叹了口气。

绍亮推出门来,只见大喜两手捧着脑袋,一动也不动地在那棵柚子树下蹲着。脸色蜡黄,像是得了大病。绍亮轻手轻脚走到他的背后,站了会儿,才问道:

"姨爹,你昨晚酒喝多了,今天好些了吗?"

大喜连头也没回。

"表弟年纪还小,你是一家之主,可莫叫愁帽子压塌了!你要保重……"

大喜哼了一声。

"一冬的衣食也该早些安排。"

大喜还是没说话。可是绍亮并没有发觉:他姨爹的全身在微微颤栗,他的心尖在滴血。

绍亮又回到屋里,悄悄地对姨娘说,姨爹的气色很不好,要她多多留意。说了话,绍亮告辞回枫镇去。姨娘强拉住要他吃了饭走,绍亮笑笑说：

“回枫镇吃吧，不给我老板省这顿了！”

绍亮说什么也要走。海保娘觉得：自己的外甥苦筋拔力地累了几天，连顿像样的饭食也没吃上，心里总是过意不去。慌促促地撑下悬在梁上的篮子，一看还剩下两块发糕，忙拿出来，塞在绍亮的手里。绍亮怎么也不接，海保娘眼睁睁地直瞅他。他看到姨娘那又伤心又抱怨的眼色，这才把发糕接了过去。

海保拎了只篮子去挖猪草，和绍亮一道出的门，绍亮帮海保挖了一会儿，就要走了。海保送了他一阵，忽然说：

“表哥！我有件事求求你：你能在镇上给我寻个饭碗吗？”

“你那么点年纪，人家要么？”

“你莫看我个儿小，打铁我也不怕累！”

绍亮看着他那长长的睫毛，滚圆的眼睛，完全是个娃儿的模样。小小年纪，就想自谋生计，心里不觉一阵酸，就说：

“过两三年再说吧！”

“两三年？得把我饿成人干了！这一冬就难活！”

“不要三心两意了，好好听姨爹姨娘的话，姨爹姨娘够苦的了，莫再惹他们生气，有工夫也温温你读过的书，多识些字。”

“识字有个屁用？连我们村里都知道你读书呱呱叫，没修下个有钱的爹，到头来还不是给老板倒夜壶！”

“鬼话！我早不倒夜壶了，快满师啦！”

“满师了也还不是要受老板的夹管。你看人家柳条少爷，他肚里一包草，听说快上什么大学了，出了学堂门，大小是个官，你看他抖不抖？”

“表弟，你怎么拿他和我比，这不是骂我么？”

“怎么是骂你？”

“他是个什么东西！怎么能拿他来比我呢？莫说了，吃发糕吧。”

绍亮说着，把两块发糕全递给他。

海保这时候正是饿了，他瞅着这两块发糕，两只圆圆的眼睛闪闪发光。想拿不敢拿的，迟疑了好一会儿，红着脸，伸手拿了一块，说：

“我吃一块……我要回去了！”

他一转身，像匹小马脱了络头，一颠一簸地跑了。绍亮瞧着他那黝黑闪亮的光脊梁，和那补丁叠补丁的裤子，默默地站了一会儿，才向枫镇走去。

这绍亮，按他父亲的说法，是个“苦心孤诣，徒负大志”的人。他父亲是大喜的连襟，姓周名南，是个未中秀才的童生，在东溪村文昌阁里，靠打娃儿的手板糊口。周南行二，村里人不分老少长幼，都叫他“二相公”，原来的名字，反倒慢慢失传了，虽说他读过“诗云子曰”，可是他全部的学问，倒是从一部《三国演义》中得来的。半生他最钦佩的古人，就是这说部里的诸葛亮。因此，他给自己的独子起了“绍亮”这个名字。

绍亮在他爹塾里读书的时候，不仅把《三国演义》读了个滚瓜烂熟，还能品评书里的英雄豪杰，批点三国的得失利弊。这样的学问，不光使得他的同学佩服得五体投地，就是连二相公也是暗暗吃惊的。

绍亮也常常使二相公大伤脑筋。他对什么事总要打破砂锅问到底。为了回答他的问题，二相公常常反剪着手，踱着方步，把平生所念过的书统统背一遍，仍然找不到答案；于是就斥责他儿子说：“蠢货！”

绍亮写得一笔好字，年年岁暮，村里人买了红纸，争着请他写春联，除夕前几天，他夜夜写到三更。乡下人识字的不多，可是爱看他的字，都说：“又秀气，又有骨头。就像他那个模样儿，耐看。”

周清臣也有个独生子，细高条儿，身子骨很单薄，一阵大风似乎就会把他刮上九霄。村里人都叫他“柳条少爷”。年纪和绍亮相仿,小时候,他老子给他专请一个老秀才在家教读。可是,村里人很少有请他写字的。他学的是《麻姑仙坛记》,倒也用了些功夫,只是没学到颜鲁公的精髓。他的字,乡下人说:“近看像癞蛤蟆,远看像团死蛇。贴在门上不吉利。”

周清臣不服气。有一年年底,自贴红纸,让柳条少爷写了几十副春联,着稀狗屎挨家挨户地送上门去。人们笑笑说:“已经请绍亮写了。多谢了,你家老爷自留着用吧!”为这事,周清臣恼了,骂那老秀才白吃饭,教导无方,还不如个童生;又骂乡下人不识货。

二相公心里十分赏识自己的独子,可是在塾里所有的学童里边,要数绍亮挨打的手板最多,他认为绍亮不同于一般“不屑教诲”的子弟;“爱之愈深,责之愈严”,“玉不琢不成器”,既然要他“成器”,自然得常常“琢”了。这就苦了绍亮。他背书的时候,稍稍打了个顿,就得挨一顿手板;他习字的时候,二相公常常神不知鬼不觉地走到他的背后,冷不防把他的笔往上一提,要是笔脱了手,他就得乖乖儿地伸出抹满墨汁的手来,挨一顿板子。那是惩戒他不用腕力。他的课业,二相公只打叉叉,从不打圈圈;那是为了防止他自满。

二相公的家教更严,完全按照《朱子家训》办事:“黎明即起,洒扫庭除”,直到淘米、洗菜……都要他当作功课做,那也是为了“天将降大任于斯人也,必先苦其心志,劳其筋骨,饿其体肤……”的缘故。

绍亮长到一十五岁,二相公肚子里的全部学问,传授得差不多少了。二相公对绍亮的管教,越来越显得松懈起来,连手板都懒得打了。甚至每当绍亮挑灯夜读的时候,二相公反倒常常催他去睡觉,教他不要过于操劳,好好保养身体。这连绍亮都觉得奇怪。

二相公的变化,倒不是因为绍亮年纪大了;也不是他已经成

"器",无须再"琢",更不是他变得"不屑教诲"了。而是二相公自量再也无力培植他深造了。而今科举早已废除,文凭才是"仕进"的阶梯。要文凭就得进洋学堂;进洋学堂就得有现大洋!无奈塾师不过是个穿长衫的化子,一家的衣食,已经使得二相公有如老牛负重,寸步难行,栽培绍亮的念头显然是无望了!

三年前,就在绍亮十五岁那年,二相公恳求周清臣给绍亮找个吃饭的地方,周清臣一口答应下来,让绍亮到枫镇炳记粮行当学徒。他突然变得这样慷慨,是有来由的,唯恐绍亮当真读成了书,把他的宝贝儿子柳条少爷压倒。这么一来,倒是了却一桩心事。

几年的学徒生活,并没有挫折掉绍亮的锐气。他仍然那样好学,起早摸黑,挖空心思地挤时间读书;他仍然那样好思索,凡事要问个究竟。随着年岁的增长,他对世间的事,越发要"打破砂锅问到底"了。他想,为什么像柳条少爷那样不想读书的人,反倒能升学?为什么自己一心想读书,反倒没法上学?为什么自己的姨爹那样操劳,还是无法为他自己的孩子置备一件棉袄?为什么周清臣明明很富有了,还是那样"不仁"?他想来想去,恍然大悟:这一切问题归根结蒂,都在一个"钱"字上!柳条少爷不好读书,偏要升学,因为他家里有"钱"。自己一心想读书,不能读书,是因为家里没有"钱"。周清臣向作田的巧取豪夺,是为了搜刮更多的"钱"。大喜"贫无立锥之地",以至做不起一件棉袄,也是因为没"钱"。绍亮以为自己有了新的发现,其兴奋不亚于当年哥伦布之发现新大陆!熬了几个通宵,把这"发现"写了一篇文章,题目叫《金钱乃万恶之源》,结论是:"'扬汤止沸,不如去火抽薪',故欲消除万恶,必自消除金钱始。"

他把这篇文章,寄给在吉安师范学校读书的一个幼年塾中同窗,请他斧正。这个同窗,名叫杨剑秋,他去年突然中途辍学,神不知鬼不觉地去了广州,今年回来,又重新回到吉安师范上学。谁也弄不清是怎么一回事。平时乡绅们以其“言行荒谬”,拿他作为“不肖子弟”的榜样,来儆戒自己的子弟的。可是绍亮向来把他引为知己,因为他像绍亮一样既好学又好思索。

他满以为这篇文章,定能引起杨剑秋的共鸣。过了几天接到了杨剑秋的一封回信,同时寄来了一大堆《新青年》《湘江评论》等杂志。绍亮自然很高兴,哪知道看了信,把他气得脸色都发白了!在那封信里,竟然说他那篇文章是“皮相之论,未探本源”,还说“此乃布尔乔亚观点之变种也”。对后一句评语,他虽然不甚了然,但也看出这决不是一句赞扬的话。信中还劝他把寄去的杂志“虚心研读,必有所得”。俨然是长者的口吻。当时绍亮几乎要和他绝交。但当他把这些杂志看完以后,这才真是恍然大悟了!他生平第一次听说:这世间的万恶,是在于“不合理的社会制度”。他深深感到自己的孤陋寡闻,恨闻道之晚。

他和杨剑秋常有书信往还,杨剑秋还不断地寄新书报来。他渐渐懂得了人为什么有穷有富,他懂得了为什么有压迫者和被压迫者……同时他也明白了这不合理的社会,是可以变革的,而且非变革不可。可是,到底怎样变革?他还是模糊的。他只是隐约地觉得:当变革到来的时候,将会有场急骤的风雨,当是雷电轰鸣,地裂天开……他一想到这壮丽的景象,浑身热血沸腾,他是多么渴望着投身到这场风雨中去。这次他到姨爹家帮了几天工,更引起了无限的感慨。可是当他一想到目前的处境,又变得愁眉苦脸了,要是长此困守在这囚笼似的炳记行里,是难于展翅的了……

一阵叽叽咕叽叽咕的车轮声,打断了他的沉思,抬头一看,只见一路上成串的车子,推着一车车的新谷,正向临近的大村庄去,不用问,这都是给财主家送租谷的。

朝霞装点得天边多么灿烂!他从开阔的天地里,走进枫镇的街口,低着头向那囚笼里走去。

3

大喜到枫镇炳记粮行里去做舂米的零工。舂多少米给多少工钱。大喜日日夜夜舂个不停。饿了，掏出个糠包子塞到嘴里，一边吃着，一边还是干。每夜到了天快亮的时候，眼皮发酸，实在支撑不开了，就溜到厨房里的灶门前，倒在茅柴上，蜷着身子，迷迷糊糊地合一会儿眼，听见鸡叫，一轱辘爬起来，紧着回舂米房去。一昼夜的劳累，只换得两三升米。每天傍晚，海保便提着篮子来了，量了米，匆匆忙忙回石浒去，家里正等着下锅熬粥呢。

十一月里，周清臣家里忙着张罗过年的吃食了。周家来人叫大喜去帮工。海保跑到枫镇喊回大喜。大喜连家都不回，拣着近路，一径到周清臣家去。

依照租约规定，佃户给东家帮工，只管饭，工钱是分文没有的。周家的长工，这时候给东家运木炭到东溪，装到省城发卖，赚出过年的花销来。杀猪、腌肉、磨米粉……各种各样的杂事，全推到大喜的头上。

大喜急着做了这堆事，快回枫镇去舂米，挣出一家人喝粥的米来。他不分日夜地忙着，脑袋昏昏沉沉地抬不起来，眼睛里老是冒金花。推着推着磨，脑袋磕在磨杆上，膝盖痛得挺不直腿……可是他一想到家里已经生不起火，心尖上像猛扎了一针似的，马上清醒了，咬咬牙接着干。

一天，天快亮，周家的长工老金，起来拾掇车子，要上吉安推过年货回来，看见磨房里还亮着灯，顺手推门向屋里一望，在那暗淡的灯光下，只见大喜的脸色像黄纸一般，不觉倒抽了口气，问道：

“你通宵没睡？”

大喜吃力地点点头。

老金忙返身到厨房里，端来一碗热气腾腾的粟米红薯粥，放到他面前,说:"吃了暖暖身体。"

他不想吃。

老金问大喜到底怎么着,要他还是打起精神喝了这碗粥,正说着,忽见大喜高耸的颧骨上,泛出一团淡红色,接着,他连声咳嗽起来,吐了一口。老金低头一看,痰里有着条条鲜红的血丝,不禁啊哟了一声。

大喜向他摆摆手,伸脚把痰擦掉了。老金急得冒了一头汗,对他说:

"你这不是玩命啦……"

大喜眼睁睁地看看老金,低下头去。老金正抓头搓手地不知道怎么办好,那边在催他动身上吉安了。老金迟迟疑疑地站起来,瞧着大喜说:

"老弟,你可听我句话:看在海保娘儿俩面上,今天说什么你也不能再做了……"

大喜回过脸去,用衣袖在脸上抹了一把。回头向老金招招手。老金忙走到他跟前。大喜悄悄儿地说:

"我能支撑得住,不要紧的。你可千万别对海保娘说。女人的心眼儿仄狭,她知道了,会把这当作一桩大事操起心来的。"

老金心上像是悬了个铁秤锤似的,气喘咻咻地说不出话来,匆匆地走了。

第二天晚上,老金从吉安回来,大喜已经把派给他做的生活做完回去了。老金一想起大喜的事,老放不下心,抽了个空到石浒去看大喜。

在去石浒的路上,天下起鹅毛大雪来。转眼之间,远近的村舍,起伏的山峦,平坦的田地,披上了一色缟素。

老金到了大喜家里,才知道大喜从周清臣家一直回枫镇炳记行了,没有回家来。

大喜嫂身上穿着件打满了补丁的夹袄,正在烧饭。小半锅水,只下了三两合米,面上浮满着野菜。刺骨的风从门缝墙隙里直钻进来,吹得门窗板壁嘎吱嘎吱地响。老金穿着棉衣,都冷得打寒噤。他问大喜嫂这么冷的天气,怎么不穿棉衣?大喜嫂说,棉衣叫海保穿去搂柴禾了。

过了会儿,门外一阵响,海保提一筐柴禾进来了,一身的白雪。他上身穿着大喜嫂的薄棉衣,十个指头冻得胡萝卜一般。下身还穿着破夹裤,两只鞋都张着嘴,钻出冻得通红的脚指头来。他叫了声"表伯",忙拍落身上的雪,剥下棉衣,就只剩一件贴肉的破褂子。他把棉衣递给娘说:

"娘,你快穿上!"

娘说:"你穿着吧。我在灶前也冷不着。"海保不肯,硬逼着娘换了过来。在灶门前蹲下了,使劲搓着两手说:

"鬼天气!这场雪准得冻死千把人!"

老金本来要把大喜吐血的事,告诉大喜嫂,让她劝劝大喜保重身体。他看了眼前这一切,几次话到嘴边,都又咽了下去。坐了半天,一句话也没说,告辞了。

老金踩着厚厚的积雪,回东溪去。成群的乌鸦,冒着纷纷扬扬的大雪,吃力地拍动着沉重的翅膀,急急地向枫镇那边飞去。时不时地传来一声两声凄厉的叫声。

待雪停了。周清臣着老金去枫镇。那天他去大喜家所见到的景象,久久地印在心里,不能磨灭。他在枫镇街上,把支来过年用的两块钱,在估衣店里买了件棉衣,剪了几尺鞋面布。

回来,他就把棉衣和鞋面布包个包,给大喜家送去。走到半道上,他又迟疑起来。他摸透了大喜两口子的脾气,平时,连个筲箕也不张嘴向邻舍借,更不用说无缘无故受旁人的东西了。他想让相公婶转送给他家,一想也不方便。他想了一阵,才有了主意,放开脚

步,一口气跑到大喜家里。一进门,把包裹往桌上一放,说:

“这是我在墟里,大喜叫我捎来的。棉衣给海保穿,鞋面布给海保做鞋。”

没等大喜嫂答话,他借口有事,扭头就走了。出了门,一劲儿地往回跑,生怕大喜嫂识破了他的计谋,追来把包裹还给他。

就在这第二天的早晨,在枫镇炳记行里舂米的大喜,正舂着米,突然,胸口塞进一块火炭似的,浑身一阵燥热,头昏眼黑,天旋地转。他从碓上下来,扶着墙往屋外走,才走了几步,哇的一声,吐了一大口鲜血,接着,哗啦哗啦倒出了一块块的鲜血。

绍亮听到这个消息,赶到舂米房里来。只见围着一圈人,他挤进去一看,姨爹躺在两条拼起来的长凳上,紧闭着眼,胸口不停地起伏。绍亮一声接一声地叫:

“姨爹!姨爹!”

大喜还是不睁眼。绍亮去请了一个郎中来,号号脉,说大喜得了细病,十天半月好不了也坏不了。当时开了一服药,煎了,用调羹一勺一勺往大喜嘴里灌。

到中午,大喜才缓过气来。绍亮给他借了一顶风帽,架着他回石浒去。绍亮全力架着他深一脚浅一脚地踩着又湿又滑的路,往前走着,后来大喜更是拖不动了,绍亮就背着他走。还没到石浒村边,绍亮的棉袄棉裤都被汗水湿透了。

大喜望见家门,硬要挣扎下来自己走。绍亮拗不过他,只好把他放下。他站好了,挺了挺腰板,强作很硬朗的样子,才走了几步,一个趔趄,差点没倒下来。绍亮忙把他扶住,一摇一晃地进了家门。

大喜嫂一见这模样,急得手脚发凉,战兢兢地铺了床,和绍亮把大喜扶到床上。他一头倒在枕头上,脑里闪过个念头:倒下了那就完了!可是他不甘心就这样完了!他不忍心丢下老婆和没成年的孩子！他挣扎着坐起来，可是手脚都不听他的使唤了。在他那深陷的眼窝里，滚下了两颗晶亮的泪珠。

4

大喜在床上躺了几个月，终于挣扎着坐起来了，咬着牙下了床……他能够在死亡的边沿上挣扎过来，不是凭着医药，也不是凭着滋补；而是凭着几十年来风里雨里熬出来的一副筋骨，凭着对于妻儿的系念，以及由此而产生的生的意志。

五月榴花谢，六月荷花开，转眼到了夏至。大喜已经能挑起一担水了。

早晨，大喜嫂在溪边捣衣。远远看见稀狗屎哼着小曲儿，过了溪上的小桥，摇摇晃晃地进了村。大喜嫂眼皮直跳，把衣裳和杵往筐里一放，站起来，眼看着他进了自己的家。大喜嫂紧走慢走赶回家来，缓了口气，强笑着说：

"什么风把大老表吹来的？"

"无事不登三宝殿，传旨来了。"

"什么好事？"大喜夫妻俩一齐问。

"小事。老爷的外公做八十冥寿，寿礼齐备了，叫你今天推车子送去！"

"大老表，你不是不知道，他爹才打酆都府[①]转来，你看他那光景，哪里去得？"

"谁说不是呵，"稀狗屎过来摸摸大喜的额角，捏捏胳膊，"可是，不去是办不到的啰！大老爷言出如山，谁偷吃了雷公胆，就和他说去！"

"烦你求求大老爷，免了这趟吧。往后老爷家的喜事也少不了，

① 传说中的阴间冥府。

只要他的病好爽撇了,当什么差也是应该的。到那时节,担保随传随到。"大喜嫂忙说。

"办不到!我没这样大的面子,也没有这样大的胆子!"

大喜嫂拉住稀狗屎的袖子说:

"看在一家大小面上,大老表,烦你多费点口舌呵!"

"你知道,我不过是老爷身上一条腿,由得我么?我先对你说,我请不动你,待一会儿老爷来了,嘿嘿,有你瞧的,也有你吃的!"稀狗屎斜了大喜夫妻一眼,走了。

大喜嫂像是掉在蒺藜堆里一般,嘴里不停地念佛。大喜反倒劝她说:

"莫着急啦,急有个屁用?君要臣死,不得不死,就这么着吧!"

"就这么着?偏不!不信他娘的财主就能把你活吞了!"

"你还不服?看着吧!转身周清官还得来!"

"来吧!我来对付他!你一句话也莫说。"大喜嫂斩钉截铁地说。她突然变得那么严厉,那么激烈。这是大喜从来没见到过的,完全出乎他的意外的。

大喜两口子正说着话,门外老远有人大声嚷道:

"什么东西!那么大的架子!还得要我来请?给我滚出来!"

这是周清官的声音。

大喜嫂忙给大喜丢了个眼色,一手按住他的肩膀不让他起来,把身体挡在大喜的面前。

"耳朵聋啦?嘴巴哑啦?什么混账东西!"周清官一路骂着进了屋,两眼瞪得铜板大。大喜嫂抿着嘴,两眼直盯着他。

"大喜呢?"周清官问。

"在这里。"大喜嫂说。

"干脆一句话:去不去?"

"你家那么多的长工,偏要他去?"

“放屁！长工有长工的事。用你多嘴！”

“他有病不能去！”

“我不跟你说。大喜！你把租约拿出来看看,上面怎么写的？”

“怎么写也一样。他病成这个样子,不是叫他去送死么？”

“笑话！你这个死不要脸的乞婆！嘴上干净点,泼什么？！”周清官说着,呼哧呼哧地出着粗气,一屁股坐在板凳上。沉默了会儿。周清官越想越恼火,啪的一声敲了下桌子,站起来,冲着大喜说：

“好！我犯不着跟你们生气,你先把租约拿出来！我问问你：你头顶的天,脚踩的地,吃的饭,喝的水,哪样不是我家的？今天有急事求着你了,你就那么对付我？你不去,我也没法。可就有一条：我家的田你也不要想作了。历年的欠租,债息,立时清了;要是我再要你去,我把‘周’字倒写给你看,我就是婊子养的！——说话呵！‘去’,‘不去’,嗯？”

这时候,大喜才开了口,轻声地说：

“我去我去。”

大喜嫂恨不得上去咬周清官一口,可是终于忍住了,浑身簸米似的发抖,拼命压住一肚子气说：

“明天去总可得？我去请个替工。”

“你找不找替工,我管不着！只是今天就得走！”周清官拍拍屁股,哼了一声,走了。

周清官走了以后,大喜嫂问大喜：

“你这身体当真能去吗？”

大喜没回答。

“说话呵！你真的不要命了？”

“那你说叫我怎么办呢？”大喜说。

大喜嫂慌着喊海保,喊了几声,才记起海保到田里去了。又急急忙忙跑到田里,让海保到东溪达和叔家去一趟,叫达和叔的儿子二利去当替工。

海保娘从田里回来,走到板桥上,见大喜坐在门坎上打草鞋……她抬头望望灰蒙蒙的天空, 心里一阵酸。忽听得背后有人喊了声“大喜表婶”。

她回头一看,是周清臣家老太太——瞎精的贴身丫环招喜儿。她紧走了几步撵上来,拉住大喜嫂的手说:

“表叔的病好些了么?老奶奶又着我催他去送寿礼呢。”

大喜嫂叹了口气。

“要是实在不能去,千万不要勉强。待我变着法儿回瞎精去。”

“我打发海保找二利去了!”

招喜儿一听说二利,不由得脸上泛起两朵红云。

大喜嫂知道是怎么回事,就不说了。走了几步,她才问道:

“这些日子,瞎精还常打你么?”

招喜儿默默地掳起袖子让她看:丰润的胳膊上满是青一块紫一块的斑痕。

大喜嫂滴了几点眼泪,说:

“你我都是苦命人呵!”

她俩默默地走回家来。大喜见了招喜儿,就说:

“你来啦,你是来催我的吧?”

“不忙。表婶给你请替工去了!”

“唉!这时节谁家有闲人?请还不是白请。她就爱多事!”

“你当真能去么?”

大喜惨然一笑。

招喜儿才站了会儿,就要走。她说:

“待久了,回头又得挨瞎精的骂。喜表叔,看你的气色,千万去不得!”

“多谢你了。你回去说,我就去。”

招喜儿出了门,大喜嫂送她出去。招喜儿又说:

“表婶,我看要是找不到替工,喜表叔也不能去!我先把话回他们,他们不准,也不能吃人。莫非不去推车,就犯了死罪?”

“谁说不是。表妹,只是你还不知道穷人的难处。硬是不去,他就叫把田退了,不叫你承耕。作田的人家,没了田哪有第二条路?”

招喜儿才走,海保上气不接下气地跑回来了,看看爹又看看娘,直发愣。娘忙问他找着替工了没有?他说:

“表哥一大早和柳林的刘火生走了,不知道上哪儿打鱼去了!达和大姨爹找遍了东溪全村,也找不到一个替工。他说他去。他老者,哪能推得动?我没让他来……”

大喜正拾掇车子,回过头来,对他娘儿俩摆摆手,说:

“莫噜苏了,我该走啦!”

大喜在车轴上抹了点油,推上空车要走。海保娘想起大喜今天只喝了一碗菜粥,怎么能推上三二百斤的车子,走这几十里的烂泥路呵。她平时向来不好求人,这时候顾不得这许多了,忙叫海保提出竹饭筒到邻舍家去借吃的。海保去了好一阵子,好容易借了一筒饭回来,递给他爹,说:

“爹,我跟你拉车去!”

大喜横了他一眼,说:

“你去做什么?这样的路,步步得盯着走,打不得飞眼,前面加上个拉的,抵眼碍鼻的,看不准路,车把更难掌了。摔着了人不要紧,东西有个闪失,我们赔不起!”

大喜推起车子走了,连斗笠也忘了带,海保娘顺手在板壁上摘下斗笠,追出去,给他戴上了。呆呆地站在路边,望着他推着车子,摇摇晃晃地过了桥,摇摇晃晃地走上了去东溪的路,渐渐消失在那郁郁苍苍的田野里。她真想放声哭个痛快,又想到“出行大吉”,不该掉眼泪犯禁忌,这才竭力忍住了满眶的热泪,低着头,一步一挨地走回来。

大喜把车子推到周清臣家,又挨了一顿骂,他闷声不响地把一件件东西,装了小山似的一车,走了。

沿着桐江,他推着车,一步一踉跄,一步一喘气地走着。一路上坡下坡,累得浑身大汗淋淋,像是才从水里钻出来似的。他手脚软绵绵地抬都抬不起来了。于是他把车停在一棵柳树下, 坐在车把上。喘了一阵气,天气闷热得厉害,抬头一看,满天的乌云,直向这边滚来,眼看着有一场大雨。

大喜心想:大事不好了! 推起车子急走。

走了不久,来到了乌龙潭。乌龙潭是桐江一个最险要的去处。一边是江,一边是斜坡。水到这里要转一个弯,江边的路,长年被漩涡冲刷,勉强能擦过一辆推车。就是好天气,身强力壮的汉子,到了这里,也得捏把冷汗。要是遇上风雨,那就插翅难飞了。

西南风一阵松一阵紧,天色越来越暗。眼看着江水和路一般平了,大喜的心咚咚地跳个不停。

正当把车子推到乌龙潭边,轰隆一声天崩地裂的雷鸣,豆大的雨点噼噼啪啪响成了一片。大喜眼里金花直冒,一瞬间,心里闪过一个念头:莫非当真我就死在这里了?不能!决不能!他咬紧牙关,屏住鼻息,使出吃奶的力气,紧紧捏住车把,直往前冲:不防脚下一滑,车轮陷落了,他用大腿垫起车后的横木,双手捻住车把,使劲往上撬……哗啦一声,道路崩陷了……

雨,越来越大了。

就在这同一时刻,海保娘儿两个,正在天井里,直仰着脖子,望着满天的雷雨和闪电发呆,瓢泼似的大雨,盖头劈脸地浇到身上,也不觉得。海保娘突然大声嚷道:

"娃儿!快快跪下给老天磕头!保佑你爹一路平安!"

扑通！扑通！娘儿两个一齐跪下了，趴在门坎上连连磕头。哗啦啦的屋檐水倾泻在他们的背上，轰隆轰隆地像擂鼓一般。

5

晚上，雨停了。海保娘和衣躺在床上，睁眼听着屋檐水滴答滴答滴个不休。半夜，海保醒来，听见娘翻来覆去地只是叹气，问道：

“娘还没睡？”

“今夜里我的眼皮老是跳，你爹不会出什么事吧？”

“娘莫这么说了。下雨时候，爹哪会不知道躲的？”

“我怕他正好在乌龙潭遇上大雨。到哪里躲去？”

“不信有这么巧。”

“我也是这样想：你家祖祖辈辈都是给人家作田，从来光吃亏不占便宜，更没做过伤天害理的事，老天眼明，会保佑他的！”

“就是了！明天爹一准能回来。”

海保说是这样说，心里乱腾腾地早翻了船。每年发水时候，总免不了要出事，他想，早上硬跟着爹去就好了，哪怕再挨几个耳刮子也值得。帮不了大忙也不碍事，万一出了事，也有个报信的！他越想越后悔，越想越着急，再也睡不着了。

传来一声鸡啼，眼看着窗户蒙蒙发白，他见娘已经睡着了，蹑手蹑脚下了床，热了点隔夜菜粥吃了，轻轻地开了门，走到屋外。到盘塘村的事对不对娘说呢？他想了又想，随手拉上门，走出巷弄，正好遇上马大伯起来看水，他上前说：

“大伯，我上盘塘王家找我爹去了。妈一夜没合眼，才睡着。待一会儿天大亮了，烦你对她说一声！”

马大伯答应了。没待他问话，海保就走了。他一边走一边问路，向盘塘村走去。一路上，见江水涨得离路只四指高了。一阵微风，一个小波，橙黄的江水，泛起一片鱼鳞似的波纹，滚上岸来。紧挨着江边的一棵棵垂柳，像个洗头的妇人，弯着腰，一头的散发，浸在水里，随着水流浮动着。

江上时不时地漂来断腿缺胳膊的桌椅板凳，肚子鼓绷绷的死猫死狗，一块木板，一束稻草……

背后一阵呐喊，海保回头见不远处浮来个草堆，顶上伏着只小黑猫，缩成一团，一双绿幽幽的眼，眯成条线，吃惊似的望着奔流不息的江水。

海保胸口被团棉絮堵住了似的，缓不过气来。光着脚板噼噼啪啪只顾走。

海保到了盘塘，一进村，他就看见东头有座高瓦房，大门敞开，门边挂一对蓝字大灯笼。门前一字儿停着几顶轿子。他想，这样的排场，大约就是王举人家了，一直走过去。快到门前，见门楼里坐着两个警察。一个抱着枪在打瞌睡，另一个跷着腿，和一个抱着孩子的奶妈正在谈天。海保一声不哼，大步直走进去。那警察回头斜了他一眼，以为他是个打杂的小厮，就又回过头去，忙着和那奶妈说笑。

海保进了门楼，过了天井，走到大厅上。厅上悬着好几盏美孚灯，一边放着一排纸人、纸马、纸船、纸车……一伙穿短衫的人抬桌子的抬桌子，挂幛子的挂幛子……谁也没理他。他想，没走错，他们正在张罗做寿呢。

他穿过大厅，绕过鱼池，推门进去，一股诱人食欲的香气，迎面扑来，突然觉得肚子饿了。他向厅上扫了一眼，只见厅上五只圆桌，摆成个梅花形。桌面上大盘小盘地搁了一桌子。每桌围着一圈人。

正在这时候，里边出来一个四十左右的秃头，穿一身白印度绸衫裤，胸前挂着条金光贼亮的表链，人中下面留着两撮浓黑的鼻涕胡子。他背后跟着一个和他上下岁数的人：一双鼠眼，闪闪发光。海保看那人好面熟，想了想，才记起：这个是专一给财主家帮办红白喜事、管账、当知宾的那个叫龙什么的。他常到周清臣家去打秋风，海保在东溪见过他。

那秃头一露面，全厅的人纷纷站起来，点头哈腰地和他打招呼。秃头入了座，众人才零零落落地坐下了。秃头一坐下，举着酒盅又站起来，所有的人一人举着一只酒盅，又都噼里啪啦地站起来，异口同音地说：

“请！请！”

海保想，这秃头大约就是王举人的儿子王法官[1]了。三脚两步走到他的旁边，大声问道：

“我爹来过没有？”

秃头扭脸一看，面前站着个光脚敞胸的少年，吓了一跳，问道：

“你，你，你是干什么的？”

“我找爹来了！”

“谁？”

“洪大喜——我爹，周清臣叫他给你送寿礼来了！”

“喂！龙典兄！姑老爷家的寿礼到了！你去找这位老爷！”秃头指指正在那边桌上敬酒的鼠眼说。

龙典听见叫，回过头来，对海保点点头说：

“东溪周府的吗？来来，跟我上账房去，给你开赏钱！”

“人已经来送过礼了，我是来找送礼的那个人！”海保说。

“胡说！”

“怎么是胡说？”

“周府什么时候来过人？”

“昨天一早动的身，今天还没到？”

“没有的事！没有的事！”

---

① 他就是书里快要出现的王佐，在吉安地方法院当法官。

“真的没来过？”

“那还有假的？”

海保二话不说，急忙往门外走。龙典又把他叫住了。

“干什么？”海保站住问。

“回去禀上你家大老爷三老爷，哪天驾到？亲戚世交快到齐！光等他二位了，后天就要拜寿啦……”

“这我管不着！”海保一扭头就跨出门来。他迷迷糊糊地走出了王举人家的大门。

莫非当真就找不到爹了？决不甘心！哪怕一步不停地找一辈子也得找，非找到不行！他紧了紧裤带，拖着两条麻木的腿，沿着原路往回走。

月亮被埋在层层的乌云里了，云缝里漏下几颗微弱的星星，粘在半空。一阵微风吹来，那星星吃了一惊似的眨眨眼。好像就要抖落下来。

越近江边，路越来越滑。分不清哪是水坑哪是干土，他两条腿又酸又软，像是踩在云头上一般。

一个趔趄，脑袋撞在一棵树上，头发根里针扎似的一阵疼，眼前闪过朵朵金花；他抱着树干，头倚着树歇了会儿，坐下了。他几次支撑着站起来，总像是两根麻秸秆支着块砖似的，摇摇晃晃怎么也支不稳。他伸手摸着一根树枝，两手紧紧抓住，硬拧了下来。支着这根树枝，他总算站稳了。

“哪怕爬着也要爬回去！”他心里说着，迈开步子又往前走。

天边那几颗微弱的星星，不知道在什么时候已经掉落了。

天黑得不分天地。什么也看不见，什么也听不见。又闷又热，像是被关进一个密不透风的洞里一样。他停下来，回想着刚才走过的路。从什么方向出了盘塘村？都是从哪几个方向转的弯？琢磨了半天，还是辨别不出此刻的方向。他正着急，隐隐传来阵阵雷声，接着吹来一阵小风,身上凉爽极了。他脱下褂子,擦着满脸满身的汗。

雷声越来越近，风越吹越急了。天空接二连三地掠过条条闪电,整个天地随着晃动起来。他只看见自己站在一条田埂上,离开大路已经有丈把远。他返身往回跑,头上哗啦啦一声响,一阵大风掀走了他肩上搭着的褂子。在闪电光里,他看到远远近近的大树小树,挥舞着茂密的枝叶,似乎齐声大叫大嚷,要向他直奔过来。冰冰凉的雨点,一滴两滴地打到光脊梁上,他不觉打了个寒噤。

暴风雨来了!

他竭力寻找个躲雨的地方。一刹那间,透过那纷纷摇晃着的稻穗,在那紧挨着地皮的地方,有一粒豆大的灯火。他死死盯住不放,弯下腰,顶着硬风,拼命往前冲。雨点越来越密,终于,像是有人端起一大缸水来,哗哗啦啦倒在他的脊梁上。眼睫毛粘成了一片,怎么也睁不开眼来。

一个闪电,在他的面前,平地耸起一座矮小的茅棚。他猛一下跳过去,全身扑在那茅棚的门上。

海保进了茅棚,待了好一会儿,才看清面前站着个人:满脸的皱纹,像是张风干的橘皮,蓬松的胡子,稀疏的鬓发,下垂的长眉,丝一样的白。

老人摸摸他那湿漉漉的脊梁,递给他一块破布,叫他擦擦。

老人问他深更半夜上哪里去?去干什么?海保都对他说了。老人从灶火灰里扒出两个烤得焦黄的红薯给他。

原来这里是江边的一个渡口,老人是这里守夜的。

海保一面吃着红薯,一面问道:

“表公,这几天江上都打捞些什么上来?”

老人指指屋角里堆着的一堆杂七杂八的东西。

“有浮尸吗?”

“就在昨天吃午饭的时候,江上浮来了一个浮尸,眼看着已经钩住了,嘿！他娘的！一个浪头,连勾子都折断了！看样子,那是个推车的,手里还紧抓着一根车鞭……”

“后来打捞上来了没有？”海保心里“怦”的一跳,睁大眼睛问。

老人摇摇头。说：

“光捞着他脖子上挂着的一个斗笠！”

“哪里哪里?！”

“这就是么！”老人指指屋角里那堆东西。

海保冲到屋角里,两手乱抓一阵,果然找到了个斗笠。他忙拿到灯光下,左看右看,只见上面写着“洪大喜记”四个大字。正像是决了堤的洪水,哇的一声,海保大哭起来。拿上斗笠就往门外奔。

老人不知道是怎么回事,慌忙追出去,大声喊道：

“娃儿！娃儿！你怎么啦？”

老人呆呆地望着海保一下消失在那大雨中了。

海保捧着个斗笠,一路走来,一路大哭。离家越近了,哭得越厉害了。他想,娘要问他找到爹了没有,他该怎么回答？一听到爹死了,她会怎么样？他打定主意,见了娘,千万不能哭。

时近中午,离石浒不远了,已经望得见溪上的小桥。到家了,快见娘了,千万不能再哭了！他在溪边蹲下来,定了定神,伏下身去,捧了一捧水,去洗脸上的泪痕。他在溪水里猛然见到自己的面影：脸色灰白,两眼血红,不觉吃了一惊。他一面洗着脸,一面又哭起来。脸上的泪痕再也洗不净了。

终于,他忍住了哭,洗净了脸。“见了娘,千万莫再掉泪！”他再三对自己说。他把斗笠倒放在背后,心里琢磨着见了娘,该怎么说……

过了板桥,抬头看见娘迎面向他奔来。她一面跑,一面问：

“你爹呢？找到了没有？”

海保站住了。

娘冲到他的面前,又问：

“你爹呢？找见了没有？”

连问了几遍，海保呆呆地站在那里，一句话也说不出来。

“你爹呢？怎么不说话呵！”

海保再也忍不住了，哇的一声，大哭起来，倒在娘的怀里。

娘紧紧抱住了他，说：

“莫哭了！莫哭了！先回家去吧……”

海保突然觉察到娘放在他脸上的那只手，冷得和冰块一样。他紧闭着眼，屏住鼻息，忍住了哭。

6

大喜死后，还没断七，稀狗屎跑来对海保娘说，周清官叫她快去，有几句话要对她说。海保娘问稀狗屎是什么事，稀狗屎说他也不知道。海保娘头也没梳，跟着稀狗屎到了周家。周清官见了，叫她坐下。她说：

“站着说一样。”

海保娘站了好一会儿，周清官才说：

“我这话说早了些，好在迟说早说是一样。你知道穷家有穷家的难处，财东有财东的难处。拿我家来说吧，一家几十张口，全靠祖上留下的几亩田。收不上租，就得喝西北风！你说是不是？”

“是，三老板。”海保娘说。

“你是个明白人，这就好说话了。而今大喜这一走，海保还小，你这日子是难过了。”

“是难，三老板。”

“几年来，你家欠我的租子，债息，加起来是不小的一笔！这样下去怎么得了？我和我们大老爷商量好了：过了秋，把田收回来自己种了！今天叫你来，为的就是告诉这件事！”

“三老板！这办不到！我还有儿子呢！”海保娘毫不迟疑地说。

"你这话太放肆了！田是我家的，叫不叫你作，还不由我们么？大老爷说了：叫你作，你也得有人作呵！"周清官说。

"三老板，你既这么说了，我倒要问你一句：海保他爹怎么死的？"海保娘两眼直勾勾地盯着周清官。

"嗨！怪事！你男人的事，你自己不知道，还来问我？"周清官把脸扭在一边。

"你不硬逼着他给你死外公送寿礼，他会死么？你还我男人来！"海保娘大声嚷起来。

"放屁！不要脸的乞婆！你男人拐走了我们这一车三二百斤的寿礼，少说也值三十两银子！这里不经官究办你，你还倒打我一耙？你说你男人死了，你把他尸首背来让我看看，你背得来么？你……"周清官直挺挺地站起来，啪啪啪地敲了三下桌子，敲得桌子上的碗盏乱跳。

海保娘并不怕。浑身的热血向她头上涌来。多少年来深深地积压在她心里的悲痛和愤怒，像一座火山似的爆发了！她照样在桌上狠狠地敲了三下，大声骂道：

"你放屁！你这个披着人皮的畜生：你逼死了人，你还血口喷人！今天你不还我男人，我死在你这里！"

这完全是出乎周清官的意外的。他自从娘胎里呱呱堕地以来，还是第一次碰到：竟有人胆敢这样对付他。一刹那间，他呆呆地不知道怎么办好。可是，他马上清醒过来了：在他面前站着的，不过是他一个死去的佃户的妻子。他冲过去，伸手在她脸上狠命地打了一拳！

哪知道海保娘一头向他猛撞过来，双手死死地揪住他的两条胳膊，只顾用脚向他身上踢。周清官嚎叫起来：

"来人呵！救命呵！造反啦！"

稀狗屎、三娘子、大娘子、二娘子、做饭的表嫂、周家的长工们……一下全拥进屋里，周清官的母亲——瞎精，让招喜儿扶着，一手支着龙头拐棍，也跌跌撞撞地赶了进来。众人只见海保娘和周清官拧作一团，全都愣在那里了。周清官杀猪般地嚷道：

“你们都是死人怎么的？还不给我把这乞婆拖开！”

这一叫，提醒了几位娘子，一齐急忙忙地向海保娘扭过去，一个个紧咬着下嘴唇，闭着眼睛，抓头发的抓头发，抓胳膊的抓胳膊……几位娘子手镯上的小铃叮叮叮地响个不停。海保娘拧住周清官还是不放。

瞎精气得上牙磕下牙，一面紧拿着拐棍，一劲儿在地上叭叭叭地敲，一面指挥：

“给我拧！给我掐！给我咬！给我把这乞婆撕成碎片！”

三位娘子出了一身臭汗，才把海保娘拖开，紧紧捺住不放。周清官喘着气，从瞎精手里接过拐棍，交给稀狗屎，嚷道：

“给我把这乞婆赶紧打死！”

稀狗屎不敢接拐棍。

周清官自己举起拐棍来，在海保娘的头上直劈下去，额角上打了个口子，一条鲜红的血，慢慢地流过她的脸颊，直流到脖子里……海保娘不叫，不喊，不哭，抿着嘴，两眼直盯着周清官，连眼睫毛都不动一动。

周清官举起拐棍又要打下去，就在这一瞬眼间，在人堆里闪出个人来，劈手夺下了他手里的拐棍，大声说：

“三老板！你不能下这个毒手！”

众人定睛一看，这人不是别人，正是周家的长工老金。

周清官去夺拐棍，老金死不松手。海保娘喊道：

“他表伯！你把拐棍给他，由他去打吧！”

周清官和老金两个还是夺着拐棍。烧火表嫂拿来一团棉花，一条黑布，来给海保娘扎伤口。海保娘把头扭过来扭过去，不让扎。对表嫂说：

“他婶子，你要真是心疼我，那就莫替我扎。我要让我儿子看看，让东溪人看看，周清官怎么对付一个寡妇的！让众人评评这个理！”

表嫂还是硬按着海保娘，替她把伤口扎上了。几位娘子以为大事已了，不约而同地松了手。哪知道海保娘一蹿，又向周清官扑去！周清官抓起桌上的一块砚台，要往海保娘头上砸，几个长工全拥过去，夺下了砚，把他捺住了。周清官一面跺脚一面骂：

“你们都给我滚开！看我不把这乞婆活剥了皮，我就是婊子养的！”

三娘子一听见她男人骂出这种话来，一劲儿拿眼瞪他。瞎精连说：

“胡说胡说！”

周清官哪顾得这些，还是祖宗三代地骂。

那边表嫂、招喜儿、老金等人说着劝着把海保娘扶到了天井里。海保娘还是不让，冲着屋里骂：

“周清官！你出来！你不把你太婆打死，你就不是人！”

表嫂小声地劝她：

“嫂子，莫说了，胳膊拧不过大腿，看海保面上，忍住这口气吧，我们不吃眼前亏！”

招喜儿挽住海保娘的胳膊弯，两只眼里含着两包亮晶晶的泪水。老金反剪着手，默默地护在海保娘的背后。三个人拥着海保娘正在向大厅走着，周清官手里舞动着拐棍，一跳冲到天井里，喊道：

“不要放走了这乞婆！”

老金猛一下转过身去，问道：

“你还要干什么？”

周清官并不答理，东张西望，望见他养的那条狼狗正在那里，他就唆教它上去。那狼狗呜的一声,一阵风似的,冲到海保娘跟前,一口咬住海保娘的腿不放。

海保娘哎哟一声,昏倒在地。表嫂和招喜儿慌作一团,不知如何是好。老金一脚向狗身上踢去。那狗把头连连拧了几下,衔着血淋淋的一块肉,夹着尾巴,跑到周清官跟前,摇尾晃脑报功去了。

茶厅里的人全慌慌忙忙赶到天井里。瞎精跺着脚跟,咬牙切齿地喊道:

“快快快快!快把这死乞婆抬出去!”

海保娘脚上的血,流了一地。

众人包了海保娘腿上的血窟窿,把她扶在一只藤椅上,抬出大门,打算送回石浒村去。

海保娘受害的消息,传遍了东溪村。家家户户,老老小小全都拥出来。达和叔、二利正从田里回来。一见躺在藤椅上的海保娘昏迷不醒,脸上白得没一丝儿血色。达和叔张开两条胳膊拦住了去路,说:

“这个样子了,你们还把她往石浒抬?先送我家去!”

抬椅子的人,把椅子就在巷弄里停下了。人们正要把椅子往达和叔家抬。二利喝道:

“不!没那样便宜的事!给周清官家抬回去!走!我们一齐走!”

达和叔不赞成。父子俩争执不休。椅子又停下来。人越来越多,里三层外三层,围了个滴水不漏。正在不可开交的时候,人丛里有人说:

“好了好了!墨斗来了!”

这个叫墨斗的,大约三十上下年纪,他是个木匠,正好在外村做生活回来,他原名叫大孚,“墨斗”①是他外号。人们送他这么个外

---

① 木工工具,一头装着小竹筒,里边盛着墨棉。另一头是小滑车,丝线穿过竹筒,弹出准绳。

号,倒不是因为他是个木匠的缘故,而是他为人规矩正直,做事肚里有准绳。人们一见他来,人丛里很自然地让开了一个口子。

他看了看海保娘的伤势,问清了原由,忙说:

“有话回头说!先治海保娘的伤要紧!大牛,你莫傻站着了,快快跑枫镇去把何师傅请来!快快!”

那个叫大牛的,是个细长个儿的少年,二话没说,提起两条长腿,飞也似的跑了。

二相公、相公婶闻讯赶来。相公婶一见自己妹子被害成这个样子,扑在椅子上放声大哭。二相公两手发抖,抓脑抓脖子地没了主意。大孚忙把相公婶扯开,说:

“现在不是哭的时候!快抬回家去再说!”

一大群人护着抬着海保娘的椅子,挤挤攘攘,向太史第走去。

太史第是一所高大的房子,据说是同治年间的一位太史建造的;前后共三进,每进有个大厅,每进之间有个天井。现在除了天井,这三个大厅已经没有了,大厅隔成一间间的小间,像是蜂窝,每间里满满是人。可是从大厅的宝盖和雕梁上,都还可以看出来,这不是一座寻常的建筑。

这里住了十几户人家,多是作田户。这个村里人多田少;那些作田的常常学一门手艺,帮着糊口。在这十几户人家中,就有泥水、木匠、裁缝、剃头的、补锅的、号碗的等十几行。达和叔、大孚、大牛家全在这里。

一伙人进了太史第。把躺着海保娘的椅子停在头进的天井里。一停下,满“第”的人忙得团团转。烧汤的烧汤,煮水的煮水……人们七手八脚地给海保娘敲背,揉肚子……不一会儿海保娘才醒过来。

大牛扯着何师傅满头大汗跑来。何师傅是枫镇专治跌打损伤,兼治狗咬、蛇咬的走方郎中。他打开一个布包,拿出大瓶、小瓶、刀子、镊子……解开海保娘头上扎着的黑布,抹上一把药末,又包上了。接着又解开她腿上绑着的布,左看右看,只不作声。

海保娘腿上的伤口,有茶碗口大,何师傅用药草熬的水仔细洗了,露出一块白骨来。围在海保娘身边的人看了,一个个捏了把冷汗。

何师傅又在四肢上按查,见骨头没有折断,不用接骨,在伤口上敷了末药,布扎好了,站起来,擦擦额上的汗,出了口长气。

众人七嘴八舌地问何师傅这个伤要紧不要紧?他只是不回答。直到后厅里,他才对大家说:

“不瞒各位老表表嫂说:若果是枪伤刀伤、跌打损伤,不说这位表嫂这般光景,就是再厉害些,我这副草药,不保十成,也能保个八九成。只是,狗咬成这个样子,就难说了。因此我也没敢用草药。”

说起何师傅这副草药,确是远近驰名。他刚才说的,并非夸口。只要敷上他这副草药,任你受了多重的伤,不出七天,就要痊愈。现在众人听了何师傅的话,连他也不知道怎么治法,都明白大喜嫂是凶多吉少,一时都着急,都求他还是把草药敷上,试试看。

何师傅见众人这般说,也不推辞,便向大家打了个招呼,去村后山上寻草药去了。

不久,何师傅带了草药回到太史第,赶忙捣好敷上,并开了个药方。二相公知道何师傅要走了,他拘拘谨谨地迈上前来,对何师傅拱了拱手,说:

“我来告罪了,何师傅。不巧舍间拮据,菲薄之仪,只好改日奉上,恳请何师傅见谅。”

何师傅虽然不太明白二相公的话,但那意思是领会到了。就说:

“哎,相公。你若是这般说,就不给学生留脸面了。慢说令亲府上是这般光景,又受了这样的冤屈,就是比眼前光景再好,我也不能伸手呵。说句笑话,要是遇上那等强行霸道的人家,他的礼不到,我的药也是上不去的。”

二相公把何师傅送出太史第,何师傅才悄悄对二相公道:

“有句话我要明说:我开的那副药里,少开了个药引子,不知道有法子弄到手不?”

“什么药引子?你尽管开上就是,总得想法子。”二相公忙说。

“不是花钱能到手的东西。”何师傅把嘴凑到二相公的耳边,“哪条狗咬的,要用那条狗的苦胆作引子,这是祖传秘方,人命要紧,我才对你说了。这能办到么?”

二相公愣住了,心里绞得好痛。他才愁眉苦脸地回到太史第,见海保哇哇哭着冲进来,扒在娘身上哭得失了声。娘摸摸他的头说:

“不要紧的,这有什么哭头。听娘的话,莫哭坏了身体……”

一天井的人一想到海保爹才叫人逼死了,娘又被糟害成这个样子,一个个回过脸去,一天井的呜呜咽咽的啜泣声。

二利再也忍不住了,哇哇地哭出声来,挥着泪,从地上把海保抱起来。回头忽看见大门口有个人头,向这天井里望了一下,又缩了回去,又伸进来……二利心里好生奇怪,放下海保,一个箭步,蹿了过去,伸手把那人拖了进来,一看,这人是稀狗屎。

“你来干什么?”二利厉声问。

“我家大老爷回来了,叫我来看看大喜嫂的……”稀狗屎缩着头说。

“他还说什么?”

“他说,听听众人说了些什么话?”

“滚你娘的蛋!你回去对你那大老爷说,海保娘的事没个完,二利就要找他家老三算账去!听见了没有?”

稀狗屎走后,大孚对众人说:

“海保娘的事怎么办?大家给海保拿个主张!”

“我们把姨娘抬上,一齐找周清官去!”二利嚷道。

后生们跟着喊起来:“走!走!”

“真他娘的没日头了!”

“找周清官去!”

大孚忙说:“找他去,我们心里也得有个谱儿,乱轰轰的办不了事!”

他说着,拉上二相公、达和叔等几个年长的,到他房里去商量。二利紧跟了去,达和叔一把把他推开,砰的一声,把房门关上了。

大孚他们几个,商量定当,要周清官答应五件事:一,负担治伤费用。二,出白米三斗。三,不得夺佃。四,把狗交出来。五,放鞭炮一挂。要是周清臣不答应,或是海保娘的伤有个三长两短,那么,再走下一步棋。

一行人到了周清臣家。周清臣向众人拱拱手说:

“劳动各位了!我才从外公家拜寿回来,不想出了这样的事!真是不巧!真是不巧!”

周清官像尊泥菩萨似的在一边坐着。

众人把商量好了的事全端了出来。

真是出乎众人的意外,所说的事,没费什么口舌,周清臣竟全应承了,唯独杀狗的事,不肯答应。俗话说:“打狗欺主”,何况把狗杀了?这不但当前失了面子,日后准定会成为“典故”,遭人笑话的。任凭怎么说,他也不松口。临到末了,他实在没法驳回大孚,才答应明天再商量。大孚见他转了口气,才和大家向他告了辞。周清臣笑嘻嘻地把大家一直送出大门。

周清臣返身回来。周清官在花厅前站着,冲着他说:

“今天晚上,这伙人倒想来替一个佃户的女人打我们的人命官司,你不给点颜色给他们看看,真把我气哑了!”

“唉,气真是气人,只是,说起来,也怪我们太孟浪了!如今大喜才死,剩下孤儿寡妇的,你把他女人叫来做什么?这就叫失策!你竟然动武,这更是失策,你还放狗咬她,那简直是笑话了!”

“你没见那个乞婆好凶呵,换了你,你也忍不住!”

“她怎么凶,不过是个佃户的女人!你要收田,也过了秋再说呵!”

“依我的脾气,真想把她杀了,大不了破费几百大洋!”

“当然!不过你得深思:灭了一家佃户,自然是小事。可是,我们家佃户只他一家么?就拿今天的事来说吧,不过得罪了一个大喜女人,你没看见整个太史第都翻了天了!可得谨慎,日后还免不了有棘手的事……”

第二天早晨,周清臣家出了件怪事:他家那条狗,被人杀了,开膛破肚地挂在门前那棵树上。

周清臣嘴上不说,心里不安极了。他还不完全是为了心疼这条狗,而是预感到在这件事后边,隐藏着更可怕的事。瞎精掉了几点眼泪,说:

“它虽是畜生,可也是周家的功臣!”

她为了气气那帮作田的,故意买了口上好的小棺材,盛殓了这条狗,招摇过市地着人抬到石浒村后狮子山上的乱葬冈上去掩埋了。

第二章

1

海保娘一病不起，在这年秋末冬初，病势越来越重了。

相公婶到了海保家，日夜守在海保娘的床前。眼看着自己妹妹的眼窝越陷越深，眼神越来越显得暗淡无光，心里说不出的着急。

这天深夜，海保娘要相公婶在她脊梁后垫上两个枕头，支撑着坐起来，两眼直勾勾地瞧着姐姐，在那深陷的眼窝里，簌簌地滚下两行热泪。

相公婶忙拉起衣角，轻轻地替她拭去眼泪，悄声细语地说：

“你心里怎么了？”

海保娘出了口长气说：

“我放心不下的是海保……我这一走，我可把他交给你了……”

“莫说这话，你的病已经见轻了许多，慢慢就会好起来的……”相公婶嘴上这么说，心里可一阵阵的绞疼，怕妹妹看到自己眼角里噙着的泪花，忙扭过脸去。

夜更深了，那如豆的灯光，突然一亮，发出滋滋的响声，灯盏里的油快熬干了。

海保娘呆呆地望着那跳跃不停的灯光，二十年间的往事流水般的在她眼前流过，正像是昨天发生的一样。现在姐姐又坐在她的身边；可是，不是当年在和姐姐商议自己的婚嫁，而是对姐姐托付后事。这真是断肠的时光。

相公婶眼看着妹妹快不行了,忙把酣睡着的海保叫醒了。

海保不知道娘有什么要吩咐的。他披了衣服,走到娘的床前。娘说:

“把衣服扣好,小心冻着了。”

海保扣好了衣服。

“娃儿,”娘说:“你靠近点我。”

海保像一只小犊儿,把头探进了床槅子,让娘抚触着他。

“娘要死了。”娘用手摸他的头,“娃儿,这以后我们这一家子就剩你了。你要记着,我们家是给谁弄得这般凄惶,这般下场的。”

“我记得,娘。那是周清臣家害的。”

“要记着你那可怜的爹。”

“我永生永世记着。”

“也要子子孙孙记着。”

“是,娘。我要替爹报仇。这周清臣家,要是雷不劈它,火不烧它,等我长大了,我就要把他们一个个宰了。娘,你给我爹说:我先要宰了那周清官。”

“娃儿,”娘极为痛楚地说:“你要这般说,娘就闭不下眼睛了。就是你长大了,你单枪匹马,怎能敌过他们?想起我和周清官干仗的事,总觉得太急躁了!到头来还不是自己吃苦!娘是疼你爹不过,才嘱咐你记着他的,娘不是让你为你爹闯祸去的。懂了吗?娃儿。”

海保一时没有作声。娘又催促着说:

“娃儿,你是不听娘的话吗?”

“我听,娘。”

“你答应娘吧。”

这个倔强的少年,不自主地流出了眼泪。他哽咽地答道:

“娘放心,我心里有主意就是了。”

娘说:“这就是了。还要记着:以后要好好地遵姨爹姨娘的教导。”

“我记得,娘。”

娘沉默着,一双干枯的手在海保头上轻轻地抚触着,缓缓地移动着。海保也一动不动地承受着那即将失去的慈母的爱抚。

淡淡的灯光,映着那凝静的人影。

久久地,娘又说话了:

“那,你能听娘的话,回头我就告诉你爹了。”

海保再也忍不住了,一下伏在母亲的胸前哭起来。

于是,娘伏下头,吻着他的腮,说:

“娃儿呵,只要你牢牢记得你答应了娘的,娘就是打落到十八层地狱,过枪刀山、火焰山,娘也甘心……”这句话还没说完,她就闭了眼睛。

2

二相公、二利……还有石浒村的近邻,得到海保娘病故的消息,都赶到海保家来,商量料理后事。可是除了海保娘贴身穿着的一身掏了棉花套的破夹衣,一床破棉絮,什么也没有了。这一屋子都是穷得当当当响的人,愁得一个个眉心里挽上了疙瘩,也没有办法。

相公婶主张带上海保到周清臣家走一趟,求求瞎精施舍一口棺木。二相公听了这话,愁眉苦脸地连连摇头,连声地说:

“难矣哉!‘犹缘木而求鱼也’!”

旁人并不十分听懂他的话,可也都默不作声。只有二利插嘴说:

“是难。我看去也枉然,白磕了头,还讨场没趣。”

相公婶说:

“这可是火烧眉毛的事呵!那么你们拿个主意看看。你们以为我是想去么?”

二相公又迟疑了,反剪着手,踱了几步,抬头叹了口气说:

“在人矮檐下,不得不低头……”

二利心里还是主张不去好,只是不再作声。

相公婶就拉着海保要走。海保也觉得去也没有用,纠缠了半天,相公婶推推搡搡地,硬把他拖走了。

哪知道到了东溪村边,海保又站住不走了。相公婶只好独自来见瞎精,求她家施口棺材给大喜女人。

瞎精听了相公婶的话以后,呆了一会儿,就皱起脸,微微一笑说:

“说起来,施舍一口棺材是善事。我家祖宗多少代就是积德行仁的,相公婶你也知道。”

“这个我知道。”相公婶暗自骂道:“你这缺德婆,将来不得好死的!”

“从年头到年尾,我家里也不少放生、写缘、施棺材。这些事,相公婶你也知道。”

“我知道。”

“说起来,大喜在我这里做了这么多年,老宾旧主的,我就该施口棺材与他。可惜他没有打捞上来,也不知让大水淘往哪里去了,说起来实在可怜,让我也空发了这一片善心。这件事,到如今我还存在心里头,放不下呢。”

“可不么,也怨大喜没有这个缘分。”

“说起来,大喜的女人,她现今既然没了,又没有躺的。相公婶你又亲自上门来了,就是不来,我也打算施舍她,了了我对大喜这个愿。”

“这就领情了。”

“只是,”瞎精带着歉意说:“不凑巧,正遇上这个槽口:这几天,我这里的银钱紧得很。不瞒你说,连买豆腐也在赊账。”

“老婶,”相公婶有些着急地说:“一具寿木的钱,你老人家也不是个大数。明里去,暗里来,还是求你发个善心。”

待了好一会儿，瞎精把烧火表嫂叫了来，吩附道：

“你领相公婶去见大老爷，她是来替大喜女人求施棺材的。就说老奶奶叫大老爷看着办，说老奶奶这里正好银钱不方便。说老奶奶说，要是方便，施口薄板子也使得；说他男人在这里做了这多年的长工，又做了这多年的佃户，也算是老宾旧主。如今他女人没了，怪可怜的；说是相公婶亲自来了，也该格外有个面子。要老爷看着办吧。”

正好周清臣来了。他听了瞎精的吩咐，大声大气地教训起人来：

“相公婶！不是我话说得不好听，他们那些作田的真是不知天高地厚的，随随便便让你到这里求施棺材。哼！这棺材随便什么人都能困的么？困棺材也要有这份福气。天老爷它没有施与海保娘这份福气，即便我这里施与了她，她困着也要烧死的；她能在里面躺得安逸么！要懂得：这里不是不行善的人家；这周围，村村堡堡，哪个不知道老奶奶是个乐善好施的菩萨。可无论如何，要用得其当。像大喜女人这个命，显见得她是缺这份福的。要是真的施与了一口棺材，不单是没有功德，倒反逆了天意了。这不单我这里有过错，就是死者也是不安的。”

相公婶听到这里，知道要他们施舍，显然是没望头了。可是一想到妹妹的尸体还在家里搁着，心里像刀割一样，就说：

“大老板，不要你施舍，借她一口棺材钱。将来要她娃儿一定还你。她今生今世还不了，来生来世，变马变牛，也要还清你的。”

周清臣嘴里唧唧哼哼地念了一阵子佛，才说：

“念你一片热心肠，我这里送与他家两块钱；拿去买一副板子，将就安置了吧。”

两块钱，仅够买一副装婴儿的薄棺。相公婶的心顿时凉了半截，一下站起来，拿了钱，头也不回地出来了。

当相公婶刚跨出大门坎，瞎精就对周清臣说：

"两块钱不打紧,这个例规却开不得。这么多佃户,谁家有一点事,就要打发他几块钱;打年头到年尾,积起来就是一笔大数了。今天这件事,你欠斟酌!"

"娘教训得是。欠斟酌。"周清臣停了停,又说,"大喜家的欠租不是还没还吗?大喜女人这一死,就更没还的日子了。我想等大喜女人一落葬,就赶紧把她那个娃儿弄来当伴当[1]顶租。因此,我也就松了松手。"

瞎精点点头说:"这倒是理。"

相公婶出了村口,找着了海保。海保问她棺材的事,她一言不语,把两块钱随手给了海保。海保明白了,气得他一句话也说不出来,随着相公婶回石浒去。

3

相公婶和海保一进石浒村,远远就见二相公、二利等人正在门口眺望。二利等不及他们来到,忙跑着迎上前去,开口就问:

"怎么样?"

相公婶摇摇头轻声地叹了口气。

二利又问海保,海保掏出两块现洋给他看了看。二利明白了,气得直喘气,要是在平时,他准得破口大骂,可是眼下不是生气的时候,一言不语,转身就向东溪村太史第去找大孚。大孚嫂说,大孚到外村做木工还没回来。二利拔腿就往村外走,没走到三四里,正好遇着他回来了。他问二利道:

"这时候你去哪里?"

"海保他娘昨夜里没了。我正来寻你。"二利说。

---

① 氏族中的奴隶。他们在公堂中作吹鼓手,抬轿和听候使唤。地主家也有买伴当的,作为一家的奴隶。

大孚说："他们村里丁壮少，抬馆打穴，人一定不敷，我们这里去了人么？"

"有几个人和我二婶一道去了。只是现在还没有装的。"

"穿戴了么？"

"哪来的衣装呵！今天天没亮咽的气，到现在还在床上晾着呢！"

"棺材呢？"大孚问。

"更不用提了！刚才我二婶上了周清臣家一趟，求他们一口棺材；棺材没有，给了两块钱。"

"两块钱做什么用？真是个恶虫！"

"那么这副板到底怎么办呢？"

"都说将就了吧。"二利说。

"怎么将就了？"

"用稿荐捆一捆，用块门板扛出去，窟窿打深些，这样埋了算了。"

"这是什么话？莫非他周清臣不施这口棺材，大喜的女人就睡不成棺材？"大孚说："你倒真服他们了？真要这样子，周清臣得意了，大喜在地下会骂我们的。——他也该当骂我们。"

"也只好挨大喜的骂了。有什么办法呢，这一时三刻，借不到也赊不着。"

"那也得想法子，反正不能用稿荐卷。"

说话间，他们已经到东溪村后的松林里了。二利远远地看见招喜儿在树下捡柴，就对大孚说：

"我去要招喜儿给老金说去：要老金支工钱去。他的工钱也还有存的。"

二利一句话提醒了大孚，忙说：

"正好！让老金去对周清臣说：'我和大喜一场相好；如今他女

人没了，请你支与我一笔钱，安置她去。'看看周清臣脸上流不流水？——也羞他一顿。"

大孚的话刚落，二利就跨开步子，要上去和招喜儿说。大孚止住他说：

"你莫去。你和招喜儿的事，周清官既然闻着风声了，就该避着点，不能让他拿着你的把柄。你先走，让我和她说去。"

这样，二利一径朝村里去了，大孚走上去，对她说大喜的女人没了，让她告诉老金，要他赶紧来一趟。大孚一边帮招喜儿捆茅柴，一边教招喜儿怎么对老金说，要老金怎么对周清臣说；招喜儿点了点头，见二利在那儿站着，就掉过头去，挑起茅柴忙着走了。

大孚和二利回到太史第，等了不多会，老金急急忙忙地进来了。他一进来，就深深地叹了一口气，说：

"这雷打火烧的家里，把大喜这家子真是害够了。说是'善有善报，恶有恶报'，这哪有什么定准？"

"本来这没有什么定准的！"二利气愤愤地说："我看那玉皇阎罗，全是他娘的财主们升上去的；那判官小鬼，牛头马面，也就是他娘的稀狗屎这号子人！"

"且不管他这些个，"大孚又转问老金道："寿材的事可成？"

"这恶虫写了一个凭条。"老金打怀里掏出那条子来，递与大孚说："我要他写一副中上的。我想着和大喜相与了这半辈子，他临去时也来不及留下一句话，叫我这一年来，心里总是耿耿的。如今他女人又没了，我们在世的人，总要对得起他们才是。你看看，这条条上是怎么写的？"

大孚接过来一看，条子上这样写着：

兹有敝堂佃户洪大喜之妻故去，敝堂施与棺材一口。由来人前来抬取。请暂记敝账为荷。再者：棺材之价，不能高过掩骨会施与冻毙乞丐之价。切切。

义和宝号台照

周清臣手启　年　月　日

二利一听,登时就火了。他对老金说:

"怎么?你出钱,他行善?还是一副埋乞儿的薄板子!和他讲理去!"

大孚沉吟了一会,对二利说:

"也没有工夫去和那狗入的纠缠了。先把这笔账记在心里,得闲时候再和他算。我这里有两块钱,是今儿拿来的工钱,先将它添上,你嫂子有对银手镯,我着她去当三四块钱,凑起来,看能买副厚实点的?"

老金忙接嘴说:"不用你家嫂子出去了。这一时三刻, 哪里当去?我另外支了四元,是预备买棺以外要花的。这钱也添上去,光景能买副中上的了。这周清臣把人坑到这步田地还不甘心,真该天诛地灭!"

于是他们三人匆匆地出了太史第, 朝石浒那边走, 上了木鱼坡,迎面碰见了柳林村的刘火生。这人水性极好,最会摸鱼。大孚立时想起了件事,就对他说:

"老弟,今儿有件事要巴结你,这么冷的天气,你能下这个狠心不?"

"你先说说是什么事?"刘火生说。

"大喜的女人没了,这回要安置她。你能下个狠,多喝口烧酒,往江里摸条鱼来做个祭么?"大孚说。

刘火生听说大喜女人没了,吃了一惊,紧接着说:

"你真是小看人了,这还用下什么狠心?就说江水连底冻了,我也得给你揪出它三两条来!"

“好！这事就交给你了！”大孚说。

“到那天,你问我要鲜鱼就得了！”刘火生说着,匆匆地走了。

4

海保娘落葬那天,除了二相公和绍亮,大孚、达和叔、二利、老金以及近邻都来执绋。一行人抬了灵柩,直上石浒村后的狮子山来。

坟垒好了,灵柩落了穴,众人坐下来休息。

绍亮一面锄着草坯,一面回想着姨娘家的事。大喜夫妇的影子,老是在他心里晃来晃去,摆脱不了,他时而直立起来眺望,一眼望去,满是新坟旧冢。同是坟地,气派并不相同。有些坟地,单是那圈着坟墓的矮墙,周围往往就有几亩地。墓前有高碑、华表、祭台,不用说,这是财主的坟墓。另一种坟,那不过是个小土堆,坟挨着坟,前后左右几乎没有立足的余地……

海保娘的坟,正挤在那垒垒的荒冢边上。

人间的不平,竟然推广到地下了。似乎在阴间也是一方面田连阡陌,一方面地无立锥;一方面广厦万间,一方面不蔽风雨……

这时候正是黄昏,一抹淡淡的斜阳,落在那冢新坟上。坟上的湿土,反映出一种令人感到分外悲凉的颜色,绍亮正在沉思,忽听得父亲唤他,他丢下锄头走过去。

“我们正说要你给你姨娘坟前写个木牌牌呢！”大孚说。

“好,我试试,”绍亮回过头来问父亲,“爹,怎么写呢？”

二相公低头琢磨了一会儿说:

“难,这个碑文不好写,难在言不能尽其意……”

绍亮想了一会儿,就说:

“有了,只是不知道合不合适？”

“你先念给大家听听,”二相公说:“再来斟酌。”

绍亮说:“依我看,就该这么写。”接着他就念起来:

先母洪吴氏之墓

母氏生于民国前三十年三月十八日，卒于民国十三年十月十九日，享年四十有五。先父迫于豪门，死于非命；不及一载，先母积怨成疾，未尽天年。呜呼！恨海滔滔，此仇必雪；后之来者，磨刃以须！

儿洪海保　年　月　日立

二相公听了，点了点头说：

“这碑文好是好，只是有两件行不得：一则，自我作古，不依照古人的规矩法度，怕人家笑话；二则，后面这几句太搁碍人了，怕他们见怪。”

“这后面几句是什么意思？”大孚问。

“那意思是说：我海保这一辈子报不了仇，子子孙孙也该记着要报这个仇！最后立碑的嘱咐说：我的子孙们！听着！磨亮你们的刀，等候着，为你们的祖先复仇！”绍亮说。

二利一向是不怎么佩服他阿叔而信服他老弟的，现在听绍亮这么一解释，越发对绍亮五体投地了。他大声对二相公说：

“叔，这怎么行不得呢？我看我老弟这篇文章，亚赛孔夫子！”

大孚也说：“这文章里又没有指名道姓的骂谁，我看没有什么搁碍的。他要说搁碍就让他说去，可不能不让人家立碑。”

“你们有所不知。为先人立碑，是件大事，慎重要紧。”停了停，二相公又补充说：“再者，最后这两句，过于孟浪，有欠含蓄，不如易为‘来日方长，永志毋忘’如何？不过这样改了，似乎不如原句有气势，待我再推敲一下……”

二利还在那里回味他老弟那篇亚赛孔夫子的文章，越想越对胃口，不觉叹了口气说：

“真是可惜了我老弟这块好材料！不趴这破柜台，送他上学那多好呵……”

“可不么。”二相公说：“这是老话，也不必提了。反正三年徒弟也快满了，这碗买卖饭也算吃定了。”

“不！二叔，”大孚说：“还是让绍亮弟读书去。我们在村里这样受周清臣家里的气，吃他家里的亏，这为的什么？还不是我们少了这个读书的。要是我们有了：讲拳头有拳头，讲笔杆有笔杆，我们还怕他什么？怕他个屁！”

“话虽这般说。可是要造就一个毕业生，少不了好几百块钱。我们哪来的这笔钱！”二相公说。

“也要看怎么花。”绍亮说：“要是读少爷书，好几百块也索兴不够；读穷爷书，索兴花不了。”

大孚忙接嘴说：“我们当然是读穷爷书，可也得要钱。这笔钱怎么来呢？我想着邀个会。别的没有，村里的人缘我们总不算少吧，多邀几个：一个人来不起一份的，两个三个合一份也使得。积少成多，只要把绍亮弟这个角色拌出来了，就大家欢喜了。到那时节，二叔的会款贴不贴还，我看也不会有人计较了。”

二相公听得点头称是，他也预备说话。二利可抢先说了，他对绍亮说：

“老弟！你如今就辞了生意，上吉安赶考去。光景往返吉安的盘缠也有限，我们先凑凑。只要你考上了，剪裆卖裤来供你，我们也甘心情愿。他娘的，别的不说，只要绍亮赛过了周清臣家里那个柳条少爷，老子也就出了这口闷气！”

老金接着说：“二利说的有理！会邀成了，不论多少钱，有我一份！”

二相公听了众人的话，很受感动，向众人拱了拱手说：

“多谢大家。大孚弟：事，是桩好事，可要从长计议；还全仗你多出主意。二利,如今还没有成事,切不可张扬出去。免得将来‘画虎不成反类犬’,见笑邻里,这就不好了。我们都走吧。”

一时大家都立了起来；也没有站整齐，也没有按年岁辈分排班,只是各就原地向着那丘新冢作了一长揖,然后下山来了。

天快黑了。

桐江,像淡淡的银河,打西边来,静静地穿过那如烟如雾的暮霭,向东流去。

朦胧的月光,从疏星微云里俯瞰着石浒村。村外静悄悄的。那条弯弯曲曲的、打村背流来的小小溪涧,现在已经干枯见底了,那些被冲洗得雪白的石头和那些枯萎了的水草,默默地躺在溪底,这冬夜显得更其冷落。

小坡上那些粗大的枫树,已经不剩一片叶子了。它们那些光秃秃的枝丫,像蟒蛇似的在空中盘旋曲折,纹丝不动。

忽然,高枝上发出一声长啸。这是一只猫头鹰。它的那双眼睛,两点鬼火似的,直勾勾地瞅着海保的家门。那时,里面的人,吃罢晚饭,都出来了。一到场子上,大家不约而同地仰望着树梢,二利狠狠地啐了一口;于是那只猫头鹰又嘎地叫了一声,再一次震荡着那寂静的大地。

5

绍亮在石浒吃过晚饭,就匆匆地赶回枫镇去。

绍亮一面走着,一面想着白天送葬的时候,众人议论要送他上学的事。一件久已在他心里酝酿着的大事成熟了。他要离开枫镇,去寻找新的天地。眼前唯一的出路是去吉安投考师范学校。可是眼下又不是学校始业的时候,至早也得到明春。当下决定去信先和杨剑秋商量一下……

绍亮不觉进了枫镇的街口，望见炳记粮行门前挂着的那盏灯已经亮了。

过了二更，绍亮上了铺门，在里柜上打开了铺盖。然后把煤油灯端到桌上，旋小了一点，就给杨剑秋写起信来。

绍亮的情绪很激动，给杨剑秋的信，整整写了十多张八行笺才完。他封了口，随手夹在一本《新青年》杂志里。这时候，已经是三更天气，黄老板又麻将还没回来。绍亮接着读起书来。

他正读得津津有味，忽听得卸门闩的声音。他忙站起来，用巴掌遮住灯光，向门边一望，见是行里的厨师傅老苗，就问：

“这时候了，你出去做什么？”

老苗翘起一个指头向外一指，绍亮立刻明白过来了，原来今夜里忘记了落檐灯。这是值夜人的过失，老板见了，是要挨骂的。绍亮忙出去把檐灯落下来。

绍亮叫老苗坐下聊聊。老苗摇摇头说：

“你用功吧！”

他说着，蹑手蹑脚地走了。在炳记行里，绍亮和他最说得来。当绍亮刚来时候，晚上在先生那里学完算盘以后，就怀着书，悄悄地溜到厨房里来，借灶王爷的光看书。老苗很有些看不惯。他说：

“要学买卖，就莫想当举子；要想当举子，就莫来学买卖！比方说我吧：我就只当我的火头将军，别的大小事情，不论是做官、做老板，我都没有这份精神。我一辈子就不欢喜脚踏两只船！”

绍亮并不顶他，只是笑着答应说：

“是的，苗师傅，你老人家说得是。我也不欢喜脚踏两只船。我一心只想读些书。”

老苗听他说得这样文雅，转口说：

“读读书也可以。做买卖也该要算盘字眼的，比不得我们做厨子的。”

老苗中年丧妻。只有个女儿，早已出嫁了。倒显得清闲。他不抽烟,不喝酒;可只好一桩儿:听“传”。当他一知道绍亮会讲“三国”,欢喜得了不得。马上请绍亮讲给他听。

从第一回的“话说天下大势”起,到最末一回止,绍亮足足讲了三个月,才把这部书讲完。每天晚上,老苗总得给他预备点考究的宵夜。

“三国”讲完以后,又讲《说岳全传》。当他听到岳家父子被陷害的时候,老苗气得跺脚骂娘。绍亮每次念到秦桧的名字,他就命令道:

“莫要提那狗入的姓名!我操他祖宗万代不出烟的!”

“你看,该怎么叫秦桧?”绍亮问。

“反贼!叫他反贼!”

绍亮依着他的话,就把秦桧叫反贼。讲着讲着,老苗忽然燃起一支香,站起来,问:

“那反贼在哪?你指给我!”

绍亮用指甲在“秦桧”二字上一掐,老苗就立即用香火把它烧个洞。当这部书讲完,一部《说岳全传》,一页一页,满是小窟窿,正像是一张张筛子。

这样,老苗和绍亮,相识不久,就成了好朋友。他觉得绍亮在这里当学徒很委屈,常鼓励他弃商就学。

今天夜里,他知道绍亮值夜,又知道白天绍亮去石浒送了他姨娘的葬,就到前面来,原打算和他聊聊天的。

绍亮读书一直读到近四更天气,黄炳仁老板才回来。

黄炳仁从门缝里瞅见柜里还没熄灯,数桌上还放着一叠书,就很疑心。

门开了,黄炳仁一直冲到数桌旁,他用眼睛扫射了一下。气咻咻地问:

“刚才这里那叠书,哪里去了?”

绍亮知道他进来以前,在外面侦察到了,就指指他的床铺说:

"都搁在被子里。"

"正大光明的东西,搁在被里做什么?"黄炳仁说:"拿出来看看!"

绍亮听他话里有刺,一股脑儿把书抱出来,搁在桌上。黄炳仁拿起第一本书来,看了一会,很有些摸不着头脑。

"这本什么《天演论》,几角钱买来的? 嗯? "

"不知道! "

"这本呢? "黄炳仁指着《块肉余生述》问。

"不知道! "

黄炳仁把书一翻,指着五六册《新青年》问道:

"同样的一本书,你买它这么多做什么? "

"里面不同! "

"哼! "黄老板带着一种好气又好笑的口气说:"我没听见过有这样古怪的书:外面一样,里面不一样。谁听说过有这种'学而'①和那种'学而',这种'梁惠王'②和那种'梁惠王'各不相同的呢? ——你那买书的钱,是哪里来的? "

"那些书,多数是借来的。"

"向谁借的? "

"同学。"

"谁? "

"杨剑秋。"

"是枫镇杨家杨广才老板的娃儿吗? "

"是他。我们小时候就相熟的。"

"哼哼! "黄炳仁冷笑了一声,说:"这个我也知道:广才老板生前精明,留下了几文钱,有他那少老板花的。我也听人说,那位花花少爷对于钱财衣物不算回事,连身上的驼绒袍子也脱给别人穿去

---

①② 这里黄老板指的是《论语》和《孟子》。

了——也不知广才老板在哪一件买卖上亏了阴德，养出这样一个现世宝来,供人笑骂。只是,哼,”他又冷笑了一声,“这位少爷早已退了学逛广州去了。一辈子他也不准定回来了。你又何从向他借书呢？嘿！”

“他早已回来了,你看这书上面还有他的名字。”

“名字是可以随便写的！”啪！黄炳仁拍了一下桌子,“这是什么时候了！打过了四更,你还挑灯掌火,在柜里乱七滞八的！你哪是新来的,还不知道店规么?！到财神爷面前跪下！”

绍亮还是直挺挺地在那里站着,毫无悔过的意思。

这一下,可把黄炳仁惹火了,哗啦一声把桌上的书籍,一齐扫在地上,吼道:

“这些赃物！”

这当儿,绍亮给杨剑秋的那封长信,从一本《新青年》里抖落出来。绍亮正想去拾,哪知黄炳仁手脚更快,早一把抓在手里了。

“这是私信,请你尊重人家的通讯自由！”绍亮说。

黄炳仁哪顾得上说话,早把信拆了封,眯着眼专心专意地念起来。他口中念念有词地读着,先是冷笑,再是摇头,而后咬牙,最后连脸色都变了。他一屁股埋倒椅子里,一手按着信,极力忍住怒气,笑笑说:

“好呵！真想不到我这小号里的一个学徒,还有这样的大志。可敬可佩！这果真是你的真心话呢,还只是说说疯话而已？”

“我从来不说假话！”绍亮冷冷地说。

这就更出乎黄炳仁意外了。按常情来说,学徒到了快满师的时候,为了争取店主的提拔,对于店规总是格外的尊重,对于老板和大先生们的话,更是说一不二的。一个人学不满三年徒弟,正像个做媳妇的犯了什么“七出”之条,被夫家撵了出来,这对于各人自己的名声和前途是很不利的。这个绍亮莫非真的这样不通窍么？他从坐椅子上站起来，慢慢地走到绍亮的面前，往门口一挥手说：

“那就请便吧！”

绍亮并不立时理他，不慌不忙伸手到桌上把那封信拿过来。又把撒了一地的书一本本捡起来，掖好，才说：

“好，待我先拾掇一下行李。”

“交回工本饭钱[①]，马上给我滚！”

“记在你的账簿上吧，将来再跟你清账！”

绍亮捆好行李，扛在肩上。正要走，黄炳仁一把揪住了他的长衫角说：

“把铺盖放下！没那么便宜的事，清了工本饭钱再来取！”

绍亮一声不响，把铺盖扔在柜上，挟着书，嘭的一声，开了店门，一步跨了出来。

他一口气向着东溪那个方向走了三四里地，不觉来到桐江的边上。

这正是白露时节，枯草上凝结了一层厚厚的霜。天上一弯新月，像一叶万里长征的孤舟，在那耿耿的银河中行驶。静静的桐江水，脉脉地向东流去。他觉得这里的空气是如此的清新，深深地吸了几口，在江边坐下来。“到底上哪儿去呢？”他默默地思索着。当他已经决定了行止，猛一下站起来的时候，忽听到背后传来一阵沙沙沙的脚步声，紧接着听见有人喊道：

“是周师兄吗？慢走一步！”

绍亮回头一看，那人已经三脚两步赶到面前，双手一下抓住了他的一只手。原来这人是老苗。只见他气喘咻咻，满头汗珠滚滚。绍亮心里说不出的难过，默默相对了好一会儿。老苗才说：

---

① 学徒入店，店中例须向学徒家长和荐主说明：如非店主辞退，自行离店的，须赔偿耗费和伙食钱。

"我送送你,难得我们相识一场。"

"你怎么知道我走了?"绍亮说。

"你当我是聋子怎么的?你和老板说的话,我在店堂后边句句听得真切……"

一老一少在江边坐下了,又默默无言地相对了好一会儿。老苗站起来,突然把几块热乎乎的现洋塞到绍亮的手心里,同时双手把绍亮的手紧紧捏住,不让他松开。绍亮正要说话,老苗抢着说:

"我不让你说话。这三块现洋,你留在路上当盘缠。你要是不受,那就伤了我的心……"

绍亮摸透了老苗的脾气,不再推却,就说:

"谢谢师傅!"

老苗这才松了手,说:

"我该走了,回头叫老板知道了又是事,愿你一路平安!"

话还没说完,老苗一扭头就走了。

绍亮手里拿着那留着体温和汗水的三块现洋,久久地望着老苗微弯的背影,一摇一晃,慢慢消失在那迷茫的夜雾里边。

6

海保娘落葬后的第二天,周清臣就差稀狗屎把二相公传了去。二相公心里七上八下,生怕昨天众人商量给海保娘写碑文的事,让周清臣知道了,慌慌张张随着稀狗屎来见周清臣。周清臣笑眯眯地站起来让座,二相公心里才落了块石头。可是周清臣并不立时说话,二相公心里又乱了,忙问:

"有什么事吗?"

"你也成了贵人多忘事了?还不是大喜家欠租的事嘛!这笔账早该清了,如今大喜女人这一死,更该有个交代。你是中人,当真就忘了?嘿嘿……"周清臣说着,一面把厚厚的一叠账簿推到二相公的面前，跷着两个指头，蘸着唾沫，不住地翻着账簿，一面嘀嘀哒哒拨着算珠，临了，指着算盘给二相公看：

“数目不大。历年未清欠租，本息统共不过四十五石八斗三升谷；按市价折合大洋四十四圆零二分三厘。你再过一遍账看看……”

二相公一听这数目，吃了一惊，当真把账簿拉过来，在算盘上一笔笔加起来。结果，和周清臣打的数目，丝毫不差。二相公望着算盘发愣了。

“那么今天就清了账！”周清臣说。

“今天？”二相公摇摇头，“想必你也明白，大喜剩下这点家当，装装还不够一担挑。他娃儿这么点年纪，更说不上替他爹还债了；就说把他插上草标卖了，也不够你这个尾数……难，难。”

“二相公，我不是在长辈面前放肆，你这句话欠斟酌！当初不是你拍胸脯，我的田是决计不租给他的。一字千金，中人的押是随便画的吗？这，你比我还明白！”

“大老板，请放心！我写下的字，我决不赖账！我们读书人讲究的是‘士可杀而不可辱’的！我人穷，气不短……”二相公说着说着站起来了，满脸通红。

周清臣笑笑说：

“从何说起！从何说起！请勿多疑，坐下慢慢说。说句笑话，我还怕你赖吗？欠债还钱，天经地义！不然，还用什么国法？”

二相公扭过脸去，气得脸色泛白，两手微微发抖了。好一会儿，他才回过头来，坐下了，喘了口气，说：

“好，三年之内本利都由我归还。”

周清臣摇摇头。

“一年如何？”

周清臣突然哈哈大笑不止，一面擦着眼睛，一面说：

“你是存心要把我笑死怎么的？我又不是三岁的娃儿……”

二相公感到受了侮辱,深深地刺伤了他的心,愤愤地说:

“那你说怎么办吧?”

“这又奇了!好个相公!这是我向你这个中人要账,不是我要还你的账!”

“这样吧,让他娃儿给你做长工抵租!”

周清臣没有马上回答。架起二郎腿,摇晃了一阵,才说:

“不过他娃儿还当不得一个人用——你既这样说了,权且这么办。这个中人,还得烦二相公你来当。”

当下就立了文书:

一、洪大喜承耕本堂名下上上良田六亩四分,按年应纳租谷十一担。除历年欠交之外,去年应交之租,颗粒未缴;本应经官究办,姑念本人及其妻均已去世,保人二相公又是族中长辈,东家宅心忠厚,不为已甚:酌准大喜之子海保前来抵租,期限五年。五年之内,不给工钱,不管穿着衣服,只供饭餐。

一、东家所雇长工,凡遇插秧、耘田、割禾、抢水等农忙时节,东家例给水酒半壶。海保因系抵租长工,非正当长工可比,东家例不给酒。

一、此次东家收留海保,全因亲族面情。五年之中,海保不可偷奸躲懒。如有上项情事,任凭东家处罚。五年期满,应知恩图报,一心依靠东家,不去别处议工,工钱之事,到时再议。东家宅心忠厚,绝不亏待。

二相公忍住泪,在文书上画了押。

第二天清晨,瞎精打发招喜儿去唤海保来上工。一路上,招喜儿告诉海保要怎样应付瞎精。海保一面听,一面称是,听到最后站

住了,他说:

“表姐,不去了!那么难说话,我受不了!”

招喜儿忙说:“不打紧的,老表,我在一边呢。你若是答不来,光景着能架桥,我就替你架桥;只要莫决撒了。一进这铁门坎,就和那老瞎精决撒了,往后的疙瘩就多。”

海保还是不走,招喜儿费了好大劲儿,推推搡搡,总算把他赶到瞎精房里。

出乎意料之外,瞎精并没有说什么话,只是叫海保走到她跟前去,伸手摸索了好一会儿,一下抓住了海保的胳膊,往她身边拉。海保以为要打他,正要挣扎,哪知道瞎精并不打他,只是捻了捻他的手腕和胳膊,弯下腰来捻了捻他的小腿,又从头到脚摸了他一遍。她想:手脚倒大,个子不矮,肌肉也结实,能顶个大人做生活了,才放了心。可是马上又叹了口长气说:

“又是条装粮食的口袋!”

接着,瞎精让招喜儿领他到宜春祠里去见大老爷。

这“宜春祠”是周清臣家的家祠。宜春是周清臣父亲的名字。周宜春早已去世了,他生前是在外方做生意的。据乡里传说:这周宜春是发横财起家的。青年时期,他在远方一个钱庄上做伙计。钱庄老板活到七十岁上死了,留下一位年方四十出头的太太。那年周宜春二十刚出头,竟和她勾搭上了,发誓要白头偕老,相约远走高飞。一天深夜,把老板遗下的全部金银宝器,以及厅上的全套楠木摆设,全装到一条船上。约好天一亮开船。第二天天刚亮,当那位乔装了的太太,慌慌张张赶到江边,但见浊江万里茫茫;连船影儿也没有……终于投了水。

周宜春一夜之间成了财主,扬帆千里,回到东溪,起屋造舍,买田置庄,名闻百里了。乡里的豪绅可另有看法,觉得他是暴发户,不是世家,都不愿和他来往。他下决心要在豪门大族中找到一位“泰山”,作为进身的阶梯。可是怎么也不能如愿。

真是无巧不成书:盘塘举人王老爷的一位千金,小时出天花,留下一脸斑点不说,还瞎了两只眼睛;高不成,低不就,年过二十,尚待字闺中。他一听到这消息,真像是乞儿拾金,差点儿没乐死,马上托人向王府求婚。一拍即合:两家结成了姻娅。

从此,周宜春是有名的举人老爷的女婿,自然跃进了豪绅的行列,在乡里成了呼风唤雨的人物了。

瞎精给他生了三个儿子:老二,十六岁娶妻,十七岁短命死了;老三周清官,不怎么有出息;只有大儿子周清臣是他家一个拿得起放得下的儿子。周清臣也是王家的女婿,他的老婆是举人老爷的孙女,也就是瞎精的侄女。他虽然少读诗书,只是略通文墨;但是世故练达,比他父亲更出色。

他是极相信风水的。他父亲的坟地,就在石浒村前面。在安葬周宜春时候,周清臣请了许多风水先生来选葬地。结果看中了一个滚圆的小坡。那小坡,依形势看:它是狮子山的脉络。风水先生告诉他,这坡儿正是狮子蛋。狮乃兽中之王,所以谁家要是将先人葬在它的蛋里,在他的子孙中,将产生王侯将相。不过,风水先生又告诉他:可惜大道上那座桥是座平板桥;平板桥不能约束龙势,溢了灵气,必须改成拱桥。周清臣马上动手修桥。由他的妻舅王佐领衔,在乡里募捐。桥建成了,命名为“挽龙”。就是取那或将逸去的龙脉挽留在此的意思。桥头还立了一个碑,碑上横镌着四个篆书大字:“为善最乐”。这句话,当年是周宜春最欢喜说的,自然瞎精也是津津乐道,而周清臣呢,简直把它变成口头禅了。

招喜儿领海保来到宜春祠的后厅,见了周清臣说:

“老爷,海保老表来上工了。去过了老奶奶那里。老奶奶说:要他来听大老爷的吩咐。”

周清臣问海保说:“你挑得起一担水吗?”

“挑得。”海保答。

“那好。明天,大少爷去省里上学,你挑大少爷的箱子铺盖,送到东口搭洋船去。”

这时候,柳条少爷正在房里整理行装。和往年一样,在去学校的前一天,他得换过衣服;他现在已经脱下了长皮袍,穿上学生装了。他听见父亲正在厅上吩咐新来的长工,明天给他挑行李,就探出头来看看。当他看见海保,就唤他进去理东西。他一骨碌躺在那可以前后摇动的“逍遥椅”上:两手反抄着,枕着头,架起两条腿,一抖一抖地,“逍遥”了半天,才懒懒散散地指着书桌旁边那根手杖对海保说:“明天怕我忘了,你记着提醒我!听见啦?小孩!”

“提醒你什么?”海保听见柳条少爷叫他小孩,心里很不高兴,特地这样问。

“司的克,懂吗?司的克!”周小臣说的是半京腔、半土调。“忘了唯你是问!”

7

第二天,柳条少爷向他的长辈行了辞行之礼,就起程了。海保挑着行李跟在他后面。他在前面,身子觉得轻飘飘的,不住地挥舞着手里的“司的克”。油菜花开了,散发着香气,天气晴朗,春意盎然。柳条少爷越走越觉得心身舒畅;于是,他高歌了起来:

“毛毛雨,下个不停……哎哟呦,小亲亲……”

他反复地唱着,温和的太阳照射着。正在他的兴头上,不防在后面的海保摔了一跤, 以致把行李摔散了。海保因为个子还不够高,又兼拴行李的绳子过长,上坡时候,用力过猛,碰着了高坎,以致碰翻了。

柳条少爷回头一看,使用“司的克”指着在坎下拴行李的海保,打着官腔：

“猪猡！猪猡！”

海保连眼珠子也没有搁他，只是心里闷气。待拴好了，挑起行李，上到坡上，柳条少爷又把原来搭在自己手臂上的大衣搭到扁担上：

“当心！Boy！”

接着他又哼着那调调儿朝前走，走了一阵，回头一看，看见海保落后得多了，正搁下担子在那里拾大衣。柳条少爷好不恼火，立时跑了回去。实在，他那洋棉袍自从搭上去，已经滑落不止一次了，海保心里比他更气呢。

柳条少爷上前去，提起“司的克”就往海保背上抽：

“奶奶的，你敢怠工！”

幸好担子上了肩，棍子让扁担抵住了，海保只是在肩上挨着了一点。

着了这一下，海保也不哼声，把担子一扔，抽出扁担，双手捻住，对着柳条少爷怒目而视。柳条少爷喝道：

“什么！你敢反抗我！”

于是举起“司的克”，照着海保抽去。没待它落下，海保用扁担一拨，把那棍儿拨到了半空中，落到老远去了。

眼前只有两个人，没有人做转弯，倒弄得柳条少爷下不了台了。而且海保正气咻咻的，一点也不怯他，他只得色厉内荏地说：

“你快去把我的‘司的克’拾过来！否则你负完全责任！”

“你今天莫想上桐江湾去！要去，你挑着去！”说罢，就转身往回走。

这里柳条少爷大声叫他，他只是不应。行李又不能丢下不管。没法，柳条少爷只好追了过去，拉住海保说好话，海保没有住脚，也不回头，实在没有法子了，那位少爷只好降格，动手去拉他，连拉带哄,这才把海保拉了转去。

海保回来时候,已是黄昏了,他进厨房里吃晚饭,满肚气憋着,饭也吃不进去。表嫂见他这般,以为他年纪还轻,刚到这里,有些不惯,便一面洗家什,一面逗他说话。海保正待把今天的事说给表嫂听时,稀狗屎进来了。他不愿理会稀狗屎,又闷坐了一会,就独个儿摸到下房里睡觉去了。

这下房里有两张床,一张是老金的,一张是海保他爹当年睡过的,现在海保又睡在上面。老金这几天上吉安去了,海保只得独自守着那房间。周清臣家的规矩:非得过年过节,长工房里只能燃松油枝,不能点油灯,海保索性连松枝也不点,摸到床上,便脱衣躺下。

四周一团漆黑,除了隔壁猪牛栏里牲畜的声音以外,什么声音也没有。海保在床上静静地躺着,直到二更时分,也没睡着;到三更时分,他还是没有睡着。并不是乍到这里,有点欺生,也不是怕寂寞的缘故,是因为想到了爹,又想到了娘,想到了那历历在目的往事的缘故。

第二天,天刚蒙蒙亮,稀狗屎就跨进房门,一手把海保从床上拉下,“出日头啦,你娘的还在做梦,——走!”

“上哪里去?”海保翻身下床,定睛看时,才看清楚了是稀狗屎,很为生气,“你嘴巴子吃了屎怎的,一大清早就骂人啦!”

“骂你还是教导你,是看得起你。表太公我是随随便便开口的么?别的人请我教导,差不多还礼请不到呢。走!今天表叔——表太公我领你收账去。今儿可是表太公的保举,才让你见见世面啦。到了人家,可得乖乖地听表太公我的号令。你要有个不是,表太公可是有先斩后奏之权,就莫怪表太公我铁面无私了。嘚嘚,锵!嘚锵!嘚嘚嘚锵!——开路!”

晚上收账回来，海保被稀狗屎揪着，来到宜春祠见周清臣。稀狗屎理直气壮地告诉周清臣说：

"这家伙，一点也不听我的吩咐。"

这时候，在场的不仅周清臣，还有两位客人：一位是卫乃道，枫镇高等小学堂的校长；一位是罗明道，枫镇首饰业的首事，是周清臣的三弟周清官的岳父。他们两人是来和周清臣商量募捐，修葺镇上的文昌阁和城隍庙而来的。周清臣知道稀狗屎出去就不会做好事，怕他当着客人兜露出来，便冷冷淡淡地说：

"他年岁小，又兼新来，遇事不熟悉，你指点他就是了。他有什么事不听你的吩咐？"

但稀狗屎没有领悟到周清臣的意思。他于是滔滔不绝地开始述说他今天收账的情形：如何揪那女人的头发，如何卷了她床上的棉被，揭了灶上的锅。"这个家伙不听号令，"他指着海保说，"我都收拾在箩里了，叫他挑回来，说好说歹，他就是不挑！"

"是！我就是不挑！"海保说。他没有申述理由，他不屑申述理由。

本来，在稀狗屎眉飞色舞、宣扬他的武功的时候，周清臣曾经无数次以目示意，制止他说下去；无奈他死不通窍，使得周清臣甚为恼火。当海保说完了那句话，周清臣就笑着向他点头称是，然后转而教训稀狗屎说：

"这海保不挑的是。他还懂点人情世故。本来，目下天气渐渐冷上来了，没有衣服棉被怎么过日子？我也总是教训你：凡是出去办事，最要见景生情，切不可逼人太甚。像这时节，即便人家本利不还，也不能卷铺盖，至于揭人家灶上的锅，更是不该了。一口锅拿回来，派不了多少用场，人家可就一时不方便了。你稀狗屎在我这里这多年了，不见老奶奶和我总是雪里送炭，周急济贫么。哪时候吩咐过你去做那非分之事？今日，好在没有把那担东西挑来；果真挑来了，又要给人家送回去，不是徒劳往返么？"

周清臣说罢,就把稀狗屎喝出去,海保也随之出来了。刚跨出客厅门坎,稀狗屎就指着海保的鼻子道:

“崽仔!这会儿算你行了一次跳蚤运,下次,看表太公我的!”

海保啐了一口,说:“什么时候也不怯你!我早晚等着!”

厅子里的两个客人听见稀狗屎的话,忍不住地好笑,周清臣有些尴尬,也只得赔笑道:

“这个东西,要不是在我这里受点约束,受些教导,任他在外边打流,更不知有多少人受他的噜苏了。”

8

稀狗屎输得不甘心,一直和海保纠缠到下房里,还泥里屎里的说个没完没了,正好老金回来了,这才帮着海保把他撵走。

老金是送周清官到吉安去给王佐送钱、资助他竞选省议员活动的。海保和老金在房里说了一阵话,因为没有灯,睡觉又还早,就一同到太史第里去玩。

今天晚上天气很冷,太史第里升了一炉火。烧的是劈柴和盘错的老树根,这还是冬天来到之前,住在这里的各户人家的后生们,合伙从山上打来和刨来的。当海保和老金进来的时候,人们早已围着火,坐了一个大圆圈。他俩就插了进去:各自随手拿了几根劈柴当凳子,坐下了。

大孚一见老金来,就问:

“你猜周清官上吉安去,果真是为他表哥王佐选议员的事么?”

“是呵!周清官给他送款子去的。要选上这个议员,说少,也要花它千把两雪花银子。”老金说。

大孚说:“你可打听了这议员有多大的职权?”

老金说:“听说议员有两种:一种是进京的,这叫京议员;一种是下省的,这叫省议员。王佐要选的是省议员。周清官说:‘我表哥要是选上了,他那官级,只比省里的督军差一粒米儿……'"

"差一粒糯米还是差一粒粟米呢?"大孚说,"他得量准些。要不,却合不上榫头了。"

大家都哈哈大笑。老金也笑着说:

"这个他没有说,只说:'将来县里的知事,还要来给我表哥磕头呢。就莫说枫镇巡检司的司爷了。'你看他这话可是夸口?"

大孚沉吟了一会说:"这话,依我看:不可不信,也不可全信。要是没有什么苗头,想来他们也不肯这样下血本。上千两的银子,周清臣愿白花的么?万总归一:要选上了。周清臣家里的势力就越大,这村里就越发成了他家碗里的菜,更得当心他了!"

"当心什么!选上了,他也不是正堂,没有印把子的,怕他咬鸟!"二利说。

二利的爹达和叔一听见儿子说出这种话来,急得一连瞪了他几眼。可是二利装作没见,还是说个不住:

"我偏不信!他周清官的话,谁不知道是一折八扣九五找的。"

达和叔再也忍不住了,站起来指着二利的鼻子说:

"你偏不信?这时候谁要你信来着!待你惹着了财主时,看你信不信?"

"到哪时说哪时。"二利顶他爹说:"这时候前怕老虎后怕蛇的,真是替古人担忧!"

达和叔正要发火,大孚就把话岔开了:

"大叔,回头再说吧;我们还没问问绍亮的消息呢。老金,你可曾打听过:绍亮确实在吉安么?"

"在。"老金说:"我问了圆木店[①]里的孔老板、鞋店里的洪老板,他们都见过他和一伙学生走在一块。"

---

① 专做水桶、洗衣盆等圆形木器的作坊。

"他是进了学堂吗？"二利问。

"这就不知道了。光景还没有进。"

"你问过孔老板他们：见着绍亮身上别了学堂里的小牌牌么？"大孚问。

"问了，他还没有戴上牌牌。这个我才猜他还没有进学堂。"老金说。

众人一听这话，全都泄了气。大孚心里更是着急。他想，绍亮准是没缴学费，才挂不上小牌牌的。就说：

"好在快平粜了！平粜以后，大家手头多少活动点儿，赶紧邀会，给绍亮捎钱去！"

一提到快要平粜的事，大家这才有了兴致。有的人家缺犁少耙的，就指望平粜谷来添置一些。有的人家连种子也没有，专一指望平粜谷浸种谷。大牛说：

"我如今用的那副家什，除了那风箱是我墨斗哥给打的，铁砧和钳子、锤子，都还是用的我师傅的。去年我出师时候，我师傅见我没办备一件东西，就说你暂且用着，待你置了新的还我。转眼一年了，还是还不起，我都不好意思见我师傅了。我想等拿着了平粜谷，就用它打个墙脚，再慢慢地积起来，自己办备一套家什，再把我师傅那一套还了。"

大孚向众人望了望，就对着大牛说：

"你这也是一件大事，是该早些想法子，把它办妥才好。只是我掐了掐，你们家人丁少，平粜谷不会多，算不得一堵墙脚。要照你的打算，怕再过一年，也还不了你师傅的家什。到那时，有的家什作兴用坏了，也不好还你师傅了。虽说你师傅是个厚道的人，不还他，他也不会生气，我们却总归不怎么过意得去。"他提高了嗓子，向众人打招呼说："这么着吧：'众人拾柴火焰高'，大家合起来给大牛办备这套家什吧。"他转向着大牛，"你嫂子不孤也不寡，她不合例规，粜不着,只有我和那两个小娃儿的。谷领到了,我们就三七二十一,两份给绍亮邀会,一份给你买家什。”

大牛没说什么,只是憨憨地带着笑望着大孚。大孚的话刚落,别的人,就七嘴八舌地接腔了。都说平粜之后,要给绍亮邀会和帮大牛买家什。大孚一一问了问各人的数目。积少成多,各人只须借三五斗就够了。

说完之后,大孚算了算,然后说:

“这么一来,光景绍亮的会邀成了,大牛这套家什也能买了。要是市里的谷价高些,作兴还宽裕呢。大牛!快谢了大家伙吧。”

大牛道了一声谢,就赶忙离了座。原来他跑进房里,告诉他娘去了。

大孚接着说:“我还是这么说:‘众人拾柴火焰高’,谁有什么打算,都像大牛般,和大家说说,大家相帮着,切莫留在肚子里。留在肚子里不好:一则一个人成不了气候;再则,老留在肚里,也怕沤烂了肠子。”

大家都笑了,一时纷纷议论起来。这时,正好大牛他娘——春华嫂打房里出来了,她走近桌前,笑吟吟地说:

“他大孚哥,各位叔伯兄弟:真是多谢你们了。起先我和大牛商量了又商量,却怎么也凑不成,今儿……”

大孚立起来说:“婶,你歇着去吧。睡了又起来做什么呢?这个不用谢。横竖是这会儿大家帮大牛,转身大牛帮大家,都是你帮我、我帮你的,老那么半夜里爬起来道谢,多费事呀。”

春华嫂于是笑着回房里去了,满堂接着又谈起来了。

这时候,已经是深夜了,人们还是不散,一块块的劈柴、树根直往炉里投。炉火越烧越旺,照得人人满脸红光。大伙儿还是翻来覆去地说着快要到来的平粜的事。

第三章

1

谁也没有想到:今年追远堂的平粜改了章程。

追远堂是东溪周氏的宗祠。东溪周氏是大族，公堂里广有田地、山林以及店房等产业。别的不说,单田租一项的收入,就是一笔大数。

依例:每年春祭之日,追远堂要开仓平粜。原意是专为救济那些鳏寡孤独以及那些贫苦的、粮食不够吃的、或是没有种子的人家。作田户不缺粮不少种的,可说一个也没有。因此,这例规不久又有了变通:那就是凡作田户都按户按丁男籴平粜谷;老弱孤寡的妇女可以籴,可是有儿子丈夫的就不能籴。

平粜谷是很便宜的,价钱只合市价的一半,而且籴谷时不必交现钱,也不计息,只要在一年内陆续还清就行了。

往年,祭奠一完,周清臣就会开腔道:“福保!敲锣儿去!”老福保答应一声,马上迈出祠堂的高门坎,敲起锣来,通知全村来籴平粜谷。可是,今天和往年不同。当老福保拿了小锣,走到廊下,等了半天,不见周清臣吩咐下来。

等在公堂外面的人越来越多,越等越急,终于大喊大嚷,乱作一团。周清臣就叫老福保出去问缘故。老福保哪能知道其中的奥妙,当然答不上来,着急地问:

“大老爷,该敲锣了吧?”

“且慢！”周清臣说：“你先去外头传言一声：平粜的事，公堂里还得商议。叫大家暂且散了，回家去等着，回头锣儿响了再来。”

老福保把话传出来，场子上的人听了，并不散去，仍在那里站着。本来，到这里来的，都是穷家小户，有的指望着这里的平粜谷来还债，有的等它下锅，谁会听老福保一声传言，就各自走开呢。

正像是大旱天望云彩，场上的人，仰脸望着祠堂里。

祠堂里，这时候周清臣正在说话：

“各位斯文前辈：今天，我来把公堂上的光景，当着祖宗面前，向大家报明几句：说起我们这公堂，打外表上看，确是个大架子；究其实，底子上单薄得很。去年我们这一带托了天福，是个好年景。可是我们公堂上的田，十之八九是在别处，几乎都遭了水灾，田租没有收进一二成。只得将今年的平粜改个章程：暂且收现金。就是说：平粜还照旧平粜，只是谁家籴多少，按平粜价交现款。这样做，有两样好处：一则，不灭了祖宗的规矩；二则，公堂里也免得拮据。这章程，还是我想了几个穿心夜想出来的，还是要请各位斯文族房支长公议。如今外面都在等着，请各位爽撇些，有话就说，莫要耽搁久了。”

其实这都是鬼话。只因为周清臣家今年要办几件大事。既要资助王佐竞选省议会，又要筹办瞎精六十大寿，并且准备为柳条少爷完婚。周清臣家办事是有守则的，既要排场体面，又要少花钱，最好不花钱。可是办这些事，不花钱是不行的。于是他就竭力设法开辟财源，先就在今年追远堂平粜这件事上出点子。

周清臣家，自他父亲宜春手上起，就是村里的首富，谁敢和他作对，谁敢和他当面较量呢。好一会儿，没有一个说话的。

周清臣就接着说：

“各位既然都体谅公堂的困难，同意今年平粜收现，我就照办了。福保！”

“我有些弄不明白。”二相公忽然站起来说:“去年,不单我们这里风调雨顺,别处也一样。怎么公堂里反倒拮据起来了?”

周清臣听了二相公的话,并不立时辩驳。他用眼珠子睃了全场一通,然后从从容容地打怀里掏出个毛巾包儿,谨谨慎慎地放在桌上,向众人招呼了一声,然后把它打开:原来里面是一扎钱粮串票。

然后,周清臣把串票高高举起,说:

“二相公,你问我们这公堂怎么陡然穷了么?这话问得好,在情在理。喏,去年该纳的钱粮,全在这里,一文也没有少。”

“公堂里的事,我素来不懂。”二相公说:“我只是这么想:过去多少有些积存,怎的就拮据起来了?”

“二相公!祖宗在上!”周清臣说。这时候他好似满腹冤屈、忠不见察的样子。“在祖宗面前,打不得谎,昧不得良心。现今,多少年来出出进进的账,一笔笔的全在,待我着人搬过来,请你仔细查究。——话又说回来了:寒家自先君以来,到我接他老人家的手,我们足足地替祖宗当了几十年的差。既然这般年久月深了,收支的数字又这般大,我也保不定其中没有差错。二相公肯来帮我盘个底,我实在是巴不得。”

二相公突然被周清臣理直气壮地抢白了一顿,一时想不出话来驳他。过了好久,二相公才支支吾吾地说:

“在祖宗面前,你既然这般说了,这自然是真情。我也没什么说的了。”停了停,又补充一句话:“刚才我言重了一点,请你不要介意。”

“二相公,你还不知我的为人么?我哪能为一句话,就将它存在心里。”周清臣说。接着,他转向众人,“既然大家没有异议,就照新章程办事了。喂!各位!还请留步:待外边粜谷的进来,请各位帮着公堂把新章程说明几句,免得人多口杂,我一个人应接不来。”

他向在一边耽着的老福保点点头,意思是叫他打锣。老福保一

面举起锣槌,噹噹地敲起锣来,一面敞开破嗓子喊道:

“开粜了!”

随声就像开了水闸一般,公堂外的人群哗啦啦地一齐涌进来。大箩小箩,密密麻麻层层叠叠地堆到积谷仓边。周清臣立在祠堂最后进的那个高台子上,向着下面大厅里说:

“今年平粜改了章程。新章程是这样的:不论哪支哪房,也不论哪一家,要籴谷的,一概收现。没有带现钱来的,都请回去取钱来。章程是全族斯文族房支长刚才公议的。这为的是我们公堂里拮据,不得不把章程变通一下。是迫不得已的事,请各位叔伯兄弟,体谅公堂里的难处。将来公堂里光景好了,那平粜的章程,自然照旧。”他刚停嘴,那前后三进的大厅,立时闹嚷起来。于是,他又说:“没带钱的,先回去吧,横竖今天还有半天多,下午上午来籴,都一样。带了钱的,请交钱量谷去吧。”

这时候,老福保扛着一个八仙桌来到头进的大厅上,随即把它摆在厅堂中央;接着,周清官和稀狗屎来了。周清官一屁股坐在桌前,一手翻开那本“平粜流水”,一面大声地喊叫:

“籴谷的,上这里来!”

稀狗屎坐在周清官下手,就忙接腔道:

“谁籴?上我这里交钱!要叮叮当当的现花边。烂板杂洋,一概不收!”

人群把桌子团团围住,围了几十层,可是没一个人掏出钱来。

稀狗屎又叫唤道:

“求现不赊!谁想籴?”

这时,大牛的娘春华嫂,打人丛里慢慢地挤了进来,对周清官说:

“三老板,刚才说的新流程,我听明白了。不管怎么的吧,我遵。你知道,三老板,大牛他爹许久没钱回来,大牛刚学满徒,挣不起钱,家里实在苦,打早就指望平粜谷来救急。求你先赊与我一点，待……”

“那不行啰，嫂子。”周清官说，“你刚才既然听明白了，就不该打这个主意了。要是能赊，就不用改章程；改章程了，就是不能赊。”

春华嫂打着攥说：

“三老板，你算行行好吧。”

“嫂子，你说这话，就是打岔了。这里这么多人，谁家不是等着平粜谷救急呢？我要是答应了你，这里的人，我怎么打发人家走呢？再说，你家里有苦处，你没听见公堂也有苦处吗？……公而忘私嘛，你可懂得？！”

“我懂，三老板。”春华嫂说。实在她并不懂什么“公而忘私”。“那我求你们迟两天封仓，待我去借钱来。看看借得着么？”

“这怎么行呢？公家的事。”周清官说。

“还是求你们赊给我……”

“莫在这里扯鸟淡！”没待春华嫂说完，稀狗屎就把话截住了。他喝道：“耽误我们的正经事！”

大牛本来站在老远的，听见稀狗屎辱骂他娘，就憋着满肚子气走过来，拉了他娘一把，愤愤地说：

“没处去，到这里怄狗气啦！”

稀狗屎听见这么个还未成年的娃儿，竟敢当众贬他，立刻火了。他一个巴掌扇过去，把大牛的脸皮扇得火热热的。大牛对着他愣了一刹那，弯下身去，把稀狗屎坐着的凳子一颠，指望将他颠个四脚朝天。可是稀狗屎有了防备，大牛一弯下，他就站起来了。春华嫂怕大牛闯祸，忙请旁边的人，把大牛拉开去了。

稀狗屎见敌手走了，觉得自己得了便宜，面子上有了光彩，于是得意洋洋地叉着腰，用鼻子哼了一声，然后仿着戏台上大花脸的腔调：

“谁呀……敢！”

稀狗屎的道白刚落,大孚挤上前来了。他诘问稀狗屎道:

“稀哥,我请问你:你哪时候捐高了辈分?”

“我什么鸟辈分也没有捐!”

“你既然什么鸟辈分也没有捐,”大孚提高嗓子说:“你凭什么在这大祠堂里,当着祖宗面前骂婶子!”

这么一问,稀狗屎一时瞪眼结舌,说不出话来。大孚跨前半步。紧逼着他说:

“家有家法。你一没有敲钟,二没有擂鼓,三没有礼请斯文族房支长,你凭什么在大祠堂打人?问你:你是依了家法,还是犯了家法!”

大孚一面说,全堂的人一面喝彩助威,一面啐稀狗屎。稀狗屎见动了众怒,只好往后缩,大孚把手一抬,稀狗屎逮着了理似的说:

“看你敢在祖宗面前动我一根鸟毛!”

大孚并未缩回手去,一把揪住了稀狗屎喉领说:

“上厅里讲理去!”

众人越发喝彩起来。稀狗屎忙翘起尾巴,对周清官说:

“三老板,你看你看!”

周清官立时跳起来,握着拳头,重重地在桌子上一捶,吼道:

“大孚,你也太过分了!不看僧面也得看佛面,稀狗屎是我家的听差,你就动他的手!”

大孚松开了稀狗屎,侧转身来,瞅了周清官一眼,说:

“三老板,你既是当着全村老少,相认了他,话就好说了。你们是管公堂、评公道,说是非的人家;难道说,眼见着家里听差的在大祠堂里犯上作乱,辱骂长辈,你也不管教一声,还要长他的气焰么?”

这么一来,周清官又被顶哑了。大孚接着说:

“话,我已经禀明了,三老板,现在听你的发落!”

周清官他知道怎么发落呢,他在众人又指又笑又啐的围攻声中,只得皱起脸皮摇头。

这时候,全堂闹嚷嚷,开了锅似的。周清臣在上厅看见情形不对,就亲自下来压阵脚。他急急忙忙地来到八仙桌前,拿起“平粜流水”来翻了翻,然后问他三弟道:

“还没有一个人籴吗?”

“看!他哪里是来籴谷的,”周清官又胆壮了,指着大孚说。“明明大牛走了,他过来冒尖子,领着大家在这里瞎闹一气。”

“大老板来得正好。”大孚对周清臣说:“待我来禀明几句,……”

“既然无人愿籴,就把账簿算盘笔砚一应收起来吧。”周清臣说。他并不理会大孚的话,只是这样吩咐着周清官。

“福保!”周清臣又高声叫道:“过来把那桌子扛进去!”

“大家既然不籴谷,”周清臣又对着众人说,“就莫在这里耽搁生活,都散了吧。”

众人当然不散,而且越发激动了。这时候,有人发出了一声大吼:

“打开仓来!”

全场立刻附和着:

“打开仓来!”

周清臣冷笑了一声,不慌不忙地踮起脚,仔细寻找那个发难的人。

“开仓!”

又是一声大吼。全场立即又附和着:

“开仓呀!……”

“开仓呀!……”

现在,周清臣找着那领头的了:就是那立在门坎上的。是他发出那洪钟般的怒吼。当那勇敢的后生张开了嘴,预备再次领着会场呼喊的时候,周清臣立即把脚踮得更高,他伸长着手,指着那后生说:

“二利！过来，你这狗养的！”

二利也踮起脚来，他大声啐了一口之后，接着举起手，咬牙切齿地指着周清臣道：

“周清臣！你过来！你这狗养的！”

大概东溪自有聚落以来，从未有过一个作田的或者做手艺的在大祠之中拗过老爷们一句；更不用说，像威势赫赫的周清臣，有谁敢于在这样的场合中指名道姓地骂他了。此刻，区区一个二利，居然在这大庭广众之间，开此千古未有之奇，怎不叫人觉得扬眉吐气！于是全场大呼，大笑，大叫。

全场沸腾着，踊着，跃着，翻滚着。

无数拳头撞击着谷仓，发着哄隆哄隆的巨响。

怒潮冲击，四壁震荡，犹如千军万马，刀枪突出。正在这翻江倒海的时候，忽然有人发出了惊叫：

“兵来了！兵来了！”

众人朝外一张望：果然有三个兵在祠堂外的大场子上，他们不是站在那里，而是像《空城计》那出戏里，那个禀报丞相的探子那样跪着一条腿。他们端着枪，枪托顶在右肩胁间，眼睛一只开，一只闭，枪口朝着追远堂。这种样式，不少人在西洋景——“拉洋片”中看到过：知道打仗的时候就是这样放枪的；于是，祠堂里立刻慌乱起来，争先恐后地向外面跑。

周清臣立在原地不动，背着手，东张西望了一阵，然后笑眯眯地平平淡淡地说：

“莫要着慌。莫要着慌。潇洒些。不打紧的。这是催粮的粮差。有我来招呼他们。大家不用怕。”

实在，这几个兵也不是来催什么粮的，而是周清臣从“枫镇巡检司”请来的警察。周清臣早在盘算改变平粜章程的时候，就和枫镇巡检司的司官打了交道，约请于东溪春祭之日，“派警坐镇，俾免滋生事端”。

那几个警察，是从村后山上的小道来的。周清臣的家，紧靠着山，警察打后门进入他家的时候，并没有人看见；这样，村里自然不知道。当追远堂闹得压不住阵脚的时候，他差稀狗屎去把这三个警察请来了。周清臣因此越发显出那从容不迫、自有神机妙算的神气来。他觉得全村的人，谁要在他面前翻跟头，怎么也翻不出他这位如来佛的手心。

警察将众人冲散之后，周清臣就真的把他们当成粮差款待，请进追远堂，传令摆起酒席来招待他们。

那些斯文族房支长，刚刚匆匆忙忙地夹在人群中逃回家去，又被周清臣请回来作了陪客。

凡是大祠中坐席，一定是族长的首席。可是这一回破了例。周清臣没有和任何人商量，就请警官坐首席。这在警官也是出乎意外的。一个镇上的警官，并不是什么角色，仅仅比平常的警察腿上少打一副绑腿。周清臣也并不当真把他看在眼里。请他坐首席，要说是为了抬高那位警官的身价，倒不如说为了抬高他自己——他要在那些土头土脑的乡绅里边，造成一种错觉：这位警官不是一位寻常的警官，小看不得的。这样一来，他面子上不但好看，声势也就更大一些。到一个大族的大祠里坐首席，这位警官心里的乐不可支，也就不在话下了。因此，酒过数巡，警官就开腔了。他说：

“清翁，今天在贵大祠里捣乱的，是谁为首？回头请你费神开示一个名单，让本人下令按名缉捕归案，带衙法办！”

周清臣从倒席上起立，赔着笑，同警官拱了拱手，然后坐下，说：

“警官，这事务请法外施仁，网开一面，免予追究。只是少数青年子弟，他们不明白事俗，也不体念公堂里境遇拮据，就在这里吵吵闹闹的。警官一命令各位兄弟驾到，他们也就散了，可见他们也是知道畏官畏法,也就请警官高抬贵手。”

“还有,”警官说:“听说有人当面骂了清翁,这简直是无法无天。这不单是犯了警察条例,而且犯了六法全书。像这般不逞之徒,非带衙法办不可!”

“这个,”周清臣又拱拱手,赔着笑,比刚才更谦逊地说:“还要请警官格外宽恕,法外施仁。至于当面辱骂鄙人,事有实据。但这不过是三两个后生,急躁鲁莽,受人愚弄,以至失了体统。不瞒警官说,像这样的小事,我一向是不加论究的。我一向抱定任劳任怨的宗旨,‘但求无成于心’。在座的斯文族房支长多半都是知道的。”

有几个一向巴结周清臣的绅士,连连点头,接嘴证明他确是一向抱此宗旨,几乎到了鞠躬尽瘁的地步。可是,警官还是不依;他说:

“侮辱地方绅士,就等于侮辱地方官长,这是不行的。非办不可!非办不可!”

周清臣就转换口气说:

“说到侮辱地方官长,我们做乡绅的,就不敢多嘴了。不过,念在那犯事的,和这里在座的是一公子孙,因此我还要饶句舌:即便依法要办,还要拜托警官从轻发落。”

“本人是无所谓的。”警官说:“怎么办,就要看上峰了。”

2

那位警官吃过酒席,并不走。三个喝得醉醺醺的警察,背着枪,排成一行,周而复始地在村里巡游;走累了,坐在周清臣家门前的石阶上嗑瓜子儿。直到天黑,从周府里传来消息:“全部兵马要在东溪驻扎了。”人们不免有些疑心起来。

达和叔心里更是嘀咕,眼皮老是跳。他一心要把二利狠狠揍一顿,出出火气,可是怎么也找不着他。

这天天刚黑，村里作田的一个个溜进了太史第，来打听平棐的下落，有的手里端着海碗，边吃边走了来，连那七八十岁的老人，也拄着拐棍来了。屋里人挤满了，就挤在檐下。

达和叔显得很烦躁，蹲在人堆里没头没脑地骂街。大孚劝他说：

“叔！沉住气，有话慢慢说！”

达和叔平时对大孚的话，好歹还能入耳，今天可不买账了，指着大孚说：

“你们捅了马蜂窝，要我沉住气？你有本事把兵搬走？”

“叔，你先说说今天的事，该不该和周清官理论？眼巴巴瞧着我们的人挨骂挨耳光，你能忍得住？”大孚说。

“忍不住也得忍。我们忍了多少年了！刀把子在人家手里；人家有班房，有兵，你咬他的屌？就说你是浑身铁打的，你一个人能拧几颗钉？”达和叔嚷着跳着，脖子里的青筋暴起，满脸通红。

听了他的话，点头的人多，摇头的人少。大孚只顾巴答巴答一管连一管地抽着旱烟，烟锅里的火星子一亮一亮，只是不开口。

“凭他三个破警察就把一村人压得喘不过气来？撕了龙袍也是死，打死太子也是死，跟他拼了！”大牛从人堆里一蹿站起来，指手划脚地说着，当真要去拼命的样子。

“你给我蹲下！一个小娃儿，口气好凶！要说光是收拾这三个兵，不用你这小伙儿，我一个老头都能办了。话得说回来，我问问你：他们的兵只这三个么？枫镇有，县里有，吉安府有，南昌省城更多……五响枪、轰天炮……你挡得住么？你是孙猴儿也跳不出如来佛的手心呵！”

达和叔的话音刚落，一屋子的人，差不多人人点头了。大孚还是不说话。大牛心里不服，可也找不出话来驳他，呼哧呼哧出了半天粗气。达和叔越说越有劲了。

正在这时候，屋外突然有人喊道：

“依你说，我们全都不用活了！”

达和叔一听是二利的声音，像是火上浇油，一跳老高，骂道：

“放你娘的狗屁！先拔了你的狗脑袋。”他一面抬着腿三下两下从人头上跨出去，蹿到屋外，顺手抓了根推磨棍，东张西望，好一会儿，连二利的影儿也没瞅见。他举起棍拔腿追出去。才一出门，迎面二相公捧着水烟筒，一摇一摆地来了，不问缘故，他把达和叔硬推回去。达和叔一面倒退着走，一面一五一十把刚才的事说给二相公听。二相公一迭连声地说：

“从长计议，从长计议……”

人堆里让开条缝，他俩相随着挤进屋里。大牛忙说：

“二相公，你给评评这个理！”

“对！你是读书人，比我们泥腿子有见识，你说说这个理……”达和叔满指望二相公给他撑腰。

二相公晃了晃脑袋，慢悠悠地说：

“老大的话，经验之谈，言之成理……不过，陈胜吴广揭竿而起，倒也见诸史传。但这是古人的事了……”

他的话，大家都听不懂是什么意思，没待他说完，大牛插嘴说：

“你说得直截了当一些——谁对谁不对吧！”

“这个，这个难说了，难说了……”二相公连连摇头。

你一言我一语地争到月儿西沉，也没结果。人们慢慢走散了。屋子里光剩下大孚、二相公、大牛几个，二利探头进来看了看他爹已经走了，也就走了进来。

谁知道达和叔不声不响地又回来了。二利紧张起来，远远站在一边，眼睁睁地瞅着他，准备凑空子冲出去。达和叔一眼也没瞅他，冲着半边说：

“你别跑！欠下这顿揍，以后再给你算账，先说正经事，你们到底打算怎么办吧？”

他说的“你们”,其中除了他儿子,自然还包括大孚在内。

谁也没答话。过了好一会儿,二相公开口了:

“依我看,三十六着,走为上着。你们两个暂且避开好。警察也不见得会在东溪靠老的。待他们走了,再作计议。”

“走了和尚走不了寺,横竖一样。”大孚说。

“我看也犯不了杀头的罪!看他怎么样了我?”二利说。

“你还嘴硬!小畜生!”达和叔一步冲到二利的面前,举起拳头,可是并没打下去,“你闯下了塌天大祸,还叫你老子娘看着你戴枷?马上给我滚!”

二利不言语。达和叔举着拳头一步步往前逼,二利一步步往后退,直退到屋角里,还是不哼声。

大孚就说:

“好!好!二利,我们走!”

达和叔放下了拳头。二相公像是要送别似的,走上去拉着大孚的手,低下头轻声说:

“你们上何处去呢?”

“走不远!走远了反倒坏事!”大孚说。

大孚和二利走出屋,檐下黑影里轻手轻脚地走出个人来,手里抱着件破棉袍。大孚一看,原来是他老婆。心里一酸,忙忍住了,悄悄地说:

“你还没睡?”

“不光是我,合村的穷人今晚谁能合上眼?”她把破棉袍披到大孚身上,轻声地叹了口气。

“穿上走吧!家里有我,你放心。”

她已经在檐下站了好久了。

大孚和二利正要走,达和叔一言不语,剥下了自己身上的大袄往二利身上一扔,下命令似的说:

“穿上！”

大孚和二利出了东溪村，直往柳林村走去。一路上谁也没说话，各自想着心思。二利后悔今天没把仓门打开。大孚想着今晚的争论。他觉得达和叔的话也对也不对，那么到底该怎么办呢？他想得很苦。

桐江静静地流着。天边几颗微弱的星星，闪烁不已。

3

第二天中午，稀狗屎领着警官和三个警察，一摇三晃地向太史第走来。那三个警察一个个拧眉瞪眼，手里端着套筒枪，枪上插着长长的刺刀。警官特地戴上副茶色平光眼镜，手上套着白手套，拿着根皮马鞭，虽说他并没有骑马。到了太史第门前，警官立时下达了命令：一个警察站在门口守卫；一个警察上屋放哨，那警察扛了架梯子，蹒蹒跚跚地爬上屋去，踏得瓦片咔啦啦一片响，好容易爬上屋顶，叉开两腿骑在屋脊上；一个警察跟在警官屁股后头充作马弁。部署就绪，警官咳嗽一声，清了清嗓子，挺挺胸，迈着大步，进了门。

进门头一家就是达和叔的家。稀狗屎向警官弯了弯腰，说：

“这就是那个叫二利的家！”

达和叔应声迎了出来。稀狗屎忙说：

“这就是二利的爹！”

警官唔了声，打着京腔说：

“你儿子呢？嗯？”

“走了。”

“为什么走？嗯？”

“怕你们抓他去坐牢。”

“嗯？上哪儿去了？”

“谁知道上哪儿了！”

“什么？嗯？混账王八蛋！儿子上哪儿不对父亲说？嗯？”

“没有说。他怕走露了消息！”

“老叔，别装糊涂了！不说？嗯？”稀狗屎学着警官的官腔说。

“我知道也不能对你说呵！”达和叔斜了稀狗屎一眼，“莫说我不知道了！”

“什么什么？好大的胆子！搜！”警官挥动着马鞭，怒吼了。

稀狗屎和那个护兵一下冲进了达和叔的屋里。砰砰嘣嘣折腾了半天，弄了一身的灰，出来了。护兵啪的一声，向警官行了个持枪礼：

“报告长官：床底下、搁板上、柜子里……全搜了，没搜着！”

“混蛋！封门！”警官挥了下马鞭。

稀狗屎和马弁慌慌张张地向门边跑去。达和叔回头一看，只见稀狗屎从怀里掏出一包用荷叶包着的浆糊，马弁从口袋里抽出两条四指宽的白纸条，他砰的一声拉上了门。稀狗屎忙抓了把浆糊往门上抹，马弁就把那两条白纸，十字交叉地贴在门上。纸条上红的黑的写满了字。稀狗屎指着纸条上的一块红，对达和叔说：

“仔细瞧瞧，这是巡检司的玉玺，你私自撕了，满门抄斩！听清了没有？嗯？”

警官见达和叔脸上并不十分慌张，心里有些不高兴，就举起马鞭在他脸前晃了几晃，皱着眉说：

“老头！对你说明白：不把你们那个祸首，那个那个，嗯？叫什么的？嗯……”

“二利。”稀狗屎说。

“对。不把那个二利交出来，我们决不撤兵！决不！嗯？你皱什么眉头？好大的胆子！你敢不服么？”

达和叔从头到了没哼一声，眼睁睁地望着他们向大孚家门口走去。

大孚嫂早在门口等着了。

警官撇着嘴斜了她几眼,咳嗽了一声,说:

“你家的二利……”

“老爷!”稀狗屎急忙纠正,“她是大孚的老婆。”

“大孚心怀叵测,从中指使捣乱,”警官用马鞭指着大孚嫂说:“破坏平粜,有碍社会治安,限他在二十四小时内自来投案!”

大孚嫂听不懂他的话,不知道该怎么回答。警官一挥马鞭大声说:

“何以闭口不言?嗯?你是哑巴吗?”

“不是。”大孚嫂说话了。“你在说什么呵?我不懂。”

警官要稀狗屎给她解释。可是稀狗屎也不懂,憋了半天,他一跺脚,愤愤地说:

“你娘的,连这话你也不懂?警官老爷说你们大孚不是个东西!赶紧把人交出来!看他还敢在祠堂里和老子顶嘴么!”

“他早走了!”

“上哪儿了?”稀狗屎问。

“你没见着他?你们要找他,自己去找吧!我一个妇道人家上哪儿去找?”

稀狗屎突然觉得他的解释,不一定和警官的意思相符,忙向警官说:

“老爷,你老人家再对他们说一遍吧。他们不听我的话,和我耍花枪!”

警官只好用本地口音,把他刚才的话译成白话,重说了一遍。这时候,稀狗屎暗暗扯了警官一把。警官以为有什么要事,就跟着他走到门外,稀狗屎对警官说:

“老爷!要他们两家办备酒肉饭,另外送我们一点钱吧。别看他两家穷,骨头里还能榨出几斤油来！”

“混蛋！”警官骂了。他觉得稀狗屎口口声声“我们我们”,竟把一位堂堂警官看成和他同等样人,这简直是不成体统。同时也要抖抖架子,让稀狗屎的主人知道,他并不是一顿酒肉、几角银毫打发得了,而是个见过世面的警官,将来给他酬劳的时候吝啬不得的。

稀狗屎还是不甘心。他答应了“是”以后,又说:

“老爷,你老人家这样清廉,不是白来了一趟吗？”

警官不再理他,只顾急急地往回走。稀狗屎一溜小跑追进太史第来。接着,警官又下令封了大孚家的门。稀狗屎又领着他们朝大牛家走来。

当这一行人一进了太史第,春华嫂早在门缝里贴着脸看。这时候,见他们朝着自己家门口走来,心里怦怦乱跳,用尽平生力气,把一张三条腿的方桌拖过去,挡住上了闩的门。随后手忙脚乱地走到里屋,对躲在那里的大牛指指屋外,又把门关好。蹑手蹑脚地走到屋角里,屏住鼻息,一动也不动地坐在米缸上。

那警官到了春华嫂家的门口,命令稀狗屎和马弁敲门。他两个就擂鼓似的敲起来。半天,不见屋里有什么动静。警官大声喊道:

“再不开门,我们要冲锋了！”

春华嫂并不懂得“冲锋”是什么意思,还是不回答。

又敲了一阵门,还是不见动静。警官就对马弁向空中一指喊道:

“开枪！”

那马弁当真举起枪来,还没等稀狗屎双手捂住耳朵,枪声响了！

这一枪,打得整个太史第里乱了阵,鸡飞狗叫,人们扶老携幼,跌跌撞撞直往太史第大门外跑。

可是,春华嫂家的门还是不开。这连警官都觉得奇怪了。就此收场,也未免扫了威风,警官东张西望了一阵,才发现门旁还有个窗子。他立时定下决策,下了道命令:

“把窗子打开！”

马弁用枪托猛向窗棂上撞去，哗啦一声，窗户塌了下来。警官就要护兵往里爬，可是护兵要稀狗屎打头阵，稀狗屎不哼声，马弁用枪托一劲儿撞他的大腿。稀狗屎只好硬着头皮，往窗里钻，睁眼一看，只见春华嫂紧挨着里屋的门前，默默站着，抿着嘴，冷冷地看了他一眼。稀狗屎突然胆怯起来，拼命喊了一声：

“有人！”

警官听得这一声叫，不知道屋里发生了什么事，忙着跑回去调兵，把门前站岗的和屋上放哨的两个警察全调了来。

当这四条大汉冲进屋里，都为眼前的奇异景象吃了一惊：一个妇人，背着手，默默地在里屋门前站着，稀狗屎反倒畏畏缩缩站在一边。

警官定了定神，就问春华嫂：

“你儿子呢？”

“在里屋。”

“叫他出来！”

“他犯了什么罪？”

“别噜苏！滚开！”

“你们说不出罪名，我就是不走！”

“把她拖出去！”警官对稀狗屎说。

“老爷请你走开，那你就走开吧！”稀狗屎软声软气地说着，可是并不动。

这可把警官惹火了，举起鞭子，没头没脑向稀狗屎身上抽了一鞭。

稀狗屎两手抱着头，向春华嫂一步一步地走过去。还没走到她的面前，冷不防，春华嫂从背后抽出只手来，往上一扬，只见一块黑乎乎的东西，直向稀狗屎飞来，正落在他的背上，稀狗屎“啊哟”了一声，拔腿跑掉了。

一个警官忙弯腰从地上拾起那块黑东西来给警官看：原来是个秤锤。

“好呵！真是有眼不识泰山！好个长毛婆！”警官说着，向那三个警察一挥马鞭。三个警察一齐冲上去把春华嫂强拉到一边捺住了。警官正要上去开里屋的门，呀的一声门开了，大牛从里边走了出来，沉着地说：

“放手！管我娘什么事？我在这里！”

“是英雄好汉跟我们走吧！”警官说。

“不忙。我得问问：挨了打，挨了骂，还要给抓走，这是什么道理？”

“回头对你说！”警官转向马弁，“给他铐上！”

那护兵上去一下把大牛两手用手铐铐上，往天井里拉。天井里早已站满了人，看了这情景，一个个变了脸色。春华嫂紧跟着出来，猛向警官扑去。大孚嫂、达和婶怕她吃亏，忙把她拦住了。

当这些警官、警察后脚才跨出太史第，一天井的人马上破口大骂起来。

春华嫂呆呆地坐在门坎上，越想越后悔，越想越伤心。她原想：周清臣他们再不讲理，总不会把一个挨了打，挨了骂的孩子，当成犯人抓去的。因此，她没叫大牛逃走。可是现在他们竟把大牛抓走了，他们会把他怎么样呢？他们什么事做不出来？她又想到大牛被抓走的时候，身边一个铜板也没带，连件棉袄也没穿，空着肚子就被铐上手铐拖走了……她想到这些，浑身发热，头发根都发痒了。她急忙回到屋里，从板箱底掏出一个小布包，里面包着几角银毫，去找大牛。

她走到巷弄里，正见周清臣和那个警官并肩在前面走。她喊了声“大老板”，周清臣连头也没回。她紧走几步，赶到周清臣的面前，她本想用缓和的口气和他说话的，谁知道话一出口，不仅意思变得直截了当，连声音都变得严厉了：

“大老板！你们凭什么抓大牛？还有王法没有？”

“怎么？大牛被抓走啦？我不知道！”周清臣一面走着，一面指指警官，“你向这位老爷求情吧。”

“我只认得你大老板，你是管公堂的，我向你要人！”春华嫂扯住周清臣的衣袖说。

周清臣一甩袖子，横了一眼说：“这是官家的事，我管得着么？”

“别噜苏！你把大孚交出来，我们立即释放大牛！”警官不耐烦地说。

“怪事！大孚干着我什么事？”春华嫂说。

周清臣和那警官只顾急急地往前走，春华嫂紧跟着。这时候，已经到了周清臣家门口。周清臣眼里好像根本没春华嫂这个人似的，走上石阶，侧身往边上一站，伸直条胳膊，对警官说：

“请！”

趁这当儿，春华嫂紧赶一步，拦住了周清臣。周清臣眉心里一下皱成了疙瘩，一仰脖子喝道：

“来人哪！”

稀狗屎应声奔出来，插到周清臣和春华嫂的中间，张开两条胳膊，说：

“你不是找大牛吗？我领你去就是了！”

春华嫂急着要看大牛，稍一迟疑，稀狗屎猛一下把春华嫂推下了石阶。春华嫂从地上爬起来。砰的一声，大门关上了。

春华嫂举起两手，往门上乱捶。好大会儿，门里毫无动静。春华嫂从路边抱起块石头，狠命往门上撞去，顿时一个窝。可是这扇周家的大门，不是春华嫂的一块石头能撞得开的。春华嫂又气又累，就坐在石阶上接着骂。

这时候，门前挤满了人，把一条巷弄切成了两半。众人都为春华嫂不平，有人大声跟着春华嫂骂：

“莫非太阳真叫天狗吃了！”

“真要把穷人活吃了不成！”

也有人悄悄地议论着：

“又出了个大喜嫂！”

“真看不出来，春华嫂平时不言不语，走路都怕踩死蚂蚁，倒还真有胆气！”

“嗳！谁都一样，人急了，天塌了也顾不得怕！”

……

也有人上来劝春华嫂暂且回去。

二相公闻讯赶来，气得脸色发灰，两手发抖，半天说不出话来。又觉得这样闹下去也不是事，就劝春华嫂说：

“依我看，周清臣家的大门总不会万年不开的吧！待他开了，你再来……”

春华嫂说什么也不走，直到天黑，才由达和婶和大孚嫂把她扶了回去。二相公也随着向太史第走去，还没进门，远远传来达和叔的喊叫声，二相公以为他又和什么人吵架了；进门一看，只见他独自一个在那里发狠。他见了二相公，就指着他家的门说：

“你看，你看，狗养的把门封了，要把人饿死怎么的？”

“你还没吃晚饭？”

“晚饭？中饭都没吃，连锅带粥都叫他们封在这里边了。你说，这封条撕得撕不得？”

二相公走到门前，眯着眼看了看封条上的字，对那颗红印看得更是仔细，端详了好一会儿，才自言自语地说：

“这颗印倒是真的！确是巡检司的。撕不得！撕不得！”

达和叔说：

“依你说，莫非今天不光饭吃不成，还得在露天过夜了？”

"是呵!"二相公说着,东瞧西瞧,动了灵机,"有了!这窗户上不是没有封条吗?既没封条,就可以出入。"

"窗里进,门里进,那不是一样吗?"达和叔问。

"不一样,大不一样!不撕封条他是定不了罪名的。自古以来,都是一理。"

达和叔当真把窗户打开,才钻进了半个身子,忽听得巷弄里传来一阵锣声。达和叔忙又钻出来,招呼达和婶说:

"你快出去看看,敲的是什么锣?"

听见锣响,太史第里各家的人都跑到天井里。不一会儿,达和婶转回来了,对着一院子的人说:

"这怎么得了?又要派钱了。说是村里有人犯了法,逃走了,如今枫镇巡检司派官派兵到村里来坐拿。什么时候人拿着了,官兵才一齐回衙去。"

"拿不着人,怎么要派钱呢?"一个红眼睛的女人问。

"老福保说,周清臣说如今公堂里穷啦,支应不了官差。这件事,不是我们村和别村里争山争水闯出来的,公堂里也不该当这个差。"达和婶说。

"老福保说一家派多少?"红眼睛女人问。

"说一户派一百[①];一丁也派一百。说这还是暂且这么派,要是官兵还不走,用完了,又要派。"

"好汉做事好汉当!不干我家的事,叫我们出钱?不出!"红眼睛又说。

红眼睛是太史第里第一个尖嘴。前些日子,还唆得她男人和二利闹了一次口。后来她男人知道又是她说了许多加油添醋的话,是自己不该,才和二利和了脸,又骂了她一顿;因此,这时候她还在恨

---

① 一百文,即一百个制钱。这时候,有了"当十"的铜钱,这里的一百,指十个铜子。

二利。大孚见她那嘴巴子厉害，替她起了个名字：啄木鸟。这名字早已传开了，因此她也恨大孚。

“谁叫你出钱来着？”大孚嫂说：“是我和达和婶叫敲锣儿、要派的么？”

“有本事不要脚底上擦油——溜了。”啄木鸟说，“自己是啄木鸟，吃了没事，反把丑名字安在别人头上！”

大孚嫂正要回嘴，被达和婶等一伙人劝开了。

4

风声越来越紧，传来种种令人吃惊的流言。有些胆小而又不明理的人，怪嫌大孚和二利的话，越来越多了。

达和叔本来是大孚的反对派，对二利更是有一肚子的气。可是听了那些责怪大孚、二利的话，心里很不服气，他觉得这简直是给人脸上抹屎！依他平时的脾气，准得跑到晒谷场上，指天划地骂上一个时辰的。今天不同，天一黑，他从窗户里爬进屋，上床睡了。怎么能睡得着呢！他回想了大半辈子的经历，眼见耳闻，逢是敢和财主作对的穷人，没有一个好下场的……他越想越不是滋味，看来，大孚、二利只得远走高飞了。于是他打定主意，立时打发他两个走。他摸黑坐起来穿上衣服，侧耳听了听睡在一头的老伴确是睡着了，屏住鼻息，放轻手脚下了床，爬出窗户到了天井里。仰脸一看：三星已经偏西。

他开了太史第的大门，一下溜进墙檐下的黑影里，一口气跑到村外，避开大路，绕到田里，一脚高来一脚低地向柳林方向走去。眼看来到村边那两棵大枫树下，才停下来喘口气，忽听得前边那棵枫树上索落落的一阵响，抬头一望，只见树梢上有个人影，直滑下来，到半截腰里，两手攀在一枝缸碗粗的枝丫上，像荡秋千似的晃悠了几下，跳到地上。达和叔扭头就跑，听得背后有人压低了嗓音喊道：

“达和叔,是我！别跑！”

达和叔一听是刘火生的声音,才住了脚,气喘咻咻地说：

“你这个冒失鬼！半夜三更的爬在树上干什么？”

“嘿,大叔,你可不知道爬在树上的好处:眼看四面,耳听八方,地上的人可看不见我！”

“那你偏偏在这时候上了树？”

“哪里！我已经整整爬了一夜了！”

“少说废话,你快领我去找那两个冤家！”

“你慢走一步,我先进去打个招呼,别把他们惊动了！”

达和叔进了火生家,见二利和大孚并没有睡,连衣服都没脱。大孚迎上前来忙问他村里又出了什么事？达和叔长叹一声,坐在床沿上。

“村里又出了什么事啦？”大孚问。

“什么事？说起来得把人活活气死！把我们两家的门都封了,还说你们两个不投案,他们就不收兵！一切花销,都得按户口人丁摊……这还不算,最教人恼火的是;他们把大牛也给逮走了……”

“这干大牛什么事？挨了打,挨了骂,还给逮走？还有王法吗？”二利不觉大声嚷起来。

“这就是人家那王法！”大孚冷冷地说。

达和叔横了二利一眼,愤愤地说：

“他娘的！天下可真也有迷了窍的人,还说这都是你们两个给惹下的祸害！”

“什么什么？谁放的狗屁？”二利说着,腾地站了起来。

“有人就是了！你咬他个屌！这还是当着我的面说什么‘捅了娄子,自己溜了,让大牛这娃给他们担风险！’背地里还不知道说些什么哩！”

“那你就不驳他几句？”大孚说。

"自己生了这么有出息的儿子,我还有脸驳他？"

达和叔这话自然明明是对二利说的;可是大孚听了,也觉得有些脸热了。刘火生忙把话头岔了开去:

"表叔!不说这些了!还是商量正经事吧。我们到底该怎么办?"

"我也就是为了这事,才三更半夜赶来的呵!"达和叔说:"我看这场祸闯大了,怕三五年内也完不了,我想要大孚领上我那小畜生远走高飞算了,大孚有门手艺,我那畜生可以挑码头[①],好歹一时半时也饿不死!"

"不!大叔。不能走!"

大孚做事,从来是前瞻后顾的;大孚说话,也从来是婉婉转转的。这次竟这样简单,这样斩钉截铁。达和叔很觉得有些意外,就说:

"往常你说话做事,总还想得周到。没料到你一落在急难之中,反倒急躁起来,不是那么前思后想了。"

刘火生也说:"大叔说得对:还是走了干净!"

"大叔,"大孚说:"这事我不是没想,只是我越想越气!"

"你怎么想的?"达和叔说。

"且不说怎么想的。我也知道:这周清臣在我们村里万事如意,四季平安;只一桩事,他心里不顺遂。"

"哪一桩?"达和叔问。

"这村里多了我这么一个人。"大孚说。停了停,他带着很激动的声调说:"我偏不走!偏要让他心里不顺遂!"

"你要这样子,"达和叔说:"让他抓到班房里去了,他心里不就没疙瘩了?不就顺遂了?"

"不,大叔!"大孚还是很激动,"我们没有抢,没有偷,犯不了杀头的罪,大不了在班房里坐个一年半载;坐到了头,不管哪个赃官、

① 在城市的码头上做挑脚。

哪个瘟官，他也得放我吧。再说，就是在班房里，我还是活着的，他心里也还是不顺遂的。一句话：我就是不走，我就是天天要在他眼前晃晃，让他少吃一碗！”

达和叔见他今夜这样执拗，知道要再说下去，一时也说不通，只得将就说：

“出门的事，再盘算吧。只是今夜里你们莫要在火生这里住，另找一个去处吧！”

“不管怎么的，我们天亮以前准定走！”大孚说。

刘火生送达和叔走后，大孚、二利挤在床上睡了。

鸡叫三遍，刘火生进来把大孚、二利叫醒了，又给他俩热了点儿稀粥。二利喝了粥，就对大孚说：

“我们该起来走了吧？”

“不走了。”

二利忙问道：

“怎么又不走了？”

大孚说：“我想过了。周清臣是这么一个计：他料着我们不敢回去了。他就越不打发那警官儿走；就越加要在村里派钱。越派钱，村里人就越发埋三怨四，都恨我们了。最厉害的一着是：逮住大牛不放，让我们落个‘自己犯了事让别人顶替’的罪名，背一辈子黑锅！这么一来，就莫说有人跟着周清官同行了；至少，少有人和我们同坐了。只要到了村里人都不欢喜我们了，都怨我们了，我看他心里也就顺遂了。”

“是这样子。”二利说：“可是，不走又该怎样？”

“我回去，让……”

“我回去，”二利说：“我坐班房去！破了他这个鸟锦囊！”

“让我先说完了。”大孚说：“要知道：周清臣是料想不到我会回去的，他以为我准定一辈子也不回去了……”

"我回去！"二利又截断了大孚的话，"留你在外边，你有主张；我在外边，反正作不了什么用。"

"老弟！"大孚道："让我说明白了你再说好么。我进了班房，周清臣才肯退兵；要不呢，料他不会退。你说呢？"

"那你先回去看看。要是把你捉去了，周清臣还不叫这几个驴蛋滚走，我也就进来，省得村里有人埋怨我们。"二利说。

5

天亮以后，大孚走出了柳林，大步向东溪走去。一路上，在田里做生活的东溪人见了他，都来阻拦他，对他说：

"那警察还在追远堂等着。你这一去，不是送进老虎口里么？千万去不得！"

大孚斩钉截铁地说：

"我要不去，他们越发有题目，赖在这里不走了；那人丁门户钱，越发派得没有了时了。"

田里的人见他决意要去，一个个都上来了。有的跟在后面，有的走在前头。越走，人越来越多。到了驼背树下时候，村里的男男女女，也都站出来了。走在前头的，早就到村里报了讯，一传十，十传百，一霎时，家家户户全都知道了。

大孚进到村里，走过人们面前；他一望着谁，谁就叫他一声，和他打个招呼。待他走过，都跟了上去：一边走着，一边议论着。

"到底是男子汉，"有一个妇女说："若是女人，哪有这么大的胆量。"

"你也不看看是住在哪里的男子汉！"

说这话的人，不是别人，正是太史第里的啄木鸟。她昨天还在说大孚的不是，可是这时候，她突然起了变化，特别是大孚也是太史第里的人，她脸上也有了光彩了。那个妇女回头一望，见是她，哼也不敢哼了。她知道啄木鸟那张嘴的厉害,惹不得的。

啄木鸟还是自言自语地说:

“要不是我们太史第,这般有勇有谋的人,你哪里寻去!你寻遍九州外国也怕寻不着!”

大孚迈上了追远堂的阶级,跨过了高门坎,接着穿过了第一进,人们跟他进了第一进;他穿过了第二进和第三进,人们跟进了第二进和第三进;他绕过天井和砖砌栏杆,跨上阶级,来到后厅的时候,人们立在栏杆和天井外,向上面张望。

后厅里正在打牌:厅中央一桌麻将,周清官和两位乡绅在那里陪警官,稀狗屎是在靠边门的小厅子里陪那三个警察打纸牌。当大孚走到牌桌前,周清官对他愣了一阵,大吃一惊地说:

“你你你!莫名其妙。你跑到这里来干什么?!”

大孚没理他,对着警官说:

“我就是周大孚。前两天我出去了,承你带着弟兄上我家去封了门。请问警官,有什么事情?”

小厅子里的打牌的也过来了。现在,上厅里的几个人,面对着下面三个大厅里一大片人。今天,人群不像平粜那天这般叫嚷了,也不像那天的混乱了。那天正因为混乱,一声叫喊,草木皆兵,霎时间都被惊散了。而此刻,人们都看得很清楚:不过三个小瘪三,背着三支吹火筒罢了。后生们更是气愤,平粜的余怒未息,斗勇的志气正旺,大孚的行动,更其鼓励了他们。这时候,谁敢于吹动大孚一根汗毛,谁就有被撕成碎片的危险,不信,就看看那一片沉沉的脸色,那成百双眼里的火光。

全场沉默。

警官望望大孚,又望望下面。他见全场都挺着气在那里看他的举动。他心里就说话了:“且慢!莫弄出大乱子来,不好交差。”于是他立起来说:

"你领着众人抢积谷仓。你且莫走,等你们管公堂的绅士来!"然后对着稀狗屎指着一个警察说:"你领着他去请你们老爷来。"又对另外两个警察说:"你们先把他看押起来!"

大孚说:"笑话!怕者不来,来者不怕!还用你们看押!"

大孚的话,说得铛铛响。下面立即骚动了一阵。警官没有望大孚,也没有向下面望,他把屁股朝着大厅,身子欹在麻将牌桌上,用左手支着脑壳,凝视着神龛上那个"祭如在"的横匾。这时候,两个警察把大孚领到小厅子里去,周清官等三个陪客,已经溜了。他一个人坐在那里,身子一丝儿也不动弹,好像一只呆鹅。

警官等了一阵,稀狗屎回来了。他靠着警官耳朵边说了一阵话,警官好似不太愿意似的慢慢地立起来,随着他出去了。

全场顿时热闹得像是一锅开了锅的粥。太史第里那伙后生——也有不是太史第的,像一群豹子似的蹦进了小厅子里。这一伙比不得老年,他们血气方刚,说起话来不知道什么忌讳,这两个看守大孚的小瘪三,心里都很怯。他们怕那伙后生中有人一声吆喝,大家动起手来,准会把他们的圆骨头捻成了扁的,因此急忙让座。一个警察还掏出今年年初二出差时弄来的一盒"哈德门"来,把剩下的七八支烟,先敬了大孚一支,然后分给周围的后生们。

大孚的归来,是出乎周清臣的意外的。又听说他上了祠堂,引来了全村的人,更是感到棘手。可是他是善于快刀斩乱麻的,马上决定了对策。顾不得和警官商量,一把拉上他奔到祠堂里来。费了好大劲从人缝里挤到厅上,一见大孚,就笑着说:

"这里人多口杂,不便说话。和警官一起,到舍间去吧。"

说罢,周清臣拉着大孚的衣袖,走到栏杆边,站了一会儿。他这样做,是为了下面的人看清楚大孚。然后他向众人说:

"没要紧的事。这会大孚弟回来了,就好商量了。我们要和大孚弟商量去。"

大孚并不走，当着众人责问起周清臣来：

“不忙。我先问一句，你们为什么把大牛抓走了？干他什么事？”

这一问，把周清臣和警官都问住了。厅上的那伙后生把他们团团围在中间，七嘴八舌地嚷叫起来：

“说说道理呵！为什么不说话啦？”

“说呵！说呵！”

……

周清臣向警官交换了个眼色，失声似的干笑了几声，恍然大悟似的说：

“那是误会！那是误会！”

“管你误会不误会，把大牛放了再说！”

“对！把大牛放了！”

“放了大牛！”

“不放不行！”

……

厅上厅下的人，一齐大喊大嚷。周清臣一眼望去，只见厅下的人群像是起伏的波浪，眼看着要涌上厅来。周清臣嘴里啧啧啧地啧个不休，斜着眼死盯着警官。他突然变成这样模样，并非慌张，而是让众人知道：这事确实是和他无关的。这警官可远不如他机灵，面对着这汹涌不已的人海，耳听着雷轰般的喊声，早已六神无主，又见周清臣这副模样儿，更是丈二和尚摸不着头脑。忙压低嗓音对周清臣说：

“清翁！清翁！你快拿主意！”

周清臣把头一扭，好像没听见，往前走了一步，又转过身来向警官鞠了个躬，使足力气，大声道：

“敝人代表全宗全族向警官阁下请命：网开一面，放了大牛！”

这一下真把这个警官推入五里雾中，急得他咬牙切齿地说：

“咄!那你为什么不早说?”回头又对那几个警察把头一晃,“把那个娃儿还给他们!”

转眼之间,两个警察把关在后进耳房的大牛推上厅来,直推到周清臣面前。周清臣一面向警官鞠躬谢恩,一面摸着大牛的头说:

“娃儿,受惊了!快向警官老爷磕头!”

大牛伸手一挥,打落了周清臣按在他头上的手,只顾向厅下走去。

全场掀起了一阵狂风暴雨般的欢呼。

众人只顾欢喜,以为大事已了,说着笑着,挤挤嚷嚷出了祠堂的大门。

大孚一看这光景,知道事情不妙,正要开口,周清臣一伸手说:“请,请,我们三个去商量一下善后事宜!”

这时候,偌大的一个天井里已经空无一人,厅上也只剩下周清臣、警官,以及三个持枪的警察。大孚只得随着他们从后厅的旁门出去,来到宜春祠的厢房里。才落座,周清臣就站起来,拉了警官一把,回头向大孚点点头说:

“我们出去一下,烦你稍候一候!”

大孚紧跟着要出去,走到门边,一下从门边伸出三把刺刀来,挡住了大孚的去路。一个警察神气活现地对他说:

“不准动!你已经被捕了!”

大孚冷笑了一声,又回来坐在椅子上。

过了好久,周清臣和警官回来了。一进门,周清臣就说:

“大孚弟,这件事实在不好办。我和警官说了大半天,他也有难处:上峰有了命令,要是不带人回去,他就交不了差。因此警官在这里坐等了几天。这么说,只好委屈你了。”

大孚站了起来,用眼睛盯着周清臣说:

“这些小旦话,你还是留着吧。”

他说罢,就向外面走,警官和警察,慌忙跟出去,怕他飞了似的。

走到院子里,警官对大孚说:

“后面出去！打山路走。”

周清臣把他们送到后园,待那伙人一出门,随手把门关上了。

第四章

1

那天夜里,绍亮涉过了清浅的桐江,在沙洲上穿好了鞋子,走上岸来。在田里的篱笆上取了一根棍子,解下腰带束好了书,挑在一头,朝南走了。他决定上吉安,去找杨剑秋。

第二天中午,绍亮到了望城亭。这里离吉安只有七八里。亭子建筑在山岗上。在亭上,可以眺望吉安全城,以及近处的江河和山峰。

亭子坐落在吉安的西北方。这座山城, 一面是宽阔碧清的赣水;三面是连绵不断的山峰,把吉安城揽在怀中。

绍亮望了望隔江的群山,又望了望屋瓦栉比的市区。亭子左前方有一座山峰,从环绕这座古城的屏列的峰峦中突出来,矗立在盆地的边沿。峰顶圆圆的像是个头髻。他想,这大概就是有名的螺山了。他下了山,过了田畴,进了吉安城,穿过一条长街,来到"吉安师范",到传达室找杨剑秋。那斋夫问道:

"你找哪个杨剑秋?"

"你们这里有许多杨剑秋么?"绍亮说。

"没有许多,只有这么两个:一个是商会长的小姐;一个是学生自治会主席。不知你先生是会长的亲戚还是主席的朋友?"

一提起商会长,绍亮就不免有些讨厌。但那位斋夫说起话来却这么风趣,加以他的个子这么矮,这么小巧,令人看起来这么乖觉,绍亮也就打趣地答道:

"你看看我,老表,我有找谁的资格?"

"我听你的京腔,就是和主席同乡。主席是毕业班了,他的资格,不比小姐的小。要不,你把东西搁在我这里,进去找主席去吧。这会儿操场上在赛篮球,你到操场上去,多半他在那里看球。"

绍亮向斋夫道了谢,找到操场上,望了许久,没见着杨剑秋。他问了一个同学,那同学领他到自治会办公室去找。绍亮见杨剑秋正在那里写东西,对面坐着一位女同学。

剑秋一见绍亮,就站起来跟他握手,叫他一旁先等一下,转身对那女同学说:

"老同,请你马上通知一下:今天晚上召开全体干事会议。时间是八点,在一五教室。我现在出去一下。"

剑秋对那女同学说完,就和绍亮一同出了校门,剑秋说:

"她的名字是杨见秋,和我的名字异字同音。她是自治会里的组织干事,搞熟了,我就干脆叫她老同。"

走了一段,谈了一阵话以后,绍亮轻轻地说:

"你这一年在广州的情形,怎么信里总是谈得很少呢?"

"学习很忙。我觉得给你寄书报杂志,比我谈得更清楚详细,所以我采取了这个办法。老师的身体好吧?村里怎么样,有什么新闻吗?"

"我爹倒还健朗。"绍亮说:"村里的事嘛,还是那个老样子,只是越来越糟了!"

剑秋问道:"你们这么大的村子,那些作田人里头,莫非就没有一个敢和豪绅作对的么?"

"你记得我的一个堂哥叫大孚的么?"绍亮说:"还有我那叔伯哥哥叫二利的,你也记得?"

"二利我记得。"剑秋一边笑,一边说:"我记得有一次他在文昌阁附近田里做生活,不知怎的把他爹顶火了。他爹追着要揍他,他情急智生,跑到我们书院里来,一溜烟跑上了楼,让老师在楼下劝他爹,保他的驾。你说的就是他吧?”

“我们村里在豪绅方面是以周清臣为首的,而在劳苦大众方面,那就要数大孚了。这个人,敢干,还能动脑筋,周清臣见他就头疼。”

剑秋听得很着急,他紧接着问道:

“他是谁呀?怎么我在文昌阁上学时候就没曾见过他?”

“不会没有见过,”绍亮说:“就是那个外号叫墨斗的!”

“呵……对了!”剑秋忙截住说:“墨斗!他是个木匠,是不是?”

“就是他!就是他!”

他俩说了一阵。杨剑秋突然想起一件事来,忙问:

“你还没吃过饭吧?走走,先把你的‘民生主义’解决了再谈!”

到了街上的一家面馆里,杨剑秋要了一碗面,让绍亮吃。他自己就坐在他对面看报。

绍亮很不好意思,忙问:

“你呢?”

“我?学校里有伙食,他们会给我留的。何必浪费呢?”

这自然是实话。可是还有个更重要的原因他没有说出来,那是:他口袋里只有一碗面钱了。

绍亮呼噜噜呼噜噜地很快地连面带汤吃了个碗底光。剑秋笑着问:“饱了么?”

“饱了饱了!”绍亮忙说。

“即使你不饱,我的‘财政部’也无法彻底解决你的‘民生主义’了!”

两人哈哈笑着,旁若无人地出了面馆。

2

这时候,学期还没终了,绍亮自然无法入学。他的“民生主义”

真的成了大问题了。杨剑秋有个同学,家里是开豆腐坊的,他就和那同学家里说好,暂时把绍亮安置在那里,帮着做些杂事,柜上只管饭,不支薪水。绍亮是个勤快的人,不仅记账,连烧火、淘黄豆、推磨他都帮着干,很得店主人的赏识。

过了两天,杨剑秋在下课以后,到店里去看他,问他日子过得怎么样?他笑笑说,现在只剩下了一个问题:"精神食粮"尚待解决。杨剑秋就约他上学校图书馆去看看。

绍亮向店主人说了声,解下身上的油布围腰,随着杨剑秋到学校来。一进图书馆,只见整整一间楼房,足足摆了七八个顶天立地的书架,装满了书。经、史、子、集和《原富》《天演论》《物种原始》《块肉余生述》《撒克逊劫后英雄略》《茶花女轶事》《黑奴吁天录》并列在一起,还有《湘江评论》《新青年》等期刊。

绍亮从来没有看到过这么多的书,望着那满架的书籍,惊奇得说不出话来,一动也不动地站在那里,好像是块铁皮被磁石吸住了。

剑秋看看壁上的自鸣钟,快到闭馆的时间,忙问他:

"你要看的书,选好了没有?我替你借。"

"读尽这七八架书,真是平生一大快事!只是汪洋大海,不知从何读起?"绍亮不禁发起感慨来了。

"对于我们,最宝贵的莫过于时间了!读了一本言之无物的书,等于少读了本好书!我看,先读些和国计民生有关的吧!"剑秋说着,随手从书架上抽出新出的几本《湘江评论》和《新青年》,到管理员那里办了登记手续,把书给了绍亮,两人就走了。

绍亮夹了一叠书,回到豆腐坊里,拴上围腰,一面烧火熬豆汁,一面就读起书来。

他这个人精神最足,哪怕是上茅侧,也是手不离书,推磨的时候,就"反刍"着书里的内容。不到几天,把一叠书一字不漏地读了。

这天傍晚,他夹着书去找剑秋换新书。走到钟鼓楼边,迎面来了剑秋。剑秋一听他已经把这一叠书读完了，十分诧异，笑笑说：

“你真是个饕餮之徒！小心成了书呆子！”

“书呆子保险成不了，摆杂货摊子，我倒有些资格。”

“这话怎讲？”

“你看我这一阵子，古今中外，白话古文，样样沾点边，非杂货摊如何？”

“也不记得是谁说的：‘一物不知，儒省之耻。’你大概将来是个物物皆知的人。”

绍亮说：“我看这话就有些不切实，倒不如说，四体不勤，五谷不分，乃‘儒者之耻’来得确切些。”

说话间，两人一前一后登上了钟鼓楼。他们上一层，更上一层，到了钟鼓楼的最高处，也是到了这古老的山城的最高处了。

这楼，建在赣江的岸边。正和四周簇簇苍翠的山峰脉脉相对。俯瞰城中的千门万户，缕缕的炊烟，在家家的屋顶上荡漾；白鹭洲就在楼底下，和江岸相隔一衣带水，倚栏俯视，水明江净，洲上的楼阁和屋脊，隐现在古木翠柏间，真像是一幅画。

绍亮和杨剑秋把四周的窗棂一扇扇地打开，让鲜艳如血的夕阳，从西边射进来，穿过楼阁，把金光投到东面人家的屋瓦上去。

他俩看着那眼底的一片美景，沉默了会儿，绍亮问道：

“剑秋兄，我有件事想问问你，不知道该问不该问？”

剑秋笑了，忙说：

“哪里还有不该问的呢？只要我能回答的。你问吧！”

“你是CY是CP[①]？还是赤色群众？”绍亮很严肃地问了。

这个问题确实问得很突然，剑秋一时不及措辞，就说：

---

① “CP”是共产党员的英文简称，“CY”是共青团员的英文简称。当时的知识分子说到这两个称号的时候，常用英文简称。

"依你看呢？"

"你既去过革命策源地广州，依我看，你不是 CP 也是个 CY 吧？"

"那倒不一定！到过广州的人不见得都是革命的！"

"自然。当然我还有旁的依据。"

"你问这个干什么呢？"

"我愿意成为这个战斗行列里的一员！"

剑秋正要开口，传来一阵扶梯响，绍亮向楼梯口一望，见上来个女学生模样的姑娘。她穿着一件紫色圆角宽袖夹衫，黑绸长裙。一脸的秀气，眉目间略带点儿愁苦。

剑秋微笑着站起来，绍亮急忙也跟着站起来，他想那位姑娘大约是剑秋的朋友。绍亮虽然是极力赞成男女社交公开的，可是他从来还没有和姑娘们有过一次交往，拘束得不知道手往哪里搁才好，只好装作看窗外的风景。正在这紧张的时刻，忽听得剑秋说：

"我给你们二位介绍一下！"

绍亮才腼腆地回过头来。

"这位是密司[①]朱文漪，鹭洲中学三年生，吉安中小学学生自治会联合会筹委，鹭中自治会主席。这位是密司脱周绍亮，是我蒙师的公子。"

绍亮耷拉下眼皮，不敢看那位密司朱，只感觉到自己脸上微微有些发烫了，心想，糟糕！这准得叫剑秋笑话了，几乎想马上逃走。哪知道那位密司朱要比他大方得多，微笑着向他鞠了个躬。他慌忙还了一鞠躬，脸孔一直红到脖子里。只听得那位密司朱很文静地说：

"常听密司脱杨说起你，还读过你的信，久仰了！"

---

① "密司"是英文"小姐"；后面的"密司脱"是"先生"。当时的知识分子，说话的时候，话里常夹几个英文字。

三个人默默地站了会儿。绍亮费了好大的劲,才想出了个理由告辞了。没等剑秋回答,他就匆匆地下了楼。

绍亮走后,剑秋对朱文漪说:

“你真是个心直口快的人。我和绍亮是无话不说的,可是从来也没有说过我和你的友谊,这一下你就暴露了秘密!”

朱文漪一睁眼,微微地伸了伸舌尖。

两人相对一笑。

楼上明明只他两个,可是朱文漪还是向四周扫了一眼,然后悄悄地说:

“意料中的事终于来了……”

“什么事?”剑秋问。

“还不是那气死人的事!要不,我急着约你来商量个对策?”文漪把脸扭在一边, 两眼看着窗外,“我父亲正式把周家的亲事向我提出来了!”

“你怎么回答的?”

“我自然不答应!”

“那么,你父亲怎么表示的呢?”

“嘿!那就不用提了!他说:‘你们就知道自由平等!就不知道忠厚传家。你知道你爹吃哪里的饭?你知道你读哪里的书?’我说:‘你说的和女儿的婚姻没有一点关系!’秋!你猜我父亲怎么说?”

“怎么说?”

“那才叫是奇闻呢!他说:‘怎么没有关系呢?关系大得很!关系到生死存亡的大事!’秋,你听听这是什么话!”

“这事在你来说,倒是实话。你设身处地地替你父亲想想,在这人吃人的社会里,可不就是这样的么?”

“那也不准把女儿送礼,我有我独立的人格,这是神圣不可侵犯的!即使是我的父亲,我也要和他坚决斗争到底!”文漪慷慨激昂地说着。仿佛在她面前站着的,不是她的“秋”,而是她的父亲了。

“后来呢?”

“后来?后来我只好拿出我们女人天然的武器来了!”

“你哭了?是不是?”

文漪微微一噘嘴,那一排雪白的牙齿轻轻地咬着下嘴唇,微笑着点一下头。

“效果如何?”

文漪摇摇头,接着说:

“毫无!开头他软下来了,可是,他想了又想,最后,他还是说:‘旁的什么事,你说怎么办都行,唯独这件事,你无论如何要听父亲的话!我已经把你的“八字”都给王佐老爷了。’”

原来文漪所说的“周家”,就是周清臣家。求婚的对方正是“柳条少爷”。媒人正是王佐。朱文漪家虽说不十分穷,门第可是不高。她父亲朱万福,以前是王佐的父亲王凰的跟班,后来又跟过王佐,朱万福进鹭洲中学当斋夫,也是王佐的荐主。这里读书的女子是极少的,在学堂里的女子更少。那些女学生的家庭,不是高门望族,就是富商,要么,就是维新派。这几种人家,周清臣是有些高攀不上的。他家虽广有田地,但究竟是土财主,人家是瞧不起的。当王佐向他提起这桩婚事,马上同意了。

在朱万福那边,也知道周家的发家史,又知道周清臣是个很刻薄的人。可是,既是王佐的媒人,自然不能推卸的,又想,女儿嫁了这样的人家,终身衣食是无忧的了,因此,也就答应了。

他俩倚栏沉息了一会儿。文漪问剑秋道:

“你看这件事到底怎么办好?”

“我看,自然,先是再三劝说你父亲,这你已做过了。进一步,唯一的办法是:置之不理!”剑秋说。

“那么他们要是硬来呢?”

“我看这不可能,腿在你身上长着,你哪里不能去?莫非他们当真就把你绑去成亲?”

月亮从那赣江东岸黑幢幢的群山里升起来了。升到峰顶的时候,暮色苍茫的大地,裹上了素洁的银装,那黯黯的江水,银波荡漾,澹澹然,澹澹然呵!

他俩默默相对,默默地凝望着那明月里的江山。

静极了,阁檐上的铁马儿悄悄地挂在那里,一丝儿也不摇动。

剑秋握住了文漪的手,说:

“愿我们永远生活在一起……”

文漪微微地点了点头。

明月照高楼,月光穿过那静静的楼阁的花槅子,把那极其幽美的图案印到楼板上和板壁上,印到他们两人的衣服上。那皓洁的光辉,仿佛透过了他们的衣服和肌肤,照进了两人心灵的殿堂,使彼此看见了对方那颗纯洁的心。文漪从剑秋的手里, 抽出自己的手来,轻声地说:

“天气不早了,我们该回去了!”

他俩下了楼,在江滨一面走一面谈着自联的工作。

剑秋把文漪送到渡头,当他们下岸时候,看见渡船上下来了两个人。那两人正对着他们走上来。文漪忙回身说:

“避过他们再走吧。”

剑秋只得也跟着退了上来,避过了那两人,然后问道:

“你避他做什么?他不是先前我们学校那个庶务主任——红鼻子么?”

“我不是避红鼻子,我是避那个人。我最讨厌这个家伙,官僚派头十足!你不认得他么?”

“我怎么不认得?他不是地方法院的法官王佐么?”杨剑秋说:“在我们乡里算是个赫赫有名的人物。你为什么要避他?就为的避他那派头十足么？我看他不过是个泥塑木雕的菩萨！”

“没有什么，”文漪说：“我只是讨厌这种人罢了。”

杨剑秋虽然知道王佐是周清臣家的姻亲，可是在这时候，他并未把柳条少爷和文漪的婚事联想起来，更未把这婚事和王佐联想起来，因此没有再问文漪。可是一提到王佐，剑秋是相当激动的。他和王佐同县同乡。王佐是县里豪绅的首领之一，是旧势力和恶势力的代表，正是剑秋他们要打倒的目标之一。

“这个家伙，”剑秋说：“最近正在活动竞选省议员。这些猪崽！”

“脑满肠肥的东西！”文漪说，“要都是这种人高据要津，做什么法官议员，中国一定没有办法！”

这时候，他们已经到了渡船上。文漪说：

“你莫送了，回校去吧。”

“我送你过去吧。”剑秋坐在腰板上，望着那点点的渔火和江心的明月，他沉沉地扣着船舷说：“你看这样美丽的河山，我们就是在它的襁褓里长大的。我们不觉得骄傲么。现在，我们长大了，我们决不能得过且过。我们决不失望。我们应当说：我们一定要救中国！有我们，决不是没有办法，肯定是有办法！”

渡船最后欸乃一声，靠岸了。剑秋依然坐着，文漪站了起来，说：

“是的。在这样温馨的土地上长大，我感到骄傲。”

文漪下去了。剑秋目送她循着曲径进入了林中，才在满船明月里，回到这边岸上。

3

周清臣接到王佐的信，说竞选活动一天比一天紧张了，要他及时筹款上去。又说，开春以后，本道[①]各县的官绅富商都要来吉安，

① 道为当时行政的一级，下辖县。

到各竞选者那里打秋风。要他转告龙典,早日到他的“竞选事务所”里去,替他奉客管账;另外,须用两个听差,做那些跑腿沏茶的事。

款从哪里筹呢?第一,追远堂的谷是卡住了,可是眼下还不到五月三荒的季节,没有涨价,现时卖出去,不上算,这一笔大款暂且指望不上;第二,周清官贩雅片烟去了,只要货一到,马上有钱,可是周清官还没回来,这一笔暂且也不能指望。周清臣就来和瞎精商量。他说:

“娘也多次教导过,无论如何不能动用我们的老本。这是最要紧的。我们不能为这事卖田卖店……”

“是呀,哪能动产业?”瞎精说:“哪怕是动寸土片瓦,人家也会笑话,何况辅之[1]这一次竞选,是捐官捐功名,是光明正大的事。就是这里愿意卖了产业,拿钱给他,选上了议员,终究也是不脸面、不光彩的。还是另外设法好。”

“我们村里后山上的松树太密了,留小的,把老的枯的卖出去。待寻一个做柴生意的和做木板生意的来估估价,叫他们承包:包砍,包锯,包劈,包运,我们只是卖树,看能卖多少钱。”周清臣说:“要是能卖四五百元,就卖了。”

瞎精说:“这后山,几十年没动过。如今要卖,四五百元,至少是值得的。只是这事还须斟酌,不可孟浪。”

周清臣说:“这山,大概是我爹手里封的吧,我还没见开过。当年封山,是为了村里的风水吧?”

“早年间也有风水先生说过,说封封山也好,村里能得益处,不单是为了风水才封了的。”瞎精说:“上次开山时候——那时也是包出去的——公堂里规定:一个门户二百斤,一个男丁一百斤,这是不要钱的。除此之外,各家也可以向承包的买。价钱是照山价再打

① 王佐的字。

九扣。我记得那时候,头一天发了户口柴;第二天,发了人丁柴;第三天,论价买卖,就乱了,把一山柴抢了一个精光。你爹生了气,就在那年拜春祭时候,公议了禁约,把山封了的。”

“当年这山是怎么乱的?”周清臣问。

“也就是坏在一个人头上。这人叫大利。也是太史第里的人——这太史第真不是个好地方,自来出是生非,总少不了太史第的人!”

瞎精感叹了好一会儿,才接着说:

“那天一早他就喝了酒,到山上挑了一担柴,约莫有两百多斤。到了过秤时候,他嫌称秤的称得太平了,说:‘这又不是油盐米,是柴!称柴,秤尾巴该指天。’称秤的说:‘称哪家的我也是这个样子称,这是宜春老爷嘱咐过的。’这凶鬼一听你爹的名字,不由分说,举起扁担来,就把那把大秤劈断了。这凶鬼借着酒力,一不做,二不休,又把另外几把秤都劈断了,又狠狠地一扁担劈下来,把那登账的桌子和账簿劈个稀烂,吓得那登账的倒在地下,半天起不来。那时候,那些挑柴的,见没有了秤,没了账,就混水摸鱼,打着口哨,把柴挑着跑了。这一山柴,就这么乱掉了。这一年做柴,公堂里不单没有进一文钱,反倒赔了那承包的几百串工钱。你看可恶不可恶?”

周清臣立即答应道:

“这大利,真是万恶滔天!”接着像猫儿念佛似的,喉咙里吟哦了一阵,说:

“不知道是哪位祖宗的墓地不吉利,我看我们村里代代要出一两个这样犯上作乱的人。这一代是二利——嘿!名字也叫得好:一个‘大利’,一个‘二利’!那凶暴,跟母亲刚才说的那个大利也差不多了。”

“这二利比那大利还丑!真是长毛底子,真是一代不如一代!”瞎精带着一种感喟和气愤的语气说:“先前,还没有大孚这样掌墨斗、摇羽扇的人。要是闹了事,各人遵了罚,以后也就风平浪静,没人敢再犯了。如今有了这大孚,不是油里生虫,就是盐里生蛆,他总要生出些是非来。我小时听你外公说:长毛里头有个头目,封了翼王,这人,连曾文正也有几分怕他。这大孚怕就是翼王那种坯子。你看,去年巡检司捉他去坐了这三个月班房,虽说是你亲自保他出来的,他哪里会知道好歹?”

“正是这样。”周清臣说,“他口里倒是称谢,只是口服心不服。难治得很。”

“如今若要把这个山包出去,免不得这东西来牢靠他几句。”瞎精说:“要他不可在那斯武帮里依鬼作怪,唆出乱子来。”

“这个我也想到了。恐怕单靠空话不行。我看,人总是爱财的。许他一点油水,也许就好办了。先前要是早这样做了,我看大孚还会兴风作浪么?过去没下这着棋,那是失策!失策!灶王爷,不给几个糯米果粘住他的嘴,终究不牢靠。娘,你说是不是?”周清臣说。

“你想得对。人心还不是钱买的么!”瞎精说:“如今辅之那边,既是急需款子,这包山的事,就趁早为上。我看先把大孚叫来,先安顿了他,就去找承包的。”

“是,”周清臣转身,预备出去,“我就着人叫他去。”

“这时候,长工都下田里去了。不要着稀狗屎,稀狗屎和他们全合不来。我这里着个丫头去吧。招喜儿!”瞎精说。

招喜儿进来了。瞎精吩咐道:

“你到太史第去,看看大孚在不在家。他要是在家——记得叫他叔叔!我上次听谁说:在他们面前,你竟然哥哥嫂嫂的叫起来了。那晓得的,知道你是贱坯子,有意轻慢人家,那不晓得的,还说老奶奶没有教导,真野得不成话了!——大孚要是在家,说大老爷有点事和他商量,请他来一趟;他要是不在,下田里去了,你就对他女人说,要他一回来,即时来一趟。”

一会,招喜儿来了,她回道:

“大孚出去做生活去了。我把老奶奶的话周到了他女人:请他早归早来,晚归晚来,我们老爷等他有事商量。”

“他上哪一村去了?”周清臣问。

“回老爷,”招喜儿说,“老奶奶总是教导我莫探风打浪,我才没敢问。”

周清臣点了点头,招喜儿就出了宜春祠,转到瞎精房里回话去了。

原来招喜儿刚才在房门边听见瞎精和周清臣在这里的议论。她到了太史第,正好遇着大孚在家,她把听来的话,全对他说了。大孚就说要待晚上再去见周清臣。还对招喜儿说,回去她就对周清臣说大孚出去做生活了。

到了二更时分,周清臣正在巡查前后左右那些大小门坎,预备睡觉时候,大孚叫门进来了。周清臣忙招呼他到后厅里坐。说了一阵闲话,然后转入正题了。他说:

“近来,我听见有人说:我们村里虽说一向是柴方水便,这些年来,附近山岭上的柴,能砍的,能扒的少了。说砍一担柴,得走远去,要耽搁大半天,是吗?大孚弟。”

“可不是么。一担柴得耽搁大半天。”大孚说:“又兼去年这个冬天雨雪多,晴日子少,因此家家都没有存多少柴。有的人家,一根柴也没有存的了,只好烧麻秆,烧豆荚,烧稻草:这些都是不经烧的东西,哪里烧得多久。转眼就清明,快插秧了。打这以后,田里的生活,也忙不过来,谁还有工夫走那么老远砍柴去?说起来也真叫人皱眉头。”

周清臣登时皱起眉头来,显出那忧国忧民的样子,同时带着一种感伤的声调说:

“这怎么得了呢?烧柴的事,竟弄得这么艰难。大孚弟,你想想看，看有什么好法子？”

大孚说：“以前，大家在炉火边，也曾说笑话一般说过：我们村里的后山，也不知道是哪年封的，封得这么久了，不单树太密了，有些老树白在那里占地方，还有些枯死了的，年年在那里日晒雨淋，白烂掉了。不如开一次山，按门户人丁，分一重，卖一重。这样，公家既收了钱，全村也普沾了益处。大老板不要见怪，这不过是我们一些粗人，在私下里说些这样的上不得戥盘的话，本不该当着大老板面前说的。”

周清臣一听，登时脸上显得格外的虔诚起来。他肃穆地说：

“大孚弟，你这排话，有斤有两，句句话儿上得天平。我也这么想了：村里家家缺柴，公堂里就该请拢斯文斯武们会商一下，把后山开了。这事，我还没和旁人说起，如今大孚弟你的意思和我一样，这山就九成九开得成了。”

“这是好事，大老板想得周到。”

“我想：全山的柴很多，村里无论如何是受不了的。不如找人来承包，把它包出去：我们公堂里干得一笔现钱，村里家家户户干得一笔人丁户口柴。人丁户口之外，有人家要的，按山价批，也是便宜的。大孚弟你看如何？”

“大老板怎么说，怎么好。”大孚说：“要是包出去，是不是可以和那承包的讲好：倒树劈柴，要请我们村里人。这样，也带着我们那些作田的挣点零碎钱用。”

“这个，可以可以。”周清臣点头道：“还有，我还要和承包的讲好，替大孚弟你搭一份干股。这一股，认红不认黑：赚了，分一笔息；赔了，不用认账。”

“这就不必了，大老板。”大孚道：“怕村里人知道了，不单我不方便，还怕大老板你不方便。”

“嗯！这个一点也不打紧。”周清臣说：“我知道你是个守口如瓶的人,你也知道我是个守口如瓶的人。”

“我知道大老板是个谨慎的人。”

“这就对了。如今这事,只有你知我知,你我都不漏风,别人的闲话,又何从说起。”

“既这么说,我就领情了。”

周清臣又拿出十块花边来,送给大孚道:

“你先把这个支了去,算作红利。将来和承包的结账时候,有多,再补。这以后,斯武帮里的事,就统归你关照了。

大孚推让了一阵,还是把钱接了过去。说:

“斯武帮里的事,大老板尽管放心。”

大孚走后,周清臣满面红光地来到瞎精房里,笑嘻嘻地说:

“娘!娘!成了成了!一拍即合!”

这个年过半百的人,在他母亲面前,一刹那间,妩媚得像只猫,老莱子也不过如此罢了。瞎精眯着两只瞎眼嗨嗨嗨嗨笑了一会儿,说:

“有钱能使鬼推磨,有钱能使狗上树!道理就在这儿。天下多少铁汉,哪个见了洋钱不眼花……”

“嗨嗨嗨嗨……”

“哈哈哈哈……”

娘儿俩陶醉在胜利的兴奋中了。

4

过了几天,周清臣找到了老板,把村里的后山包出去了,承包的先交了三成价款。这事做得很顺遂。尤其是大孚收了他的钱,他觉得这一来,拿着了大孚的把柄了!“人为财死,鸟为食亡,”他想:“嘿嘿,大孚这一下子,嘿嘿!”

周清臣拿了卖后山的一部分款子,另外又筹到了几笔钱,把王佐来信里所要的数目凑足了，就派人通知龙典立即去吉安王佐的“竞选事务所”里去担任“总调提”,管银钱出入和接待宾客,另外又着海保先随龙典去那里跑腿烧茶。

开山的时候来到了！

发户口柴和人丁柴以前,周清臣对大孚说：

“大孚弟,你看你家里要多少柴,说个数,我好要他们做好账。”

“照人丁户口领吧。若领了额外的,怕村里人说闲话,回头连管公堂的也牵在里头,我也不安心。”

“应当酬劳你的。发完了人丁户口柴,跟着大家一同买,这就没痕迹了。”周清臣说:“发柴和买柴的时候,要大孚弟你来帮帮公堂里的忙。”

“我来称秤吧。”

“烦不着称秤。要紧的,还要你费心上下照顾。你听说过吧:上次做柴时候,就闹了乱子,把一个后山全乱了。”

“这个,倒不曾听说过。”

“就是这些地方要请你留心。”

“不是我夸海口,大老板,”大孚说:“要是斯武帮里真要出什么乱子,用不着我三句话,就把它喝落下去。”

“正是正是。”周清臣说:“有道是‘一正压万邪’,你在场,即便万一有事,也保管风平浪静的。”

前两天发完了人丁户口柴。今天是照山价发卖给村里各家各户。

人丁户口柴发得格外少，全村都憋着这股气，可是没有人吭声。今天周清臣心安理得地背着手站在账桌边,显出那种悠闲的、天下已定的神气来。

坐在账桌上的有包山的老板和管账的先生，东溪公堂上也有两个人。大孚和周清臣并排站在那小坡上，关照着四面八方。

五把大秤，吊在树枝上，五个人在那里称秤。一面称，一面报户名，报重量；账桌上的人一面答应，一面登账，一时山林若市，好不热闹。

吃罢早饭，上山的人就越多了。早上留在家里做饭的女人也来了。这样，五把秤就忙不过来了，每把秤前都排成了一字长蛇阵，在那里等候过秤。周清臣望了望那远处陆续挑柴前来的男妇老小，又望了望坡下那坐坐立立的五行挑柴的，然后斜睨了一下大孚，心里笑着说：

"'射人先射马，擒贼先擒王'，这话到底不错。今天把这贼王擒住了，就没有一丝儿风吹草动。要不，说不定他又在暗地里做鬼作怪，惟恐天下不乱了。"想到这里，他侧过头来说："大孚弟，今儿晌午你就到我那里吃中饭吧。"

"好吧。"大孚答应道。显然是当仁不让的语气。"莫要弄什么菜，随菜便饭。"

周清臣一听他那口气，心里很不舒服。自然，这样的小事，在表面上他决不会露出来的。何况他认为大孚已经上了圈套，当然就更加显出那肚里可以行船的度量来。他答道：

"你在我那里也是稀客。今天是不该怠慢的；往后熟了，遇上了吃什么就吃什么，到那时再随菜便饭不迟。往后的日子还长呢。"

不料这时候，下面过秤的地方闹起来了。原来二利排在稀狗屎这一行。该当称二利的柴了，稀狗屎说：

"老弟，请你过那边称去。"

"为什么要过那边去？"二利问道："我好不容易挨上来了，你如今着我到那边去，不是又该排在尾巴上么？"

"那我管不着！"

"你称得别人的柴，凭什么不称我的？"

“为的你是个大角色。我们老爷嘱咐过了：千万不要惹你这样的大角色。”

稀狗屎的主子，确曾嘱咐过他：对于那些好惹是生非的后生们，像二利这一帮人，遇见他们在买柴时候，格外要小心。不要和他们斗气，省得他们借题发挥。可是，这个二利偏偏又和稀狗屎顶上了。

“不管惹得惹不得，”二利又软细一点说：“你既然在这里称柴，你就非得称我的。”

稀狗屎不理会二利，他向二利后面的人叫道：

“你们挑上来！”

“好的！”大牛应声挤上去，把担子往秤钩上一挂，说，“称哇！”

“原来是你呀？”稀狗屎说：“你也是一只角色，我也是不敢惹的。”

“老子告诉你！”大牛说，“你要是不称，老子就挑着走，不登这个鸟账！”

“你有本事挑着走，老子就有本事开你的大祠，打你的屁股，罚你的款！”稀狗屎吼道。

“你不用装鬼叫，这吓不着谁！”二利叱过稀狗屎，回头对大牛道：“我们挑着走！让他罚去！反正大家都见着了。这公道不怕没有人讲！”

稀狗屎一来有些怕二利和大牛，二则周清臣嘱咐过了：不可和人闹事。所以当他们两个要挑柴走的时候，他就向小坡上叫道：

“老爷！你快过来，他们要闹乱子了！”

“不要忙，消停些。”周清臣答复了稀狗屎，然后对大乎说：“你下去要他们莫闹吧，大乎弟。这些后生真是性子躁。”

大乎应声下来了。他站在稀狗屎一边，对着二利和大牛说：

“老稀哥是让你们啦。你们也该懂点人情世故。到那边去称不一样么？又不是有十里八里路。”

“到哪边？”二利问道：“到左边还是右边？”

“二利，你去我不去！”大牛插嘴说。

“到左边吧。”大孚答应了二利，转问大牛道：“你怎么不去？我看你越来越得意了！也不知自己吃了几两盐，过了几座桥！”

“到那边去，我可也得排头上。”大牛说。

大孚答应了“好”，就向右边称秤的打招呼道：

“喂！先给二利和大牛两个过秤。”

那个称秤的答应了“好”，就招手叫他们两个过去。可是那边排在前面的不让。七嘴八舌地说：

“先给他们两个称！有这般撇脱的事？他们赏穿了黄马褂么？”

大孚听见众人这般说，赔了一个笑，说：

“那还是让他们两个排尾巴吧。——二利，去。你和大牛还是排后面，实在也候不了多久。”

这时候，不单是稀狗屎那里，旁的四把秤，也全停止了。那些买柴的都把柴担搁在那里，围上来看热闹了。周清臣见势头不对，立即命令稀狗屎道：

“该当给他们称的，你为什么不称？称！”

二利不去理会稀狗屎，更不去理会周清臣，只是愤愤地诘问大孚道：

“我说，你得了别人的便宜，你就来耍我们了。你是不是这个样子！”

“谁得谁的便宜了，你说出来！”大孚反诘说：“现今村里的男妇大小都在这里，你这般丢我的面子，做不到！”

大牛在旁拉了二利一把，说：

“你跟曹操说什么！莫说啦！”

“你说谁？”大孚握拳要捶大牛，大牛躲过去了。

这时,二利火了。他唾沫四溅地说:

“你还行凶啦!你当我们不知道!你问问这里的大大小小,谁个不知道?”

“为人不做亏心事,半夜不怕鬼敲门,没有吃珍珠玛瑙,不怕你开肠破肚。”大孚非常自信似的说:“我有什么见不得人的事,你宣出来吧,我可不怕这些个。你吓我,当我是三岁小孩!”

“这里山上,你准是搭了股子了,是不是?”二利说:“这个你赖得了么?”

“谁给我搭的股子?”大孚说,“你哪时候在哪里见着的?”

“自然有大老倌给你搭的,叫你里通外国,不是吗?”大牛道。

大孚若无其事地双手叉腰,昂着头说:

“搭了就搭了,看你怎么样?”

周清臣一听,忙插嘴说:

“大孚弟,这样无中生有的事,你甘愿认么?这样的黑锅,你甘愿背么?”

话刚落,人群里立时骚动起来,啐声和笑声,都集中在周清臣头上。周清臣心里有些暗暗叫苦起来。

大孚还是这么若无其事地对周清臣道:

“‘好人说不坏,好酒搅不酸’,任他们说去,我还怕这些个么。”

“吃了人家的嘴软,拿了人家的手软。你打肿了脸充什么胖子?你敢发誓么?”二利道。

“我偏不发这个誓!”大孚道。

“你不发誓,就是做贼心虚,你就不是人!”二利说。

周清臣再待不下去了,转身就走。大孚上前一步,把二利一颠,说:

“你骂谁?打你个狗东西!”

二利应手倒地,跳起来,冲着大孚的胸部打了一拳。

大牛一步冲过来，踢了大孚一脚。

大孚抽身就跑。一伙后生，就在背后追来。一面追，一面嚷：

“莫放了这个卖国的奸臣！”

大孚追上了周清臣。他把周清臣一揪，打着战战说：

“大老板，你你你，保我一保吧。”

周清臣还没来得及答话，追击大孚的一大伙后生跟上来了，立即把他们两人团团围住了。

大孚一面招架，一面走，可是怎么也突不出重围。不一会，已经退到了那五把秤和账桌边，周清臣也跟着退到了这里。于是，大战了起来。登时，秤、桌子、笔墨账簿，劈柴等等，都被打得落花流水，一塌糊涂。

这时候，那些把柴卸在家里，又回到山上来了的男人们大多数已经参加了混战。那些打山上挑柴出来的，都打着口哨，呼呼地挑着担子跑。娘儿们更是欢喜得了不得，一面被担子压得气喘吁吁，一面还不断地鼓励她的孩子们：

“娃儿，快点！使点劲，等晚晌，娘煎两个三角①给你吃。——要不，别人都比我们挑得多呢。”

所有的劈柴全叫担走了，只留下锯好的木板。那是人们为了避免事后被检查。至于劈柴和人丁户口柴混在一起，是无法分别的。

那些挑柴的一面跑，一面笑，转眼间，柴都担空了。

这边打架的，慢慢地把大孚和周清臣追到了宜春祠的后园。周清臣就要溜进自己的家里去，大孚道：

“大老板，你得保保我。你看他们全围上来了。”

周清臣只好为难地说：“那你暂且在我这里避避吧。”

大孚随着进去以后，周清臣随即把门闩了。到了宜春祠的后厅

① 豆腐斜切，成两个全等三角形。这里说的是一块豆腐。

以后，他们就听得外面叫得震天价响，要周清臣把大孚交出来。

大孚躺在炕几上，呻吟道：

“大老板，且不说我全身的内伤，眼前这些人在外边这般闹嚷，总要想个退兵之计才好。”

周清臣叹了一口气道：“你看请谁出来调停为好？”

“我这时候是六神无主。大老板，”大孚说：“这事全仗你来作主。”

“请达和叔和二相公，你看好吗？”

“全仗大老板作主。”

“偷鸡不着蚀把米。”周清臣又在心里说了一句，才叫道：

“稀狗屎回来了吗？稀狗屎！”

稀狗屎正好匆匆忙忙打外面窜进来说：

“老爷，一山柴全抢光了。王老板在外厅里，说要退价款。”

周清臣随口反驳道：

“退什么价款？请王老板看看契约去。契约上明明载着了：如遇天灾人祸，与追远堂无干。这里不问他那一半，已经是便宜他了；他还得寸进尺，想要还这一半？哼！你去请二相公和达和叔来！”

外面还是叫得震天价响。直到达和叔和二相公来了，才把外面的人劝开。陪着大孚一同出去了。临走，两位老人对周清臣说，大孚是为了公堂上的事受了内伤，吃药的钱，该要公堂开销。周清臣无可奈何，只好咬着牙关答应了。

待他们走了，周清臣心里才安静下来。他越想越不是滋味，想前想后，一团乱麻，慢慢理出个头绪来，突然，恍然大悟！这些作田的明明不是打的里手架么！他啪的一声敲了下桌子，直挺挺地站起来。

“真他娘的赔了夫人又折兵！大孚呵大孚！总有一天我叫你……”

5

天才黑，东溪村里的作田户，一个紧跟着一个地到太史第里来，我一言你一语，说起白天开山的事。不明白内幕的人，弄不清是怎么回事，问问这个问问那个："大孚今天到底怎么啦？"心里明白的，挤眉嘶嘴地笑个不住。

二利皱着眉，歪咧着嘴，不尴不尬地走到大孚的面前，摸摸大孚的胸部，带着哭音说：

"啊哟哟，我那大哥，还疼不疼？"

大孚板着脸，嘭地给了他一拳，骂道：

"你这个冒失鬼！差点儿把我的肋条都打折了！"

二利捧着肚子大笑。大牛悄悄地走到大孚的面前，起脚来一勾，说：

"哥！我的东洋火腿够味儿吧？"

大孚一本正经地不理他。大牛二利两个还是一搭一挡地出大孚的洋相。冷不防，大孚站起来，一手拧住二利的耳朵，一手拧住大牛的耳朵，要叫他两个碰头。他两个直讨饶，大孚还是不放手。一屋子的人笑得东倒西歪，笑声似乎要把屋上的瓦都要掀翻了。

达和叔在一边看着，又想生气，忙说：

"你们都是吃奶的娃儿怎么的？露了馅儿，叫大老板知道了，那可有你们好看的！"

大孚放了手，对达和叔说：

"我那好老叔，你道周清臣还在鼓里蒙着么？你真把他小看了！他是哑巴吃黄连——有苦不能说！"

"我也是这样想呵！周清臣那么个眉毛鼻子都会说话的人，会看不出漏洞来！"达和叔说。

二相公在一边站了半天，到这时候，还是弄不清怎么回事儿，听了刚才他们说的话，多少明白点儿，瞪着眼问道：

"怎么？今天开山的事是……"

他的话还没说完，引得大家哈哈大笑。连达和叔也忍不住笑出

眼泪来了。他喘了一阵,对二相公说:

“你不是常说你顶半个诸葛亮么?依我看你得把诸葛亮活活气死!”

二相公这才明白过来了,可是仍然不以为然,问道:

“请问,你们看过《三国志》[①]没有?《三国志》上载得明白:后主的军机国策,无一不委诸武侯的。然而,你们呢?哪个把我看在眼里?事先都瞒着我,并未邀我参与策划其事,我岂能未卜先知?此等事,虽武侯亦难能也!”

二相公摇头晃脑地说着,义正词严,显然是生气了。众人笑得更是放肆了。

众人笑了一阵,渐渐走散了。屋子里只留下了住在太史第里的一些人。大孚向大家扫了一眼,说:

“我们商量个正经事吧!绍亮兄弟一走,还没来过信,不知道他到底上了大学[②]没有?我们原先说好的那个‘会’,上次平粜时候,就要收钱,可是吹了。这回趁大家手边有几个零钱了,成立了吧!我这里有十块大洋,大家再凑几块也够了,收集后我给送去。再说,周清臣为了开山的事,不会罢手的,准定来找我的岔子,我也该出去躲躲风。”

大孚说着,从腰包里掏出十块大洋,端端正正放到桌面上。

大家听了大孚的话,个个点头,有认一块的,有认一吊二吊的,一时凑了整二十五块大洋,都说卖了柴就交现款。

过了三四天,大孚带上木匠家伙,怀里揣了二十五块大洋,上了吉安城。

他到吉安师范学校去找周绍亮,门房里的人说,压根儿没有周

---

① 他指的还是《三国演义》。

② 当时农民把城里规模大的学校都叫“大学”。

绍亮这个人。他心里又难过又着急,返身到了水口巷王佐的竞选事务所里,找到了海保,开口就问他在城里见过绍亮没有。

海保不说话。

“到底你见过他没有？怎么不说话呵？”大孚急了。

海保这才点点头。

“那你快领我去找他！”

海保向龙典请了假,领着大孚走了。路上大孚一劲儿问海保:绍亮到底在哪里？干什么？海保被问急了,才叹了口气说:

“待一会儿,你见了他就知道。”

到了大街上那家豆腐坊门口,海保站住了。大孚更是奇怪了,忙问:

“他在这里干什么？”

海保没理他, 只顾冲着店里喊道:“表哥！你出来！大孚哥来了！”

只听见店里答应了一声,店里出来了一个人,身上围着湿漉漉的油布围腰,光着脚,两手的水……

大孚以为找错了人,仔细一看,丝毫没错！这人正是绍亮！一时惊奇得说不出话来。绍亮倒是笑嘻嘻地开口了:

“我正想念你呢！你可来啦！”

大孚忙叫他找一个说话的地方。绍亮进去对店主人说了声,解下围腰,擦干手,穿上鞋出来了。海保一个人忙着回去了。他两个默默地走到一座茶楼上,找了个清静的角落,才坐下,大孚就问:

“你在豆腐坊里干什么？”

“当磨官呵！你刚才没见我的打扮？”绍亮笑着说。

“你怎么能干这个呢？”

“嗨！要不到哪里去寻饭吃？”

“早知道你会落到这般田地,真该怪我们把你害了！”大孚说着,眼睛都红了,差点儿没掉下泪来。

“什么话?大哥说的。当磨官不是正大光明的事么?世界上没磨官,那就没豆腐吃啦!”绍亮还是笑嘻嘻地说。

“老弟,你老是说笑话!我们拨弄你来,是要你来推磨的么?不过话又得说回来,我们没给你送钱来,你自然上不了学,也难怪你。好了!这回给你送钱来了,你明天就上学吧!”

绍亮这才恍然大悟,忙向他解释:学校没到学期终了,中途是不收学生的。要待明春开了学,才能去投考。同时又告诉他:上师范学校,不光不要学费,而且还给饭吃。因此,要他把钱带回去。

大孚还是半信半疑,心里总觉得不是滋味。待了会儿,他两个下了茶楼,绍亮把大孚直送到一家小客栈里安了铺,说好晚上再来谈天。

绍亮走后,大孚琢磨来琢磨去,越琢磨心里越是嘀咕。不等到天黑,又上豆腐店去找绍亮。才走出店门,见绍亮领着一个学生模样的人迎面走来。那人穿着件蚂蚁布的长袍,长袍下面露出学生装的卷边裤脚管。脖子里围着一条长长的毛围巾,一头蓬松的头发。大孚看那人面熟,一时想不起他的名字来。绍亮老远拍拍那人的肩膀,指指大孚说:

“这不是大孚哥么?”

那人三脚两步地迎上前来,双手抓住大孚的一只手,使劲一捏,露出两排雪白的牙齿,笑笑说:

“大孚哥,好久不见了!”

“是呵!上一回我到你们学校去做生活,就没有找着你,你上了哪儿啦?”大孚说。

“逛了一趟广州,回来的日子还不长!”剑秋笑笑说。

三个说笑着走完了一条街,大孚跟着他俩进了一条巷,拐了个弯,又到了一条巷口,杨剑秋回头对大孚和绍亮说:

"你俩先在这里候一候,我回头就来请你们!"

大孚眼看着杨剑秋走到这条小巷的尽头，到了第一进的门前,伸手拉了拉门上的藤圈。接着出来个开门的老头儿,只见杨剑秋说:

"你家大小姐在家么?"

那老头说了声,又进去了。待了会儿,从门里出来个十八九年纪的小姐,和剑秋拉了拉手,剑秋轻声地对她不知道说句什么,那姑娘就伸着脖子冲着绍亮和大孚哇啦哇啦喊起来:

"欢迎欢迎!二位请进吧。"

绍亮扯了大孚一把,大孚随着绍亮走过去,到了门边,那位小姐和绍亮拉了拉手,又和大孚拉了拉手,弄得大孚很不好意思。

"我叫杨见秋,和贵同乡的大名只差一个'见'字,我是'看见'的'见'。"她说着,往门边一站,让他们进去,随手拉上了门。

里面是一座小花园。她领着他们钻进一个假山洞,拐了好几个弯,出了洞,前面是一条小溪。走过溪上一座九曲八弯的小板桥,到了一间小厅的门前,杨见秋掀起帘子,请他们进去。

厅上面对面地摆着两把椅子,中间各有个茶几。正中是一张条儿,前面是方桌,两旁又各有一把椅子。上边挂着块匾,只写"听泉"两个大字。大孚一看就知道这是大户人家的小花厅。大孚坐下以后,看看那些椅子茶几,都是楠木做的。又看看地上铺的是水磨方砖,心想小花厅里的用料和摆设,还这样考究,前面的正屋,不知道是怎样华贵哩。他想,这人家不是大官准是富商。坐在那里突然觉得拘束起来。

那位小姐两只眼睛滴溜溜地在大孚身上一转,就说:

"我和贵同乡是知交，到了这里，像到了家里一样，不要客气……"

大孚欠了欠身子,心想:这女子可真是机灵,忙说:

"哪里哪里！"

正说着，门帘掀开了，进来个丫环，端着只金漆托盘，盘里放着四只细瓷的盖碗，一碗一碗地放到茶几上，大孚掀开茶碗盖一看，泡的是上好的云雾。后边紧跟着进来了刚才开门的那老头，手里捧着只广漆果盘，端端正正地放到方桌上。那小姐又让他把厅上悬着的四盏美孚灯全都点亮了。走到方桌前，掀开果盘盖，里面是号称八大件的糕点。她拣了几样放到大孚和绍亮的面前，说：

"这点心还是汉口来的，不贵，一斤才块把钱。请尝尝！别客气！"

她回头瞟了剑秋一眼轻声地说：

"你自己动手吧，莫客气了！"

大孚越来越觉得不自在，那小姐也真知趣，她忙了一阵，就向他三个点点头说：

"失陪了！我出去一会儿，你们谈吧。"她又向剑秋看了一眼，"你替我陪稀客吧，可不能怠慢！"

她说着，又向大孚、绍亮含着笑点点头，掀开帘子出去了。

杨剑秋搬了把椅子到大孚跟前，坐下了。三个人就谈起天来。剑秋净问大孚东溪村的事：多少亩田？多少家佃户？多少家财东？租子多重？债息几分？又问这几年来租佃之间发生过什么争执？大孚一件件都对他说了。

大孚见剑秋一面听他讲，一面拿着支铅笔在一本小本子上不停地写。大孚觉得奇怪，忙问：

"你写什么？"

"我写你说的话。"

"这有什么用？"

"有大用，这才是真正的学问哩！学堂里是学不到的。"回头看看绍亮，"你说是不是？"

剑秋接着问大孚说：

“依你看周清臣为什么这样厉害？”

“那还用说：他还不是财大气粗么？”

“那么我们穷人怎么才有个出头之日呢？”

“叫我说，”大孚停顿了一会儿，“我这话不知道冒失不冒失？不把财东们都灭了，把田夺过来，穷人就没个出头之日！”

“不冒失！不冒失！一丝一毫也不冒失！”剑秋十分热情地拍拍大孚的肩头，“那么你看怎么才能把财东搬倒呢？”

“嗳，你说到这事，不瞒老弟说，我早想过了！不容易！比方说吧，光把周清臣搬倒那还不难，可是天下财东又不是他一家！他们是穿连裆裤的，要搬一齐搬，才能斩草除根！即使把天下的财东全搬倒了，不把王佐那号做官的搬倒，还是不成功。他们是财东们的保镖，有兵有枪炮，不把保镖的搬倒，到头来还不是穷人吃苦头？”

“对呵！那你说说，怎么才把他们统统全搬倒呢？”剑秋把脸转过来对着绍亮，“大孚哥就是有见识哩！”

绍亮也正在思索，一时没回答。

“大孚哥，你再说说看！”剑秋一劲儿催大孚。

大孚想了好一会儿，腾地站了起来，看看剑秋，看看绍亮，又起到门前，掀开帘子，朝花园里望了一会儿，才返身走到剑秋面前，压低了嗓子，一拍茶几，说：

“就拿这回我们村开山的事来说，装神装鬼折腾了一天，只不过夺回了他周清臣几担柴，连木板都不敢动他的。到末了儿，我还得赶紧走开，绳套在脖子后边等着哩！要不就说小闹小斗成不了气候，真要斩草除根，那就得造反！打到紫金城去，把金銮殿上的宝座掀翻！”

剑秋和绍亮听到“造反”这两个字，不觉腾地一齐站了起来，眼里射出神情焕发的光彩，几乎是异口同音地说：

“那你说说，我们怎么个反起来？”

大孚笑了，搔搔脖子说：

“这可把我考住了，这样天大的事，可不是我大孚能说得了的，这就得靠你们知书识字的人啦！”

这句话说得剑秋、绍亮两个都笑了。

剑秋就把当前国内外大势，对大孚说了说。最后，对他说，紧挨着中国有个俄国，过去和中国一样糟糕，把穷人一个个压迫得喘不过气来。后来俄国工人里边的先进分子，成立了共产党，领导全俄国工人、农民把皇帝的宝座掀翻了，财东、地主全扫了个光。工人农民掌了印把子，再也不受他们的气了！又对他说，这个共产党的领袖名字就叫列宁，他是德国一个叫马克思的学生。

大孚越听越来了劲，叹了口气说：

“可惜我们中国没这个……什么党？”

“共产党！”绍亮插嘴说。

“世界各国都有共产党，中国也已经有了！”剑秋说。

“在哪里？”大孚问。

“哪里有穷人，哪里就有共产党！”剑秋说。

“这倒不见得！比方像我们东溪那么多穷主儿，怎么就没有？”大孚问。

“现在没有，很快就会有！”绍亮说。

“共产党都是些什么样的人？我真想见识见识！”大孚说。

“都是些平常人，像你像我那样的人，所不同的，他们是穷人里边最有出息的人！”绍亮说。

“你们二位是不是？”大孚问。

绍亮和剑秋相对一笑。正在这时候，听见杨见秋哼着曲儿来了，大孚也就不再问。

杨见秋进来以后，大家又说了阵闲话，天气已晚，剑秋、绍亮、大孚告辞走了。

出了门,剑秋和绍亮、大孚分了手。

大孚、绍亮两个默默地走着,各人想着各人的心思。大孚又问道:

“你是不是共产党我还不敢说,我看杨剑秋准是。你说呢?”

“你怎么知道?”绍亮问。

“他要不是,怎么共产党的事他都知道?”

绍亮不再言语了。今晚上杨剑秋的一夕话,在大孚的心里掀起了波澜,久久不能平息。他又是个好动脑筋的人,制不住又问绍亮:

“你说说,入共产党要有什么资格?是不是要考?”

“自然要有资格,也要考,考得严着哩!”

“依你说的,那我只好断了这个念头了!”

“这是怎么说的?”

“你看,论资格,木匠师傅一个!要考,那得把我烤糊了!西瓜大的字儿,还不够一担挑,这三场墨卷,我只好交白卷。你说我还有什么盼头?”

绍亮忍不住笑了,马上觉得自己不该这样说,忙给他解释:

“这个资格不是旁的,木匠师傅就是个好资格。说到考,不是考文字眼儿,哪怕一个大字不识也不要紧!倒是要考考这个人的志气和骨头,要考他敢不敢和财东地主斗?考他为了穷人的利益,肯不肯抛弃自己的私利?到了紧要关头,敌人的快刀架在脖子上,考他讨饶不讨饶?皱不皱眉头?这就比考文字眼儿要难千万倍……”

大孚没等绍亮把话说完,一拍绍亮的肩膀说:

“这不是我大孚在老弟面前夸口!你说的,哪一条也考不倒我!只要搬倒财东地主,哪怕要我上刀山下油锅,我也干!我会把脑袋瓜掖在裤腰带上跟他们干的……”大孚越说声音越大,几乎一条巷全部都能听到。

绍亮忙向他摆摆手,指指巷口。大孚就压低了嗓音,说:

“你要是找到了共产党,千千万万别忘记告诉我!”

绍亮答应了,这时候,他俩已经出了巷口,到了大街上,他俩也就分了手。

大孚留在城里做木匠活,杨剑秋三天两头来找他聊天。把什么是共产主义,什么是共产党,做一个共产党员到底要具备哪些条件……都和他谈到了。

正像是一块肥沃的土地上播下了茁壮的种子,大孚充满了活力和生气,心里越来越亮堂,越来越深沉了。可是也越来越着急了。

一天,他再也忍不住了,就对剑秋说:

“你和我说的,我都记在心里了。我是怎么样的一个人,你是全清楚的。我看你也信得住我,什么话也对我说了,从来不把我当外人看待,现在我要问你一句:我是真心实意要入共产党,你看我够格不够格吧?”

“我对你自然信得住,但这不是着急的事。这样吧,你有些事,我知道得还不仔细,我想问问你,你对我说说好不好?”剑秋说。

“你问吧,我对娘老子不说的话,也敢对你说!”

剑秋就问了他要问的事,全记在小本上了。临分手,剑秋对大孚说:

“就这样,过几天我再找你!”

这天天气晴朗,万里无云,是个难得的好天气。晚上,一轮明月当空。剑秋领着大孚,踏着满街的月色,穿过几条小巷,来到杨见秋家后门门口。正见绍亮在门口的背影里站着。待他俩进门以后,绍亮拉上了门。三个人悄悄地进了后厅一座堆放杂物的小楼上。

大孚随着剑秋、绍亮上了楼,见屋里只点着支蜡,有个中年男子在那里坐着,见他们来,站起来笑着点点头。大孚见那人已有四十开外，穿一件蓝布大褂，布袜布鞋，很像是串学堂卖笔墨纸砚的先生。剑秋对那人指指大孚说：

“这就是周大孚同志！”

剑秋又对大孚说，那人姓赵，是吉安县党组织的负责人。

那人过来拉了拉大孚的手。

大孚抬头一看，那扇窗上挂着块黑布。一面墙上，上边挂一面画着镰刀斧头的红旗，下面一条红纸上写着CCP三个黑字，正中挂着幅人像，一大把胡子，两眼炯炯有光，慈祥而又严厉地望着大孚。

四个人坐下了。绍亮站起来，轻声地说：

“现在，入党仪式开始，全体肃立，向我们党的旗帜，向全世界无产阶级革命导师致敬！”

大家站起来，向党旗和马克思像鞠躬。接着，绍亮说：

“杨剑秋同志介绍周大孚同志的经历。”

杨剑秋沉默了一会儿，用那深沉有力的声音，介绍了大孚的简历。最后说：

“周大孚同志，是一个佃农的儿子，他自己是个木工，他对反动的统治阶级，有着深刻的仇恨，他的经历告诉他，唯有彻底打垮反动的统治，才有自己的生路！他愿意把自己的一切，以至宝贵的生命，献给我们亲爱的党，献给伟大的共产主义事业。周大孚同志，从此刻起，你已经不是一个普通的农村木工，而是无产阶级先锋队中的一个战士了。要时刻记住自己的责任和使命是：改造整个世界，要在全世界实现共产主义，现阶段中国革命的任务是：打倒封建地主、土豪劣绅！打倒帝国主义！前路正远，困难甚多。等待着我们的是无数出生入死的残酷战斗，等待着我们的是光辉灿烂的共产主义的明天！周大孚同志，希望你入党以后，积极地为党工作，勇敢地和敌人搏斗，在严酷的阶级斗争中间，把自己锻炼成一个坚强的布尔什维克！现在，周大孚同志，你来向党宣誓，举起你的手来。——

我念一句,你跟着念一句!”

大孚上前走了一步，和杨剑秋并肩站在红旗和马克思像的前面,举起粗壮有力的拳头。宣誓开始了:

“牺牲个人!”

“牺牲个人!”

“阶级斗争!”

“阶级斗争!”

“服从组织!”

“服从组织!”

“严守秘密!”

“严守秘密!”

“永不叛党!”

“永不叛党!”

……

最后,是唱《国际歌》,在这座小楼上,响起了声音极低的歌声,正因为低,听来愈加显得沉着有力了:

起来,饥寒交迫的奴隶,
起来,全世界受苦的人!
满腔的热血已经沸腾,
要为真理而斗争!
旧世界打个落花流水,奴隶们,起来,起来!
不要说我们一无所有,我们要做天下的主人!
这是最后的斗争,团结起来,到明天,
英特纳雄耐尔就一定要实现!
……

大孚虽然还没学会唱《国际歌》,可是在歌声里,他深深地感受到了那震撼魂魄的力量。如同听到那江川小河的流水汹涌不已地奔向大海;如同那沙漠中的旅人,听到了涓涓的泉鸣;如同那航行在茫茫无边的雾海中的船只,望见了灯塔的光芒;如同那冲锋号响了,千军万马冲向敌人的营寨……在这神圣的时刻里,这个饱经人世忧患的中年人,这个佃农的儿子,这个农村的木工,流下了激动而又幸福的滚滚热泪。

许久许久,那歌声在他的耳边缭绕不已。

此后在那漫长的岁月里,每当他遇到激烈的战斗,每当艰难困苦的时候,以及到了那滴水成冰的日子里,在他的耳边就响起这神圣的歌声。

6

这年春天,绍亮考入了吉安师范学校。不久被聘为吉安中小学校自治会联合会筹备会的秘书。

快近五月底,毕业班的学生下乡实习,杨剑秋也就随着走了。

六月初的一个清晨,绍亮还没起床,忽听得杨见秋在男生宿舍门前的天井里,大声喊道:

“同学们!快快起床!上海南京路上发生了大惨案!……”

同学们听到喊声,一个个跳下了床。绍亮披上衣服,赶到天井里,只见杨见秋手里拿着张报,还在那里喊。

绍亮看了报,才知道了个大概:五月三十日,上海发生了一件惨案:帝国主义者在南京路上开枪,屠杀我国人民。现在,上海、武汉、商京、济南、重庆等地,工人已经罢工,学生已经罢课,商人已经罢市,举行了示威运动……

这个消息来得这样突然,这样令人吃惊,绍亮连洗脸都来不及,急忙跑去找老赵。老赵正在看报,绍亮开口就问:

“赵老师！我们该怎么行动呢？”

老赵抬起头来，想了想，说：

“事情来得很突然，还没有接到上级党的指示。但是，我们应该立即行动，在全城展开一个声势壮阔的宣传运动，明确地提出打倒帝国主义的口号。发动工人罢工，学生罢课，商人罢市！先紧紧掌握学联这个组织，作为发动群众的工具。至迟今天下午五点以前，宣传队要上街；明天要向全国各界发出通电。我估计官方对这个运动也是准备不足的，因此我们要抓紧时间，千万莫错过这个时机。上层人物，目前还不会公开出来反对的，可是你们千万要小心！今天晚上你务必来一趟，我在家里等，商量下一着棋怎么走。”

绍亮别了老赵，顺道来到螺川报社，打听有没有新消息。才知道九江和南昌的工商学界也已经响应了这个运动，罢工罢课罢市了。他回到师范学校，找到了杨见秋，叫她到几个学校去联络，通知学联的委员下午两点正到师范学校来开紧急会议。又匆匆地出来，走到钟鼓楼下过了渡，来到鹭洲中学。一直走到教室门口，朱文漪她们正在学期考试。他什么也顾不得了，当着一教室埋头苦思的同学叫起来：

“朱文漪同学！朱文漪同学！你出来一下……”

全教室的同学一齐抬起头来。那位监考的先生回头从眼镜片后面露出两只眼睛，白了绍亮一眼，又回过头去，瓮声瓮气地说：

“安静，安静。”

“还安静得下去吗？帝国主义在上海的南京路上杀人了！同胞们的鲜血白流了吗？”绍亮忍不住嚷起来，话出了口，才觉得自己未免太冒失了。

哪知道他的话音刚落，一教室的同学搁下笔，纷纷站起来，向教室门口走去。那位监考先生慌慌张张跑到门口，张开双手，把门口堵住了。朱文漪向那位先生请了假，出了教室，跟着绍亮走到教室对面的一个角落里，问道：

“我们在期终考试。到底怎么回事？”

绍亮一声不响，把报纸递给她。她接过报纸，看着看着，激动得两手发起抖来，满脸通红，抬起头来问道：

“我们该怎么办呢？”

“我们自治联合会应该召开一个紧急会议，来讨论这件事情，请你通知你校的全体委员。下午二时假师范自治会办公室，准时开。再见！”绍亮说着，返身要走。

“慢走！真糟糕，这会儿我们都在考试。你看怎么办好？”文漪着急道：“师范的同学怎么表示？”

“师范只有两个委员在校：小杨和另外一位，旁的委员们全是毕业班的，都派到外县小学实习去了。你们能不能马上召开自治会，贴出快报，鼓动罢课？”

“行！我这就交卷去。”文漪道：“我们召开干事会以后，接着就召开全体学生大会，通过罢课。不过这样我们就赶不及参加自联的会了。自联改个时间好不好？”

“不！先不要开大会。先贴出快报和标语，激起同学们的义愤；待自联作出了全市中小学罢课的决议，那就水到渠成了。”绍亮说：“你们自治会开会以后，马上来参加自联的会。”

说罢，绍亮就又匆匆地离开了鹭中，来到师范，通知开会的事，然后又到第一、二、三小去。

那三个高小，也正在期考。绍亮找到他们以后，只有一小那两个委员答应他们下午考试时候，少答一两个题目，尽快交卷，二小和三小的，都要绍亮代他们到教导处请假，并且代为交涉准许补考。绍亮去交涉了一阵，结果校方只是答应派代表出席，绍亮又匆匆地奔师范，准备开会。

绍亮出了三小的校门，远远望见了螺川报社的采访主任白芦，匆匆忙忙地走来。

这位采访主任,一年四季穿一件蓝布大褂。鼻梁上架着副一千二百度的近视眼镜。到这天气,头上还戴着他那顶沾染着油腻和灰尘的呢帽。他外号叫“跳蚤”,那是因为人们总是见他成天跳来蹦去的缘故。他经常用“千里眼”“显微镜”“顺风耳”一类的笔名,在报上发表各种轶事和奇闻。他非常安居乐业, 深信舆论不仅能移风易俗,还能改造整个社会。并且还常常自夸为“无冕帝王”。他常到师范学校里来采访学生自治会的新闻,因此和绍亮认识。

他几乎一直走到绍亮的鼻子跟,才认出是绍亮,立时大惊小怪地叫起来:

“啊哟周兄!你看了今天的报纸没有?”

“早看了!”

“鹭中正在酝酿罢课,你们学校呢?打算起么办?啊嘿!运动的潮流卷过来了,最近这个城市也要出大新闻了!我现在要跑道尹衙门和县衙门,采访省城和九江的消息。回头再上你们学校去采访。啊……”

“一定恭候!”绍亮说。

“好吧,晚上见!”白芦说着跑掉了。

绍亮赶回师范学校的时候,正是两点。师范自治会召开的班级代表会,还没散,因为考不考试的问题,争论得很激烈。有的主张考试结束再闹,认为到那时闹起来心里轻松,不会惦记着功课;有的主张为了表示爱国的热忱,应当马上停考。两派争持不下,上课的钟声已经响了。同学们群集在会场外,伫听消息。情绪激昂,都没有到教室里去,而且在会场外高呼口号。这样就无形中停了考。结果通过了这样一个决议:“全校同学参加本学期期终考试与否,听候自联会决定。以便与全市同学取得一致行动。”然后结束了这个会议。

接着,自联开会了。绍亮是自联的秘书,自联开会时,他是当然记录。因此他习惯地坐在主席的右边。大家就座以后,他和杨见秋咬了一会耳朵,杨见秋点了点头,站起来说:

"自联主席杨剑秋同学到外县实习去了，不能赶来参加会议。我们应当选举一位临时主席。我提议:本次会议,由本会宣传委员朱文漪同学担任。"

这个提议被通过了。文漪就了主席位以后,绍亮把拟好了的提案送到她面前,她看了之后,交还给绍亮,然后对大家说:

"今天一共有四项议题。现在请记录员把议题先读一下。除此以外,如果有临时动议,也请提出。"

"主席交议:"绍亮站起来,读道:"一,为了反抗帝国主义、示爱国热忱、为'五卅'惨案被害同胞报仇雪耻,兹决议:甲,全市中小学校自即日起,一律罢课,停止学期考试;乙,罢课以后,各校同学组成宣传队,上街宣传。宣传队以校为单位组成,一校为一大队。大队之下为中队和小队。各级队长在各校自治会主持下由各班级全体同学选出,并报自联备案;丙,宣传队的活动范围,由自联统一划定;丁,宣传队员一律左臂悬黑纱,为顾正红烈士及死难同胞志哀。二,积极联络工商界,发动罢工罢市,并定期举行工商学界联合示威大游行。三,成立工商学联合会,以便统一指挥罢工罢市罢课及示威游行事项。四,为适应工作,特扩大自联组织,并增加各部人选。五,选举本会宣传委员朱文漪为本会临时主席,代行主席职务;杨见秋为工商界联络部部长;周绍亮为秘书长兼组织部长;……"

第二小学的代表、教导主任聂老师,一听完这几个议题以后,他就首先发言:

"关于上课、考试、放假的事,学校当局都是按照上峰的规定办理。自联方面似乎不能干涉学校行政。"

接着说话的是第三小学的代表、体操教员倪老师。倪老师附和聂老师的意见。他们两个所以意见一致,是因为事先去教育局听了训,局长指示他们要管束学生,不能罢课闹风潮。

本来去听训的也不止他们两个。但别的学校的代表大多数为爱国心所驱使,激于义愤,不肯照着做。惟独他们两个,建议学校要如此这般,而且厚起脸皮,不伦不类地来充当学生代表,以便破坏会议。

文漪听了那两个教员的话,因为事先没有估计到,一时不好怎么答复。绍亮站起来说:

"罢课是一种爱国行动,是反对帝国主义的。上峰既不能预料到有'五卅'惨案的发生,自然就不能够预先规定罢课或者放假的日期。况且,全国各大小城市,不论从南到北、从东到西,都先后罢课了。我省的九江和省会南昌,也已经罢课了。他们那里当然也是有上峰的,他们可以罢课,当然我们这里也可以。我不同意刚才那两位代表的意见,提议依次讨论主席的提案。"

当然,同学们都表示同意绍亮的意见。但是这两个教员被激怒了。聂老师对着绍亮说:

"你既不是代表,也不是委员,你没有资格发言!"

"我附议!"倪老师说:"你不过是自联的职员,当然没有资格发言!"

绍亮先请文漪落座,然后又对那两个教员打了个招呼,表示请他俩暂候他一候,他要来答复他们;随即离了座,和第一小学到会的一位委员说了一阵话,一小那位委员向主席告了假,跑出去了;绍亮这才回了原座,对这两个教员说:

"今天讨论什么,两位当然知道了?"

"知道!"聂老师说:"也知道你没有发言权!"

"我附议!"倪老师叫道。

"你附议什么!"绍亮厉声道,"'天下兴亡,匹夫有责',你们既然知道了今天的议题,那么我为什么不能表示我的爱国热忱?不能表示反抗帝国主义?老实说,在这两点上,全中国四万同胞都有资格说话!谁说我没有资格说话?!”

绍亮这么一说,又加以全场的鼓掌支持,两个教员,一时瞠目结舌,不知所对。这样,才开始讨论议题。但每通过一个议案,二小和三小都是投反对票,所以弄得与会的人很有些不痛快。

正在这时,一小的同学回来了,他附着绍亮的耳朵说了一句,绍亮点了头,马上轻轻地告知了文漪。文漪随即宣布道:

“二小和三小的委员,刚才因为在校参加考试,不能前来,所以由两位先生代表出席。现在,委员们已经交了卷,赶来参加会议了,我们欢迎他们。”

文漪的话刚落,绍亮就陪着四位同学进来了。这时候,主席领导大家热烈鼓掌。同时请那两个代表退席。这样,会议就很顺利地进行了。

散会以后,一部分人回校,一部分人留在自联工作。到了下午将近五点钟的时候,各校的宣传队都来了。朱文漪把地区划分以后,她自己也率领了一个直属小组上街讲演和贴标语去了。留在家里的人,都忙着编快报和写标语。绍亮跑来跑去的,忙了这里又忙那里。他汗流如雨,不仅忘了吃晚饭,就连水也忘了喝。

到了黄昏时分,联络部的杨见秋等七八位同学回来了。绍亮一时忘记了商会长就是杨见秋的父亲。他问道:

“怎么样?你们找着了杨道庵没有?交涉顺利吗?”

“不很顺利。”杨见秋答道:“他说不做生意并不能奈何帝国主义,徒令自己受损失。”

“结果如何?”绍亮说:“你没有挨骂吧。”

“叨同学们的面子,”杨见秋笑道:“还好,没有挨骂。可是说了叫我早点回去。我才理他呢!——罢市问题,我们反复地谈,就说是‘晓以大义’吧，结果算是勉强同意了。他当面答应他的广隆绸缎布匹店和宝元药号，明天不下店门，贴出‘抗议帝国主义屠杀同胞，罢市一日’的标语。”

绍亮听了，笑着握住她的手道：

“完全成功。这两个店一罢市，不仅影响吉安一市，它会影响庐陵道九县一厅。看光景，明天罢工罢市是定下来了。——你们刚才经过街上，见着宣传队了吗？”

“到处都可以见着。”

“听讲的民众多吗？”

“街上和桥头，到处都挤满了人。有的店家把茶缸抬出来了，供同学们喝。我在中大街的时候，就听见传说：湛溪桥上有一个讲演的女学生，在那里讲得声泪俱下，听讲的民众也都流了泪。”杨见秋说。

“是谁？”绍亮问：“是文漪吧？你刚才见着她了吗？”

“正是她。”杨见秋说：“我刚才过湛溪桥，她正在那里领着民众呼口号。”

绍亮听得非常兴奋，又问了一些旁的情形，然后催大家吃饭去了。接着又陆续来了许多同学，其中联络部的同学，先后报告铁工、木工、染布等行业都已经同意与学生采取一致行动：即日起罢工。最后绍亮问道：

“码头上是哪一组去的？他们怎么样？”

“我们去的。”刚好从外面跨进来的三个同学齐声答道：“码头工人全都同意罢工，并且表示不挑运仇货。”

“那就差不多了。同学们，”绍亮说：“回头待小杨来了……”

“有！”杨见秋在那边角落一个桌上画漫画，她听得绍亮提她的姓名，就答应了一声，但并没有抬起头来，她依然在低头挥毫。

“你没有吃饭去吗？”绍亮问道。

"吃过了。"

"那么请你过来。"绍亮说:"我们决定今晚十二时召开会议,选出参加'工商学联合会'的代表,讨论后天大游行。请你们联络部负责通知。"

"现在快十一点了,"杨见秋说:"来得及吗?要不要把时间延迟些?"

"不用。如果你们马上出发,还是来得及的。"

这样,联络部的人又全部出发了。屋子里顿然清静下来。这屋子就是会议室,所以同时也显得空阔。

因为是热天了,平常晚间,街头就很热闹,今晚上更加特别。听了宣传的民众,都纷纷议论起来,而宣传队也还在街上,因而这个古老的山城,显得格外的喧嚣。绍亮静坐了片刻,听了一下外面嘈嘈切切的人声,又铺好纸,拿起笔来。没待他写上两行,听得有人叫声"周兄"。他抬头一看,不是别人,是《螺川日报》的采访白芦,手里提着一包拜节的礼品。

"我知道了,我已经到这里三次了。"白芦说:"今天晚上,你成了新闻人物了。没有言过其实吧?老兄。"说罢,他把手里提来的东西搁在桌上,说:"来,喝一点。我请客。"

白芦搁在桌上的东西,是一份扎好了的礼品。计酒一瓶、点心一盒、莲藕粉和茶叶各一小盒。绍亮看了,有些莫名其妙,便笑问道:

"你这是搞什么名堂?"

白芦用香烟头烧断了扎礼品的绳子,打开了酒瓶,顺手拿过两个茶杯,注了酒。然后说:

"请吧。我今天东奔西跑,也没来得及吃晚饭。你大概也没有吃吧。刚才在那家糕饼铺里和那老板闲聊几句,看见那里还挂着一份端午应市的东西,定价一元,老板大方了一下:五角钱卖了。你看如何？”

“当然不错。你喝酒吧。我吃两个饼就行。”

白芦说:“你来六个,留两个给我就行。仁兄,你把今天发动起来的学生运动的情形谈谈吧。”

“时间不多了。”绍亮说:“我只能扼要地谈。”

白芦左手端酒杯,右手执笔,一边和绍亮聊,一边写。写了一阵,他搁笔说:

“老兄！这是千真万确的消息:这一次波及全国的大风潮,不是国民党,而是共产党策动的。但不知我们这里有没有共兄？”

“帝国主义的行为,‘凡有血气之伦,无不发指’。何必去追究是谁所策动的呢。至于共产党的有无,我当然要向你请教。”

“据说不多。”白芦说:“不过鄙人至今无缘与他们识荆,真是不胜抱歉之至。”

绍亮笑道:“老兄交游这样广泛,在新闻界又这么久,也许曾经失之交臂吧。……对不起,开会的时间到了。”

“好的,我待你们开了会再走。”

“你不回去发稿吗？”

“我得等这个最后消息。明天索兴出晚报。”

这时候，开会的人已经陆续进来了。白芦上去握着文漪的手道:

“朱小姐,称你为我们庐陵道的秋瑾,你是当之无愧的,我们报纸上明天就是这样称呼你。……你们的主席杨剑秋同学最近有信来吗？他会赶回来吧？”

“绍亮同学已经去信了。杨剑秋一两日内可能赶回来。”文漪说:“我没有和他通讯。你们对我的称呼,我是不敢当。请把它取消吧。”

说罢,文漪跳到会议桌边去了。白芦还想找人扯话,可是绍亮已经宣布开会,人们都已经就座,他只能也寻了个座位,在一旁坐了下来。他从口袋里掏出那拴着银链子的怀表来:时间正是十二点一刻。

到将近两点的时候,会快开完了。可是还有一个重要的问题要讨论,绍亮看看白芦,他还聚精会神地在那里坐着。不好开口,又待了好一会儿,他还是不走。绍亮就只好下逐客令了,笑眯眯地对他说:

“老兄,你该休息了吧?我们这个会还得开三个钟头……”

白芦马上同意了,站起来,戴上帽子,脸上露出神秘的微笑,向绍亮点点头,说:

“那么,再见!祝你们成功!”

白芦走后,绍亮提出了搜查仇货的问题。全体热烈赞成,决议立即组织纠察队,明天五点就到各大字号进行搜查,搜出来的仇货,廉价拍卖,款子全部汇到上海,支援上海的罢工工人。绍亮同时再三强调要大家严守秘密,接着就散会了。各委员分头去联络人组织纠察队。

正三点,绍亮到了老赵那里汇报工作。老赵一直没说话。当绍亮谈到搜查仇货的时候,老赵打断了他的话,问道:

“今天晚上参加会议的都是谁?”

绍亮一个个说了说名字,当说到“杨见秋”的时候,老赵问道:

“是杨道庵的女儿吗?”

“就是她。”

“她表现怎么样?”

“很能干,很热心,很努力,也很坚决。”

“唔。不过……”

“什么?”

“搜查仇货的事不会传出去么?”老赵想了会儿,“恐怕……”

"不会！"绍亮斩钉截铁地说，"绝不会！我已经和大家说过要严守秘密。"

第二天，全城轰动了。学生罢课，工人罢工，商人罢市，成立了各界五卅惨案后援会，通电全国，向英、日帝国主义提出了庄严的抗议。打倒帝国主义的呼声，高入云霄。如同一粒火种，落进了这座小小的古城。

一切都进行得很顺利。唯独令人出乎意外的是：纠察队搜查仇货的结果，扑了个空！那些平日里琳琅满目的仇货，一夜之间，都不知道飞向哪里去了！

7

"五卅"过后不久，自联为了筹办"平民义务夜校"，演了一个星期的文明戏。起初准备是演三天的，戏票是由各校领去推销。推销戏票的人，开头是去找商会和各行业的首事，请他们帮忙。那些老板们觉得自联既不是自己的上峰，管不着他们，便敷敷衍衍地领下几张遮遮面子，结果戏票大部分没曾销出去。于是临时改变办法：各校同学亲自到作坊里、码头上去宣传办夜校的宗旨，请那些师傅、徒弟、挑夫销购。那种宣传方式，很有些像街头卖艺的。不过卖艺的是先鼓一阵锣，引聚观众，而同学们是先唱一两支歌，然后一人讲演，一人在听众中兜售。这办法很有效，三天的戏票销出去了。最重要的是工人和师傅徒弟们都看到了戏，这也等于上了课，这是与办学的目的相符合的。

戏一演下来，可轰动了。固然，那些老板和老板娘子、少老板和少老板娘子看见戏里竟然有扛锄头的作田佬，和挑码头的工人上场，不但不是满台锦绣，而是蓑衣草鞋，而且台词里的什么劳工神圣，什么老板剥削工人，东家压迫佃户等一类新词，弄得他们大倒胃口，纷纷说道："到这里来拿钱买气受，实在不上算。"可是其余的人却开心了,真是见所未见,闻所未闻,许多人不仅一看再看,而且有的特回乡下接家属请亲友来一饱眼福。这么一来,戏就演了一个星期,愈演愈盛,场场满座,好不热闹。

戏演完了,绍亮对文漪说:"这次可是辛苦了,自联得慰劳你们才对。"

文漪笑道:"哪来这么多讲究?"

绍亮没有接话,他从口袋里抽出一张信笺来,上面密密麻麻地写满了字,交与文漪说:"这是明天自联开会的提案,里面有关于慰劳的。"

文漪接过去仔细读去, 前面几条都是办夜校的事, 读到第七条,果真是提请会议慰劳此次参加演戏的全体职员演员,其中特别提到文漪和见秋等几个人的名字,文漪看到这里,抿嘴一笑,说:

"说正经的:虚文缛礼,何必呢?"

绍亮说:"这也不是你一个人。综核名实嘛,也不算是虚文缛礼的。"

"那我请求删去我的名字。"停了停,文漪又说,"我不敢当。"

"讨论时候再提吧。我个人也不便更动。"

"你这又躲闪了。提案是你拟的,又未经过会议,何尝不便?"

绍亮说:"是我拟的。但是经过——商量过了。"

文漪一听绍亮那斟酌而又慎重的语气,便知明天开会的事,他已向组织上报告请示过了,就不再说了,只道:

"明天会议主席,最好临时推定;不然,讨论起那慰劳提案时,叫人好不尴尬。"

绍亮笑着点了点头。

夜校决定开办三所:一所在河沿,准备招收码头上的挑夫;一所在王家祠附近, 这里染房和布号多, 着重招收作坊里的师傅徒弟;另一所在市区的最南端的古南塔下,那里是木行的集中地,准备招收行里的工人。

因为绍亮是学徒出身,熟悉师傅徒弟间的事,所以兼任了王家祠夜校的校长。实在,这所学校只他一个人,自己除校长外,还得兼着庶务主任:物色校舍去。

校舍可有困难:小作坊不成。因为那种作坊总是很狭隘,染缸和碾石挤得无立足之地,要不熟悉的人,进去偶一失足,掉在染缸里,别说衣服,连脚手头脸也成了毛蓝的了——像这样子,当然无法腾出空地来做教室;至于大染房、大布号,少不了有客厅和打篓的大厅。但大字号里的店规严:何时上灯,何时熄灯关门,都得按时,违反不得。虽然老板可以喝酒打牌,闹到三更半夜,然而他是老板,谁管得着?他的店规原是管师傅徒弟的,哪有特意定出条例来约束自己的?哪又有愿意借出大厅,给一群师傅徒弟每天晚上读书上课、坏了他的店规的?因此,大店里借教室也不成——绍亮已经试过了;再有一着:就是租房子。租房子是最方便不过的了。可有一件:钱!不单租金,还有桌椅板凳、一应设备呢!哪件不要钱?如果要这样,那除非"官办"。因此,这一着也走不通。剩下最后一着,就是到王家祠里的第二小学借教室。当然,这个绍亮早已想到,只因二小那位姓聂的教导主任,"五卅"罢课时,他在自联会议上被撵了出来,现在找他去,不免会碰钉子,因此绍亮把它摆在最后。

现在,绍亮来到二小,先找庶务主任。庶务主任说,只要教导处答应,他也同意。绍亮因而转去找校长。然而那校长官派十足,斋夫进去又出来了,说要名片。绍亮根本就没这玩艺儿,只得在传达室桌上,抓了一张别人的名片,抹去正面,在反面写上自己的名字。一会,斋夫又把名片带回来了,问:"先生在哪里贵干?"绍亮知道名片上缺少个官衔,便又依照款式在右上角添写了两行:

吉安学生自治会联合会主席兼

吉安平民义务夜校筹备主任

哪知一会斋夫出来说:“校长不在。”绍亮一听,觉得那校长简直拿人开玩笑,好不气愤。

他走出二小,一路上想这校舍的事,可真棘手。本想找老赵去。继而想:老赵又不是个房东,找他去做什么呢!难道要他出面来安排校舍?回来反复思索,第二天,还是来到了二小。

“聂主任,”绍亮在传达室门外遇见那聂主任,向他打招呼说,“特意来拜访你。”

那聂主任瞟了绍亮一眼,也不笑,也不动,总之,喜怒哀乐爱恶欲的表情都没有,人家向他打招呼,就好像并无此事。约莫停了抽一袋水烟的工夫,他才冷冷地答道:

“有何见教?”

“有点事情奉商。”

“我现在要到教育局去。局座有事召见。你改日再来吧。”聂主任是这样说的。

实在,他刚才所以下驾来到这里,为的是着传达室那斋夫到对面益和酒店买酒和下酒的鸡爪子去——他素来爱喝几盅儿,又酷嗜这种爪子——所以暂时降格在门边看管一下,并非真的他们那位局座此时对他有什么垂询。

“事情很简单。”绍亮说。接着他把借教室的事说开了。

说话间,斋夫已经回来,聂主任向斋夫努了一下嘴,斋夫就一径把那酒肴送进里面去了。聂主任然后缓移“玉趾”,走向教导处,绍亮一面说,一面随着他。

到了教导处,他也不向客人说声“请”,就自己坐在藤椅子上,两手摊开,搁在靠把上,不动声色:好像绍亮是个画师,是来给他写真似的。

待绍亮讲述完了,聂主任才轻启“朱唇”说:

“对不起,教室我们要用。我们办了‘暑期升学补习班’,除了本市各校的毕业生外,外县也来了许多。而且补习班是各校联合举办的,借教室的事,本校也不能单独作主。”

绍亮说:“补习班的同学有限,大概用不了这么多教室。而且我们只是晚间……”

“老实说,仁兄!”聂主任打断绍亮的话,“这里是二小,并非自联,可以由仁兄等随便把持,——我现在要到教育局去,局座有事召见,仁兄请便吧!”

聂主任既然下了逐客令,绍亮只得出来。他走到校门口时,一位学生追上来说:

“周同学,到我们教室里坐坐。”

绍亮回头一看,原来是二小自治会主席应自立。他也是在补习班学习的。

应自立陪着绍亮来到教室。教室里的同学有的认识绍亮;不认识的也都知道他,所以一进去,大家都围上来了。

绍亮在教室里,一直和同学们谈到晚餐铃响,整整谈了半天。他被同学留着吃过晚饭才走。当他离开二小时,教室的事,不是没有头绪,而是大致就绪了。于是积极进行招生。招生是到店家和作坊里先作宣传调查,然后报名。没过多少天,报名人数不少了,绍亮便去找老赵,定下了开学日期。

话说聂主任自从那天以后,觉得报复了绍亮,心里格外痛快,因此也就津津乐道。不说别的,单表他在校长面前,把对绍亮下逐客令的事,就不止说了八遍。那天他忽然心血来潮似的,哈哈大笑地来到校长室,口里念念有词:

“‘笑话年年有,今年特别多。’有趣有趣。”

校长问他什么笑话,他才止住笑道:

“刚才我们校门口贴上了一张招生广告:什么‘吉安市第二平民义务夜校’,校址写明在这里。”

“在哪里?”

“就在本校。哈哈哈,明天就开学哪,真是滑天下之大稽。”

“校长是谁?”

“没有校长。前面写的是自联主办,不是周绍亮,那还有谁呢?”

“我看那位周仁兄是急着过校长瘾,”校长带着讥讽的微笑说:“他要来了,我们就避贤让能好了。”

那两位接着又说了一阵俏皮话,奚落了绍亮一阵之后,也就散了,都不把这事放在心上。

等到第二天下午,聂主任打外面回校,看见校门上贴了一幅夜校的校牌。这校牌虽是纸写的,却比二小那个校牌更宽更长,显得神气非凡。这一下,可把聂主任气破了肚子,他问传达说:

“这这这,是谁,谁贴的?你没见着吗?”

“我见着了,主任。”

“是那个周绍亮吗?”

“不是,是补习班的同学。”

“他们贴这个干什么?你跟我揭下来!”

这时候,应自立和补习班的学生闻声赶来了。传达室那斋夫见这光景,当然不敢去冒这样的大不韪,他畏葸地嗫嚅着。而聂主任见这光景也不敢咆哮了,因为那些学生,不论是本校毕业的或是他校的,他都管不着了,所以只得放缓语气说:

“对于夜校借教室的事,上次自联的周秘书来过了,教导处和校长都很赞成。但当时我们不便答应,因为我们先要呈报教育局。现在教育局批下来了:说夜校未经立案和备案手续, 所以不能开学。本校希望夜校先完成立案或备案手续,借教室上课的事,是好商量的。”

说罢，他又恢复了一本神气，用眼光扫射了一下全体同学。这时，应自立站出来说：

“立案与借教室，有何互为关系之处呢？这夜校的同学又不需教育局盖印的文凭，又不需经费补助，他们去办那手续干什么？”

“本校的宗旨是在立案手续办妥以前，无论如何不借。”聂主任更神气些了。

“冲！”人群中发出了这样的声音。

应当说明一下，这一声是非同小可的。它是流行在学校里的一个特殊的音响。当学生闹风潮，总是“冲”声为号，接着是课桌与板凳齐飞，在这种锐不可当的形势之下，不论是顽固校长或者是饭桶教员，总是丧魂失魄、抱头鼠窜的。现在聂主任听到这么一声，就见机而作，忙说：

“借不借要等校长返校再说，目前教导处作不得主。”

又是一声“冲！”他见着学生都横眉怒目、摩拳张臂了，于是他借风就溜。

他怎么不溜呢，这阵子他要挨了揍，连警告、记过、开除学生的布告都无法贴了，因为对于补习班学生，他失去了这种权力，那么挨了揍不就是挨了揍吗？

“冲呵……！”全体学生一声呐喊，把聂主任送走了。

接着，补习班的学生就忙着为夜校打扫布置教室，贴起欢迎标语来，顷刻之间，五颜六色的标语就布满了学校。

到了天黑以后，绍亮领着夜校学员来上课了。校门里外站满了补习班的同学。

“欢迎夜校同学！”应自立领头呼起口号。

“感谢补习班同学！”绍亮也领着夜校的学员——那些师傅徒弟呼口号。

这样,在欢迎声中,绍亮和学员们一同进到那悬着“劳工神圣”的红布大标语的教室。

教室正中悬着一盏汽灯,那也是补习班同学特为预备的。于是,就在这灿然的灯光下,绍亮对夜校的学员开始了他的第一堂课:

《人,为什么有穷富?》

有句古话说:“种瓜得瓜,种豆得豆。”是的,你看今天那些拓荒者撒下了什么,就知道在这块土地上将来会开什么花,结什么果,收获着什么。

阳光和雨露是无私的,它给与一切辛勤的劳动者。

8

一天,柳林的刘火生有事来到吉安,给大孚带来了个口讯:那次开山,东溪村的人砸了柴市以后,木行老板不依,就和周清臣打官司。周清臣就着巡检司派警察来抓走了二利、大牛等十多个后生。村里人要大孚也多加小心,千万不要回去。

大孚忙把那原来带给绍亮的二十五块大洋,让刘火生带回去,给被抓了人的人家暂且先用着。

大孚心里又是气愤,又是着急。他娘的巡检司成了周清臣的外婆家了!动不动就喊几个破警察来抓人!最气人的这还真管事:几个破警察在东溪村里走一趟,常常弄得鸡飞狗上屋,人们睡不了个安生觉,一夜醒来好几回!眼看着这几个破警察,经不住一棍子打,手痒痒的可就是不敢动手!

他又想到:平粜那回,舍着命闹了一阵,结果,一粒粮食也没有弄到手,白白地坐了三个月班房。这回开山,一家不过弄了几担柴,自己就得赶紧走掉。可是二利、大牛他们又遭了殃!他感到压在身上的分量，同时感到了屈辱的痛苦。越想越觉得：零打碎敲怎么也斗不倒周清臣的，非得连根拔了不可！

可是，眼前的事怎么办呢？是不是马上回去？这个足智多谋的人，一时也拿不出主意来了。他就去找绍亮商量。

绍亮、大孚两个商量了一阵，都觉得大孚暂时不要回去，周清臣正拿着绳子等着他呢，被关进去了更不好办。

那么到底怎么办呢？绍亮、大孚想了半天，也没个结果。大孚说：

"管他娘！硬顶着吧！大不了二利、大牛他们坐几个月班房，反正总有个出来的日子！最大不了把柴钱赔他！"

绍亮感叹地说："革命的基本问题是政权问题！一点也不错。革命高潮到来了那就好办了！可是眼下这不是太便宜了周清臣吗？"

"是呵！就是咽不下这口气！说什么也得给他点颜色看看！"大孚说。

可是到末了儿，也想不出了"妙法"来。哥儿俩只得暂时分了手。

这天晚上，绍亮到老赵那里去汇报工作。他附带把东溪村的事也说了说，同时也说了大孚和他自己的看法。

老赵平时不论遇到多棘手的事，从不动感情的。对同志们谈话或是指示工作，总是心平气和地以一种商量的口吻。可是这一回不同，他听了绍亮的话，感情变得很激动，站起来，连说了三个"不行"。

绍亮不觉一愣，一时不知道怎么办好。

"同志，我们是共产党员，在民众苦难的面前决不能闭上眼睛！这当然是对的。可是，照你刚才说的那样，同意大孚单枪匹马回去硬顶一下，等于送上门去，让敌人把他抓起来，什么问题也解决不了，反而助长了地主豪绅的威风，给民众泼一瓢冷水。同志！你说对么？"老赵看了绍亮一眼，"估计用不着多久革命高潮就会到来！为了迎接革命高潮的到来，我们正是要到工农劳苦大众中去做工作，譬如东溪村的开山事件，就是个好机会，我们本应抓住这个机会，来发动民众，可是，现在不能让大孚同志马上就回去。”

“眼下这件具体的事，到底该怎么办才好呢？”

“你们村里的事你熟悉不熟悉？”

“熟悉。”绍亮说。

“仔细不仔细？”

“仔细。”

“那很好，来，我们谈谈。”老赵坐下了，拿了管毛笔在墨盒里蘸了点儿墨，面前铺了张纸。

绍亮就把东溪村里的事一件件都说了，老赵不时打断他的话，问几句，又不时地在纸上写几句。绍亮说完了，老赵微仰着脸，思索了一阵，才说：

“你看这样办好不好？由你执笔，写这么篇文章，题目就叫《山乡奇闻》，或者索兴就叫《山乡奇冤》。用游记体裁来写，前面写几句景，来首七绝什么的，装扮一下。以目击者的口吻，把周清臣和巡检司如何勾结敲榨勒索民众、如何无视人权随便捕人、周清臣如何逼死佃户，拣几件特别触目惊心的事，只叙其血淋淋的事实，不要论述，避免用政治术语，作者仿佛是个‘第三者’的样子。这样便于发表。写好了就交给《螺川日报》那个白芦在报上登出来。……我们这里的地主老爷是不看报的，登出来后，把文章用红笔圈起，给周清臣寄一份去。让这些王八蛋看看，看看他们有什么反应？同时，拟这么一份诉状，列举周清臣兄弟十大罪状，串联全村作田的联名，一一按上指印，到道尹衙门去呼冤。同时石印他几百份，到枫镇、吉安城……散发一通……”

“这有什么用呢？”绍亮问。

“这么干当然不会就把周清臣‘告’倒了！可是对解决目前这个具体问题来说，就有用处，他多少也得让点儿步。地主阶级有他凶残的一面,可也有他软弱腐朽的一面,当他看到大众起来了,弄得他四面楚歌的时候,他也是害怕的。同时会起到鼓舞民气的作用!换句话说:就能扫敌人的威风,长大众的志气!”

绍亮思索着老赵的话,脸上显出会心的微笑。

“怎么样?你今天晚上到夜校上完了课,回头就住在我这里,你写那篇游记,我来写那个诉状。”老赵拿起桌上的那张纸,递给绍亮,“我拟了几个要点,供你参考!”

二更时分,绍亮上课回来了,他坐在老赵的对面,用剪刀修了修灯花,就写起来。直到第二天早上七点,“游记”和“诉状”都写好了。

绍亮拿了文章正要走,老赵说:

“慢走一步,我再给枫镇的老刘写封信,把这事告诉他,让他找一个适当的时机,发动些人来策应一下,以便造成个声势!”老赵说着,重又坐下来,一面写信,一面说:“这封信是不是就交给大孚送口讯的那人带回去,大孚暂时不要回去。——那个给大孚捎信的人,政治上可靠吗?”

“绝对可靠!他也是周清臣的死对头。”绍亮说。

老赵去舀了盆冷水来,两个人合着一盆水擦了把脸,一个上学校去教书,一个上学校去听课。

下午下了课,绍亮匆匆忙忙去找大孚,转达了昨晚老赵的指示。大孚听了,兴奋得了不得,双手抓住绍亮说:

“好个老赵!句句话都说到我的心里去了!天底下真有能人哩!”

“同志,老赵个人如何倒在其次,从这件事情里边,我们可以体会到组织的智慧和力量!”绍亮说。

果然不出所料,《螺川日报》上登了《山乡奇冤》以后,文章上并没有披露周清臣的大名，只提“东溪某首户”，提到巡检司官长名字的时候，也只说是“姑隐其名”(那是报馆里给改了的)。没到几天，巡检司就把二利、大牛等十几个人一起放了。因此，那张“诉状”暂时没往道尹衙门送，也没印成传单散发出去。可是，人是放了，却安了个“交保释放”的名目，用这四个字，不仅仅是为了遮盖一下面子，而且里面显然是隐藏着阴谋……

9

选举省议员的投票日快到了。

庐陵道九县一厅的大绅士，有的坐轿，有的骑马，前护后拥地到吉安来投票。各个竞选人都争着拉拢和招待他们。

除了操有选票的，那些事务所里还住着许多闲杂人。有衙役、落魄文人、相士、郎中、拳师、风水先生以及卸任的官员等。这些人，表面上和选举无关，可也有用得着他们的时候；况且这些人中间，还有“成事不足，败事有余”的，竞选者既需广结人缘，对于这帮人自然不敢怠慢。

在许多事务所里边，要数杨道庵的儿子杨在春的事务所最大最阔气，王佐事务所的规模和排场最小。

杨道庵只因儿子不曾做官，富而不贵，始终觉得是个缺陷。这个，如果在前清，有捐官之例，只要舍得银子，买一个从四品、从五品也不为难；可是，而今是民国了，还没有兴出那捐官的章程，杨道庵只得拿出本钱，为儿子来竞选议员。

有道是“有钱能使鬼推磨”，既然有钱，杨在春事务所里的名堂也就特别多了。这里只拣两桩出色的说说：第一，在其他事务所里，即使最讲究，也只设专门熬鸦片烟的人；这里，除了熬烟的，还有专门烧烟的枪手。老爷们要抽烟，只管倒在枕头上抽就是，连炸烟果子也无须乎自己动手，一口气可以连吹它几十泡，这是一；再一桩,就是事务所里包下了几个娼班子,只接待杨家事务所里领来的客官。

这么一来,杨家把本道重要人物大致笼络住了,至于那些打秋风的,例如那些落魄的和那些走江湖的,他们受到这样优厚的待遇,大都表示要感恩图报。他们有的献风水,有的献技献艺,有的吟诗填词,有的赋骚作序,来阿谀杨氏父子。而且"英雄所见略同",这些文字,大都称誉他们父子为"今之孟尝信陵"。其中有一位,因为不仅受到了款待,还以无钱葬母为由,借到了银子,所以他的文章稍为脱出了范围,翻进了一层,说他们父子"过于孟尝信陵远矣。此非某一人之言,为庐陵一道之公言也"云云。

王佐看见杨家这排场,已经被吓住了。不巧他和杨在春又是同县,鹿死谁手,不待别人指破,他自己心里也是明明白白的。他只得知难而退,决定放弃竞选,并且把情形告诉了支持他出来竞选的京议员刘廉甫。

刘廉甫不单是县里的头号人物,他还是"省绅",这比乡下的乡绅、县里的县绅已经高过几顶帽子了,在庐陵道也赫赫有名,非同小可。他为什么要提拔王佐呢?第一,因为他要在县里造成派系,把持官府。王佐当了选,对于他唯命是听,那就不在话下;若是那议员落在别人手里,这就未必了;若是杨在春选上了呢,无论如何,他是不会受刘廉甫的指挥的。又兼刘廉甫是王佐的父亲的旧属,王佐又是刘廉甫的学生,算是"世交",他支持王佐竞选,是理所当然的;第二,刘廉甫在县里广有山林和田产。他家每年收租谷,收桐子,卖杉树,运木材等等,多有借重官府之处;他常不在家,拜谒长官的事,又不好托付别人,有时只好亲自回来处理,这样很不方便。如果王佐当选了,以后家里有事,只需管事的先生找一下王佐,王佐上一趟县衙门就行了。

在王佐把退出竞选的意思写信报告刘廉甫的第二天,有消息说，省里的王督察要下来。这王督察，是省长面前的红人，自然是个值得奉承巴结的人物。杨在春那边听到此信，马上着手筹备招待。而王佐的事务所呢，对于这事十分冷淡。但是过了不久，刘廉甫的复函到了。他除了鼓励王佐"勿萌退志"之外，并告知王佐，他与王督察是同榜弟兄，这次出巡，已经把选举的事托他照顾。这一来，王佐又恢复了勇气。王督察一到，他就迎接到他的事务所里，尊称为"年伯"，摆酒接风，下跪问安。王佐请他栽培，他也满口答应；同时，他也勉励王佐"为国效劳，俾不负上官的期望"。

第二天，商会宴请王督察。这台酒，名义上是商会请，骨子里是杨家的东主。杨家和王督察向来没有来往，突然请他的酒，恐怕他不肯降驾；杨道庵是商会长，正好借用这个名义，主客两便。至于商会的商董们，都被请作了陪客，对于杨家借用这个名义，自无话说。

酒席设在滨江旅馆。事务所在娼班里挑选了一队魁手来席前侑酒。酒阑人散，王督察被请到楼上一间大厅里，杨道庵和他应酬了一会，渐渐地把话引上了正题，说：

"王公，此次小儿为了不负乡里缙绅的期望，不度德量力，出面竞选。一切全仗鼎力支持。"

王督察好似在杨道庵启齿之前，就已拟好了答词。他不假思索，带着谦虚的口气说：

"当然，当然。——'唯名与器，不可以假人'。"

杨道庵听他的话，竟是摸不着边际，又不便再问，只好又泛泛地寒暄起来。这样谈了一阵，杨道庵起身告辞，把王督察让进卧室，请他安歇去。

王督察和杨道庵道了别，掀开门帘，进入卧室，见一个小姑娘在房中迎出来。她脸上虽说涂着大块浓厚的白粉和血红的胭脂，头上梳着髻，可是仍然看得出来她不过是个孩子，正像是"娃娃戏"里由娃娃扮成的旦角。比这位王督察的孙女还小几岁。那个王督察眯

着两眼看了她会儿,就拉着她的手到梳妆台前,望望镜里,又回过来轻轻地拧了一下那小姑娘的脸颊,问道:

“十几了?唔!”

“十六。大人。”

王督察两眼直勾勾地瞅了她一会,笑呵呵地说:

“白发红颜,有趣有趣。叫什么名字?”

“一枝梅。大人。”

原来这位可怜的小姑娘,是戏班里的一个小旦,一枝梅是她的艺名。王督察听到答话以后,又问她会哪些戏,登台多少年。她一口一声“大人”恭恭敬敬地都回答了,以至使他兴致勃勃。王督察尤其欣赏她那名字,觉得很雅致。又问:

“可曾读书识字?”

“不曾。大人。”

王督察惋惜地摇了摇头, 表示美中不足。然后趁兴索来了纸笔,画了一小幅梅花,题了一句古人的诗:“且向百花头上开。”又署了款,“东鲁天外闲人云轩王紫阁作于庐陵”,随即递给她,说:

“这个送你,你好好地收藏。”

这小姑娘不明白这位大官究竟搞的什么名堂。但她不敢问也不愿问,只是道了谢,把它搁在一旁。

这时王督察脱下了长袍,他打开立柜,预备挂衣服,看见柜里有一盘子礼物。礼物是用红缎子覆盖着的,缎上面搁着一张泥金红纸条,上写“王督察云公哂纳”,下署“晚生杨在春敬具”。王督察看了又看,把盘子掇出来,搁在梳妆台上,随手揭开一看,计有金罗汉一尊、白木耳一盒、高丽参一盒、鹿茸一盒。他把这些礼物一件件拿到手里掂了一下,然后把盘底上的礼单拿起来。礼单上把品名分量都开清楚了。他看了一阵,也不整装,就来到客厅里,向还在那里等候他的杨道庵作了一个揖,很不好意思地说:

“道翁，叨扰盛筵，已是过分。至于这份厚礼，万不敢当。”

“菲薄之仪，”杨道庵说：“何足挂齿。请云公千万哂纳。如果见却，那就是不赏脸了。”

“如此说来，道翁，”王督察哈哈大笑道：“小弟就却之不恭了。”

杨道庵赶快欠身，向王督察打了个拱说：“不胜荣幸之至。”

宾主又周旋了一阵，杨道庵又一次转入了正题。这一次，王督察的话，就不似刚才的模棱两可了。他满口答应了杨道庵的请求。然后，他又谈到今夜风月双清，引起了他的诗情画意，因而作了一幅梅花，送给那位小美人儿，他眉飞色舞地说着，又变得顾虑重重地说：

“道翁，此事虽是逢场作戏，但似有未便之处。”

“哪里哪里，云公丝毫不必介意。孟子曰：‘贤者而后乐此。’”杨道庵满心欢喜地说：“‘不贤者虽有此不乐也。’此之谓也。”

于是，“贤主嘉宾”在尽兴中道了别。

第二天，《螺川日报》登出消息来了，说王督察大力支持杨家竞选，因此杨在春肯定可以击败他的对手。王佐一看，六神无主，就拍了个电报，把刘廉甫请了回来。

刘廉甫到达的第三天，就是投票的日子。

投票地点在道尹衙门。那天，王佐的事务所里没有什么铺张。杨在春那里，张灯挂彩，鼓乐喧天，别是一番景象。到了投票时候，各县代表，各自坐了轿，进了道尹衙门，来行使他们那选贤与任能的权柄。又过了三天，杨在春坐了轿子来等候开票。外边准备了鞭炮和吹鼓手，还有一匹披红挂彩的膘马。等候揭了晓，就骑上那匹马，吹打游行回去。

开票结果，使得杨氏父子大吃一惊！杨在春得的票数果然不少，可是里边有不少的选票，不是把杨在春的名字写错了，就是漏写了一个字。按照“选举条规”规定，这样的选票只能算作“废票”。

当场计算下来，杨在春名下，正好比王佐少五票。杨在春落选了。

10

杨在春的落选，杨氏父子当初只是自认晦气，没话可说。仔细一想，才觉得这里边有名堂：投票的人，并非引车卖浆者之流，都是知书识字的衣冠人物，何至于糊涂得连"杨在春"三字都写不全了？

正在疑虑，第二天《螺川日报》上和刊登选举结果同时，发表了一则"花边新闻"，标题叫："戏法人人会变，各有巧妙不同"，作者署名："千里眼"，意见和杨氏父子不谋而合。甚至还说："王佐竞选事务所中，于选举揭晓前夕，下午五时许，即闭门谢客。有门下客三名，紧闭一密室中，灯火达旦不灭，此中蹊跷，虽千里眼亦未能详睹也"云云。

这条新闻发表后，全城哗然。这天的《螺川日报》也因此多销了若干份。杨氏父子自然兴奋一时，立即向法院起诉。同时，四出打听这条新闻的来源和"千里眼"其人。

王佐虽然并不怕，可是多少也有些紧张，原因是这条新闻的时间、地点，以至人数一一无误。

"岂有此理！这这这是怎么回事呢？"王佐伸出一根食指，卜卜卜地敲着这条"花边新闻"，瞪着眼责问龙典。

"这这这是怎么回事呢？"龙典抓着脖子说。

"这就得问问阁下了。谁泄漏了这个机密的？立即给我查出来！严办！"

龙典愁眉苦脸地搜索枯肠，仍然不得其解。

"这个《螺川日报》已经登了我们几次报了！连什么东溪周家送多少款子来都登上了！真是无法无天！龙典兄，莫怪我言重了，你查不出这个人来，唯你是问！"王佐越说气越大了。

龙典半张着嘴，咝咝咝地吸气，像是要哭了。

站在一边的稀狗屎，灵机一动，突然有所发现，一步跑到王佐面前，说：

“禀老爷！小人有话要说！”

“快说！”王佐说。

“那天报馆里那个人……喂，龙先生，那家伙叫什么来着？”

“他不是给了我们一个名片么？”龙典苦着脸说：“叫什么白芦黑芦的。”

“对了，这狗入的还装着客客气气地问我：‘你就是稀狗屎先生么？’我当时还和他斯文斯文，哪知道他回头拆我们的台……”稀狗屎本想趁这机会立功的，哪知道他正说得眉飞色舞，王佐打断了他的话：

“你还有话要说么？”

“有有有，老爷！依我看，八九不离十，准是那个什么芦干的好事！”

“废话！这还用你说吗？我问的是谁把这机密对这白芦说的？”

“这个？”稀狗屎答不上来了。

“好吧！限你们今天把这个人查出来！”王佐向稀狗屎一挥手，“你出去！”

稀狗屎“是”了一声，出去了。

“这样办：我看这个白芦先得饱饱地喂他一顿，以后他就老实了。”王佐说。

“请客？”龙典有点茫然了。

王佐向他招招手，叫他把耳朵送过来。然后冲着他的耳朵眼，如此这般地说了一通。

龙典恍然大悟，笑逐颜开，连声说：

“妙！妙！绝妙！”

王佐临走，再三嘱咐龙典，限他今天查出那个泄漏机密的人来。

这事很使龙典伤脑筋:那晚“紧闭在密室中”的三位门客,他是其中之一,他没有对任何人说起过这件事,这是清楚万分的。那两位吃了夜餐,喝了酒还不说,每人还拿了十块大洋,发誓终身严守这个机密,想来不至于过了一夜,立即忘恩负义的。更为重要的佐证是:那两位办完这件事以后,是在事务所的客房里睡的觉,一直睡到那条“花边新闻”发表以后,还没有醒来,莫非会托梦给白芦泄了密的?这是决不会的!那么到底是谁呢?

他忙把稀狗屎叫来商量。两个琢磨了半天,他突然拍了一下桌子,大声说:

“对了对了,我想起来了!”

“你想起什么来着?”

“我看就是那小伴当的鬼!”龙典说。

稀狗屎用拳在桌上一擂,说:“八九不离十,是他的鬼!”

“怎么八九不离十?硬十分坐定了是他。”龙典说:“你看,他表哥周绍亮常和报馆里的白芦在一起。这小伴当告诉他表哥,他表哥告诉报馆。报馆里得了这新闻,要露布露布了,才叫那白芦到这里来看看的。登了我的报不打紧,法官还疑心我呢。这……”

“这小伴当实在可恶。回头审问他!”稀狗屎说。

“慢着,”龙典说:“看他不声不响,肚里却有钉。他把我们耍得好苦。我们得先要耍他,再审问他。”

这对贼兄贼弟定下了鬼计,海保刚舀酒回来。他才把酒壶子撂下,龙典便打口袋里掏出两个铜子,交给海保说:

“你到城外北大街,水巷口,乌龟井旁边,那家座东朝西、门边点着个小灯笼、上头有个吊楼的铺子里,买两个子儿油酥豆来。要现炸的,陈了的不要。快去快来!我和你老稀叔等着这个下酒!”

“这附近不是有卖的吗?”海保说:“这夜了,还要出城去,回来还不起更了么?”

“你不去么？”龙典说：“我且问你，你们清臣大老爷着你来这里是当议员的还是听差的？我堂堂一个总调提，连你也调不动，我还干什么呢。好，你真不去吗？钱拿回来，回头王法官来了再说。我得向他告辞，这个职务我干不了啦！调提不了人啦！”

海保想：且忍了吧，他是个什么屁调提，要不去，不听他的支使，反倒落得他有理了。这样，海保又只得不声不响地走了。

待海保回来，这两位“好汉”都已经喝醉了。但是，正如俗话说的：“酒醉心不醉”“醉后吐真言”，所以身子虽然各自瘫软了，但说话反倒粗气了。他们同时向他吆喝了一声以后，龙典先开腔道：

“告诉你：法官又来了，留下了话，到法院里叫法警去了，着我和老稀看管你，不准你跑了。你这家伙做的好事，原来报上登的全是你走漏出去的！”

稀狗屎歪着头，幸灾乐祸地望着海保：“哼！里通外国，你娘的犯的是死罪，满门抄斩！”

海保心里说：“他娘的，真让他们打听出来了。”但他并不怕，他更知道稀狗屎是在这里胡说八道。他心里想，“坐班房就坐班房，老子先下手为上，捶你这两个狗入一顿再说！”

龙典见他不说话，以为他着实吓着了，便说：“你先对我们俩招招供，把你怎么对他们说的，老老实实地说出来，回头法官来了，我和老稀替你讨讨保，请他从轻发落。快说吧。”

稀狗屎却煞有介事地说：“老龙，你保，我可不保那伴当！”

海保也不声辩，也不挪动，他屹立在那里，盯着他们，眼睛瞪得像铜铃一般。渐渐地，他抬起手来，把刚买来的那包豆子向桌上一掷，豆子立即散开了，唏唏沙沙地撒到了地上。这时，稀狗屎向海保啐了一口，索性把停留在桌上的豆子，用衫袖横直交叉一抹，把豆子抹得干干净净，然后起身，踉踉跄跄走到海保面前，用食指指着海保的鼻子说：

“你一个小小的抵租的烂伴当,敢在你老太公跟前起熊！你真的活腻啦?！”

和这同时,龙典用指头在桌子边沿上敲了敲,说:

“老稀,莫跟他废话,待我拿王法官一个片子,先送他到警察局去。我这里有的是片子。”

海保睁着铜铃般的眼睛,转过头,啐了龙典一口,然后咬着唇,叱道:

“什么鸟片子！你莫要吓唬你老爹！老爹不怕你们这些乌龟圆鱼！”

龙典满以为在这种形势之下,任意摆布和欺侮海保,是不在话下的。因此,他根本没有想到过海保敢于反抗,或者进行反击。可是,事出意外,海保居然有这样的胆量,而且他的声音这样洪亮,不禁使他战栗了一下,他那被酒迷糊了的脑子,也被惊醒了几分。他立即盘算着不要把事情弄僵了,要看风使舵,顾住自己的面子要紧。可是表面上还是虚张声势地骂道:

“王八养的！你真的想寻死了！再敢多嘴,看老稀不捶死你娘的！”

稀狗屎软得更厉害,连站也有些站不住了,他打了一个寒噤,退后了一步,才接腔说:

“崽仔！你真要起熊?！我们两个合着捶起来,你就莫想逃命了！”

海保见那对活宝这般光景,胆更壮了。他没有答腔,迈上一步,举起铁锤般的硬邦邦的拳头,狠命地向稀狗屎的胸膛上捶去:嘣隆一声,稀狗屎立即歪歪斜斜地倒退了,一直退到板壁边,让板壁挡住了,才没有跌在地下。

挨了这一下,稀狗屎也醒了一大半。还没有挨着的龙典,满头冒汗,酒气全已分泌出来,他更是清醒了。虽说是清醒了,但劲却还是没有，他眼见大势不妙，赶紧改换口气说：

“海保老表，君子动口不动手，你要是打伤了人，可不是玩儿的，你……”

没待他把话说了，海保跳过来，把龙典坐着的木墩子一颠，龙典立刻四肢指天了。他待要翻身起来，海保已经踩住了他，同时弯下腰，一手扭住他的衣襟，一手握拳，一拳接一拳地擂下去。龙典高声叫道：

“稀哥，快！用板凳砸他！”

一语提醒了稀狗屎，他端起一条长凳，向海保掷来，海保将身一回避，缩进方桌下，长凳飞过去了。接着，海保也端起了一条长凳，照着稀狗屎打去，稀狗屎早夹着尾巴蹿进了房里，因此这板凳没打着他，正巧落在凉炕中央。这凉炕中央摆着一个短腿茶几，茶几上摆着一套茶具；另外，凉炕后部还安着一个条几，条几跨着茶几，条几上摆着一对帽筒，帽筒中间是一尊袒腹大笑的瓷罗汉。现在，着上了这一凳，无论是条几或茶几上的瓷器，哗啦一声，全被砸得粉碎。龙典见海保闯了祸，以为这一下他准吓着了，要住手了，局势可以转缓了。就哄他说：

“好了好了，回头王法官来了，我们就说是猫打架把东西摔了的。这么着，你拉倒了吧。”

但是海保并不罢休，他连龙典说的什么，也没有听。他奔过来，又把龙典撂倒。不待拳头上身，龙典就呼天抢地起来。海保才不理会这个呢。他只是哑闷哑闷地擂着。龙典求饶道：

“老表哥，你高抬贵手吧！”

海保还是不吭气也不住手。龙典哭了说：

“表叔，你饶了我吧！”

海保这才开腔。他一字一拳，拳头像是替他打着拍子似的，说：

“想你老爹饶了你么？”停了停，这中间已经是擂了三拳了，“你想得好！”

龙典是一个最机灵的人，遇事见风转舵；此刻他哪里还会斤斤计较什么名分，就顺着海保的口气说：

“你就算是我老爹吧。我的老爹，我受不了了，你……”

龙典泣不成声了。但海保不吃他这一套，只是狠狠地擂，一直擂到心满意足时，方才住手，转过身来寻稀狗屎。

稀狗屎原来躲在房里，听见龙典在外边被揍得求饶，忙闩上门，藏进床下去了。这时海保带推带踢，终于把门弄开了，可是房里黑洞洞的。他摸索了一阵，没有碰上稀狗屎，以为他打前边房里溜走了，这才用手叉着腰，站在那里喘气。

这时，稀狗屎在床下吓得屁滚尿流。他寻思道：要不出去，终久要让他发现，吃他的亏，还是走为上着。他乘海保未做准备之际，蓦然地奔了出来，一阵风似的蹿到厅子里去。海保跟脚就追。不料刚追出门坎，他头上就着了一竹篙，这是稀狗屎打的。海保的头破了，流着血，却还没有感到痛。他没住脚地抢上前去，把竹篙夺了过来，同时将它高高举起，正要向稀狗屎的头劈过去时，稀狗屎立即奔过来，扑通一声，跪在海保面前，乞求着：

“老太公！老祖宗！你歇手吧，饶了我的狗命吧！”

海保方把竹篙扔了，顺便向额上抹汗，抹着了血，发觉自己的头被打破了，这才感到了痛。他又恼火了，立即一个巴掌扇过去，稀狗屎因为还跪在地下没有起来，他的头正好撞在桌子上，轰隆一声，撞起了一个大包。海保这才喘着气说：

“老子舍得一身剐，皇帝也要拉下马，还怕你们这些王八？还怕你们什么法院警察局！”

正在这时，王佐领着四五个老爷和五六个跟班打着两盏马灯进来了。他一见这情形，连声喝问发生了什么事。龙典于是加油添醋地告海保的状，王佐本是心里有火，现在眼看破坏了这么多的东西,一时怒不可遏,便拿出名片着人到警察局去。过不久,来了几个警察,把海保逮了去。

当海保被架出大门时候,稀狗屎捂着他那肿了的狗头,对王佐说:"舅老爷,求你在状子上注明:一定要问这个伴当的斩罪!"

就在海保入狱的第二天中午,白芦接到了王佐竞选事务所送来的一张请帖,请他今晚七时整,"光临"赴宴。白芦深感自己的妙文发生了意想不到的效力,十分得意,按捺不住心里的欢喜,拿着请帖让这个同事看看,让那个同事瞧瞧,不无感慨地说:

"好个王佐!你今天也认识我白芦啦?"

刚一到六点钟,白芦就梳洗打扮起来,刮了脸,脱下蓝布大褂,换了身哔叽西装,衣冠楚楚地去赴宴了。

过了乌龟井,进了水口巷,离王佐竞选事务所不远了,他心里早已打好了草稿,王佐如果问起他那条"花边新闻"的事,该如何对答。他想到了几句妙句,不禁微笑了。正在自得其乐的时候,忽听得背后有人喊他:

"白先生,慢走一步!"

白芦站住了,回头一看,一个身穿黑纺绸短衫裤的汉子正向他走来了,他还不及看清那人脸上的轮廓,那人已经走到他的面前,伸出一只大手,拍拍他的肩膀说:

"你就是《螺川日报》那个叫白芦的么?"

"是。"白芦有点儿奇怪。

"你干什么去?"

"王法官今天请客……"

"好呵!好呵!"啪!啪!啪!那人扇起巴掌,没头没脸地向白芦脸上打下来,"原来你受了王某人的贿赂,要不你成天给人家在报上捧场!"

这可真是冤枉了好人！白芦被打得头昏眼花，不及争辩，那大汉吹了一声口哨，巷口又奔来两条大汉，里边有一个还提了个桶，三脚两步赶来，端起桶，一下套在这位“无冕帝王”的头上，大声喊道：

“我们也请请你的客！”

桶里盛的是稀屎，哗啦啦，直从白芦头上浇了下来。

白芦整整在床上躺了三天，第四天，一起床，漱洗停当，来找绍亮，见面就说：

“我是来向你辞行的！”

绍亮早知道他最近的遭遇，不免有点儿黯然，问道：

“上哪里去呢？”

“到广州去！”

绍亮愕然，忙问：

“去干什么？”

“干什么？投笔从戎，革命去！”

绍亮不知道该说什么好了。

“你觉得奇怪吗？一点也不奇怪！如今我算看穿了，不把那些土豪劣绅贪官污吏赶尽杀绝，难消我胸中这口怨气！不上梁山，绝无生路！”

“祝你一路平安！”绍亮向他伸出手来。

白芦紧紧捏住绍亮的手，洒下了几点清泪，说：

“那么我们在新中国的彼岸再见吧！”

他的嗓音有点沙哑，猛一回头，勇往直前地走掉了。

绍亮望着他那微微伛偻的背影，沉思了一会儿，他想，像他那么个落魄文人，竟也毅然要去广州……绍亮预感到：革命的风暴快要来了！

就在白芦出走后不久，杨氏父子投到省法院里去的状子，被驳回来了，理由是选票和票匦上的封条，都有道尹衙门的印。既然印信无讹，此案不能成立。

这时候，那位王佐议员，已经春风满面地准备走马上任了。

11

也正是在王佐准备走马上任时候，绍亮的工作和处境发生了困难，因为绍亮不断地受到二小当局的攻击，虽然二小的同学竭力维护夜校，但关于绍亮的流言蜚语越来越多，因此老赵决定另外派人去接替绍亮，让绍亮回东溪一趟，调查一下那一带阶级对立的状况，以便考虑如何在那里开展农民运动和发展党的组织。这天下午，绍亮正在那里收拾行李。剑秋来通知他：今天晚八点，老赵要他去参加会议。地点是在杨见秋家里。

晚上，绍亮到了那里，见老赵、剑秋、大孚都已经来了，另外还有几个人，绍亮都不认识，其中有一个又黑又瘦的高个儿，很像是枫镇高小教历史的刘老师。绍亮正在疑惑，见那人也两眼直盯着他。终于，那人走了过来，抓住他的手说：

“你是周绍亮同志么？”

“是呵，想不到我们会在这里见面！”绍亮说。

“你们认识？”老赵说。

“我在炳记行里站柜台的时候，常见他来量米！”绍亮说。

“噢！原来还是你的老主顾哩！”老赵说。

这句话，引得大家都笑了。老赵忙摆摆手说：“不叙家常了。今天我们谈一下当期的形势，而后谈一下我们这里的工作。”

接着老赵把“五卅”运动以后的国内形势作了扼要的分析，指出目前的形势，对我们固然是十分有利，但是，反革命势力也正在重新部署，美、英、日帝国主义正在策动各地军阀，企图围攻革命势力，因此，目前的斗争，越来越尖锐、剧烈了。最后，老赵向在座的人扫了一眼，用极其沉着、肯定的语调说：

“估计在最近一两年内,中国的局势将有极大的变化,革命高潮快要到来了!我们在这个时期的主要任务是:迅速地、深入地、踏实地做好工农群众的工作,农民运动更其有重要的作用!”老赵的语调越来越显得有力了,“为什么呢?我们有了群众,就无敌于天下!不仅能促使革命高潮早日到来,而且更有深远的意义。大家知道,在今天革命阵营内部,并不是清一色的,‘中山舰事件’就是个信号。革命的道路是崎岖曲折的。但是,我们有了群众的支持,不管前途会遇到多大的风险,我们仍然可以立足于不败之地。因此,事不宜迟,我们要立即更坚定更积极地行动起来!”

绍亮自来开会,就觉得老赵的神色,以至人样儿都和往日有些不同,这时候他才发现:老赵今天刮了脸,一片浓黑的连鬓胡髭,刮得寸草不留,以至显得两眼都更有神采了,一下年轻了十岁。

“至于如何行动,党委另有部署,当个别通知每个同志。同时顺便说一个问题:今后斗争尖锐复杂化以后,同志之间不要发生横的关系,即使原是熟人也是如此。”老赵说着,看了绍亮和老刘一眼,代替了关照。

临散会以前,老赵又特地介绍了一下广东和湖南农民运动的情况,和具体的做法。要大家好好学习。又让大家仔细学习一下毛泽东同志最近发表的《中国社会各阶级的分析》那篇文章。他认为这篇文章对中国现阶段的革命,有极其重大的指导意义。

当大家一个个离开那里的时候,老赵把绍亮和大孚留下了。老赵对绍亮说:

“组织决定:你暂时不要回东溪了,要送你到一个地方去学习。介绍信和路费都已经给你准备好了,明天一天亮,你就离开这里!”

这个决定很突然,绍亮忙问:“送我上哪里去学习?”

“广州‘农民运动讲习所’。”

“听说‘农民运动讲习所’的主持者,就是在湖南领导农民运动的毛泽东同志？”绍亮问。

“就是他。你可得努力学习。一定能学到很多东西！”

绍亮兴奋得说不出话来，紧紧地抓住老赵的手。

老赵回头对大孚说：“组织上让你马上就回东溪去。把那边的农民运动搞起来。根据目前我们这里的阶级力量的对比，自然还需要有一个酝酿的时期。目前主要的任务是首先通过农民和地主的日常斗争，把农民初步组织起来，提高他们的政治觉悟。组织形式可以灵活一些，什么‘互助会’‘同心会’都可以。倒不急于亮出‘农民协会’的牌子来。先把农民里边最穷苦的人团结起来，打下建党的基础。通过他们去串连旁的人。不要单枪匹马地干，也不要光你自己出头露面。凡事要多和穷人商量。一旦时机成熟，我们就要大干特干，把那些土豪劣绅打他个落花流水！”

大孚点点头。他心里还在琢磨刚才老赵的讲话，问道：

“你刚才说的‘革命高潮快到来了’，是不是就是说，我们快把地主连根拔啦？”

“就是。”

“好呵！我早盼着这一天啦！今夜我就往回走！路上走着也凉快些。”

“那倒不必这样急了！”

“嗨！老赵同志，你不知道，我心里的这团火，快把我烧焦啦！”

老赵拍拍他那宽阔的肩膀：

“好好干吧！一副千斤重担可放在你的肩上啦！”

“对！我决不给党丢脸。以后有什么事是不是进城来找你？”大孚说。

“不，你回去以后，组织上就会有人来和你接头的。”

老赵把路费和介绍信给了绍亮，正向他交代去广州的路线和要注意的事，突然听得屋外点点答答地掉雨点了。他们三个就匆匆地走了。路上老赵告诉绍亮:杨剑秋已经通过社会关系,回到县城里第一高小当教员了。他自己也很可能最近有调动,可是估计也出不了这吉安府一带。

上了大街,老赵和绍亮、大孚分手的时候,雨越下越大了。老赵紧握着绍亮的手笑着说:

“明天我不打算来送你了。就让这场暴风雨给你壮壮行色吧!再见!”

绍亮跟大孚一同出来,预备回到大孚的小店里,不想在街上遇着了海保。他是特意来寻他们的。大孚一见,忙问他是哪时候打班房里出来的?海保说:

“今天午晌,他娘的龙典去领我出来的。着我明早随稀狗屎下去。”

原来海保出狱,还是周清臣给王佐寄的信。周清臣得悉王佐当了选,事务所要结束了;他怕关门之后,人散了,将来海保出来,——总归要出来的——无人经究他,他不回东溪,浪荡在外边。周清臣想。要是走失了这么个不花工钱的伴当,等于失落了一笔账。账,怎么可以随随便便丢了不收呢?所以他得把海保弄回去。

绍亮见着海保,不禁千头万绪,涌上心来:单就这样一个家破人亡、自己被迫为奴的孤儿,也足以代表无数苦难人民的命运。而那孤儿的经历他是亲睹的;那孤儿的痛苦和屈辱,他是感同身受的。为了改变千千万万人这种命运,他要远行了。而他此时却不能把他对于海保那种情感,缕述无遗,也不能把即将度岭而南的事,举以相告。他只对海保说:

“表弟,回去以后,遇事先要想想,不可光凭一时之气。要老是依着自己的脾气和那些财主打斗,我们会吃他们亏的。”

“要不吃亏,只有不和他们打斗,”海保说,“不和他们打斗,那只有规规矩矩做一生一世的伴当了。”

“不，表弟！”绍亮说，“不是规规矩矩做伴当，我们要做东家。将来世界上都该我们那些累力吃苦的人当盘子，我是说，和那些财东们打斗，不能光凭一个人的一时之气，要大家箍拢来，有勇也要有谋，才斗得过他们。”

海保一面听表哥的话，一面点头，有时又提问几句。不一会，来到小店里，三人又说了一会话，海保临行，绍亮对他说：

“表弟回去和姨爹姨娘说，往后要没要紧的事，我就不写信回家了。请姨爹姨娘放心：我在外面，到处有朋友相帮，不要挂念我。”

这样，绍亮在这百里之外，在这风雨之夕，殷勤寄语，告别了自己的爹娘，投身到那洪炉里去了。为了故国的新生，为了故国灿烂的明天，他欣然地踏上了征途。

大孚送走了绍亮，雨更大了，檐流哗啦啦地响，但一想到今夜老赵的话，再也耽搁不住了，马上卷起行李，收拾了木匠家什，戴上斗笠，和店主算了账，竟然冒雨回东溪去了。

第五章

1

王佐一领到“当选证书”，马上打发人到各亲戚朋友家去送“捷报”。当送到周清臣家里时候，他家放了一挂万响的长鞭炮来迎接这个“捷报”。

周清臣兴致勃勃，他第一个名堂，就是叫他的干妹夫张得标出面，搬班子来枫镇唱戏。面子上说是贺王佐的任，骨子里是聚赌抽头。依周清臣的算盘：这次唱戏，不仅要捞回竞选中花去的老本，还要大大地赚一笔。

平常枫镇唱戏，所抽头钱，得分成一百多股，都是乡里的豪绅们伙分。势力大的，就吃它十股八股；小的，也分一股半股的。现在，王佐成了议员了，算得上本乡一条蟒蛇，那些乌龟、甲鱼、泥鳅什么的，自然不敢伸进手来要股份。为什么又要张得标出面呢？一是周清臣和王佐都要顾住各自的面子，“吃鱼避腥”；二是张得标在赌场里是个里手，只有他才兜得开。而且张得标和他们不是血亲，只不过瞎精收了他老婆做干女儿，才凭着这点瓜葛往来的，因此也不怕乡里笑话。

张得标在青龙会上原算不得什么大角色，他的出名，也是有由来的。

那年，枫镇唱赵爷[①]戏，有个夜里，他去押大宝，输了个精光。他

① “赵爷”就是财神。

气虎虎地退了下来，打算借一笔本钱，再去决个雌雄。可是谁也不买他的账，只得闷闷地来到茶棚里喝茶听戏。

他哪里是听戏？他是在憋气。

“张宝倌，得意吧。”

张得标抬头一看，见是茶棚里的卫老板。他不答他的腔，把头一偏，提起一条腿，架在板凳上，连哼也没哼一声。过了好一会，他才背朝卫老板，愤愤地说：

“莫扯这个鸟淡，看见你老爹哪时候得意来着！”

卫老板一见他这德行，才知道他倒了糟，就说：

“看戏吧，宝倌。今夜里的戏倒不错。刚才那出《三娘教子》，道地的呱呱叫，台下的鞭炮，一连扔了七八挂[①]。”

“还唱什么来着？”

“《黄鹤楼》啦。乖乖咙的咚。要说那赵子龙，那个猛，可算个角色；周瑜，也不耐呆；鲁肃蠢子虽说差点，也当得个‘稳’字。”

张得标是随口问的。他也没有留意自己问的是什么，更没有听清楚卫老板说的是什么。他只是愤愤地在回想刚才那一幕幕倒霉的情景：自己的银钱，一次一次地被抹进庄家的钱筒里去。当卫老板住了嘴，他又顺口问了一句：

“还唱什么来着？”

“《黄鹤楼》过了，就是《空城计》。那司马懿真不含糊；身架子魁伟得……”

“谁叫唱《空城计》的？”张得标一拍桌子跳起来，“难怪老子今夜空了城！叫那管班来！他娘的，看老子不把他的班子捶个稀烂！”

卫老板知道张得标手上有几百斤气力，又在青龙会上闯久了，

---

① 戏唱得好，角色卖劲，观众会扔爆竹；如果不卖劲，敷敷衍衍的，观众会扔草鞋。什么大角色，也怕扔草鞋。燃爆竹以武戏为多。

就是平常也惹他不得，莫说今夜里在火头上！他想：他有了这个眼子了，准定要找管班寻事去。为了息事宁人，卫老板一面着人去后台叫管班来赔小心，一面慢慢地向他说好话。

“宝倌，”卫老板解释道：“你莫见气。刚才怪我说滑了口，说错了：实在不是什么《空城计》，是《三气周瑜》。”

张得标扠开五指，扇过去：

“莫在这里气你老爹！”

卫老板吃了这一掌，站立不住，摇摇晃晃的要倒下去，正好戏班里的管班进来，双手把他抱住了。

管班是个老江湖，忙笑着脸迎上来说：

“大老表，怎么啦？听说今夜里你倒彩了？你怎的不早些子着人来，吩咐为弟的一声，叫为弟的替你搬兵过来？”他在张得标肩上一拍，“老表哥，莫非说输了就罢了？——不行！你怄得这口气，为弟的怄不了！你先到宝上去，回头，兵就到，今夜里非收回荆州不可！”

张得标这才把卷在胳膀上的袖子，悄悄地抹下，回到赌场来了。他落座不久，管班真的就着人送来了钱。张得标抓过钱，也不拆封，整包的向白虎头上一押。庄上见这光景，怕出事，不敢开宝，像劝告又像求情似的说：

“标哥，打开来分次数押吧。我们庄子小，注，请你下轻些个。”

“你们管不着！”张得标用拳头在宝摊上一擂，“老子生死拼了这一下！”

“这包里是多少啊，老标？”

“开你的！”

“挂个角，稳当些。标哥。”

“莫废话！开！”

开了，张得标还是没有中。庄家把那包没拆封的花边(银元)抹了进去。

张得标又空“城”了。可是,这次他违反了青龙会上的规矩,占着那个座位不动身。庄上的人,也不敢催他走。他张着嘴,眼珠子一动不动,鼻孔咻咻地扇动着。宝又推出来了,宝上的注也押满了,他忽然一跃而起,站在宝摊之上,双手叉腰,一只脚踩住宝盖说:

“我押了!”

“标哥,”庄家说:“下多少注,你说个数,我们庄上替你暂垫。请下来讲吧。”

“我押我!”张得标说。他站在上面一动也不动,“老子输了,老子这身子算你们的,做你们的伴当去;赢了,好说!”

一时赌棚内外,挤得水泄不通。看热闹的赛过了看戏的。那宝摊上的人们:庄家、股东以及那打水的[1]、管账的、装宝的,都大眼瞪着小眼,拿他没办法。庄家心里想:“要是和他来硬的,胜了固然好;万一降伏不了他,反倒让他搞个人仰马翻,往后就莫想在这路上混了。算了!忍了这一次,和他来软的——打个和脸!”于是,庄家抬起头,用手扯着张得标的裤腿说:

“你我兄弟伙,还闹得好看哇!下来吧,看看我们有多少红[2]了。”

张得标听了庄家的话,就在原处向四周的看客们打了个拱,哈哈大笑地说:

“各位老表,快看戏去吧,莫耽搁了正本。我和我们兄弟伙在这里闹着玩儿的,没什么看头。”

看客一哄而散。

张得标从摊子上跳下来,问道:

“怎么拆?”

---

① “打水的”:以筹码记录各赌徒输赢的人。

② 赢来的钱。

"你今夜里输的,还你;另外,送你一成红。"庄家向他胸前捶了一拳说:"你足意了吧?"

庄家这一拳虽说是借着开玩笑捶他的,实在也是气不过、为了泄泄愤的,因此,很有些分量。可是张得标没有喊痛。他一手揉着胸脯,一手搁在庄家的肩膀子上说:

"好样的,手劲不小!"

庄家又啐了他一口,才哈哈大笑地拉他坐下来分账。

从此,张得标扬名青龙会上。同时,也成了他们村里和附近各村的一个土霸王。

现在,他和王佐、周清臣商妥了拆账的办法,一面去搬班子,一面着人去各处粘招贴。那招贴上这样写着:

为庆贺王佐老爷荣任参议员之大官职,枫镇墟定于十月初八日起搬演大戏若干本。道尹大人、知县大人也要驾到看戏。青龙会上保管风平浪静,太平无事。请四远八方会友,光临光临,不胜欢迎之至。谨此露布。

头人张得标启

2

枫镇唱戏了。四方赌徒都来了。加上看戏的、临时摆摊子卖馄饨、卖面的、临时搭起棚子卖茶的、卖草药的、换马的……七十二行,行行俱全。四面八方,方方有人。这个小小的市镇,顿时热闹起来。

鸡场上搭着两个看戏的棚子:一个棚子里坐着王佐。陪客有周清臣、龙典、黄炳仁,还有一位兴业煤厂的少老板肖亮。……一个棚子里坐着巡检司、钱粮柜的司爷……现在知县来了,就坐在这个棚子中央的一个披着虎毯的太师椅上。

这两个棚子一东一西,搭在戏台的两边,成一个"品"字形。棚子和戏台一般高，远看这场子里像是有三座戏台，很是别致。棚子下面，各有四个马弁，有的背着驳壳枪，有的背着马刀，雁翅一般地站在两旁。乡下人怕官又怕兵，因此今晚来看戏的，没有往日的多。

知县一到，台上就跳了加官，然后搬正本。今夜的正本《乌龙院》是知县点的。

台上丝竹抑扬，缓歌曼舞，坐在两边棚子里的官绅看得很有趣。当台上的阎惜姣扠开五指在宋江头上作乌龟爬的时候，忽然有个后生上前去参见知县。巡检司的司爷见那后生是个乡下人，就吆喝道：

"干什么的？"

"状告肖亮！"

"状子！"

"没有状子。老爷，我叫王老三，我是兴业煤厂挖煤……"

知县用眼睛乜了乜，抹了一下东洋胡，咳嗽了几声，吐了一泡浓痰，然后对巡检司说：

"扠下去！"

巡检司立即传令下面的马弁：

"把那人扠下去！"

没有待王老三说明原委，几个马弁一齐拥上，把他扔到地下去了。

肖亮是兴业煤厂的少老板。他父亲肖如川瘫痪了，住在枫镇家里。哥哥肖星在南昌当警官。山上完全由肖亮主事。周清臣的二弟媳妇，是他的大姊。这几天镇上来了知县和议员，他就从山上出来应酬。

他极好赌博。在山上，和工人们推牌九，随身带着一本账簿。当他输了，他翻开账簿对赢家说：

“看哇,你赢的,折成了五个工,记在上面了。”

当他赢了,他又翻开簿子说:

“喏,你看清楚啦!你欠厂上五个工,我记上啦。”

工人们只认得几个数码字。输家接过账簿去端详:自己名下,果然记的是五字,自然没话说。赌博的次数多了,输赢又不定,日子久了,谁也记不清自己的存数或欠数了。这么着,肖亮的簿子上,起了变化,存工三十天的变成十天,甚至变成三天两天;欠工三天的,变成了十三天,以至变成三十、五十天。

肖亮身宽体胖,气力大,经常养着几个拳师学武艺。他常常显本领:一拳把人打倒在地;点人家的穴,使人口吐白沫,死去好一阵子,才渐渐活过来。山上的工人恨他又怕他,都不愿和他赌博。

可是不和他赌也不行。第一,他扣住工钱不发,这是掐喉的办法;第二,使硬手段。他叫谁,谁要说不和他赌,他就动手打人,还得被开销,打破饭碗。

山上的工人,几乎全和他赌过,几乎全输给了他。其中输得最惨的是王老三。

王老三前后和他赌了三二十次,不过半年左右,据他自己估算:输赢不大,至多也不过欠四五十个工,等到肖亮结出账来,大出意料之外,竟说欠他七百个工!

七百个工,得白白地给老板干两年!这怎么行?王老三想得无路可走,肖亮知道了,把他叫到房里,说:

“这笔账,我知道你还不起,我也不用你还。明儿,你回家去,招呼你那两个妹子,各人和我做一夜夫妻,我就一笔勾销。——往后我们还可以做亲戚往来。”

王老三听了,没有作声,默默地下山去了。他没有家去,也没有回山上来,不知道他藏到哪里去了。

肖亮等了几天,没等着王老三,就独自骑着一匹枣红马,来到王老三家。

王老三的家,住在深山中一个高崖下的破庙里。庙前有棵大榕树。许多年前,不知是鸿雁还是老鹰,也不知道从哪里衔来一只绣花鞋,把它挂在榕树枝头;也不知又过了多少日子,这绣花鞋叫入山采樵的人发现了,回去把这新闻传了开去。一传十,十传百,有人就说,这只鞋是观音大士云游过此,没有踏住云头,才掉下来的。百传千,千传万,有人就倡导化缘,盖了这座"灵鞋庙"。善男信女们做起法事,恭恭敬敬地把绣花鞋摘下,送进了神龛。

灵鞋庙地处偏僻,打头香火就不兴旺,不久越显得冷落;再不久,就成了个陈坛冷庙。守庙的耐不住饥寒,都跑了。

王老三是在他爹死后、庄屋庄田被田东主收回去了,无处容身,才领着老娘和两个年幼的妹妹住到这庙里来打柴度日的。

山中无历日,可是一样的春去秋来。当两个妹妹长大了,王老三让她们在家侍候那瞎了眼睛的老娘,自己来到山上挖煤。

打早,肖亮就听见他那些学武艺的师兄师弟说:"王老三那两个妹子,赛过仙女下凡尘。"因此他居心哄王老三赌牌九,居心写他的假账。

肖亮骑马来到灵鞋庙,那二妹妹出门捡柴去了。肖亮对她说:王老三输了钱,自己来这里寻他的。

老娘听说他是少东家,咕咚一声跪倒在地。肖亮见她这样子,怪讨厌的,退了两步,吐了一口唾沫,说:

"免了免了。"

"少东家,你老人家到我这穷地方来,真是难逢难遇啊,真是劳顿了你呵。"老娘说:"我那娃儿,他若不听话,背着少东家去赌了钱,我求你用马鞭子抽他那骨头。"

肖亮用挽在手里的马鞭子,在那失明的白发老妪的双目前晃了几晃说:

“老婆子,你莫胡说八道了,谁有闲工夫替你管教儿子!告诉你:你儿子把他两个妹子许给我了。今天,我是来成家的。”

在那天高月黑的夜里,这个荒凉的深山破庙中,就住下了这个淫贼。

第二天黄昏,那位藏在荆棘败叶里的二妹妹,悄悄地爬出来,怯怯地走进了庙门。可是,庙内已是寂然无声。原来姐姐和老娘都死了!

娘是从楼上掉下来的,大概是为了救姐姐,踩了个空;姐姐不知道在什么时候上了吊。

“姐姐呵!”二妹妹挥着泪,把姐姐的尸首解下,“你怎么不待我回来,说个清楚明白呵!”

二妹妹把两具尸首陈列在堂,走到门外去盼哥哥。

“回来呵,哥哥呵!”她哽咽着,在那冷云微雨的黄昏中喊着。

又过了一天,王老三回来了,和二妹妹用稿荐包裹了老娘和大妹的尸体,在庙背挖了个窟窿,把她们掩埋了。过不许久,他把二妹妹许配了人家,立时遣妹妹出了阁,然后到各村里寻点零工做,就在各村里浪荡着。

昨天,乡里传说知县老爷到了,许多人怂恿他来拦马告状。他早想找个机会,拼着这条命,把肖亮宰了,替老娘和妹妹报仇雪耻。人们不知道他心里的盘算,只是众口一词劝他:说世上并非全是赃官,也有那廉正无私的包老爷,陈世美他还要铡,何况一个小小的肖亮?劝王老三不妨去试一试。告准了固然好,告不准也不犯法。因此,他就怀着这么一种侥幸的心理来了。

现在,王老三被揪到了地下,挨了那伙马弁一顿拳打脚踢,才放了他。

王老三离了戏场,跑到墟里一家铁铺子里,说要买一把杀猪的尖刀子。店伙计说,这号刀子没有现成的,要定做。

"定做就定做吧，"王老三说："我可是急着要用。完戏以前交货。"

店伙计说赶不出来。王老三买了一把镰刀掖在怀里，匆匆地回到戏场。

肖亮是坐在后排，背后无人屏障。王老三看准了他，一跃而上，举起镰刀，往肖亮的脖子间斜劈过去。

首先发现王老三的不是肖亮，而是旁边的人。这时候，戏台上的宋公明正在杀阎惜姣，肖亮看出了神，正伸着手在衣袋里掏钱，叫人买爆竹，扔上台去，给那老生和花旦喝彩。当他听见旁边的惊叫声，回头一望，正是王老三手起刀落的时候，他本能地把身子一斜，脑壳一歪，镰刀剁在肩膀上。

肖亮这时穿的是夹袍，里面还有短袄和衬褂，因此，王老三虽使尽平生之力，一刀下去，劈进肉里也不过三四分。

王老三第二次举起镰刀时，肖亮已经站起来，三脚两拳把王老三打下台去。

当王老三又跳上台的时候，棚里那些看戏的老爷，一个个吓得尿了裤子。王佐是和肖亮并坐着的，他一看镰刀要落下来了，双手蒙住头，连人带太师椅滚落了下去。周清臣坐在肖亮侧面，赶紧提起那装满了洋钱的褡裢，一声不响地跳下地来。他这一跳，正好别了一脚，摔倒了，那褡裢也被摔得老远。褡裢里的花边丁丁当当地滚了一地。还有龙典，他坐在周清臣的侧面，一见情势不妙，悄悄地滑下来，向人丛里钻。他以为是哪里的江湖大盗前来打劫，赶紧混进人丛，把自己变成普通的看客，免得被当成老爷们绑了去。

王老三被肖亮打下台，他立刻翻起身，站在地上，扯着肖亮的腿，从棚子上把肖亮扯了下来，压在肖亮身上，用双手箍住他，和他翻腾扑滚。

王老三的脚手全用上了，抽不出空来，只得用牙齿咬肖亮的肩膀,正咬在镰刀砍伤的地方,痛得这家伙呼天喊地,最后,王老三咬住了一只耳朵,肖亮为了挣脱,狠力地把头一甩,头甩脱了,半只耳朵却留在王老三的嘴里。

当事情发生不久,戏就停演了——这一回,台上的阎惜姣,例外地没有被杀。茶棚也歇了,赌摊子也收了,整个戏场上的人,围拢来看热闹。当周清臣的花边滚出来的时候,在黑暗和混乱里,瞬眼间就不见了。此刻,肖亮的耳朵被咬下来,人群里就发出了一片喝彩声。当王老三继续用嘴在寻找目标的时候,旁观者顿脚拍掌,给他指示另一只耳朵的位置:

"上一点！上一点！下一点！下一点！左点！再左点！咬！咬咬咬！快！靠左点……"

没等他把另一只耳朵咬下来,就被马弁们掰开手,五花大绑拖走了。

3

周清臣那褡裢里的花边,是张得标交来的赌头。他原想从这笔钱里捞回在竞选中花去的老本,眼看又完了！上回砍山的事,叫《螺川日报》这么一登,不敢断然处置,只好用了个缓兵之计,将大牛和二利"交保释放"。这笔损失自然一时还没法捞回来。那个木行老板,还在那里纠缠不清。平粜谷总算扣下来了,可是眼下还没有到青黄不接的时候,粮价平平,卖出去不合算。眼看着瞎精的生日和柳条少爷的喜事又快到了,周清臣想到这些事,心里很有些不是滋味,就赶紧派周清官出去贩鸦片。

转眼到了十一月。在这几个月里,村里倒是平静无事。他又到镇上去拜访巡检司里的司官,商量商量:看看是不是设法把砍山时的这笔损失早日捞回来。

司官自从那次叫《螺川日报》出了丑,闹了个满"镇"风雨,现在想起来,还有点儿害怕。他支吾了半天,不作可否。

周清臣知道司官的心事,就出了个主意:

“《螺川日报》那倒不必怕它了！听我表哥王省议员说,报馆里那个专跟我们作对的棍子,叫我表哥饱饱地喂了他一顿稀屎,把他吓跑了！报馆里的人,早叫省议员管老实了。省议员还说:那批报棍子,好比是婊子,好歹给他点甜头尝尝,要他趴着,他就不敢蹲着！”

司官半信半疑地听着他的话,不作声。

“要不我眼下就给省议员打个招呼，有哪个再敢在报上放屁,先把他揪出来,这就万无一失了！你看呢？”

司官还是不作声。

“我们办事,果然要谨慎为上,可是也不必过分……”

周清臣的话还没说完,司官打着哈哈说:

“清翁的话说到哪里去了？我某人虽说阅历不深,可也好歹见过世面,有什么可怕的呢？就说上次登报的事,我是气愤,可不是怕；唯恐同寅中有些不明事理的人，真以为我某人沾了清翁多少光,发了财了,这就冤死人了。”

“那是那是！我心里比谁都明白,为此我心里很难过。”

“清翁既然心里明白,我也就死而瞑目了！哈哈……”

第二天,司官收到了周清臣皮统子一领、白木耳一匣、虎骨酒两瓶,附信一封,说是舍弟才从外埠特地给他捎来的,请他“哂纳”。

第三天,二利、大牛等一行人,接到了巡检司的传票,要他们明天到巡检司里去过堂。

当二利、大牛到枫镇巡检司去过堂的时候,大孚也去了枫镇。大孚跟他们说好,过堂以后到茶馆里去找他。

大孚到枫镇小学找到了老刘,忙把这事向他汇报了。老刘指示他,立即找个题目,给周清臣一个反击,打他个措手不及。可是找什么题目,怎么个反击法,要他们自己想办法。

二利、大牛过了堂,出来找到了大孚,说司官限他们在十天之内,把周清臣所损失的四百多块柴款钱全部交去,如果过期不交,就要派人来抄家封门。大孚就说回去再想办法。

当他们出了茶馆,远远看见周清官衣冠楚楚地进了枫镇。大孚估计到:这位三老板今天准是来找野食吃的。灵机一动,就对二利、大牛咬了一阵耳朵,叫他们留在镇上看着他。

再过一个月,瞎精就要做生日了。周清官贩了烟土才回来,周清臣就要他到镇上来看看行情,快些把烟土卖出去,换回钱来好办喜事。

他到了镇上,进了康济药号。柜台里的老板和伙计们,一见他跨进了门,都起身相迎。他和大家打了个招呼,就对老板说:

"我今日是来墟里办点小事。顺便,带剂补药与家母吃。明年开春以后,我家吃补药的越发多了,请宝号开三个折子:家母——折子上请周母王太夫人——开一个;我和家兄各开一个。"

这时候,周清官已被让到柜内烤火了。老板忙喝徒弟敬烟奉茶。

周清官坐在火盆边,心里在盘算着先找哪几个主顾,给他们看看货样去。

这批烟土,是最近他去湖南买来的。据他自己说,他还到了贵州界上。可是他贩来的烟土呢,是云土,道道地地的昭通货。这种生意是一本万利的。枫镇墟里,全知道他这一趟看头又不小。店家总是见钱眼开的。他随便迈进哪家,不管老板或是先生,个个笑脸相迎。

周清官今天的打扮,也和往日不同,分外像个发财的大老倌。他着的是驼绒长棉袍,头上戴的一顶獭皮帽。这帽子此地是独一无二的,显得格外刺眼。据他说,这帽,叫作"将军冠",就像在长沙那么大的码头上,也不过有这么三两顶。他又说,在长沙一家照相馆的橱窗里，挂着奉天张大帅的一张玉照，张大帅就是戴的这种帽子。这是他亲眼看见的。湖南省长赵恒惕也有一顶,这也是在照相馆里见着的。还有,他还听说,吴佩孚大帅为了和赣西镇守使方本仁结好,特意送一顶这样的帽子给他。方本仁得着了这份礼物,赶忙把帽子锁在箱子里,还舍不得戴呢。

此外,他还有两件宝物:一件是橡胶鞋,就是他说的“象皮鞋”,比牛皮的要贵重几十倍。他穿上这双“象皮鞋”当众表演:盛了一大木盆的水来,他把双脚浸在水里,站了好一会儿,才跨出来。然后把“象皮鞋”脱下,跷起脚来,让观众欣赏。众人一看,果然发现了“奇迹”:他脚上那双洋袜子干干爽爽,半点儿也没有沾湿！于是,赞誉之声四起,他又穿上“象皮鞋”,把两脚伸到水盆里,再表演一次……

另一件宝物是手电筒。说起这个劳什子,连他令兄周清臣也很赏识。周清臣一生最怕失盗,他常在梦中高呼捉贼。有的时候,他好似清醒似的叫喊着:“小偷！打后园里翻墙进来了！”“溜进老奶奶屋里了！”他家里的人被他唤醒,也随着叫喊起来。因此,他家往往在夜深三更,无端地混闹一通。

周清臣见着了手电筒,拿在手里,横看竖看,真是爱慕得不忍释手,他说:

“这件物事,有道是,小物得大用,用处不小:一者,夜间到楼上取物件,到柴房子取柴,能免火烛之险;再有件大好处:凡遇着小偷,一照射过去,光是这道白光,就得把他吓个半死,他还能跑得了吗！”

这样,他就把手电筒接收了过去,以便临睡前,拿着这个宝物,到屋前屋后去巡查。

今天,周清官来枫镇,就把这两件宝贝一齐摆了出来。今天天气晴朗,他还是着上了胶鞋;那手电筒,是他亲自去周清臣那里把主权收回的。

现在，周清官穿着得这般新奇，坐在康济药号里演说他去买办烟土的经过。当他正说得眉飞色舞、痰沫四溅的时候，柜外进来了一个烟鬼。

烟鬼是闻讯特地赶来拍马屁的，企图博得周清官的恩施：赊一点烟土给他过过瘾。他向周清官哈腰作揖之后，毕恭毕敬地说：

"三老板，恭喜你老人家年胜一年，今年胜去年，财发万金。"

"操的！"周清官白了他一眼，打起官腔来，"你们只是眼红我发财，你哪知道像你们小人有小的难处，我们大老倌也有大的难处。"

"这是的的确确，三老板。"

"你们知道我有多少亲戚朋友，有多少各处的长官要应酬吗？"

"你老人家说的，三老板，句句是真。他娘的狗入的才不知道你们发财的大老倌有这样多应酬呢。"烟鬼极其虔诚地、哭丧着脸说。

"你看，"周清官举起手，伸出那只戴有金戒指的指头，表示只要举此一例，就足以概其余，"我在贵州省贵阳时节，我王佐表兄，挂一个电报给我，说刘廉公刘京议员要上等的白木耳，这白木耳……"

"可贵重呵。准是贵重得了不得！"烟鬼吃惊似的说。

"嘿！那价钱高点又算个什么呢？"周清官毫不在乎似的说。

"狗入的才说它算个什么呢！"烟鬼说。

"只是那上等货难以买到。"

"三老板，这个，难道你买到了？"

"买不到还算？"

烟鬼竭力打起精神，把那深陷着的干涩无神的眸子，竭力瞪圆，表示惊奇万分的样子："哎哟！三老板，不是我这个狗入的特意夸你，像你这样的角色，莫说枫镇墟里，只怕吉安府属九县一厅也找不到一两个。"

"买到了也不足为奇……"周清官故意把话截住，让烟鬼再叩问他。

果然,烟鬼又以极为巴结的口吻问他:为什么说买到了还不足为奇。周清官这才缓缓地说:

"依理,这批上等木耳,既是托我买的,即便是亲戚,也该要价。有道是'买归买,送归送'么。"

"理所当然。"烟鬼有气无力地说。

"我可没有开账。"

"奉送了?"

"可不么。那是当然的了。谁还做得这么小器?"

"真是大角色呵。像你老人家这般大的角色,伸出一只腿,比我们的腰还粗呢。"烟鬼挣扎着,竭力支撑着,发出了有气无力的赞叹:"且莫说别的,像这么大的一个礼,真够我那样的小瘾客哗啦哗啦地吹它半年。"

"半年?你好大的眼珠子?怕不够你吹个三年两载的!还有……"

三老板又扣住了。他又在等候烟鬼来请问。可是,烟鬼支持不住了,他的烟瘾早发了,实在闲扯不下去了,他心下在盘算:如何向周清官说明来意。

周清官停了一会,见烟鬼没有下文,只得接着说下去:

"还有呢,我刚到长沙省里,就接到家兄清翁一封手示,要我买桌裙椅披回家,预备家母做生日之用。我得到这手示之后,火急到各大绸缎庄,挑了又挑,拣了又拣,才拣着那最最上等的湘绣的……"

"三老板,我求你老人家做做好事,赊与我几钱子云南货!"

三老板恨烟鬼如此不恭,竟然截断了他的话,实属可恶极了。于是,他撇了两下嘴唇,露出那翠色的镶金门牙来,骂道:

"你奶奶的,王八羔子的!谁给你预备了这多山珍海味?你又不是我的孙子!"

本来,他和烟鬼开始谈今论古以后,老板和伙计们各自忙活去了,没有理会他们的议论风采。这时忽听见周清官喝骂烟鬼,老板原是厌烦烟鬼带着霉气进来的,忙转来帮腔,一阵风把烟鬼撵走了。

接着,周清官又山南海北地胡扯起来,正说得兴高采烈的时候,突然中止,瞪着两眼,半张着嘴,向着店堂外发起愣来。店堂里的人,随着他的视线搜索过去,原来云锡庵里的小尼姑正从街上走过。发现了这个秘密,众人你看我,我看你的掩着嘴,想笑又不敢笑。

周清官愣了一会儿,辞了众人,再也无心打听烟土的行情,就赶到枫镇到东溪中途的福寿亭中,等那小尼姑回来。

那小尼姑法名贞慧,外号叫"小白菜"。虽属空门,可是很得一般轻薄子弟的恩惠。周清官在那亭中等了半天,才见那贞慧姗姗而来。周清官顿时振奋起来,忙站在一边,整顿衣冠,肃然相迎。但那贞慧走到亭中,只管低着头走去,装作不见。周清官慌促促地跟在背后,走了几步,轻声说:

"贞慧,我给你在外边带了好东西回来了!什么时候给你送去?"

"今天夜里,我等你。"贞慧也轻声地说,可是并不回头,只顾走。

"那你记着给我留门。"周清官说。

"一定。你莫跟着我了,快快走开。"贞慧说。

周清官忙止了步,目送着贞慧的背影走远了。

这一切,全部叫二利、大牛看在眼里听在耳中。他两个同去对大孚一说,大孚笑笑说:

"这可叫我们找着好题目了!"众人计议定当,准备了灯笼、火把、绳子……以至锣鼓,但等天黑。

黄昏以后,云锡庵的后门,无声无息地洞开了,周清官缩头缩脑地来到了门前。藏在竹林里的二利和大牛,禁不住一阵心跳。哪知道这周清官站在那里,不知道和贞慧说了几句什么话,又匆匆地回去了,呀的一声,又关上了门。莫非走漏了消息?莫非周清官今夜有什么要紧事,临时变了卦?

什么也不是!原来他老哥周清臣早已从正门进了庵里,找贞慧的师傅云心师去了。这原因,二利、大牛他们当然不知道。可是,他们不甘心,还是一动也不动地藏在竹林中看动静。

原来,这天晚上,周清臣出来散步,在路上慢慢地踱着,想着近来得意和失意的事,边想边走,不觉到了文昌阁下。他在那里徘徊了一阵,趁着四边无人的时候,一骨碌溜进了阁边的云锡庵里去了。

庵里的云心师见周清臣来了,真有点喜从天降,忙招呼他到自己的房里,随即转身出来,唤贞慧生小炉子,用竹片烧开水。

沏了茶,云心师亲自出去端了进来,她把茶碗先搁在桌上,然后从怀里抽出一条素净手绢,仔细将碗口、碗盖、碗托子拂拭了一过,方才递与周清臣。

周清臣接过茶,噙了一口,然后抱歉似的说:

"这些日子,人来客往的,又兼我们王家舅老爷的事,这就老是抽不出空,也没顾得出来走走。"

"你不说我也知道,"云心师含着笑说:"你们这样的高门大户,一年四季,总是忙的。今天怎么有工夫出来走走了?"

彼此寒暄了一阵,周清臣问道:

"今年庵里的田,全交妥当了吗?若是有那要花枪的佃户,要及早对我说,好及早治他们。到了明年清明时节,该插秧了,那时他们再攒出眼子来:说没有牲畜啦,要添家具啦;什么犁耙锹锄,一笔一笔地问田东借,这样就不好了,反倒让他们治我们了。"

云心师沉吟了一会,说:

"今年还好,没有那起推三调四的。只是王桥村那几亩田,虽则佃户写了永耕字,不巧在上个月里,佃户死了。那村里男丁又少,原先就荒着许多田无人承耕,庵里这几丘田,今年准定是交不出去了,准定是荒了。这个光景,依你看,该哪样办好?据我说,不如便宜卖了它。一来,落得几文现钱;二来省得到年底完粮纳税;再说,也省得操这个心,图个安逸。”

周清臣只是点头,没有即时回答她。他端着茶碗踱来踱去的,在那里琢磨。过了一会,才说:

“说起王桥,真是个又穷又偏僻的地方。它附近那些村子,也寻不出什么富家来。我看,这点田,眼前要找着受主,难。待我留心访访,看看有无伸手的。”说到这里,他忽而有所感触似的,“这几年,不知怎的,这些佃户总是不顺遂。你看我那些佃户,一连串没了五六家。这些没来由的事,真不知从哪里说起。”

“嘿!‘在数者难逃’,这些人命该如此,也没有什么可惜的。”云心师一面说,一面从枕头下抽出一本账簿,说:“你坐吧。算盘在左边屉子里,你顺手拿一下。”

周清臣唰的一声吸了一口茶,这才坐了下来。他取出了算盘,又移正了一下那垫着蒲团的椅子,随即一手嘀嘀嗒嗒地拨珠子,另一只手压在云心师葱白而微显瘦削的手背上。

这时,月影横空,银色的光辉,在桌上镀上了一个方块。云心师一只手被压住了,她一动也不动,就让它被压着;另一只手,却在那里翻着经卷,翻来倒去,好像在寻找一句什么金言。实在,她此时心猿意马,什么也没有寻找。

这样的情景,继续了一阵之后,不知怎的,他们竟然吃吃格格地笑起来了。在接二连三地笑了几阵之后,窗外忽然有人窥视了一下。云心师于是赶紧推脱了周清臣,跪在床上,身子欹在桌上,向外探望。她望见了那窥视的人的背影,就不假思索地说:

“坏了!是文昌阁里那个开‘子曰店’的。他绕到前面去了,怕他进来,你快快地打侧门走!”

周清臣问:“前门闩了没有?”

“闩了。”

"闩了就不要紧。"周清臣说:"料他也不敢敲门。我且在殿上歇歇,看他还到窗前来不来。他要来了,得结实抢白他一顿。"

原来这个在窗外窥视的人,正是二相公。二相公刚才放了夜学,因见月色清幽,便出来散散步。开头,他在阁前立了一会,因为听见男女的笑声,才循声走到窗前,踮起脚来看看究竟。当他发现里面的情形原来如此的时候,顿时自己不好意思起来,匆匆地离开了。行了一段之后,他轻声地问自己道:

"这个,唔,莫非他们有那苟且之事?"揣摩了一阵,他转而又对自己做解释道:"论情度理,周清臣是不会做这种事的。要是他老三周清官,倒会叫人起疑心。"他继而又问自己:"莫非,刚才是我的眼睛花了?……有道理,想来是我的眼花了:把尼姑错看成和尚了。再看看去,是不是他?"

这么着,二相公又转了身,缓缓地走到窗下。他怕里面受惊动,所以这回更其小心:他悄悄地踮起脚,从从容容地向里面探望。然而,这回所见的景象已与方才大不相同——真所谓佛法无边,因此千变万化。现在桌子的左角只搁着一个茶碗,而且是静静地搁在那里,好像有很长的日子不曾有人使过似的;桌子右面摆着一个小小的木鱼;桌中央摊着一卷经——至于刚才那些算盘账本,已是通通不见了——云心师手敲木鱼,目注经卷,口里念道:

"揭谛揭谛,波罗揭谛,波罗萨揭谛,菩提萨婆呵……"

当二相公的头影,为这秋夜溶溶的月光映印上经卷的时候,云心师立时跃然而起,惊惶地呼叫道:

"谁哟!? 这是谁哟!?"

二相公赶快答应了她,接着预备向她说明来意。可是云心师不待他说下去,就发作起来了。她沉下了脸色,屈着手指在桌上敲了两下,带着愤激的音调说:

"二相公! 你是个圣贤弟子,是个教学的先生! 这般天黑人静的，你一不言，二不语，偷偷地立在我们修道之人的窗外做什么！？”

“我刚才好似见着一个男……”

“你见着菩萨了吧！”云心师赶紧把二相公的话截住，“你这样一把年纪的人，还是进过考棚的，又不是三岁孩童，说起话来没斤没两的！”

二相公老是以自己之心度他人之腹，总觉得吃斋念佛的，都是有心向善的人，不应该猜疑，刚才一定是看花了眼，于是觉得有些惭愧。哪知道二相公走不到几步，忽听得房里发出一种轻蔑侮慢的笑声，接着听得云心师骂道：

“好大胆子！到这里来放臭屁！要不看在你也算是拜过孔夫子的人，看我骂你这老不要脸的，哼！”

二相公听了，很不是滋味。“我不过是一时花了眼，多说了句话，何至就受人如此的轻慢和污辱？”他有点气愤了，赶紧走开。

在屋里的周清臣和云心师，以为天下从此太平，相对一笑。云心师紧闭了窗子，拉上了窗帘，关门上闩……

二相公懵头转向地从庵前踱到庵后，忽见竹林里钻出个人来，挡住了他的去路。二相公抬头一看是二利。二利问道：

“这时候了，二叔上哪里去？”

“莫提了！我今天见了鬼了！”二相公一声长叹。

二利忙问他是怎么回事？二相公说了原由。二利听了喜出望外，忙说：

“哪里有鬼？”

“这，我看得清楚。反正不是人！”二相公分辩说。

二利再也顾不上和二相公辩论，一面忙让藏在竹林里的一伙后生，把这座云锡庵团团围住，一面派大牛去向大孚报告。

大孚说：

“是他就更好。你们先进去，手脚利落些，先把他两个捉住，再来叫我！”

约摸过了抽三袋烟的工夫，一个吃素苦修的尼姑，一个道貌岸然的周清臣，赤条条地捆成了一团，被拉到观世音菩萨的面前，甩在那里，冷得瑟瑟地发抖。

云心师紧紧闭着眼睛，似乎下定决心此生此世再也不睁一睁了。幸而周清臣世故练达，脸皮又厚，还是讷讷地说：

“你们打算怎么办吧？”

“我们打算怎么办？暂且不对你说，一句话：要给你四海扬名！”大牛说着，提起手里的铜锣，当的敲了一下。

周清臣听见这一声锣响，惊得散了魂，恨不得把脑袋钻进地里去。咧着嘴说：

“好好好，你们要什么，说吧，你们说一是一，说二是二，只是千万莫嚷嚷了！”

二相公不知道出了什么事，踱着方步走进来，探进头来看了一眼，不觉啊哟了一声，忙把衫袖遮住脸，倒退着跑出去，差点儿没摔倒。

正在这时候，大孚反剪着手，慢悠悠地进来了，进了殿堂，一见眼前这情景，勃然大怒，训斥那伙后生道：

“你们搞什么名堂？这算是干什么的！也不怕得罪了菩萨？”

后生们只是笑。大孚吼道：

“有什么好笑的？还不快把绳子松了！”

后生们七手八脚地松了绳子，这对男女，弯着腰，一溜烟钻进云心师的寝处。

云心师自然再也不敢出来。周清臣还是低着头，迟迟疑疑地来到殿堂上。后生们一见他那个模样儿，轰的一声，笑得前仰后合，差点儿没把肠子都笑断了。原来，由于穿戴得匆忙，周清臣错把比丘帽扣在自己的头上了。大孚竭力忍住笑，替他摘下了帽子。

周清臣的脸红得发紫,就和红烧猪头一般,像尊菩萨似的呆呆地竖在那里。

“大老板受惊了!也莫怪后生。他们是来找你有事商量的,哪里也没找到,想不到你上这里来了!”

“好,好,什么事,请说吧!”

大孚就说:“这里人多口杂,我们另找个地方谈谈。大牛!二利!来,来,你们不是有事要和大老板商量吗?”

周清臣忙说:“不用他们了!你和我谈谈就是。”

大孚和周清臣到了另一间屋子。周清臣摇头叹气地说:

“这一闹,我的脸往哪里搁呵?”

“谁说不是呵!像大老板已经快抱孙子的人了,又是位桌面上的人……”大孚说。

“这种地方,我万年也不来一次,只是那老尼……唉!莫说了。他们找我有什么事?你说吧!”

“是呵,谁说你天天来的呵,也是碰巧了。——还不是开山的事嘛!听说今天巡检司把大牛、二利他们都传了去,限期追缴柴款,逾期就要封门抄家。你想这些穷得当当响的主儿,砸了他们的骨头,也熬不出二两油来呵!解铃还得系铃人,要不他们不求你来了。”

“这事我怎么一星半点儿也不摸头?为什么不早说?同宗的人有什么事不好商量。好好,一句话:明天,我一定去巡检司把状子撤回来!一定。”

“好,一言为定。我出去和当事人说说,看他们还有什么说的?”大孚说着,就走了出去,待一会儿,啧着嘴回来了。

“他们怎么说?”周清臣问。

“难办!他们要你把今天的事和允承了的话,亲笔写一张存照。”大孚说。

“这个,怎么能见诸文墨呢?君子言出如山,我红唇白齿说下的话，一定办到！”

“不写下来，恐怕难办。这伙后生不知道还会干出什么样的奇事来呢！”

周清臣支支吾吾了半天，愁眉苦脸，像是要绑他上法场似的。那伙后生可早等得不耐烦了，手里拿着绳子、灯笼、火把，一齐轰隆轰隆地涌了进来。

“好好好，我写我写。大孚弟烦你说一声，请众人暂时走开，让我定一定心。”周清臣说。

大孚让那伙后生出了屋子。周清臣又为难了：

“不是我不写，这事比不得旁的，实在难落笔。”

“这好办，我给你请个军师来。”大孚说着出了屋子，回头把二相公拉进房来。

周清臣就对二相公说：“相公，你看看，这个怎么能写？”

“你做了什么事，你怎么写就对了。”二相公说。

“相公，我心里实在乱，要不烦你代一下笔，我画押就是了！”

“我没有写这种事的笔，连听了都毛骨悚然！”二相公义正词严地说。

周清臣硬着头皮，坐下来写“存照”，不住地擤鼻涕擦汗。写好了，拿给二相公看。二相公看了连连摇头，说是写得太空泛，不着边际，批点了一遍，还给他重写。

周清臣改了又改，补了又补，一直写到三更天气，才定了稿。二相公终于勉强点了头。周清臣再三恳求大孚：请众人千万不要把事张扬出去。众人痛痛快快地答应了。

第二天，周清臣病了，当真着周清官到巡检司撤回了状子。司官礼物已经到手了，乐得多一事不如少一事，完全同意，并且再三称赞周清臣的度量和明智。

4

周清臣自从那夜在云锡庵里受惊以后，他自己也弄不清得了一种什么病，在床上躺了数个来月。这天周清官来探看的时候，他已经下了床，兄弟俩就相对而坐地谈起来了。

弟兄两个，你一句我一句地骂了一通作田人越来越没有王法，痛感世风日下。又骂了一通如今的出家人也越来越不知耻的一类话。正说得大义凛然的时候，瞎精拄着龙头拐棍，让三娘子扶着进来了。两兄弟一齐起身相迎。大家坐定以后，瞎精说道：

“好了就好了。再将息两天，该起来办事了，眼看喜日子快到。让老三带个人上吉安去，把你那儿媳妇接下来。”

“娘，三弟亲自去办这事，相宜不相宜？”周清臣忙说。

“你心中有人了吗？”瞎精问道：“你看谁相宜？”

“娘看龙典如何？”周清臣说。

“你不是要龙典做‘总知宾’么？”瞎精说：“就叫他做总知宾好。到了日子，客人一齐到了，没有龙典这么一个八面玲珑的人，别人是担待不起来。况兼朱家的事，是内亲的事，别人去办，总有顾忌不便之处。一定就让清官去吧。”

“是，娘。”周清臣说：“这一次就偏劳三弟了。”

原来周清臣最近接到他的亲家朱万福的信，说朱文漪表示无论如何不肯和柳条少爷结婚，要周清臣去吉安面商。因为日子近了，周清臣要在家里“当大事”，抽不得身，但这事“家丑不可外扬”，既然叫外人知道也不好，当然更不能让外人去了。他和瞎精商量好了：要他三弟带稀狗屎上去，并且计谋好了，要他们两个照计行事，把朱文漪弄下来。

周清官并不知道已经定了计谋。只知道朱文漪是个新派女子，鬼名堂多得很，不大好对付的，怕去了事情办不妥。就说：

“这朱家,我们什么地方配他们不上?!一个女学生,又有什么稀罕?!她要拆亲,拆好啦!”

“嗯!”瞎精赶忙纠正周清官道:“你怎么这样说!嫌弃她,退她的亲,这事,只有我们先说,才是大道理;如今我们没有提这个,她倒先胡说八道,我们若依了她,岂不惹得乡党邻里都笑话我们?分明我小臣是一表人才,就怕那不知道的,还以为小臣无德无能呢。这怎么拆得?!这怎么拆得?!”

“娘,我领稀狗屎上去,怎么办才好?”

“回头清臣和你细说吧。”瞎精说:“让朱万福夫妇带她下来。借你姊夫行里行出阁礼。只是诸事要小心。”

周清官这才勉强答应了。瞎精接着又对他说道:

“你娶小的那件事,待喜事过了再商量。”

周清官忙答道:“遵你老人家的命。回头我就打嘱人贩子,替娘买过一个丫头。”

瞎精冷冷地说:“丫头是要换一个。却是这招喜儿你也不能要了。”

周清官瞪着两眼,叫道:

“娘……”

瞎精依然冷冷地说:

“不能要她了!这丫头失了节,坏了德行了。”

“这是谁对你老人家说的?”周清官道:“这准是没有影子的事,是别人加油添醋,在你老人家面前拨弄是非的。”

“这事,连这丫头自己也认了。”瞎精说。

“她说是谁?”

“二利。”瞎精还是冷冷地说:“这事,你知道就是了。可要马上找二利去。‘君子报仇三年,小人报仇眼前。’千万不要露风声。太史第这帮人,头一个是大孚,要不除了,总不得安逸的。诸事有你老大,你谨言为上。”

周清官这时候急得肠子都打了结,对瞎精的教训,连半句话也听不进去。瞎精刚住口,他马上问道:

“娘,这招喜儿是你老人家拷打了她,她才招的吧?”

“你莫非是怕我冤屈了她?”

“不是。你老人家不要生气。”

瞎精于是命令周清臣道:

“赶紧替我找个人贩子来。把那丫头卖了。先要和那人贩子说断:身价多少不拘,只是不能把她转卖在本地,也不能卖在附近的县份,一定要卖到远处去。越远越好。最好是云南四川。省得她寻得着二利,那二利也寻得着她。”

周清臣一面要遵母命,一面也要顾兄弟的情分,就说:

“这贱货,做出了这种没廉耻的事来,原该抽个半死,再叫人贩子拿出去卖。只是你老人家的喜日子到了。先且宽限她一两个月,省得她哭哭啼啼的,惹你老人家生气,过了大喜日子再说吧。”

周清臣的话说得很含蓄,他不是怕招喜儿哭哭啼啼,倒是怕她抹脖子上吊。喜日子快到了,要是真出了这样的事,那可好看了!瞎精也早已想到了这一点,周清臣一说,她就懂得了。周清官还以为乃兄是全为他着想:先把那丫头留下来,再作计较。他心里非常感激他哥,对瞎精说:

“我哥说的是。娘,你老人家还是暂且留在身边使唤,过了喜日子,也不为迟。”

瞎精用鼻子哼了一声,答应了。随即着拐棍起身,周清官正要叫三娘子进来扶她,还没开口,三娘子迈着轻快的步子进来了。她一面扶着瞎精,一面满面春风地说:

“娘,你老人家慢些,让我扶好了再走。娘,你老人家今儿说话多了,累了,回头躺着歇歇吧。过门坎,娘。你老人家过生日的红缎子鞋,让我来替你老人家绣花,不要那丫头做。这样上不得戥子、上不得秤盘的人,莫要让她做你的东西,沾坏了你老人家的富贵脚。到了你老人家房里了,娘。我早就料定了:'乞婆坐不得轿,坐进去她会掉。'果然呢,娘,明明一个姨奶奶在这里等着她,她要去自寻死路……"

"喜日子到了!忌讳些!"瞎精教训道。

"知道了,娘。"

在那边屋里,周清臣正在指点他老弟怎样把朱文漪弄回来的事。

5

自从那天朱文漪和她父亲闹翻以后,她父亲再也没有在她面前提起过周家的亲事。这一年来,事情又特别多,朱文漪心里也就把这事搁下了。

文漪生日那天,朱万福显得很兴奋,可也看得出来,在这兴奋的背后,隐藏着忧愁。这天,他还请了假,亲自上街,买了满满一篮子的鸡、鸭、鱼、肉,甚至还割了一斤多火腿,一坛子花雕。他平日里,恨不得把一个子儿当成十个来花,今天为了女儿的生日,手面竟然变得这样大。文漪感到有点儿不安,也有点儿奇怪。她问母亲:

"爸爸今天怎么啦?"

母亲咽了几口唾沫,才有气无力地说:

"总是为你好吧!"

到了傍晚,还来了两位客人。爸爸说是一房远亲,有事来吉安,顺便来家坐坐的。文漪过去连听都没有听说过有这么一家亲戚。可是这两位客人,对她好像自来就很熟悉似的,见了文漪,未经父亲介绍,就称呼她为"文漪小姐"。

这两位可疑的来客,不是别人,一位正是周清官,一位正是稀狗屎。他俩来朱家的使命,你我都早已明白了。可是这位"文漪小姐”还蒙在鼓里呢。

请原谅她吧,请可怜她吧！她年纪还很轻,凭她有限的一点儿人生经历,远远不是她所处的这个世界的对手,她只听说过:在边远的地方，至今还遗留着人类蛮荒时代抢亲的习俗。她怎么能想到:在这个世界上,陷害女子的办法何止万千！这些办法,往往比抢亲更野蛮,然而又是为法律所保护的。

世界上有多少胸怀大志、才华非凡的少女,纷纷掉入了火坑?直到她们被烧成灰烬,还不知道自己是怎么落进火坑的！

天黑,开筵了。来客中的一位,温文尔雅地站起来,举起酒杯,为“文漪小姐”的青春祝福！文漪是不喝酒的,可是这位客人虔诚到了这样的地步:他老是举着酒杯直挺挺地站着,如果文漪不喝下这杯酒去，似乎他下定决心就这么站一辈子了。父亲眼睁睁地瞅着她,眼色里带点儿忧愁,带点儿担心,甚至还带点儿恐惧……

文漪为了礼貌的原故,也是为了可怜的父亲,她喝下了这一杯酒。

于是,在这二十世纪二十年代的中国,发生了中世纪传奇中的故事。文漪突然眼前一阵昏黑,啪的一声,倒下了。

…………

不知道过了多长时间,文漪苏醒过来了。她觉得自己似乎在一只摇篮里睡着,又似乎在荡秋千。她渐渐听见了潺潺的流水声,听到了咿咿嘎嘎的摇橹的声音。嗳！我怎么在船上躺着呢?她挣扎着坐起来,猛一下被两条胳膊紧紧地搂住了！

“宝宝,莫害怕,娘在身边护着你呢！”

这是母亲的声音。

她竭力睁大眼睛,回想着什么时候上的船?可是怎么也想不起来。她挣出了母亲的怀抱,坐起来,透过船上小小的一块窗,只见水上和天上密布着闪烁的星星。

母亲以委婉、哀伤、委屈的口吻，在她耳边数说了她上船的经过，数说了所以要用这样的办法把她弄上船来的原因。并且再三叮嘱，要她可怜那白发苍苍的父亲。

此刻，这条船，正在驶向枫镇的途中。父亲和那两位客人，在后面那条船上。船到枫镇以后，等待着她的是鼓乐和花轿，再过三天就是她大喜的日子了。这都是母亲告诉她的。

一切都明白了！她没有哭，也没有叫，只是默默地思索。放在她面前的只有两条路：不是从此变成柳条少爷传宗接代的工具，就是勇敢地死去。

她苦苦地思索着，结果，她选择了死！

她回想着在她短短十九年的生命史里，除了辛酸和屈辱，竟然也有那么多的欢乐。她想到她的同学，想到她朝夕所向往着的革命，她想到了剑秋，这她才体验到了：当一个人决定要死的时候，生的诱惑力竟然变得这样强大；才体验到了：即使要死，也是很艰难的这时候，她哭了。

秋，我俩毕竟太年轻了！对这个社会的黑暗势力，估计错了！你对我说："脚在你自己身上长着，莫非他能把你捆起来吗？"可是你没有想到：当世界上的道路全被堵塞了的时候，你能走到哪里去呢？即使"脚在自己身上长着"，那又有什么用呢？

我知道，你是决不会允许你那可怜的文漪，就这样白白死去的。可是，我该怎么办呢……

秋，我的心！你在哪里？你能听到我的呼唤吗？

为了摆脱婚姻不能自主的痛苦，为了反抗这人吃人的社会，世上有多少女儿，曾经用自己的手杀死了自己！可是只能博得多情的人的几声感叹，和几滴同情的眼泪，对于整个社会，只不过如同一粒石子投入海中。

她记得在几年前，长沙发生了一件轰动一时的新闻：有个女孩子名叫赵五贞,因为婚姻不能自主,在花轿里用剃刀割断了自己的喉管……

接着她在《湘江评论》上一连看到几篇关于这件惨案的评论和文章,其中有一篇题名《非自杀》的,里边有几句话,至今她还记得:“吾人应主张与社会奋斗。……反抗旧社会,与其自杀而死,宁奋斗被杀而亡。……”她还记得,这篇文章的作者是毛泽东,这时候,这几句话,又在她耳朵里响起来了,给了她无限的勇气和力量。对!我“宁奋斗被杀而亡”!

我不能就这样死去!即使不得不死,在死前我也要叫你们不得安生,我要叫你们在我的面前颤栗!

她毅然地作了这样的决定,随即决定了具体的对策:先向父亲说明,如果定要违背女儿的意志,她只好死了!同时写信通知周家,如果他们定要把她娶走,发生了什么意外,莫怪她事先不说。如果这一着又失败了,那么当花轿来了,就把花轿砸个稀烂。如果还不行,那么到拜天地的时候,当着众人抓着什么就是什么,板凳也好,茶壶也好,香炉也好,蜡烛也好……出其不意,向柳条少爷头上砸去!看看他们怎么办?既然把生命都置之度外了,就无须顾虑自己的行动将会发生什么样的后果。那还有什么可怕的呢?

她突然感到自己有了力量,心里很坦然了。

她知道母亲是同情她的,可是她也是无能为力的。再也不必对她说什么了,免得她伤心,免得她害怕。她这一生,所担负的痛苦,难道还少吗?

可是母亲还是不放心,两眼无神,老是呆呆地看着她。

船到了枫镇,黄炳仁率领着几个炳记行里的伙计,早在码头上迎候了。虽说此刻是白天,可是有两个伙计手里还高举着上写“三德堂周”字样的大灯笼。周清官、朱万福、稀狗屎一行人先上了岸。有两个中年妇人,髻上各插一朵大红绒花,秃了的鬓脚上抹了一片锅黑。她俩你拉我，我扯你地走过跳板，钻进文漪她们那条船的舱门，向文漪娘儿俩作了揖，道了万福，就来扶文漪上岸。文漪摆摆手，撩起裙角，自个儿钻出了舱门，三脚两步跨过跳板，走上岸来。那两个中年妇人，忙作一团，不知如何是好，紧撵着摇摇晃晃地走过跳板，差点儿没掉下河去。

岸上看热闹的人，见这位新娘那双和汉子一般大小的脚，早已吃了一惊，又见她竟然不要人扶，自己雄赳赳地上了岸，不觉替她捏了把冷汗，随即嘻嘻哈哈地笑起来。在岸上站着的朱万福、周清官以及黄炳仁，忙把头歪在一边，装作不见。

一行人到了炳记行。炳记行里早已安排妥贴。黄炳仁让出自己的卧室，把文漪和她母亲安置在那里。街坊邻居都带着好奇心，纷纷前来参观这位新派的新娘。来人中自然绝对多数是妇女，有些胆大的，不仅掀起她的裙子，欣赏那双大脚，还动手摸她的耳朵，当发现她的耳垂上并无耳眼的时候，与吃惊的同时，又都替她担心怎么戴耳环……文漪发现其中独有一个五十来岁的老头儿，也来参观，不过他只是站在房门外，伸过半个头来看一眼，又回去了。那老头对这新派的新娘，似乎比旁的参观者更其热心，隔这么一会儿就来一次；从早上文漪到了炳记行以后，直到傍晚，已经来过不下十次了。文漪见他腰里拴着围裙，她想他大约是个厨子。厨房里正在忙碌的时候，他老是来干什么呢？心里不免有点儿奇怪。实在这老头，我们是早见过面了，他就是炳记行里的大师傅老苗。只是文漪还不认识罢了。

上灯以后，参观者渐渐走散了。临睡，做了一天哑巴的文漪，突然开口对她母亲说：

"娘，爹呢？"

"他正在外边忙着吧。"在文漪身边整整守了一天的母亲说。

"你请他来一趟，我有几句话要说。"

"有话你对我说好了,我告诉他。"

"不!还是烦你把他请来!"

母亲还是一动也不动地在那里坐着。

"你不去?也好,我自己去找他!"文漪说着,大步往房门外走。吓的母亲出了一身汗,忙说:

"好好好,我的小祖宗!我去我去!"

母亲急急忙忙扭出去了。

这个朱万福,一天不敢在文漪面前露面,此刻,正为平平安安地过了这天而庆幸的时候,被老伴儿拉来了。

朱万福被拉到文漪面前,满脸通红,抬不起头来。那模样儿,真像是个初出茅庐的小偷被人捉到警察局里。

"爹,你把女儿害得好苦哇!你不想想,要是女儿喝了周家的药酒死了,你也不心疼吗?你……"文漪带着惨痛的微笑说。

老头儿没说话,长叹了一声。

接着,文漪把早已在船上准备好了的话,全对父亲说了:如果父亲断然违背女儿的意志,女儿只有当场死在父亲的面前。她斩钉截铁,字字作金石声。

在这一刹那间,就在文漪的面前,发生了件破天荒的怪事!这个饱经忧患,大半辈子寄生豪门的老头,扑通一声在他女儿的脚下跪下了!他那白得如同一团雪的头颅,紧挨着地,再也抬不起来……

文漪开头有点儿慌,接着,又觉得伤心,又觉得烦躁……她咬了咬牙,转过身去,拿背对着她父亲。

母亲早慌了手脚,不知道拿他怎么办。真像俗话说的:糕掉在灰堆里,吹也吹不得,打又打不得。费了好大劲儿,把老头儿从地上拉起来,按在椅子里。

文漪只听得父亲在背后喃喃地说:

"千错万错你老爹的错!也怪你没投生在富贵人家。你不愿去，我有什么办法！我作得了主吗？你死呵活呵的，好！我先走你一步……”

母亲双手扒着他的肩膀，一劲儿摇晃，一劲儿劝：

“啊呀！求你少说几句好不好？叫人听见了，怎么得了？你不要脸，我们娘儿俩还要脸呢……”

文漪始终以沉默来表示抗议。

正在难解难分的时候，有人来敲房门，母亲从梳妆台上扯下条洗脸毛巾，按住老头儿的头，给他擦了把脸。回头去开了房门，原来是那两个伴娘，送夜宵来了。端来了两托盘吃的，又是醪糟冲鸡蛋，又是冰糖莲子，又是粥，还有五六碟下粥的小菜！摆满了一桌子。老头儿趁机会，跑掉了。

娘儿俩勉强喝了口汤，就算吃了夜宵。两个伴娘又忙拾掇碗筷，抹净桌子，折腾了一阵，回头一个拿着个大木盆，一个提了把大铜壶，来请老太太、姑娘洗脚。洗过脚，又折腾了一阵，两个伴娘又来铺被叠床。一切都定当了，又来向老太太、姑娘请安。

直到上床，远远传来了鸡叫声。

文漪怎么能合眼？父亲明天准是不露面了。到后天就是迎亲的日子，生死关头到了。第一着已经失败，就只能走第二着了。

说话到了中午，黄炳仁设宴派伴娘请老太太、姑娘入席。席间，文漪见那个五十多岁的老头儿端菜来，还特地到文漪面前来请安。

吃过饭，两个伴娘，扶着文漪回房去。走到过道里，忽听得背后有人喊她：

“朱小姐！你的手绢儿掉了！”

文漪一回头，见那个五十多岁的老头儿，手里拿着块团着的手绢，赶到她的面前。没等伴娘伸手接，那老头早把手绢放在文漪手里。文漪低头看看自己的右襟下，那条手绢，明明在纽扣上吊着呢！心想：老头儿弄错了！正想把手绢还给他，一抬头，只见那老头儿两眼直勾勾地瞪着她,眼里带着恐惧和忧虑。文漪就把手绢塞在口袋里,不再说话。

文漪回到房里,拿出手绢来一看,突然发现里边裹着一张纸条,打开纸条,心里敲鼓似的跳了,只见上面写着:

> 遵礼成服,勿事更张。入虎穴后,已安排玉女引导,当可安然出险。吉人自有天相,安心为上。

前后都没有署名,可是文漪一眼看出:这是剑秋的笔迹。文漪的心越跳越厉害。事情很明白:她的事杨剑秋已经全部明白了,并且已经作了周密的布置,这个纸条居然能够送到她的手里,就是证明。这是剑秋对她的指示。她感到兴奋和感激。一下又把她引入了传奇的境界。想不到今天成了传奇中的人物了。她焦急地等待着……

终于迎亲的日子来到了。

朱万福见女儿自从那天晚上闹了一场以后,到今天还没动静,他以为女儿已经被他的眼泪和哀求感动了,心里总算落下了块大石头。

6

今天,周清臣家双喜临门:一是瞎精六十大寿,一是柳条少爷完婚。

盛典的总知宾自然是龙典。瞎精祝寿那天,龙典大清早来到厅上,振作精神,准备大显身手。他指手划脚地忙了一阵,外面报说“姑老爷到”。龙典以为是黄炳仁来了,忙到外面去迎客。他走到外面一看:不是黄炳仁,是野姑爷张得标。他和张得标打了个拱,就把他让到了客厅里。

这时候,来宾还很稀疏,龙典就有这么些闲工夫陪他嗑瓜子,谈赌经。他们从骰子、牙牌到麻将大宝，七六一十三经，聊了一个遍。过了许久，外面有人传话进来，门外有两个女人寻张家姑老爷，龙典问是谁，张得标在旁插嘴说："管他是谁，莫理他娘的。"龙典一琢磨，里边有蹊跷，出来看个究竟。

龙典越过了宜春祠的大院子，站在牌楼下的高门坎上，懒懒散散地瞅了瞅那两个找张得标的女人：一老一少，看样子是婆媳俩。

"是婆媳俩吗？"龙典打口袋里取出挖耳子来掏耳朵，闭着一只眼睛，噘着嘴，漫不经心地问："还没到正日子，你们就来要打发吗？"

"我们不是要饭的，大老板，"婆婆说："我们是来寻张得标宝倌的。他在吗？大老板。求你们叫他一声。"

龙典一面掏耳朵一面说：

"有事，说给我也是一样，不用请他了。"

"大老板啊，"那媳妇说："昨夜里，宝倌领来一个屠户，说要借用我家那口猪。我说：'我家娃儿的爹不在家，我们婆媳作不得主，你要用，求你缓两天来吧。'他说：'不行！我丈母娘的喜日子到啦，打早我就看中了你家那口猪，它膘好，今夜里一定要！'连个价钱也不容说定，就硬逼着把猪宰了。可是至今，连一文钱也不给。"说到这里，她揩着眼泪说："大老板呵，你替我们想想，这不是合着了那句老话'老虎借猪，有进没出'么？"

"你这就不对啦，"龙典掏完了这只耳朵，又换过来掏那只。他像打了三年摆子似的，有气无力地说："得标宝倌既说是借你们的，借东西，还用说什么价钱？！到时候，他还你们一口猪不就得了？！这会儿，你怎么随随便便说什么'老虎借猪'呢？唔！你老公，他叫什么来着？"

"叫七仔呢。大老板。"

"姓呢？也姓张吗？"

"也姓张，大老板。求求你吧，要是我们当家的回来了，不见了猪，又没见着钱，他可不让我呵，求……"

“你多少岁了？”

媳妇被他截断了话，只得停了嘴，不再说下去。婆婆为了巴结他，就替媳妇答道：

“大老板，她今年二十。求你……”

“是啊。”龙典对媳妇说：“像你这样年纪轻轻的；喂到老，要喂多少只猪呢。现今，这么小小的一只猪，值得几文钱？婆媳俩还跑到这里来追讨，这不是瞎闹么？”

周清臣出来了，他问那两个女人在这里说些什么。龙典说：

“喏，她们不知怎的偷吃了雷公胆，敢上这里来讨得标姑老爷的猪账。”

周清臣也不问青红皂白，立时暴怒起来，骂道：

“你们这两个贱乞婆！有这大的狗胆，上这里来讨账！稽古以来，我这门里就没有欠债的！再不滚，叫人捆起来，用蒺藜抽！”

龙典溜到客厅里，故意正经地说：

“张老标，你真会捉弄人哇。”

“我捉弄谁了？”

“嘻嘻嘻，”龙典又不说下去，他用舌尖压出笑声，弯下腰去，装作笑痛了肚皮直不起腰来的模样。其实，他根本没有笑。

“是怎么回事？”张得标又问。

“叫你大舅把她们骂得……”

龙典没有说完，跑堂的进来报：“黄家姑老爷到！”龙典才没有说下去，跑出门外知宾去了。

黄炳仁是坐着三脚拐[①]来的。他在大门外下了轿，龙典就把他迎到客厅里。寒暄了几句，问道：

“会长，近来雅兴不浅，又吟诗了吧？”

① 三人抬的轿子。表示阔绰。

“近来忙于俗务,无暇执笔。可巧前几天兴致来了,为家岳母吟了一首寿诗。回头嘉宾到齐了,再写出来献丑。”

其实,龙典早已知道这首诗的来历:它出于老秀才易鳌之手。黄炳仁为了这首诗,还被敲了一大竹杠。在议价之前,龙典特意向老秀才说,可以把价钱尽量标得高些。老秀才采纳了龙典的条陈,还分给他一点油水。可是,此刻龙典还是像煞有介事地说:

“哟!会长,这个,定是你得意之作。先睹为快。请录出来,我们来拜读拜读。”

黄炳仁原打算借重龙典传名声。龙典一说,忙从怀里掏出他亲笔誊抄的那首诗来。在这些笔墨游戏上,龙典的造诣和黄炳仁是不相上下的。可是,他把这诗端详了一会儿,居然发现了破绽。他称赞了一通之后,才转了个弯说:

“果然是佳作,可惜落了一个字!”

一首七律,应该有五十六字,这是龙典在那个老秀才那里听来的。他刚才在欣赏这首诗的时候,并非在领略这首诗的意境和韵味,倒专心一志地在数字数,顺数倒数地数了几遍,只有五十五个字,龙典断定他抄漏了一个字。

黄炳仁一听着了慌。他想,那老头子莫非真敢把假货充真货卖给我?果真如此,一定退货!他把诗稿要回来,找了个角落,和原稿逐字校对了一遍,果然结尾那一句“蟠”底下那个“桃”字抄漏了。黄炳仁心里倒有些佩服起龙典来了:这王八蛋倒真鬼,只少一个字,也叫他看出真假来了,怎么搞的?

接着来的是肖如川、肖亮这父子俩。肖如川是个瘫子,不能下轿,龙典忙指点轿夫,把肖如川一直抬到后园的厢房里去,然后转过来招呼肖亮。

肖亮还是骑着那匹红鬃膘马。龙典叫人牵过了马,和肖亮并排走进了院子。龙典一面走,一面踮起脚,附着肖亮那只被王老三咬去了一半的耳朵说：

“女客中间，有几个花一般标致、春笋儿一般嫩的。待用过了茶，我陪你吊会儿媚眼去。”

肖亮把龙典的肩膀一拍，哈哈地笑道：

“你这个狗头！真有你的！有你的！”

不一会儿，枫镇高小校长卫乃道到了，紧接着，周清官的岳父罗明道到了……

当龙典正在宾客中周旋的时候，忽报“省议员到！”他就似服了大黄芒硝一般：向外直泻。可是，当他飞近门口时，王佐已经在周清臣兄弟和柳条少爷的迎接下，迈进院子了。

王佐被众人拥进了客厅，众宾客一齐起身相迎。他略为点了点头，鼻子唔了一声，算是向客人们道寒暄，随即就了座。

周清臣着柳条少爷进茶。龙典忙托起茶瓯，递给柳条少爷。柳条少爷接茶在手，恭恭敬敬地献上去。

王佐刚放下茶杯，龙典立即奉上一支“哈德门”。王佐缓慢地用指头夹上了那烟卷，“沙”的一声，龙典擦着了洋火。

火柴燃尽了，王佐还没有把哈德门栽到嘴上。他似乎没有听见擦火柴声，只是大声大气地咳嗽着。这种咳嗽，并不是痰迷心窍，也不是郎中所说的“着了凉，上了火”，而是老爷们一种仪表，一种排场。在各种喜庆宴会中，要是谁咳嗽声最响，显出那旁若无人的神气，那么，他准是那场合里官职最高的一个了。

宾客络络绎绎越来越多，龙典有点儿难于招架了，他忙把客人们一一安置在牌桌上，免得客人们没事可干，里里外外地撞来撞去。

有各种各样的牌。龙典按着各人的身份、喜好，恰如其分地、一拨拨地把局凑好了。只有张得标嚷着打麻将不煞瘾，要去推牌九，叫龙典寻个角色来顶他。于是，龙典随手把罗明道老板拉过来了。

龙典正在那里欣赏他一手布置的局面，陶醉在那哗啦哗啦的洗牌声里的时候，忽听得大门口传来一片呐喊声。他匆匆忙忙地走出去，只见大门口黑压压的一大片人，嚷着叫着，争着要进来。几个听差的手拉着手儿，用尽平生之力，硬拦着不让这伙人冲进来。

龙典忙问听差是怎么回事儿？听差的也不知道。龙典站到一条长凳上，往外一瞧，原来那向张得标要猪的婆媳俩又来了。旁边还站着个大手大脚的高个儿，指着大门嚷。龙典就问他：

"这位老表，你要干什么？"

"叫张得标出来！他抢了我家的猪，我来找他算账的！"那高个儿说。

"唉嗨！你早不要账晚不要账，偏偏在这时候来要，这不是明明叫人家好看吗？"龙典说。

"你别噜苏！要脸就不要抢人！快叫张得标出来！"

龙典忙返身进去，把周清臣拉到角落里，咬了一阵耳朵。周清臣眉头紧皱，一时没了主意。三脚两步跑到牌九桌子跟前，扯扯正在掷骰子的张得标，轻声说：

"你来一下，你来一下……"

张得标实在顾不得说话。正在这时候，门外那找张得标的婆媳俩和那高个儿，背后还跟着一大群人，轰隆轰隆地进来了。

那满满一厅打牌的人，不知道出了什么事，一个个站起来往这边看。

那高个儿走到张得标的面前，伸出一只大手，拍拍张得标的肩膀，大声笑着说：

"喂！喂！你这个宝倌！真会开玩笑，怎么一声不响，就把我家那口肥猪抬来，给你丈母娘拜寿来了？"

虽说张得标的脸皮并不算薄，可是在这样的场合下，当着如此众多的衣冠人物的面前，也感到有点儿下不了台。他就恼羞成怒，

一拍桌子,骂道:

“我是白要你的吗?一斤肉一斤钱,一个子儿也不少给你!”

“那好说,我这口猪统共一百五十斤,马上请你把账清了!”

张得标急忙掏腰包,其实,不必掏,腰包里压根儿没个子儿。他情急智生,回头正见龙典在一边站着,就大大方方地对龙典说:

“龙兄,烦你到账房里把他打发了,回头我们再算!”

他说着,掳一掳袖子,若无其事地洗起牌来。

龙典哭笑不得地瞅着周清臣,他是在向周清臣请示:是不是当真就替张得标清了这笔债?

那伙跟进来的人,一个个笑起来。

周清官早已憋足了一肚子的气。他见那伙人里边有大孚,还有二利……心想:准又是他们给那要猪的出的点子。他再也憋不住了,脸一板,喝道:

“你们干什么的?”

“看热闹呗!”有人说。

“有什么看头!快出去!”周清官说。

“嗨,这里出了希奇事,还不让看看么?”又有人说。

周清臣生怕节外生枝,怪乃弟多事,一连看了周清官几眼,可是周清官不理,硬要抖抖威风,转而对着那高个儿说:

“你叫什么名字?哪个村子的?嗯?”

“铁柱村的张七仔!你怎么着?”他又对张得标说:“喂!宝倌!你不是说清账吗?我等着呢!”

张得标把含着烟卷儿的嘴,向龙典一噘,就算是作了答复。龙典还在那里向周清臣请示。

周清臣计算着离迎亲的时刻已经不远,眼看着当前的形势严重了,忙向龙典挥挥手,无可奈何地说:

“快把这要猪的打发走!”

7

接新娘的绣花轿来到了炳记行。房里房外挤满了人,除了伴娘以外,全是来看热闹的。

这台花轿,本该昨天就来的。周清臣怕朱文漪到了夜里,乘人不备的时候,把花轿推倒,撕个稀烂,那该怎么办呢?新派女子什么千奇百怪的事儿做不出来?再说以前在乡里也出过这种事。直到今天,人们一提起这事来,还是笑得合不拢嘴。因此,不得不处处小心,到今天才打发花轿来。

花轿来了,文漪当然没有哭。按照这里的习俗,姑娘出嫁时候,她应该大哭三次。第一次,花轿进门了,为了"压彩",要哭一场;再一次,是花轿来到的晚上,也就是出嫁的前夕,行辞庙礼和告别长辈的时候,又要哭一场;最后,上轿了,为了表示对于亲人和同行姊妹的依依不舍,还得哭一场。不光要哭,哭声还得抑扬婉转,十分动听,才算合格。

当花轿抬到炳记行的后厅上,文漪她娘,看见来看新嫁娘的人多了,娘女都没有哭声,很不好意思。她也知道文漪是不会哭的,她自己几次想哭,也没有哭出来。朱万福觉得这样太不像话了,把女人叫到房里,打发她到新嫁娘房里,带领着文漪哭去。

"要不,"朱万福说:"人家会笑话我们太不懂礼数了。"

"这样已经是委屈她了。"文漪她娘说:"她不哭就算了吧,眼泪哪里逼得出的。"

"怎么逼不出!她不梳髻,就依着她不梳髻;她不穿大红绣花裙,要穿时新装,就依她穿时新装。如今满厅满房的人,都是来听你们娘儿俩哭的,你们唉都不唉一声,你叫我有脸面见人么!"

"这有什么打紧。"文漪她娘说:"谁不知她是个洋学生,学堂里的派头,哪有作兴哭的。"

“你懂什么！‘在乡言乡’，我们而今和这样乡绅人家结亲，哪里马虎得的！快哭去！莫要惹人家笑话！”

文漪她娘，是比较懂得文漪的。她对于文漪的婚事，并不像朱万福；朱万福认为这婚事是光明正大，不对的是文漪；她可觉得文漪受了莫大的委屈，感到难过。因此，当她来到文漪跟前，执起文漪的手，叫了一声“宝宝”的时候，当真哭起来了。

文漪见娘哭得这般伤心，也有点忍不住了。她把娘的手撇开，说：

“你张罗着去吧。”

这时候，朱万福跑进来了，他按捺住一肚子气，无可奈何地说：

“姑娘！看你娘哭成这样子，你看这里这么多的人，多少给我哭几声吧！”

“我不单不哭，还不上轿呢！”文漪答说。

朱万福眼见文漪要决撒了，赶紧逃掉了。

闹新房的客人，兴致索然地出了洞房。

洞房中红烛的长穗，依然寂凉地闪耀着。在那些崭新的嫁奁上，浮动着红烛的光彩。

文漪的心情很有些紧张。今天有位姑娘借侍候她的机会，靠近她的耳边，告诉她今夜行动的计划。她只是细心地听着，没有回头去端详那位说话的姑娘，更不用说问个清楚明白了。此刻，离行动的时间近了，她正在为这行动担心。她不知道外面的部署，也无从揣度。

她外表安详，心里很乱。她无意地望了望那高烧着的红烛，和床下那盏“吉祥如意”的清油灯。那灯盏里的三根灯芯上，各自结着一朵紫红色的灯蕊。

房里愈静，她心里愈觉撩乱。

砰的一声，柳条少爷进来了。不出所料：他果然喝了个烂醉，一进洞房，迷迷糊糊地喊道：

“睡啰！”

文漪坐在一个小巧的褪光漆的圆木墩子上，用手指在捻着烛穗，连眼珠子也没有转动一下。于是，柳条少爷像堆稀泥似的瘫在床上了。新帽、新衣、新袜、新鞋，都没有脱，直挺挺地在床上横躺着，真像是一具刚刚装殓好了的死尸。

接着，见那位姑娘端水进来了。她放下盆子，走到文漪的身边，轻声说：

“到时候了！跟我走吧。我先到外面去看看。”

文漪点点头，禁不住一阵心跳。

快要动身了，她还不知道跨出房外是个怎样的环境。她抬起头，望着那铁栏栅的窗子。窗子外面一片漆黑，只见窗栏栅外，盘旋纠缠着一堆长蛇似的枯藤。

那位姑娘进来了，向她招招手，文漪忙跟着她走了。

那位姑娘一手端着烛柱，一手扶着她走出来，把她送进了厕所。

这厕所还有个直通田野的后门。当文漪进厕所的时候，那后门已经开了。文漪一进厕所，就跨出了后门的门坎，来到外边，咳嗽了三声，那边立刻打了接应。于是她循着掌声奔去。当快要到了的时候，她停住了。原来那两个都是陌生人，里边并没有杨剑秋。这时候，大孚迎了上去，他也没有道出自己的姓名，只轻轻地说：

“不要怕，我们俩都是杨剑秋的人，是来接你的，快点跟我们来！”

文漪一听，心里踏实了。她上去拉住大孚和二利的手，说：

“感谢你们。我们快走吧！”

这到底是怎么回事呢？原来大孚看见周清官家大闹“双喜临门”，就专心留意文漪的事。因为他在吉安时候，已经洞悉文漪和剑秋的关系。当他打听到文漪被骗到了枫镇，就着二利星夜上县里给剑秋报信，并且和他商量。剑秋得了信，马上求二利和大孚设法救文漪出来，并请他们漏夜送文漪到约定地点，他在那里接她。二利拿了剑秋的信，即时托老苗交给了文漪。大孚又要他女人和招喜儿通了线，要招喜儿如此这般地把文漪送出来。

事情进行得是这样迅速，又这样秘密，所以一切都很顺利，第二天文漪就到了吉安，住在一个同学家里了。

这时候，这周府上的客人们，全被请到客厅里来吃夜宵了。于是，摆酒回灯，要把阑珊了的意兴，重新搅浓。夜已经深了。

酒过三巡，罗明道老板已经被龙典灌得醉成一摊烂泥，他在那里大发酒疯，不时地引起哄堂大笑。正在这闹哄哄的当头，忽然外面报说有道喜的客人“到”！

大家听了，都不由得一愣，各自在揣度：这人何以这时候才来？一时全堂变得鸦雀无声。

接着客人进了门，原来是那位枫镇巡检司的司官。司官向周清臣打了个拱说：

“清翁，府上这番双喜，鄙人不能如期赶来道贺，失礼失礼，望乞恕罪。”

“不敢攀驾。”周清臣说：“前几天听说司官上县公干去了，不期深夜光临，多谢多谢！”

“鄙人此刻是由县里赶回来的，有要事相告。马上要回枫镇！”

“有何要事？”

“大局有变！”司官说：“县里着我漏夜回镇，收拾钱粮图册，以备万一。”

全场为之愕然，围过来仔细打听。司官继续说：

“听说南兵——那广东的国民革命军，要打过来了。”

“确有其事？”王佐不知不觉地站起来。

“真的吗！？”四周的人们，一时伸长着脖子，有的咋出舌来，惊讶地问。

"千真万确!"司官说:"还听说南兵的枪叫开花枪。子弹射到人身上,会开石榴花。"

"有这么灵吗?"人们一边咋舌,一边问。

"可不。"司官说:"听说还有一种开花炮,连石头山着上了,也得开花。"

大家发不出什么议论了,一时都变成泄了气的皮球,慢慢软下来了。

王佐二话不说,着人备轿,立时要回县城去。

客厅里还没有完全静了下来,后园里又传来阵阵声浪。这时候有一伙好奇的客人都循声来到后园里,一看灯光辉煌,满园子的女人,有的在那里窃窃私语,有的在那里寻觅,寻觅得非常仔细,好像失落了一根绣花针似的。

看客们非常纳闷,有人前去打听,也问不出一个所以然来。最后,还是龙典有本事,他终于探明了真情。回到客厅以后,他立即把肖亮拉到一个僻静处,告诉他说:

"这位新娘子上茅房,上得不知去向了!现在园里园外都在找。周清翁怕笑话,叮嘱不要对外客说。这事且存在心上,只有你我知道,莫要漏给了第三人。"说罢,他回到客厅里,又偷偷地拉了张得标一把,随即在外边又把这桩机密事告诉了张得标。

龙典循环往复地把消息传递给每一位宾客,一个个惊奇得说不出话来。

第六章

1

北伐军如同一股不可抗拒的洪流，汹涌而来，由南而北，直指南昌。北洋军阀的部队，全线崩溃，散兵游勇到处流窜，到处打家劫舍。

北佬们一进了村庄，奸淫掳掠，无所不为。财主们纷纷逃了个光。穷人们没处躲藏，一有个风吹草动，儿啼女哭慌作一团。

这天傍晚时分，大孚到枫镇去找老刘，半路上，碰见老刘迎面来了。大孚问他上哪里去？他说正要到东溪来找他。在平时，老刘从不上东溪来的。大孚有点迟疑了，支支吾吾地说：

“这合适吗？不怕泄密？”

老刘说：“同志，局势已经起了根本的变化，革命高潮已经来到了！我们要公开进行活动了！”

“这时节兵荒马乱的，村里的财东们也都跑光了，还能进行什么活动呢？”大孚说。

“嗨，这正是团结民众、组织民众的好机会！我们要抓紧时机大干特干！”

他俩说着走着，不觉已经到了东溪村边。老刘对大孚说：

“到了村里，你先领我到一个地方等着，你马上把村里的作田的全找来，我向大家宣传宣传！”

“这不是开大会啦……”大孚的话还没说完，老刘接嘴说：

“就是要开大会呵！不过不必向大伙儿提开大会这名儿就是了……”老刘见大孚还是犹疑不决，可见他对当前的局势还不明白。可是时间是那么迫切，一两句话又说不清，就直截了当地说：“这是上级党的决定……”

大孚一听这是上级党的决定，就说：

“只是我还不完全明白为什么要这样做。好吧！我先把人找来再说！”

大孚把老刘领到自己家里，没顾上给大家介绍，就去找人了。太史第里的人们，见大孚领了那么个陌生人来，又见那人又黑又瘦个儿又高，不像是个作田的，可也不像是“先生”，都觉得很奇怪。大家挤在大孚房门前，静静地瞅着他，指指点点，嘁嘁喳喳地议论着。老刘就站起来，笑着招呼门外的人说：

“来来，都请到屋里来！一面生二面熟，以后我们见面的时候就多了！”

几个胆大的，当真进了屋里，可是谁也不开口。待了一会儿，大孚回来了，把人都招呼到屋里。回头对老刘说：

“人都跑了，村里就这么些人了，你开讲吧！”

老刘向大伙儿点点头，开口就说：

“南兵已经打到赣州了！打的北佬们哇哇叫，早已招架不住啦！打倒了北佬，我们就要打贪官污吏和土豪劣绅，把这些瘟神全打倒，我们就有好日子过了。作田的有田种，作工的有工作，娃儿们有书读。大伙儿都有饭吃，有衣穿……”

大伙儿你看我我看你的，交换着好奇的眼色，都觉得他的话挺新鲜，有人悄悄地说：

“南兵来了，当真有这样的好事呵……”

“听他的口音也是我们本地人！”

人越来越多。这时候，二相公从人丛里挤进房来。老刘看了他一眼，又望望大家，问道：

“我们这里都是作田的吧？”

大伙儿说：“是。”

“我这些话只能对作田的说，财东听了就会头痛！”老刘又看了二相公一眼，不再说下去。坐在门坎上的二利看出门道来了，笑眯眯地看着老刘：

“这位先生，你放心说吧！财东们早跑得没影儿了！”二利站起来，指指二相公，“他是我二叔，是我们村里的娃儿王。你莫看他穿着长衫，十指尖尖，骨子里也是我们穷人，你问他家米缸里还有多少米？”

二利的话引得大家笑起来。二相公两眼骨碌碌地瞧瞧二利，轻声说：

“莫打断先生的话！”

“好呵，那么我们还是同行呢！”老刘向二相公点点头，“我放心说吧！莫看这会儿财东跑了！用不了十天半月，他们就没地方跑啦！为什么这样说呢？南兵一到，我们就都要起来，把他们踩到脚底下去啦！”

大伙儿见老刘说话和气，又知道他不过和二相公一样是个穷教书先生，因此，也不觉得拘束了。达和叔就问老刘道：

“你刚才说的先搁下。我有句话要问问：眼下北佬们说来就来，怎么办吧？”

“这表叔问得好！我们现在就是要商量这桩事：怎么办？”老刘看看大孚，大孚也正在看他。

等了一会儿，老刘见谁也不吭声，接着说：

“我出个主意，大家商量商量：我们把村里的男丁都编成队，派人轮流放哨，见北佬来了，就告诉大家赶紧跑，免得人人吃不上顿安生饭，睡不了个安心觉。光是跑，还是对付不了北佬。进一步，我们要给他个厉害:挑一批年轻力壮胆子大的,收拾几件家伙,找个空子,打他个措手不及,缴了他的枪,把他收拾掉!”

大牛张着嘴,听着老刘的话,越听越对口味,听到这里,不知不觉在二利的背上狠狠地打了一拳,大声喊道:

“要得!”

二利装出痛得了不得的样子,哇哇叫,拧住大牛的胳膊问道:

“我是北佬吗?大水冲了龙王庙,你不认得自家人啦!”

旁人也是七嘴八舌嚷成一片,有的说行,有的说不行,也有人认为:放哨是个好办法,要得!可是真干,不妥当,因为北佬们拿的是洋枪,弄得不好,偷鸡不着蚀把米,不上算。老刘忙向大伙儿挥挥手说:

“那么我们先商量放哨的事,旁的事回头再说。”

大伙儿又渐渐安静下来。二相公上前走了一步,看看老刘,又看看大伙儿,才说:

“要说放哨一事,在下深为赞同。我们这个文昌阁,就是个放哨的好地方,居高临下,眼看四面,耳听八方,数甲之内,一览无遗。而且,那里还有口钟,只要一望见北佬的影子,把钟敲响,众人闻声就跑,那是万无一失的!未知众位以为如何?”

众人都说二相公的主意高。大孚就请二相公造一本全村男丁的花名册,以便轮流放哨。马上有人端来笔墨纸砚,二相公当下动笔,不一会儿,花名册造好了。二相公又把人名一个个念了个过儿,众人听了,都说没漏。二相公迟疑了一会儿说:

“漏了!该把我的贱名也添上!”

大孚说:“你上了年纪,免了吧!”

二利说:“你老腿老胳膊的,有你反倒碍事!”

“天下兴亡,匹夫有责!短兵相接的事,老朽自然不敢冒昧;至于放哨,”二相公摇头晃脑地说:“当仁不让!”他说着,提起笔来,在花名册的尾巴上,写上了“周南”二字。

众人不再和他争辩。老刘就说:

“鸟无头不飞,兽无头不走。我们还得挑个挑头儿的,大家得听他的号令,受他的指挥!众位看看挑谁合适?”

他的话还没有落音,众人异口同声地说:

“大孚!大孚!”

大孚并不推让,就说:

“那么一言为定,天一黑就上文昌阁放哨。众人既看我大孚能担起这副担子,那么就像刚才这位先生说的:得听我的号令!”

“军令如山!”二相公插嘴说。

“对!我们听你的号令!”众人说。

放哨的事办妥以后,老刘急着要上旁村去,让大孚陪他走一阵。路上,老刘又对大孚布置了几件事:北伐军一到,立即带上村里作田的去欢迎,协助北伐军筹粮、筹款、向导、侦探、救护伤兵、供应茶水……他又说,这几天如果当真抓到了北佬,不要杀,教训他一顿,放了拉倒。对那些特别凶残的军官看着办。缴获了枪支,好好保管,怎样处理,到时候再说。还要他向民众好好宣传“耕者有其田”,酝酿成立“农民协会”,革命军一到,就把牌子挂出去。并且再三叮咛:

“这件事特别重要。上级党指示:农民协会是当前革命最有力、最可靠的支柱。”

大孚接受了任务,忙回村去,路过文昌阁,只听见阁上有人喝道:

“哪一个?干什么的?”

大孚一听是大牛、二利的声音,笑着答应了,走上阁去。只见二利和大牛手里各拿着一支梭镖,见了大孚上来,啪地打了个立正,行了个举手礼,二利问道:

“报告大孚司令,你看看我们两个像不像南兵?”

“四不像！”大孚说。

“哪儿不像？你指点指点！”二利认真地说。

“我给你们说说，听好！你们见有人来了，老远就要小心，千万莫让他到了身边才问话……”

“我们刚才望见是你，这才让你到了文昌阁下再问，要是陌生人，不等你进村，我们就喊了！你当我们连这点规章也不懂么？”大牛说。

“好好，莫充里手了，你们见了长官，这个礼也行得不对头。拿着枪就得这么行礼，”大孚拿过大牛的梭镖来，行了个持枪礼，“哪有行举手礼的？行家一看就知道你是乡巴佬！”

二利、大牛哈哈大笑，大牛说：

“嗨！真是看不出，还真像个司令！”

大孚和他俩说了一阵话，正要走下阁去，大牛把他扯到一边，悄悄儿问道：

“刚才那个黑高个儿，是干什么的？”

“不要多问，过几天你就知道了！”大孚说。

“哥，你知道不知道？”大牛又问二利。

“叫你不要多问，你就莫张嘴。知道也不能对你说！”二利神气十足地说。其实，他自己也不知道。

2

周清臣把家眷送进山里以后，他自己和柳条少爷一同藏到枫镇天主堂里去了。这是柳条少爷出的主意。他认为天主堂是外国人办的，不管南兵北兵，哪方面的军队也不敢闯进去。要是闯进去了，就会引起国际交涉，可说天下再也没有比天主堂更保险的地方了。

枫镇天主堂，是这个市镇最大的一座建筑，里面有大小十几栋房屋。那些房屋，有的连墙接椽，有的自成院落。后边是个大园子，园里花榭鱼池,凉亭水阁,布置得很精巧。这座建筑的四面围着高墙,从外面望去,很像座小城。

这儿原来是本乡有名的“元兴当”。元兴当倒闭之后,这座房子也就闲起来了。房子太大,居家开店,都不合适,压根儿没人打过它的主意。

十多年前,枫镇杨家的杨生发,偷了婶子,族中判他出了族,撵出了村,他那份家产也充了公。他是个不耕不读、游手好闲的人,肩不能挑,手不能提,自然得挨饿受冻。可是,这个人满肚子的鬼窍,没等到挨饿受冻的日子,他就跑到县城里去吃了。教里不拜祖宗。正好杨生发是个没祖无宗的人,倒合了他的意。于是,他改姓换名,起了一个道号,叫“易马窦”。

易马窦吃教不久,陪着法国教士来枫镇传道。这回,他是大摇大摆、赫赫威威地和洋鬼子一同来的。村里人当然奈何他不得,只好另眼相看。

枫镇的那些公法团体,像巡检司呀,学堂呀,商会呀,全都请了那洋鬼子的酒席。请洋鬼子,不得不请易马窦。易马窦可就抖起来了。以前他还不配和乡里的豪绅、镇上的官商同坐一条板凳的,这回,那些官商,不得不请他的酒,一下变成阔佬了。

那洋鬼子在枫镇待了几天,一眼看中了元兴当的房子,决定弄过来做教堂。易马窦告诉洋鬼子:这房子是他村里人的,业主早衰落了,子孙都不成器,里面又没人住,要把它弄过来,只要伸伸手就行。

回到县城之后,洋鬼子采纳了易马窦的计策:叫他用杨生发的名字,写了一张捐献字据给教堂。字据上说明元兴当是他家的祖业,因本人与族中失和,被族中无理驱逐在外,以致不能管业。现在本人已经受洗,深受我主感召,自愿将此项产业献与教堂赎罪云云。

教堂得了这字据,拿去官边立案,叫县知事出了张布告:周知枫镇杨家,元兴当所有房屋,已归本县教堂管业。

枫镇杨家的人,见了县里的布告,可气坏了,支持元兴当的子孙打官司去。哪知告到县里,县里根本不准状。杨家人又准备告到省里去。可是没等他们动身,县里就发来了差警,把元兴当的子孙逮走了。原来县里教堂,事先已经告知了省城的教会;省城教会和省长打了交涉,说是地方无赖阻碍教会置产、干涉传政、攻击教民,实属破坏条约,请省长饬令地方政府严办。县里接到省里的命令,就马上下乡抓人。

教会把元兴当霸占之后, 不久派人来传教。易马窦是传人之一。后来,别的传教的走了,单留下易马窦。从此,易马窦做了枫镇教堂的主管,直到现在。

现在,周清臣领着柳条少爷,还有一口装着典当借据的樟木箱,和几只大皮箱,来拜见易马窦,请他保护。本来周清臣早已托黄炳仁和他打了交道,此刻他又一次地向易马窦说明来意,并向他致谢。易马窦听罢,点点首,画了十字,然后挺起肚,拍拍自己的胸膛说:

"请放心,清翁,我保险你没有事。我们外国人办事,谁个不知道:彼此都是相帮的。随你折罪了哪一国——不论是英吉利,不论是美利坚,不论是意大利或是我们法兰西,只需通个电报,不消半月二十天,各国就一齐发兵来了。庚子年不就是这样么。想想看吧,一下子来了这么多国,谁能抵挡得住!谁能抵挡得住!"他的眸子炯炯有光,好像他本人就是率领"八国联军"的统帅,"你有金银财宝,尽管往我这里搬。要是有人敢吹动你一根汗毛,我担保拔下他十根眉毛来!"说罢,他昂着他的头,闭着眼,非常肃穆而又滑稽地学着洋鬼子的腔调:"阿门!"

周清臣随着"阿门"声作了一个揖,肃然起敬地说:

"易大教长,你真是博爱为怀,博施济众。钦佩钦佩。"然后向他介绍柳条少爷:"这是小儿,以前拜见过大教长,大教长是认识的。"

"认识认识,大世兄真是一表非凡。"

"承蒙夸奖。"周清臣停了停,说:"嗯,这个小儿在学堂里,也常和外国人说话的。喏,小臣,你上次说的,你们那法政大学堂里,有哪国的一个博士在当教席?"

"美国的。他也是个教士。"柳条少爷说。他把那教士的名字,用外国腔念了出来。

"不错,"易马窦忙接嘴说:"原先美国不懂得信教,也是我们法兰西传过去的。"

易马窦一面说,一面用眼睛扫射他的来宾。周清臣父子当然表示相信他的话。这样更引起了易马窦的兴头,他接着说道:

"像小臣世兄这样的才学,要是教友的话,教会里准定要送往外国留学去的。回国以后,莫说知县,就是道尹也要接风。"

周清臣觉得易马窦言下有些瞧不起柳条少爷,好像柳条少爷没有吃教,就不吃香了似的。委婉地说:

"小儿将来法政大学堂毕了业,功名也就不小了。所以将来毕业回来,他要去道尹衙门拜客的,那时道尹也免不得接接他的风。"

易马窦虽然投靠了洋人,乡里的事,他同样是一清二楚的。如柳条少爷的学问,有多深,也知道底子。可是他还是说:

"大世兄博学多才,少年英俊,读书呱呱叫,不是有人比作欧阳修么?我是久仰的了。"

柳条少爷待易马窦说完,毕恭毕敬地站起来,打拱说:

"承蒙大教长不以菲材见弃,多所夸赞,真是愧不敢当。"他作了一个揖,又重复一句:"愧不敢当。"

宾主寒暄了一阵,易马窦领着周清臣去藏箱子去,留下柳条少爷在客厅里,坐在那把太师椅上,一声不响地静静地盯着对面板壁

上那幅画,读着画幅上的金言:

"耶和华差我们来,要毁灭这地方……"①

3

文昌阁是了望的地方,同时又是守望者的集合地。二相公的塾馆早已散了学,可是二相公没把铺盖卷回家去,他好热闹,在这里,夜夜可和那伙值班的后生讲讲古今,说说闲话。

此刻,将近午夜了,二相公还在和大家说得兴致勃勃。开头,后生们请他讲"三国";之后,众人又扯到南兵和北兵的题目上来了。

"二相公,要是孙传芳到这文昌阁上来,也算是'三顾茅庐'吧。他若请你出山,做他的军师,你去不?"

二相公平日倒有些以诸葛武侯自居的。此刻,他明明知道问话的有意和他开玩笑,可是还是正正经经地答道:

"哼!像孙传芳这号子人,我还去辅佐他?他给先主做马前卒还不够呢!"

"要是老蒋,"又一个人问了,"人家是革命军的总司令,算得是三军统帅吧?"

"算得。"二相公点点头,"当然算得。"

"他来请你,你可去不?"

二相公又摇摇头。

事出意外,众人都盘问他。他说:

"我看老蒋是个草头将军,未必是个宽宏大量的人。我辅佐他,他能言听计从么?这是一桩。再说,他这个名字,"他用手指沾了口沫,把蒋介石的名字写在桌子上,一边指画着,一边说:"喏!那介字,上面是个人,下面是这个人的两条腿,一长一短,瘸了一只;不

① 见《创世记》十九章十三节。

单没有撑的,他还是立在硬邦邦的青石板上,这能立得多久呢?不信,你们后生的腿劲大,拐起一只腿来站站看。”

他这么一说,引得全堂大笑,都说二相公见识高远,是个军师底子。

第二天,轮着二相公守望。昨夜他睡得晚,可是还是像往常一般的起得早。到了吃饭时分,大牛的娘——春华嫂来阁上求他写信,顺便替二相公带了饭来。

春华在安源矿上做工,几年不曾回家。前些时候,听说矿上闹了事,伤了人,加上如今兵荒马乱,家里非常挂念他,因此春华嫂来请二相公写信问情形。

二相公吃罢饭,写过了信,春华嫂道谢走了,他又来到阁楼的走廊上守望。

文昌阁是一座正方形的两层建筑。在四堵砖墙之外,头上有飞檐,四边有走廊,廊上有栏杆。在天高气爽的日子,站在阁上,远山近水,看得清清楚楚。今儿是个雨天:烟树朦胧,半里之外,就模糊不清了。本来,打自兵乱以来,路上就少有行人,今天四野里更是静寂,不仅田垅里没人,就是路上也不见半个人影。

二相公在走廊上绕了一圈,向四边望望,自言自语地说:

“这样的天气,路上滑溜溜的,我算定你这些北佬不会出来。”

他一面这么说,一面迈过了门坎,进房里歇息去了。

他在床上躺了一会儿,又到走廊上,刚踱了几步,忽听竹林里有人叫喊:

“老标!”

二相公一听老“表”叫成老“标”,心里一怔,不由自主地叫起来:

“北佬!”

接着,他就吓糊涂了。他想,村里的人还不知道北佬来了,怎么办呢?可是他忘了敲警钟。那警钟,就悬在阁后的枫树上,敲钟的绳,就系在栏杆上,只要二相公转过走廊,牵动那根绳子,钟就会响起来。

当二相公正在手忙脚乱的时候,五个北佬已经上楼了。北佬们二话不说,只是叫他领他们进村去。

这时候,二相公渐渐清醒了。他回答北佬说:

“老总,我不是这村里人,我是在此处设帐的……”

“奶奶的,什么混账的!”

“是教学的,老总。这村里我不熟悉,我不能领你们去。”

北佬不懂二相公的话,他只得到房里写了一张条子,递给那个挎盒子枪的,他想,这人大约是个当官的。

“奶奶的!”官长把字条琢磨了许久,啪的一声,掴了二相公一个耳光,揪住他胸前:“走!快走!”

二相公只是说:

“不能,我不能领你们去。打我,我也是不能的。”

没人引导,北佬们是不敢轻易进村去的,怕受到袭击。

那官长命令他的大兵拖二相公走。两个北佬架着二相公。二相公用手扳住一个柱头不开脚。北佬揪了一会,没揪动他。他们一面踢,一面问:

“快说!这村里有革命军没有?”

“革命军没有到,老总。”二相公答。

“老百姓有家伙没有?”

“没有。”二相公答:“男丁怕老总们拉夫,都逃了。”

那挎盒子枪的走到二相公房里巡视了一番,又回到走廊上来。他大约看见了桌上的文房四宝,问二相公道:

“你是秀才?”

他以为教学的都是秀才,二相公并不是,可是他也不向他们解释。他趁着形势比较松弛的时候,扭转身一溜烟似的绕到后面走廊

上去。北佬们已经把守了楼梯口,料他逃不了。因此,并不立刻追捕他。可是,一刹那间,连珠似的钟声响了:

"当当当……"

钟声急急地越过冷云微雨,向四周荡开。

北佬们赶快转过走廊,命令他停止敲钟。可是二相公全神倾注在这口警钟上了。他使劲地牵引着手里的绳子,使警钟发出洪亮的声音。终于,他被北佬们用枪托击倒了。一个大麻子在他腿上刺了一刀。他的裤腿被刺破了,冒出血来。

这时候,二相公卸下了千斤重担,松了一口气。虽说腿上很痛,可是他还是站起来了。他问道:

"老总,你们果真要进村么?"

北佬们又打了他一顿,然后商议了一阵,又观察了一阵,才把他一推一搡,叫他在前面领路,同时,北佬们在后面警告他说:

"这村里有埋伏,就枪毙你!"

"这个自然。"二相公答。

就在敲钟之前,他还觉得自己成了全村的罪人;而此刻,他知道村里人该躲避的已经躲避了,该准备的也已经准备了。他心里已经坦坦荡荡的了。

进了村,二相公把北佬们引到自己家里。钟响的时候,相公婶没有走,她要候二相公回来一同走。哪知二相公不是一个人走回来,后面还跟着五个兵。她愣了一会,知道是怎么一回事了,忙着打招呼说:

"老总们,你们请坐,我去杀鸡做饭来款待你们。"

北佬们打量了一下这矮小的房子和里面的摆设,可把他们惹火了,对二相公说:

"叫你领我们到富家去,谁叫你领到这穷地方来!你奶奶的!"

"老总,请你们宽宏大量。"二相公解释说:"这就是寒舍。我哪能领你们上别人家去呢。我不能做这样伤天害理的事。”

北佬们不由分说,一个劲地把二相公往外拉。相公婶见他受了伤,又怕北佬们再打他,就上前说:

“他还流着血,痛得走不动了,留下他吧。我领你们上财主家去。”

二相公对她使了个眼色,要她回屋里去,还是让他领着。她示意说:

“不要紧,全停妥了。你快包扎那伤口去吧。”

这样,二相公留下了。相公婶把北佬们领到周清臣家。当她叫门的时候,北佬们站在一旁有说有笑的,意思是说这里面准不错,准定有吃有拿的,准定可以满载而归。

4

出来开门的是二利。他把北佬领进宜春祠的客厅里。一会儿,大孚提着一壶开水,进来泡了茶;一会儿,老金端来了几个碟子,碟子里是下酒的腊味。酒是陈年老酒,香味很浓。北佬们一闻着那香气,都咻咻地扇着鼻子。

开筵了,一杯一杯复一杯,北佬们吃得很得意。那官长打着那最蹩脚的江西腔,对老金和大孚说:

“老表,这个好酒是你们自己酿的?”

“这个酒不是我们的,是我们东家的。”大孚说。他同时指着二利,“我和他是这里的长工。”

“你们东家哪里去了?”

“逃了。”

“你们东家有几个老婆?标致不标致?”

“三个。”大孚说:“他的大老婆上了年纪,不好看。”

“小的呢?”

“两个小的:一个十七,一个十八,都很标致。”

"她们现在哪里？"

大孚带着抱歉的口气说:"全随着财主逃了。"

"这里的女人好不好？"那个大麻脸问。

"这里的女子很有名。"二利说:"这乡里有个歌谣,打头两句是这么说的:'东溪女子西溪屋,石浒的粟米好煮粥。'——这里就是东溪村。"

"你的老婆呢？"

"没有。做长工的娶不起老婆。"二利说。

谈话告一段,那官长下命令了:

"回头你们押那两个乡巴佬出去,到人家找几个女的来。要没有,枪毙他一个！"

大孚听懂了这几句话,装着不懂,只是殷勤地酌酒劝杯。过一会,那官长又下了一个补充命令:

"毙那年轻的。"

几个北佬哼了一声,表示复述命令。

酒壶里干了。大孚起身说:

"老总,你们先请用菜。我去端菜来,回头再舀酒去。——二利,你劝老总们吃吧。"

大孚起身走了。那官长竖起耳朵谛听了一会,四周并无动静,叫士兵们把枪搁开。那几个北佬得了命令,起来把枪架在一旁,四支步枪架成一个四脚架子。

那官长见二利好像有些蠢里蠢气的样子,说话更加没有顾忌了。他当着面和他的部下开起军事会议来了:首先,他收回刚才的命令,就是不必枪毙人了,而是酒醉饭饱之后,把大孚和二利捆绑起来,鞭打他们,使他们报出财主家里的窖藏来:"如果起出了窖藏,就叫那两个乡巴佬挑。女人有没有再说。"那官长最后这样结束了他的战略说明。

会毕，各自坐正了。大麻脸向二利说：

“喂！乡巴佬。你懂我们说什么？”

二利傻傻地摇摇头，北佬们一时哈哈大笑。

大孚这回端来了一个大砂锅，热腾腾的，从盖缝里冒出来的气，冲得老高老高的。二利起身让个空，叫大孚把菜送到桌上去。

“这里面是什么？”官长坐在上席，随手擦了擦嘴角上的涎水，“是什么，嘿？”

“小心！小心！里面是‘一品当朝’[1]。”大孚自己小心翼翼地缓步走过去，生怕这一锅好东西滑了手似的。所有的人，聚精会神地注视它。

“什么一品当……”

当挎盒子枪的官长的话还没有说了，大孚已经在两步之外，将那满锅号称“一品当朝”的沸腾着的糯米粥，撂到了桌子中央。哗啦一声，滚汤四溅，桌上的碗筷杯盏，一齐叮叮当当地向四面八方飞舞。

这位麾下聚集有四人之众的统帅，正说到“当”字，他的口正张开着，一撮热粥和半把瓷汤匙，不偏不倚正好飞进了他的嘴里；他的天灵盖和额眉间还粘上了一些肉皮和碎骨头。旁的几位，脸上、额上、鼻子上、耳朵上、脖子上，和他们的将军一样：到处溅满了热的粥、冷的腊肠、鸡蛋皮和老冬酒，一个个成了三花脸。

这位脱离了他的最高统帅节制的统帅，以及他所率领的那几位勇敢的士兵，在这穷乡僻壤的地方，突然遇到这样的奇袭，他们不但来不及查考古今兵法，冲破敌围；甚至于，没有等他们睁开眼睛，看个究竟，那生龙活虎般的后生们，已经奔进了客厅，迅速地展开了袭击。

---

① 一品当朝为菜名。以鸡与猪肚、猪肉同煨，待客时连锅端上。

后生们夺取了架着的四支步枪,同时把五个北佬全箍住了。那拿着牛绳的,立即上前,把那几位不速之客五花大绑着。然后,把他们解到村背后的松树林里。

这时候,避藏在山坳里的妇女和小孩,听到消息,都纷纷出来了。她们领着孩子们围上来看热闹。男人们在拨弄着他们缴来的洋枪。拨弄着,拨弄着,终于被拨响了！砰的一声,子弹嗖地出了膛。

随着枪声,人们跳跃着,带着胜利的欢乐呼啸着。

平常,谁要是遇上了带枪的北佬,即使有扛鼎之力,也不敢违拗他们,得服服帖帖地为他们挑担子;得忍饥挨饿,披星戴月地给他们挑上千百里,直到腰酸骨折、倒毙于道旁为止。有的侥幸偷跑出来,也只有乞讨回家。而此刻,这里的人们也握有了枪,握有了这种权力,人们怎么不兴奋、不引起那复仇之念呢。后生们跟着二利把枪对准北佬们的胸膛,学着北佬们吓人的口气:

"枪毙你奶奶的！"

妇女们担心她们的丈夫、儿子犯了杀戒,将会遭到天谴。团团围上来,劝说那些汉子们不要下毒手,不要造孽。可是汉子们呢,根本不理会她们那套因果报应的说教。

娘儿们劝不依了,只得退下来。

那边的枪声又响了。过了一会,她们把掩着耳朵的双手放下,定睛向那边一看,不由得一个个咋起舌来,过了一霎时,才定下神思,感叹着:

"那强盗的官长真的归地府了！好快呵,一眨眼的工夫,他就变成了鬼！"

"谁砰的?"

"达和婶,是你家二利砰的。"

达和婶一听,吓得当众就跪下了。她喃喃地祷告上苍以及四方神灵:求它们赦免二利,不要叫那死去的鬼魂作他的祟。当许多人安慰她莫要心惊胆怕时，忽然又有人叫道：

“春华嫂，看你家大牛！”

“他怎么啦？”

“他用洋枪对准了那大麻脸呢。”

春华嫂一听，大声喊起来：

“不得了，这要冤冤相报的呵！”

这时候，松林中还热烘烘的，准备把这几个北佬全砰了。大孚说：“罢了，饶了那四个罢。”众人这才将那四个捆在树上的北佬解了缚。那四个人被松开以后，马上趴在地上，向大孚磕头。大孚退后了一步，望了一下四周激动的人们，指着北佬们的鼻子说：

“莫客气了！回头向大家作揖道谢吧！你们要知道：我们这里，是欢喜外乡人来做客的。谁来，都是我们的亲戚，我们的老表。可是，这里的人都带着几分野气。要是招呼你们吃了喝了，你们欺负我们、抢我们、夺我们、掳掠我们，那就莫怪我们撒野了！——起来！走吧！给我们往外乡捎个信：谁要是来这里访亲戚，我们款待他；谁要是带刀带枪来，这就宾主两不相宜！”

5

南兵来了。在枫镇首先发现南兵的是镇上的更夫老九。

三更天气，老九提着一盏小手灯儿，拿了梆子，出了城庙照着他行走了几十年的路线：由上墟敲到下墟。

近来，因为北佬的掳掠，镇上的人，成了惊弓之鸟，往往谣风一来，全镇逃走一空。可是，老九依然夜夜敲他的更梆。

此刻，他的更梆，敲到了下墟尽头的拱门下。那拱门朝东，靠外的门斗上，刻着“枫镇巡检司”五个字，朝里是“民康物阜”四个字。这门，是出入市镇的大道。

拱门外是一个平的大草坪，名叫棋盘坪。这草约莫有一里见方大。桐江从草坪的南面绕过,越过江,就是村落;西面是水波荡漾的鉴湖;东面,草坪的尽头,紧衔山脚,越远,山势愈显得起伏重叠。

老九到了拱门下,习惯地迈出了拱门去张望一阵。在过去多少年月里,他夜夜张望,在这草坪上不曾发现过惊天动地的大事。就在此刻,他发现奇迹了:他仿佛看见坪上有一片黑压压的人影在那里蠕动!可是怎么也分辨不出到底是些什么人。果真是人,为什么这样悄悄的一点声息也没有?于是,他用手指沾了点口沫,擦了擦眼睛,吹灭了灯儿,蹲在地下,借着下弦的月光,凝视着那蠕动着的大草坪。

渐渐地,他看分明了:他看见旗子在风中飘动,他听见兵器轻轻相撞的声音。"那不是队伍么!"他想。于是,他不再停留了,他三步两脚地回到城隍庙,叫醒他的老伴说:

"坪上,满了!"

"什么满了?"

"兵!"

"哪来的兵?分明是你的眼珠子花了。"

"硬是兵!"老九说:"要不是,你抠我的眼珠子。"

"我偏不信。"老婆子说:"哪时候兵来了,他们不住店家?哪一次,他们不是撵了老板伙计,让他们睡呢?哪里有这样的兵:在这么半夜深更里,一声不响,善善地坐在草坪上承露水?再说,要真的是兵,也会喝住你,哪会随便让你蹲在那里打量他们,又随便让你走的?"

老九听了老伴的话,觉得很有理。他支吾了半晌,心里的疑云愈浓,他说:

"据你说,我看见的是什么呢?"

"恐怕是,你要下世了。"老婆子带着一种凄凉的声调说:"你今夜里见着的是阴曹地府里发来的兵,是阴兵。大概你在那边上了簿子了,他们是来叫你归队去的。——你在这边看他们,他们也就在那边摄你的魂魄呢。记得以前我娘家有个叔叔:一个夜里,走在路上,照面遇上了一大队长毛,过不几天,他不痛不痒的,只是打了个盹,就下世了。后来,才知道他遇着的不是长毛,是阴兵。”

老九又支吾了一会,很有些无所谓的神气,拿起更梆,站起来说:

“既然‘大限’到了,就让它到了吧。哼!早晚总该有这么一遭儿。去那边当兵也行。只是叫我干个把火头将军倒还凑合;叫我打冲锋,可就是尽料的蜡枪头了。——是四更时候了,你起来吧。我这回破个例:打拱门起更。你和我一道看个究竟去。要真是他娘的阴兵,那,好哪,没二话说的,算我们要拆伙啦!往后,各吃各的啦!”

这么着,老婆子就一步高、一步低地随着老九来到了拱门下,一端详:这黑压压的一片,越发扩大了!他们隐隐约约地看见无数人马从对面的山间里像流水似的连绵不断地流到草坪上来。她叫他退后些,退到拱门里去;她自己壮着胆子迎向队伍。待她看分明了人马和枪炮的时候,队伍里有人向她打招呼了:

“老表嫂,你早哇。”

老婆子住了脚,打量了一会,知道跑不了啦,就笑呵呵地答道:

“老总们,你们辛苦了。怎的不住店家?请上店家歇息去吧。”

“请过来说说话吧,老表嫂。”队伍里走出了一个人来,说:“不用怕,老表嫂,我们是革命军,是来替老百姓打北佬的。”

老婆子早就听说了:南兵到了,天下太平。这一来,她胆大了,她说:

“哟!你们果真是南兵?老总老总,你们好呵。”

“我们是南兵,老表嫂。请莫叫我们老总……”

“叫你们什么呢?老总。不是叫老总吗?告诉我这老婆子吧!你们该叫什么好听的名字?”

“老表嫂,叫我们同志。”

“这真是个好名字。”她这样答应了一声,就掉转头,转动着她那双为露水沾湿了的脚儿,回到她老伴那里。她气喘吁吁地对老九说:

“我和你说,你听啦,那一大片,不是阴兵!”

“是什么?”

“是革命军,是南兵呢!”

“南兵到了?”

“南兵到了。他们跟我说话来着。可和气啦。你听着,我和你说着,莫叫人家老总啦。”

“叫他们什么呢?”

“唔?……”老婆子把那新鲜词儿忘了。她尽力回忆,还是记不起来。这有什么办法呢,在整个人生的阅历中,这样一个完全陌生的字眼,匆匆过耳,哪里就记得住?她只得搪塞道:“反正,莫叫老总就得了。”

老九见她把那见面打招呼的称号忘怀了,埋怨了几句。然后赶急到了炳记行,把这好消息禀告商会长。

叫开了门,老九向徒弟说明了缘由,徒弟就进去禀告商会长去了。这当儿,老九又着老婆子上别的大字号里去叫门,他一个人留在这里,专候黄炳仁出来问情形。这时候,他有个小小的希望,希望会长当面夸赞他几句。他候着又候着,许久许久了,黄炳仁才披着衣服无精打采地出来了。远不像往日夜里老九打门报告北佬来到的消息的时候那样慌张。他咳嗽了几声,懒洋洋地问道:

“是南兵吗?你看清楚啦?”

“会长,要是我没看清楚,赶明儿一早,请你抠了我的眼珠子,扔给狗吃了。”

“你和他们打话了?”黄炳仁又咳嗽了一声。

老九本来不善于打谎的,可是在这得意的时候,不免夸了点海口。他答道：

“打过话了，会长。我和南兵——革命军说了许久的话了。”

“你说了些什么？”黄炳仁警觉地问。

“我说，……嗯，先是他们问我，他们先跟我说话的。”老九一时诌不出来，所以这么巴巴结结的，“是这么着：他们跟我说话呀，嗯，就不让叫老总。”

黄炳仁懒得听下去了，他打了一个哈欠，问道：

“你跟他们说了：这里是谁当会长不？”

老九为了挽回刚才说话很不流畅而丢了面子，就借题发挥说：

“这个，我可说啦。我说，这枫镇的生意可大着哩。会长名叫黄炳仁，是个大角色，办起公事来，真是呱呱叫。”

“你还说什么来着？”

“我们会长，我说，他老人家的生意做到上海去了。上海也能吃到炳记行的芝麻。”老九有些儿眉飞色舞地说：“这乡里数他最……”

“王八蛋！”黄炳仁截断了老九的话，冷冷地斥责道：“谁叫你代我去找麻烦！回头，他们缺粮少草的，不会寻上门来么？！谁叫你给我向他们捅去？我吃了没事干，专去办军差么？！真他娘的王八蛋，还不给我滚！”

老九讨了这个没趣，心灰意懒地离开了炳记行，来到冷清清的街头，寻他的老伴，在一家店门口，他拉下那老婆子说：

“回去，莫吵人家困觉了！”

“怎么啦？”

“你说怎么啦，狗咬吕洞宾啦！”

6

大孚、二利他们一听到北伐军来到枫镇的消息，马上领着东溪村的一伙后生，组织了运输队，带着扁担、箩筐，扁担头上插着红红绿绿的小三角旗,到镇去找北伐军。只见镇上人来人往,比赶墟的日子还热闹。远远望见十字街口上密密层层地围着一圈人,中间高高地站着个兵,挥动着两条胳膊,在教唱歌。东溪村的那伙后生,都挤了过去,跟着大伙儿学起歌来。这歌儿很好听,也好上口。大孚、二利、大牛他们也就跟着唱起来:

打倒列强,打倒列强;
　除军阀,除军阀!
国民革命成功,国民革命成功;
　齐欢唱,齐欢唱!

唱了一会儿,大牛扯扯二利的袖子,悄悄地问道:

"哥,你知道唱的是什么?"

"这你都不懂?这是唱军歌!"二利一本正经地说。

"谁不知道是唱军歌!我问的是那歌儿的意思。"

"这个……莫废话,好好跟着唱就是了!"

那个兵见他两个争吵起来,就笑眯眯地问道:

"二位老表有什么问题要问?"

"没什么!他小娃儿瞎说!"二利指指大牛说。

其实,他俩的话,那个兵早听见了,就对大伙儿说:

"现在我把这歌词的意思给各位解释一下:'打倒列强',就是:打倒英、日、美……帝国主义!什么是'帝国主义'呢?就是洋财东!'除军阀',就是把孙传芳、吴佩孚、方本仁……那些军阀连根拔!还要打倒贪官污吏、土豪劣绅,因为他们是和帝国主义、军阀穿连裆裤的;他们是帝国主义、军阀的支柱!把这些吸血鬼全打倒了,老百姓才能过好日子。我们就齐声欢唱。这歌儿就是这个意思。各位都听明白了没有?"

“明白了！明白了！”大伙儿七嘴八舌地喊道。

“你明白了没有？”二利用胳膊弯搡搡大牛说。

大牛很不高兴地看了二利一眼，说：

“我早明白了！”

那个兵接着又领着大伙儿唱起歌来。这一回，大伙儿都明白了歌儿的意思，唱得更有劲了。唱着唱着，大牛又发现了问题，忍不住又想问，可是紧挨着他的是二利，只好又问他：

“哥，你看这个兵是男的还是女的？”

“笑话！哪有女子当兵的？”二利更不耐烦了。

可是，过了一会儿，二利自己也疑心起来，他当然不屑问大牛，就把嘴凑到大孚的耳边：

“哥，你看这个兵是男的还是女的？”

“什么兵不兵的，要叫‘同志’。——当然是女的，你没见她帽檐下的头发？男的哪有留得齐耳垂的？”大孚说。

“我看不是女的。”二利还是疑心。

“唉，你这个人，你没听她的声音，男的哪有这么好听的喉咙！吹叫子一般！”

“怎么女的也当兵？”

“废话！我不是早对你说过了吗，‘男女平权，男女平权’！女的一样有革命权，当然有当兵权！”

二利又辨别了一会儿，口服心服了。于是对那个女兵越来越敬佩起来。他不管听得懂听不懂，她说一句，他总是点一下头。大牛早听见了大孚的话，心里很得意，就对二利噘噘嘴，说：

“你该服了我吧！”

“哼，谁不知道这个。‘男女平权’嘛，革命军里自然有女兵同志。我刚才是故意考考你……”

他两个正要抬杠，大孚对他们说：

“好了好了,我们去办正事要紧!莫抬杠了!”

大孚说着,领着东溪村的这伙后生,找革命军的驻地去联络。到了驻地,见门前插着面旗帜,门两旁各站着一个持枪的兵,他们问大孚有什么事?大孚对他说是东溪村的农民运输队,来协助革命军的。那兵就进去通报,不一会儿,从里边出来一个人,胸前挎着武装带,戴一副镜片很厚的眼镜。大孚想这人大约是个军官,忙走上去和他握手。那军官见这个农民竟然这样文明,暗暗吃了一惊,忙问大孚尊姓大名、贵乡何处?大孚对他说:

“我们是东溪村的农民运输队,是来给革命军效劳的。我叫周大孚。”

“噢!”那军官握住大孚的手,老瞅着大孚的脸,“东溪?贵村有位周绍亮同志,你可熟识?”

“他是我的兄弟!他来了吗?”大孚忙问。

“来了来了!可是他不在这里。在广州誓师北伐的时候,我们还见过一面……”

“你贵姓?”大孚问。

“我叫白芦。是团部的副官。好,这样吧,我们在贵处大约要住几天才走,还用不上挑夫。你让贵村的老表们暂且先去休息,我们什么时候要开拔了,再请你们帮忙。”

那在一旁站着的后生,听说绍亮回来了,一个个兴奋得跳起来,纷纷围上来向这位白副官问长问短。这位白副官倒很和气,和这伙后生说了好一阵话。

大孚让东溪村旁的后生暂且先回去听信。他自己上高小去找老刘了。

白副官问二利、大牛道:

“你们这镇上哪家粮行最大?”

“炳记行!那老板叫黄炳仁,他还是本镇商会的会长。”二利说着,就和大牛把白副官领到炳记行来,到了店门口。白副官进了炳记行,大牛和二利站在店外等他。转眼间,店门外挤满了看热闹的人。

黄炳仁看见进来个军官,忙点头哈腰把他让进柜内,叫徒弟敬烟倒茶之后,就想溜开。白副官看出了苗头,就向他行了个举手礼,说:

"请教,老板你可就是商会长?"

"在下不是。"黄炳仁说:"黄会长本人,因为躲避北洋军队,现在乡下,没有回店。"

"那么先生是代表会长的了?"

"官长有什么吩咐,在下可以转告他。"

这时候,挤在店外人群里的大牛,大声喊道:

"同志!他就是黄会长。"

"黄会长就是他!"几个人同时这么接嘴。

西洋镜戳穿了,黄炳仁很有些尴尬。他不再和副官说话,只是站在那里搔头皮。副官说:

"黄会长,刚才是我不认识你,请原谅。"

"副官长,莫客气。"黄炳仁知道逃不了,只好说:"要派什么,请加指示。商会方面一定尽力想办法,供应军需。唔,好比弦高犒师嘛。"

白副官向他说明:不需要派什么。部队上需要的东西,一律公平交易。现在,要请他代买一批糙米。白副官说了数量,就从背包里取出银元,交给黄炳仁作定钱。取了收据,告辞起身。黄炳仁刚才把米价浮着说了,白副官并不还价,这就成了一笔好买卖,可惜手里没有货,只好让给别家。他想到妻舅周清臣家有大批积谷,决定把这笔生意让给周清臣。他又追出去把白副官请了回来,说:

"本镇有位大粮商,信用昭著。我马上着人去请他来,副官可以直接向他定购。一切由小号担保,决不误事。刚才这笔定钱,原封在此，我就奉退了，请副官长把收据赐还。”

白副官坐下了。黄炳仁着人去天主堂请来了周清臣。周清臣见着白副官，脱帽哈腰，然后介绍一下自己的身份，大意表白自己并非一个唯利是图的买卖人，而是个乐善好施的君子。谈妥了交易，他问白副官道：

“在下有位舍侄，我早就资助他往广东革命去了。不知贵副官长认不认识他？”

“他的名字是……？”

“贱名周绍亮。”

“他在哪一部分？”

“在农民讲习所部分。”

“你是……周清臣先生吧？”那白副官突然问道。

这一问，把周清臣问得吓了一跳，好一会儿说不出话来。白副官忙补充了一句：

“绍亮同志常提念你，因此久仰了！”

“坏了！”周清臣想，“绍亮在他面前大约只是偶然提起自己的名字罢了，总不至于会揭自己底的吧？”因此稍稍定了定心，问道：

“舍侄久不通音，想必这回也随军北上了吧？”

周清臣切盼得到否定的答复，哪知道白副官说：

“当然！可能他早已到达县城了！他是担任农运工作的。”

“请问副官长，这‘农运工作’管些什么事，有多大的权柄？”

白副官眼珠子一转，答道：

“农运工作，是革命工作中一个很重要的部分。令侄领导这个工作，权柄很不小！”

周清臣心里乱得很，到这时候，才想起急需问一下这位副官的姓名，忙问：

“光顾着说话，还没请教副官长尊姓大名、贵乡何处？失敬！失敬！”

“姓白，字芦，我们可说是同乡，就是吉安府的人。”

“噢……白芦？”周清臣思索着。他对这个名字并不生疏，瞬眼间，联想起了一连串的往事，两手都微微发抖了，呆呆地坐在那里，不知如何是好。

白副官早不耐烦了，直截了当地说道：

“我们不叙家常了，向你定购的一百石糙米，务必于今日送到！”

“哟！这个？我正想要向副官长禀明：那是我这位亲戚记错了，米，多少有一些，可是手头一粒也没有！况且，即使东拼西凑，到外地调运回来，也不过三二十石。再说，今天无论如何也凑不齐的！我，我尽量想想法子……”

他的话还没说完，忽听得叭的一声，白副官突然直立起来，清清楚楚地对他说：

“好吧！再见！”

当周清臣清醒过来的时候，只见黄炳仁苦着脸对他喘气。他眉头一皱，说：

“炳仁！这桩事，你实在欠斟酌了！”

黄炳仁很少见过周清臣这样见于辞色地埋怨别人。在朋友亲戚间，更是绝无仅有。因此使得他有点愕然。他知道周清臣指的是什么，可还是装作不知道，问道：

“你说的哪桩事情？”

“就是那卖粮的事。”周清臣眼望着黄炳仁，手指在桌上敲得嗒嗒作响，“你替我答应卖这么多的谷米，这，这不要了我的命吗？”

“他们革命军是公买公卖的，一律现钱交易，莫非能白要我们！”

“唉！你不明白，你不清楚，你不摸底细……”

周清臣正说得口沫四溅的时候，龙典匆匆忙忙地从店门外跑进来，他瞧了瞧周清臣又瞧了瞧黄炳仁，慌慌张张地问道：

"两位听见这消息么？"

周清臣和黄炳仁预感到大势不妙，同时问：

"什么消息？"

"听说：兴共产了。"

"是怎么一回事？"周清臣问。

"是这样的，"龙典以洞悉古今中外大事的博学家神态，一本正经地说："这次革命军打军阀，你莫看打的是国民党的旗帜，实在南兵里面多的是共产党。说起共产党来，乖乖隆的咚，连孙中山也信服他们了。"

"好在，"黄炳仁说，"孙中山不在世了。"

"虽说是不在世了，"龙典说，"可是他立下了遗嘱哇！"

周清臣早已是心不在焉了，越来越觉得不安全，腾地站起来，对黄炳仁说：

"万一那个副官再来找麻烦，你就说不知道我上哪里了！"

没等黄炳仁回答，周清臣已经出了店门，急急忙忙挤过熙熙攘攘的人群，逃到那"天下最保险的地方"：天主堂。他这才喘了口长气，可是脑子里还满是从四乡赶来欢迎革命军的泥腿子，手里摇着红红绿绿的旗子，耳边依然响着那阵阵的呐喊和那"打倒！打倒！"的歌声……

7

白副官和周清臣"再见"以后，出了店门，满街去找刚才领他到炳记行去的二利和大牛，好容易才找着了。白副官对二利和大牛说：

"你们村的周清臣可真是有两下子！到今天我才算是见了庐山真面目！佩服！佩服！"

二利听了不觉愣了会儿，问道：

“你认识他？你们是朋友？”

“什么朋友！我的死对头，没有他们我还不当这个革命军哩！我这次回来，是专门革他们的命的！”

“他怎么着你了？”二利说。

“好大的胆子，莫非这老狗还敢欺侮革命军？”大牛说。

“莫提了！刚才我向他买糙米，那个黄什么的家伙做的中间人，说他有的是糙米，可是他竟然和我耍起花枪来了！怕我们革命军不给钱怎么的？真混蛋！——你们知道他家里到底有没有糙米？”

“有的是！只怕你吃不了！”二利说。

“在远处还是就在村里？”

“就在东溪村的仓里！”大牛说。

“他娘的！这个王八蛋！竟敢睁眼说瞎话！二位老表，你们刚才说的话，当着周清臣的面敢不敢说？”

“这有什么不敢的！革命军没来的时候，我们就常和他作对！”二利说。

“好！二位跟上我走，找他算账去！”

白副官、二利、大牛又匆匆地赶到炳记行。黄炳仁老板一看，来势不妙，毕恭毕敬地站在一边，连应酬话也忘记说了。龙典趁机溜之大吉。

白副官咳嗽了一声，也不呼名道姓，就像是对着墙壁说话似的说道：

“那个周清臣呢？马上给我找来，我在这里恭候他！”

“他，他不知道上哪里去了！”黄炳仁说。

“啪！”白副官拍了一下桌子：“什么？快去找！找不到唯你是问！”

“是是，我去找！”黄炳仁吓出了一头冷汗，出了店门。

溜吧，不行！逃了和尚逃不了寺！找他来，这可有好看的了，也不行！那怎么办呢？黄炳仁灵机一动：有了！这个天主堂是外国人的地方，虽是革命军，也不见得敢进去，即使进去了，也决不敢闹。要不，引起国际交涉，他们吃得消吗？对，他多少有点儿得意了，转回身来，不慌不忙地踱回炳记行去，一进店门，装出兴高采烈的声调喊道：

“把我找得好苦！总算找到了！”

“人呢？”白副官问道。

“我只是找到了他的去处，可是那地方，不是平常地位，中国人不能随便进去！”

“那是什么鬼地方？”白副官不觉一怔。

“外国人的地方——法国天主堂！”

“笑话！你是中国人吗？说出这种话来，还有点儿民族自尊心没有？嗯？”

关于“民族自尊心”这个名词，黄炳仁生平还是第一次听到，自然不知道是什么意思。可是这位副官不爱听他的话，而且又发火了，这一点，他是明白的，于是忙说：

“是是，一点儿也没有！一点儿也没有！”

“走！你领我去找！”白副官说。

“他们都知道那地方！”黄炳仁指指站在一旁的二利和大牛。

“废话！我要你领我去找，你拿腿就是！”

黄炳仁无可奈何地领他们走了。二利和大牛互相交换了个眼色，忍不住要笑。街上来自四乡欢迎革命军的农民，不知道出了什么事，就跟在后边看热闹，人越来越多，快到天主堂门口的时候，人来了一大片。黄炳仁不走了，向白副官指指天主堂，说：

“就是那地方，你们进去吧！”

“你莫想溜之大吉！还是烦你进去把他请出来，我在这里等他。”

黄炳仁硬着头皮进了天主堂，找到了周清臣，如此这般的一说，周清臣慌得六神无主，赶紧去求易马窦保护。易马窦在胸前划

了个十字,捋捋胡子,说道:

“你去吧!不要怕,圣母马利亚会保佑你的!万一他们要伤害你,我再出来干涉!上帝的子民!去吧!”

易马窦把周清臣和黄炳仁一直保护到门口,待他俩出了门,才把门关上了。

周清臣低着头走到白副官的面前。

“糙米的事,怎么样?周大老板!”白副官这么一说,引起了人们一阵大笑。

“不敢当!不敢当!但听副官长发落!”周清臣讷讷地说。

“这用不着发落。有一点,你要明白,这不是寻常的生意,这是征购军粮,误失军机,就说你是大老倌,肩膀多宽,怕也担当不起吧!说老实话,你到底有多少糙米?在哪里?”

“我刚才不是早禀过副官长了吗?米,是有;但不多,三二十石是有的!可是都在外地。”周清臣说。

“你说的是真话吗?”白副官说。

“句句是真话。要是有半句假话,你问我的斩罪!”周清臣说。

这时候,从人丛里钻出几个人来,一直走到周清臣面前。周清臣一看是东溪村的人,里边有二利、大牛。他脑袋里轰的一声,眼前一阵昏黑,额上滚下了几颗黄豆大的汗珠。

“周先生怎么不说话了?不要怕,我们不要你的脑袋!”白副官说。

周清臣用手背擦擦额头,哭不像哭笑不像笑地看了白副官一眼,轻声说:

“那么请副官长先回,我到敝村去把米如数送上。”

“不,我现在专办这事,我随你上贵村去。”白副官说。

周清臣领着白副官回东溪去,后边跟着一大群东溪村的后生。默默地走了一路,直走到福寿亭,周清臣缓过气来了,又有了生机,自言自语地说:

“这一二百石糙米,我们村里男丁不多,今天怕运不到镇上了!”

这话明明是说给白副官听的,可是白副官理都不理他。二利接嘴说:

“大老板,这不用你操心!有我们呢!”

“天快黑了,怕路上不好走,有个失闪,担待不起!”周清臣说。

“点上灯笼、火把,一样走!”大牛说。

周清臣这才觉得再说什么也没用了。

到天黑,一百石糙米全过了斛。东溪村的运输队出动了,担的担,推的推,打着灯笼、火把,说着,笑着,唱着“打倒列强”,排成了一长串,浩浩荡荡,运粮到枫镇去。远远看去,像是条云游在树梢的火龙。

白副官和大孚并肩走在队伍的最前面,他脸上露出庄严的微笑,努力挺起胸,雄赳赳地走着,那神色,正像是一位凯旋归来的将军。

这一切,周清臣连做梦也想不到的。更使他大惑不解的是:这一百石糙米,白副官立即按市价付了款,一个子儿也没少给。这是怎么回事呢?这里边一定有鬼!一定!他把这笔款原封不动地锁在柜子里……

暴风雨快要来临的时候,蚂蚁要搬家,老鼠会挪窝。周清臣断然决定了两件事:立即让柳条少爷离开这里,同时着周清官到南昌去看看风势。

第七章

1

村村堡堡都在酝酿成立农民协会。有的村子已经挂起了牌子，贴出打倒土豪劣绅的标语了。

昨天晚上，大孚、二利、大牛他们几个开了个小会，决定成立农民会。准备当天晚上开大会。大孚要二利去寻海保来问问老金的事。

海保来了，他说老金还是不愿入农会。大孚听了，问道："你知道周清臣和老金说了些什么？"

"他说，周清臣对他说过好些次了，说要靠东家吃饭才悠久。"海保说："给他说了许多'古'，说哪家的伴当，东家遭了难，他就尽了忠，后来这个伴当家世世代代荣华富贵，伴当自己在阴间也做了城隍。又说哪家的长工对东家亏了心，到头是五雷殛顶。周清臣还吓他，说切莫和那帮人混去，说和他们混，终归没有好下场。"

大孚听得心里不免有些着急，就说：

"莫非你那老金叔就信了他？"

"作兴信了那老狗了。"海保说："可是他又说了：论起财主们来，无论是哪个财主吧，我老金是恨不得嚼他们的骨头。要说起扳财主，我也愿意搭双股。只是有一件，我们怎么也扳不倒他们；到头来，吃亏的是我们。"

"你怎么说呢？"大孚问海保。

"我说,要不是看在你是个老叔,我可要说好听的了,吃亏的准是我们么?我可不相信这么个曲理!"海保说:"后来他再三再四可是也说不出个子丑寅卯来,叫我劝大家伙都莫搞呢。我可说他是曹操了。"

二利接嘴说:

"说得对!他不来就不来吧。没有那只小虾子,就凑不了这个碟子么!"

"话不是这样说的,"大孚说:"区农会里不是说得明明白白么:做长工的是最紧要的一分子,哪能不要他呢。再说,周清臣家是我们村里第一号财主,别家的长工就看他家的长工归不归农会。老金要是归了,旁的长工十有九成要归;要不,人家也就三心二意的了。你不看见昨儿晚上么?昨晚上要是老金到了,别家的长工哪能全不来?我看,我们还是和气要紧。"

二利不再说什么了,大孚又对海保说:"你回去吧,晚上开会,还是邀他来。他愿来,更好;不愿,你也莫勉强他。揣着鸡婆是孵不出小鸡儿来的。"

"这么着,还去邀别的长工么?"二利问。

"还是邀去。"大孚说:"本来,要是老金来了,长工们让他去邀是最好了。"

这样,就各自散了。到了起更时分,那些开会的,陆陆续续地来到了太史第,大孚着人到门外去把风,里面就谈起来了。

长工们还是没一个到会的,把二利急得了不得。正好这时候达和叔悄悄地走进来了。

这几天,达和叔看见他的二利三天两头和大伙在一道叽里咕噜的,他就多次地作了警诫,叫他千万不可去兴这个农民会,跟别人瞎闹去。"别人兴,我管不着。"他说:"你要搭一股,我可不行。"二利一面哄着他,暗地里和大家照样行事。

刚才,达和叔一进来看见二利在,就闪在一旁,听他们商量什么。这回商量的正好是兴农民会,二利的劲头分外足:连老金不来开会,他就说出那不好听的来,因此达和叔越发恼火了。他愤愤地上前,从腰带上抽出那根竹烟管,一声不响地往二利头上劈。二利没看见,幸好大孚举手把烟管挡住了。达和叔这一搅乱,会开不成了。大孚说:

"大叔,你这是怎么的啦?有道是儿大爷难管,二利也二十出关的人了,难道说和大伙坐在一块说说话也不让么?"

达和叔一时不好回答大孚,只是气鼓鼓地指着二利骂:

"你这个狗养的!你又作死了!你的骨头酥了!兴你的屁农民会去吧,看你不挨官家的梏子夹棍!你这个狗养的,你!"

二利为了老金和旁的长工们没来开会,已经是老大的不痛快,又遇上他爹来捣乱,真是火上加油。他顶撞他爹道:

"你懂什么!你有本事叫那些狗官来押我们么!反正,狗官们全不作用了!什么梏子夹棍!拿来当劈柴烧!"

"好!官也不作用了,谁作用了?莫非你这畜生作用了么!"

"自然我们农民会作得用!"

"农民会?好吧!"达和叔喘了一口气,"莫欺负我站在窟窿沿上了,我可还看得见你那狗养的下场:过不了三天,就打屁股戴枷!"

"你说得可灵验。"二利冷笑一声,"人家湖南那些作田的,家家户户归了农民会,如今全关在牢里,打屁股戴枷啦;那打头兴农民会的,他也叫你唆着县太爷,上了梏子夹棍,关在水牢里呢。"

达和叔也不回话,迈过去,又举起烟管要打。二利早已站在人堆里,达和叔打不着他,又骂了,可是火气渐渐地消下去了:

"作死的!我看你作到哪一天!"

"作一辈子!"二利还在火头上,还顶他。

"我看你的脑壳是铁打的!"

"管他是铁的铜的。扳倒了财主,砍了脑壳也情愿!"

终于,二利把达和叔顶走了。大孚提议到后山上去开会。人们先先后后走出来,到约定的地点集合。

月明星稀,是个晴朗的春夜。他们集齐在一个小坡上。在茸茸的芳草间,有的坐着,有的斜躺着,当会议将要结束的时候,有人说:

"兄弟伙,我们赌个咒吧。"

"赌吧。"二利说:"大孚,你带着念。"

"叫赌咒不好听,这……"他联想起自己举行入党仪式的情景,找个恰当的词儿说:"兄弟们,这叫宣誓。不用跪下,站着举起右手来就行了。"所有的人都围着大孚站起来,举起右手:

"上有天,下有地,还有月光神。"大孚念:"我们兄弟伙为兴农会的事,向你发誓:我们今后,有福同享,有难同当;大家一条心,扳倒那班作恶的财主。在我们村里,第一要扳倒周清臣。"

大孚说一句,大家跟着念一句。

"以后,"大孚说:"即使遇着枪刀山,"

"我们要一同过;"大家接着。

"遇着火焰山,"

"我们也要一同过。"

在这寂静的郊野,对着皎洁的明月和闪烁的星斗,他们异口同声地说出了心里的话;每句话,都是从心尖上滴下来的。

2

第二天,兴农会的那伙人,分头到村里去串通作田的来入会。谁找谁,昨夜里立誓以后,都分派好了:有的和自己的邻舍说,有的和自己的堂兄弟说;谁和哪家的长工平日合得来,可以和他说知心话的,谁就说去。

除了东溪村,附近还有几个小村子。这些村子,大的不过三二十户人家,小的只有四五家。那些村里的人,平日多少总得受大村的气,受大村的欺。他们对大村除了忍让以外,还有个办法:不和大村里的人来往。照本地话说:"屙屎也不和你同茅坑。"可是区农会里再三对大村的作田人说:天下农民是一家,大村小村要平等。要平等,就要大村让小村,大村去请小村,去劝他们来加入农会。

昨天夜里,大孚把这道理和大家说过以后,各人觉得有理,推举他去联络各个小村。

小村里的人和大孚平日倒是有来往的。他白天走了两个村子,结果都不太好。原因是他们的顾虑多,不敢一下子就答应。怕将来成不了事,吃亏更大。

吃过晚饭,大孚来柳林村找刘火生,走到小溪的桥头,恰巧遇着刘火生。大孚问道:

"你上哪?"

"正要上太史第玩儿去呢。"

"有事吗?"

"听人家在暗地里说, 你们村里也上枫镇接了头, 要兴农会了。"刘火生说:"我特意来寻你打听一下。——确有此事么?"

"我也特意为这事来寻你呢。要是兴农会了,你敢归么?"大孚说。

"墨斗哥!为弟的对你说句实话,"火生说:"要是扳周清臣,我就归;要不呢,我就不归。这会儿也莫问我敢不敢。你知道:我只是光棍一条,龛王爷在伞把上,要是扳不倒周清臣,我也不想走这里的路、喝这里的水了,我就远走高飞,永世不回头!"

"老弟!先莫泄气。这事,只准成,不准败;只许搬倒,不许搬不倒;只可万人一心,不可谁有二心。要是扳不倒周清臣,扳不倒那些土豪劣绅:不单你一个人要远走高飞,谁也在这里站不住,谁也得离乡别祖,永生永世回不了头。"大孚说。

"既这么说,我可还有一句话……"

“你说吧。”

“凡是归农会的,得先起个誓、赌个咒:谁要是不一心,谁要是做曹操,就让他五雷殛顶,雷打火烧!”

他们两个是坐在小溪边说话的。大孚待火生住了嘴,就答道:

“说得对!昨儿我们起过誓了。”

火生说:“那刚才的话,就算我当你的面起的誓。我可一心归命地归了农会了!”

“大家都在盼着你。”大孚说:“大家还怕你有顾忌,不肯归呢。今儿我就不上你村里去了。你先串一串你村里那伙后生,把道理说给他们听。和老人们也讲讲:如今兴平等,不兴大村压小村。谁要压了,农会就出头来打倒他。”

“这农会,人人都能归么?”

“除开土豪劣绅,作田做手艺的,无论老人后生,人人都归得。”

“这么说来,我们村里不是全村都归得?”火生说。

“归得。”大孚说:“明儿我们又要开会。只是如今农会还没有正规兴起,开起会来,不便张扬。想到你们村里祠堂里来开,你看行么?”

“那还有什么不行呢。”火生说:“村里人听了,准是巴不得。”

大孚和刘火生又说了一阵话,约好了明天开会的时间,就回东溪来了。

大孚走后,火生心里久久不能平静。多少年来的往事,就像是昨天发生的一般,一齐涌上心头。

火生家原是周清臣的佃户。他八岁上,遇上了荒年,交不起租子,周清臣就夺了佃。爹走投无路,就在周清臣家那棵树上吊死了。

记得就在爹临自尽的前一天,爹对他突然变得亲热得了不得,紧紧地搂着他,亲他的脸,亲着亲着,眼里滚落下两颗泪珠。他问爹为什么哭？爹笑着说："没有哭，爹是疼你……"他只知道人哭了才会流泪，为什么爹笑着笑着也流泪了呢？他记得那回爹还特地给他买了个烧饼，直瞧着他一口一口地把烧饼吃完了。那时候，他年纪小，还不懂得爹当时的心思，更不知道爹将会发生什么事……

爹死了，他给周清臣家放牛。有一回，牛吃了周清臣家的豆子，周清臣逼着他在牛栏里整整跪了一通宵，他昏了过去。当他醒来的时候，发现自己在老金的怀里，一颗冰凉的泪珠，掉到自己的脸上……

第二天，他被周清臣撵跑了。娘养不活他，把他卖给一家财主做伴当。周清臣却把娘叫了去，说柳林村的祖先是他家始祖的伴当；哪怕卖口猪，也得他点头，卖个人竟敢瞒着他，这是犯法的。立逼着娘把刘火生二十四吊的身价给了他。

当了伴当，家里的人是不准去看他的。那一回，娘藏在村边那棵大树背后等着他，直等到天黑他从田里回来时候，娘慌慌忙忙地走到他的面前，问主东家待他好不好？打不打他？挨饿不挨饿？他一句话也答不上。娘掀开他的衣裳，看到他那脊梁上、大腿上……青一块，紫一块，没一块好肉。他只见娘那浮肿的脸颊微微地颤动起来……

那时候，他年纪太小了，竟然对娘说："谁叫你卖了我！自己一个子儿没捞着，白受罪……"哪知道娘听了他这句话，捂着脸，弯着腰，跌跌撞撞地跑掉了……

他为了自己说了这句话，一直悔恨到如今。他想下次再见到娘的时候，一定要认错。哪知道这竟是最后一次的见面！不久娘也就离开了人世。他不知道娘死的时候，是不是还怪嫌他这个可怜的儿子……

这一切说不尽的痛苦，还不是周清臣给他的么？

他再也睡不着了，心头起伏着波涛，盼望着天快些亮，盼望着复仇的日子早一天到来。

3

柳林村的祠堂,和东溪的祠堂完全不同。每年并不祭典,自然也就没有礼器。有的只是些禾桶、水车、竹篙和木材等等。名叫祠堂,实际上不过是全村农具的存放所罢了。

东溪村农会里那伙人来到以后,有的坐在板子上,有的坐在禾桶上,有的靠在水车上面。到会的除了东溪的人以外,别的小村子都没有来。柳林也只有两个:一个是刘火生;另外一个后生,还是火生硬拉着来的。在长工里边,除了海保,旁人一个也没有到。大家见这光景,嘴上不说,心里不免嘀咕。

正开着会,把风的进来说:

“火生!你们族长在外边。他叫你出去。”

“说我不在!理他呢!”火生说。

把风的出去一会,族长进来了,找着火生说:

“老弟!你可知道,你敢闯祸,我们村里可当不起。你还是规矩老实些好。你可记得你是柳林娃,不是东溪老表!——东溪老表,请你们不要见怪。你们在这里开会开宝都使得,我们不敢道个‘不’字。谁要道了个‘不’字,我们准会责备他,同他来替各位老表赔礼。只是一件,请各位老表看在我们是小村子,不要收上我们村里人。”

“表公,你说哪里话来!”大孚说:“分什么你村我村,凡是作田的,都是一家骨肉。”

“大孚表弟,你话是说得有情有理。要是别的事,支派我们村吃点亏也好,我们吃得起;受点气也好,我们忍得住。只是,这件事,是和大老爷们、官府衙门打斗的事,说得不好听点:这是造反的事。这事让绅士们通了上去,早晚官兵一到,用不了半个时辰,就要把我们村里踏为平地!”族长说。

“有我们呢,表公。”大孚说:“要是……”

“表弟！你不知道,当年曾剃头的官兵捉到了哪个村里有人当了长毛,不单是这村里家家要满门抄斩,连鸡犬都不留。老弟,你高抬贵手,我们村里实在担待不起！火生！你硬是要害得官兵来血洗我们村么?！你……”

“你怎么啦,你！”二利对族长吼道:“莫倚仗你是个族长,火生和你有平等权！你在这里闹嚷嚷的,不许我们开会不是?！”

“嘿,他二表哥,”族长说:“你莫生气。今儿我在田里还遇着达和叔来啦。他也说不叫你归……”

“不管你说他说,你们说得口里出血,也是苋菜汤！”二利愤激地吼道:“一开会,就遇上你们这些不通窍的绊脚石,真是倒了八辈子的霉,割了我的头也没有这样气！”

火生接嘴说:“我一人做事一人当。犯了事, 也牵连不了你族长,更牵连不了村里。你莫要扯得这么远,免得满堂的人都生气。”

族长正要接话,忽然大牛气喘吁吁地跑进来了。这时候,月光映得满堂光亮。大家看见大牛这慌忙的样子,不免吃了一惊,都住了嘴,瞧着他。大孚问道:

“你今天上哪里做生活去了?是你嫂子告诉你到这里来的么?怎么跑得这样急?”

大牛刚换过气来,就大声道:

“莫在这里开会啦。到追远堂去吧!这会儿,他娘的谁也不怕了!”

大家同声问道:

“怎么啦?”

“绍亮哥回来了!现今他就是区农会的委员长!”大牛说:“还怕什么?”

大孚忙问:

“这话你是听说的?还是眼见的?”

"哪里的话！绍亮哥在家里等着呢，连县里的杨委员长都来了。"大牛说："快回去吧！"

众人一个个跳起来，说着嚷着，马上要回追远堂去。海保二话不说，拔脚就往外跑。大孚问他，他说：

"我得问问老金去，看他还有什么说的。"

"且消停些。待商量好了，一同走。你见着了老金，把事情告诉他就是了，千万莫抢白他。他是个深沉的人，知道想事情。他一时想不通，过一两天总会想通的。只要他想通了就好了。"大孚说罢，转而向众人，"我们这会，今夜里还开呢，还是等回头见过了绍亮和杨委员长，看他们有什么说的，待明晚上再开？"

这时候，大家的劲头都上来了，都说：

"还是开吧。回头绍亮要我们明晚开，明晚上再开就是。"

接着，刘火生也对族长说：

"族长公，你还有什么说的呢？如今区里县里的委员长不颁将令，官兵敢随随便便地下来么？即使官兵下来，他们也不能来捉农会的人，准是捉土豪劣绅哇。莫说血洗，量那些土豪劣绅连瓦片也不敢动我们村一块！"

众人也都帮着刘火生说。顿时把族长公说得没话对答。最后，他只得结结巴巴地说：

"兴农会实在是件好事。我就是怕官怕绅士。"

大孚正要大家静下来接着开会。忽然把风的跑进来说：

"那边来了一个人，打量着是稀狗屎。看光景是来寻我们的。让他进来么？"

人们七嘴八舌地嚷起来：

"让他进来！看他要什么花枪！"

"我们还怕他不成！"

……

大孚摆摆手,叫大家安静下来。接着说:

“这定是周清臣着他来探风打浪的。叫他进来也可,只是我们不要漏什么话给他。连绍亮的事也莫说。让周清臣摸不着我们的头脑。让他吃不饱、睡不着:时时刻刻挂记这桩事、琢磨这桩事。”

说罢,稀狗屎灰溜溜地踱进来了。他走到众人中间,客客气气地说:

“各位老哥吃过饭啦?”

谁也没理他。二利还是按捺不住,抢白他说:

“饭全变成屎了!这时候还问吃饭?”

“可不么。”稀狗屎见有人答理了他,就凑趣说:“人吃了饭变人屎;像我,吃了饭可得变狗屎。”

还是没人接他的嘴。稀狗屎再耍不出什么花枪了,只好硬着头皮说:

“你们是在这搭几兴农会吧?请问你们会里是哪位好汉承头?是大孚墨斗大师傅吧。”

“你管不着!”二利说。

“二哥,你说得在理,这事我管不着,我也不是来管什么的。是清臣大老爷着我来礼请墨斗老师傅呢。这好比先帝爷三顾茅庐请军师。”稀狗屎说。

大孚就对稀狗屎说:

“你先回你们老爷去吧:请他等一等,回头我就去。”

把稀狗屎打发走了,大孚和大家商量了一阵,就约定明晚再开,然后散会。

从柳林祠堂里出来,大孚、二利、海保几个人急急忙忙地来二相公家。一进门,见绍亮、杨剑秋正在那里,一时欢喜得没说出话来。过了一阵,大孚才带着从未有过的激动对绍亮说:

“老弟,等明天打开追远堂的中门,你迈迈那个大门坎去!他周清臣夸海口说:这个迈不得,那个迈不得,只有他的柳条少爷迈得。明天看看谁迈得吧!”

“哥,待明儿大家迈吧。不单我,全村男女老少个个迈得。”绍亮笑着说。

“可就不准他娘的柳条少爷迈!”二利抢着说。

“这个当然。”绍亮说:“不单柳条少爷,凡是土豪劣绅,我们叫他走左边,他就不能向右边。以前说是新官上任三把火,而今我们兴农会,也要显显神通,打他们一个下马威!”

二利听了,好不过瘾。他边笑边大声说:

“对啦!打他娘的下马威!”

剑秋也笑着对二利说:

“你这回正投意了。”又对绍亮说:“你明天下午走,在家里和老师、师母团聚一天吧。”

“不!”绍亮说:“文漪今天晚上可能到了……”

“这个不要紧,”剑秋说:“反正工作情形你现在也不熟。她到了,老刘他们自然会和她谈的。”

“明天的全区乡农会委员长会议,原是等我们参加才推迟日期的。我迟到不好。”

“那你就明天上午来。”剑秋说。

这时候,相公婶挤上前来了。二相公一见她,知道她要留绍亮了。忙说:

“是的。‘昔者禹疏九河,三过其门而不入’,公而忘私,国而忘家,就是这样的。何况今日团聚了,明早是该走了。”

这么一说,相公婶的话到了嘴边,又咽了回去。

原来这回绍亮是随北伐军北上的,路过县城,碰到杨剑秋。杨剑秋向部队再三要求,把绍亮留下的。

接着,剑秋叫二利到村外小坡上的大樟树底下去谈话,大乎就去找周清臣了。

4

周清臣在宜春祠候了许久,真有些着急了。他在大厅上安排了好几条板凳,他以为大孚要来,准定是率领着一大群人来的。此刻偏偏只有大孚一人进来,这就出乎他的意料之外,心里不免疑神疑鬼。可是,在外表上他并不着慌,从容地招呼大孚就了座,只是闲闲淡淡地说:

"看光景,今年是个旱年。有道是'春无三日晴',这一阵子接连八九日不见点云彩,也没落过一阵儿小雨点,真稀罕啊。"

"可不么,怕真是个旱年。"大孚也闲闲淡淡地答,"只是今儿晚饭时分,出了一条西虹(读'降'音),近几天,怕有暴风暴雨。"

"噢!?今儿晚上现了西虹么?我倒没留心。前不几天听谁说,出了一条南虹。古话说:'南虹天子北虹臣。'莫非真龙天子和保驾的臣子都降生了?"周清臣说。然后,又转了个话题:"大孚弟,你今年承耕了多少田?比往年又加多了吧。我常常说,你是个手巧心灵的人。"

"和往年差不离。只是把去年请人代耕的都接回来了,没有新佃的。勤苦也无用呀,大老板。还不是背了一身债。"

"这也不用着急。有点债嘛,也是作田户的常事。好在你有门手艺,比别人要活动些。再说,有什么吃紧处,只要老弟你肯张口,和我打商量,能做得到的,我自然要尽力帮忙。就譬如我们村里的事吧,只要斯文斯武两边一商量,也就好办了。"

大孚知他言归正传了。就说:

"大老板说的是。只是,稽古以来,鸡儿不和鸭儿同伴。斯文归斯文一帮,斯武归斯武一帮;可从来没听说做老爷的和作田的,哪时候心连着心一同商量着办事的。"

"嘿嘿！"周清臣笑了笑，说："你说的也对，往常可不就是这个样子的么！听说，我们村里也兴农会了？"

"是呵，就是要兴呵！"

"兴农会是一桩好事，兴了就好。"周清臣说。同时点了点头。"不过，谁要是信奉三民主义，先得归国民党，不能先归农民会。我听说上头有这样的公文。"

"这公文大老板可曾见过？是哪里发来的？"

"倒不曾亲眼见过。听说是省里发来的。蒋总司令到南昌时候，刘京议员、王省议员都去欢迎了他。总司令见了那伙大绅士，欢喜得了不得。劝他们都归了国民党。我小臣打省城写信来说，他也在那边归了。信里还说：'凡是农民会的事，统归国民党管辖。'喏！"说到这里，他转身进房里拿出了他儿子的信来，念了几行，然后说："既然农民会的事，全归国民党管；我们村里的农民会，自然归我小臣管。如今小臣既然没有回来，我看，我们商量着办，也是一样。——我这意思，大孚弟回去斟酌一下，看看好不好。"

"不用斟酌了，大老板。我也听说上头来了公文。"

"来的什么公文？"

"那公文说：'富家归国民，穷家归农民；各管各的事，两边不相混！'"

"唉，大孚弟，你这话说差了！"周清臣说："没有我们国民党，哪有你们农民会？连蒋总司令也是国民党呵。"

"哪怕玉皇大天尊是国民党我们也管不着。横竖，我们穷人归定了农民会！"大孚说罢，唱了个喏，就径自出来了。

周清臣看见大孚走了，独自在厅子里徘徊着。这时节，对于农民会的情形，还是一无所知。据他推测：现在还在酝酿。他尽力想在这火势没有燎原时候，把它扑灭掉。最后，他又唤来稀狗屎，着他去打听农民会的消息。

5

剑秋和二利出来时候,绍亮也跟脚出来了。他们三个坐在小坡上,二利把村里兴农会的情形从头到尾地说起来,还没说了,大孚就来了。他把刚才和周清臣的问答说了一遍,大家都笑了,都称道他应答得好。

“周清臣到如今还想安我们的眼子,这就越发可恼了。”绍亮说:“凡是他现在安的眼子,得另外记下来。改日算账时候:以前安的,可以两个算一个;现在的,得一个算两个!”

说话间,海保来了,他是来叫大家回家吃点心的。剑秋对绍亮说:

“你去。代我向老师道一声谢。我们还继续谈谈。”

“我们还是一道谈吧。”绍亮说。

“还是去的好。”剑秋说:“不然,明天又走了,老人家的心里总有点那个的。”

这样,绍亮就和海保回去了。这里剑秋和大孚、二利接着谈下去。谈到后来,二利才提起周清臣家打算卖招喜儿的事,问剑秋该怎么办。

“农会里什么事都得管,”剑秋说:“管这件事,当然更不在话下了。不过农会一兴,料周清臣也不敢把你们表嫂怎么样了。他真要卖,不仅他,农会里连那人贩子也该捆起来!”

“人贩子捆得么?”二利忙问。

“当然捆得!”剑秋道:“凡是流氓地痞、靠欺骗敲诈吃饭的人,对他们也不客气。这种人叫寄生虫,农会里得像掐虱子一般,把他们掐干净!”

“还有一件事,”二利说,“我家那老者,他是不开窍,死命反对我们农会。弄急了火,我真要革他的命!——你看这个命革得么?”

“不行!”剑秋说:“你这就过火了,这怎么行呢?他老年人,遇事总比我们想得多些、远些、深沉些。这件事,虽说是想错了,也有他自己的道理。我们不和他说清楚讲明白,光和他打斗,他是爹,你是崽,他能服么?你不忙着急,待我上你家去对他说。”

大孚也说:

“你说得是。这事,我也性急了,也有不是处。那天晚上我为他吵了我们开会,就当着众人抢白了他。——二利去给二叔说一声吧,说剑秋上我那里睡去了。”

绍亮和海保回到家,相公婶把炖着老母鸡的砂锅端上来;这样,这一家人坐在矮小的桌上,在这深夜里团聚了。

绍亮掀开锅盖子,先请了爹娘,随即撕下一只鸡腿子送给海保,海保没有接过去,腿子一直拈在绍亮的筷子上。相公婶忙把另一只撕下来,一边悄悄地往绍亮碗里送,一边说:

“娃儿,我端详你许久了,你好像比在家里时候瘦得多了,是太累了吗?”

“不累,娘。虽说瘦一些,精神却好。”

二相公插嘴说:“军旅之事,总是累的。”

“虽说在部队里,也没有打过什么仗。军阀们总是望风披靡,只有先头部队才多有机会和敌人接触,至于我们,自广东出发,日日夜夜只是赶路,赶先头部队。”绍亮答道。

二相公感叹地说:

“这些军阀,像孟子说的:‘兵甲非不坚利也,米粟非不多也’,可是,老百姓不欢喜他们,因此到处站不住脚。他们不懂得天时不如地利,地利不如人和,到头一着,自取覆亡。我看不但是这些军阀,自古以来,顺天者昌,逆天者亡,都是一个道理。”

“爹说的是。”绍亮说:“所谓‘天视自我民视,天听自我民听’,天,就是老百姓。没有老百姓,哪怕是怎样的盖世之雄,哪怕有怎样的坚甲利兵,总归要失败的。”

“此自然之理也。你不记得刘先主火烧……”二相公点点头说。

“你莫要这样五斤六斤、三国四国的没完没了！”相公婶等得着急，截断了二相公的话，“你道绍亮欢喜和你说这些古老话么？”

二相公带点抗辩的语气，可还是这么心平气和地说：

“你们懂得什么！有道是，‘观今宜鉴古，无古不成今’——你要和绍亮说话，你就说吧。”

一家人又说了一阵话，二相公又问道：

“听说那位提倡兴农民会的毛泽东先生，是你们学校里的教席？”

“我们讲习所是他主办的。”

“他别号什么？”

“大家都叫名字，很少听人称呼他的别号。”

“这不能呵。”二相公说：“你看我们这里也是这样，许多人都称呼他的名字，这就轻慢他了。你，到差以后，第一桩事就是该下个公文到各乡农会来，要大家莫叫名字，只能毛委员。我看，像他这样的人，连武乡侯也怕不过如此。”

绍亮知道这是他爹对别人的最高奖誉，所以笑着连忙点头，但没有说话。停了停，二相公又问道：

“怎么？你不想下这道公文么？”

“爹，这事，可不能勉强别人呵。”

“你再想想吧。我想，这是一桩格外要紧的事。”

“是，我再想想。”

接着，大家又叙着家常，直到午夜时分，这家筵才散了席，各自带着团聚的欢乐人梦去了。

6

天才亮，绍亮才起床，剑秋就来了。他对绍亮说：

“昨夜我们详谈了这里的情形，知道还有许多阻碍。大乎他们计划三两天内开成立会，开始大闹起来，但是又怕排除不了目前这些阻碍。目前的阻碍大概有三点：一点是老金不肯入会，这就影响了全村的长工；其次是你二叔，他对于农会的态度，对于许多老农都会有影响，这样对于后生们就会间接起不良作用；此外是附近的几个小村子，他们还有所顾忌，还得做宣传、费口舌。大孚原意是留你在这里帮他们两天，让事情大致就绪了再走。我觉得今天的会你非参加不可，所以决定还是我留在这里帮他们，你主持会去。你是不是吃了早饭走？”

“既然如此，我这就走。”绍亮说：“我看要是一切停当了，你就索性主持这里的成立会再来，我就不回来了。”

“你最好来，因为对于鼓动民气有大作用。”

绍亮点了点头，表示同意剑秋的意见。随即再讨论今天会议的内容和决议，临行，绍亮又问：

“你给文漪的信，谈到她到这里来担任什么职务么？”

“只告诉她你在这里，要她下来就是，”剑秋说，“没有谈到要她担任什么职务。”

“你看给她担任什么？”

“你决定吧。”剑秋说：“我看给她担任什么她也是乐于从事的。她说她特别愿意到这里来，我看她对于我们这里，带有不少的浪漫蒂克的想法呢。”

“大概还附带一个这样的原因：那天她没有看清楚柳条少爷家里的门径，很有些遗憾，这一次得顺便熟悉一番。”绍亮笑道。

剑秋哈哈大笑道：

“这也可能，可是在你的农会里，有便于熟悉门径的职务吗？”

绍亮陪着笑了一阵，转而正经地说：

“我的意见是文漪就担任妇女部好了，我自己兼农运部，你看如何？”

“这很妥当。”

这时候,家里的人全起来了,绍亮穿了草鞋,打了裹腿,背上了斗笠,和爹娘道了别,和剑秋一同出来了。

剑秋和绍亮同行了一阵,分了手:绍亮朝西往枫镇,剑秋迎着旭日回东溪。

进到村里,剑秋径朝太史第走。刚走出一条巷弄,在场子上正好遇着达和叔提着粪箕在那里捡粪。剑秋迎上去,打招呼道:

“大叔,你早。”

达和叔抬头一看,原来是剑秋,忙答应道:

“噢,是你哇,新相公。这么清早你就起来了?”

“是呀,大叔,我有点事找大叔。昨夜里我说了二利了。我说他不对。”

“原来有劳你教训了他。难怪昨夜里打外头回来,没有显出那股牛劲来,”达和叔说:“还凑到我边前来说话。”

“他说什么来着?”剑秋说。

“还是说农会的事。”达和叔说:“他说得不清不楚,我也厌烦听他的,就打发他睡去了。”

“大叔,农会里的事情我清楚,”剑秋说:“我来和大叔说说。”

“这么着,新相公,就请你到我们家里坐坐去吧。今早上就请在我家里便饭。”达和叔说。

“吃饭不客气。就到那个大樟树下坐坐吧。这么着,大叔,还有些老人,想来他们也乐意听听农会里的事,劳你去邀邀他们来。我就在树下等你们。”

达和叔问道:

“邀哪几个?”

“有多少邀多少。越多越好。”剑秋说。待达和叔跟他分了手,他又跑过去道:“我还忘了和大叔说,昨天夜里我老师说了:他也归农会了。”

“他是读书的也归得么？”

“归得。”剑秋说：“只要不是财主，只要他不服土豪劣绅，都能归。你看我绍亮师兄是个读书的，我也算是个读书的，不都归了么？”

达和叔听了，一面走，一面想：

“这农会原是作田人兴的。他们读书的还愿意归，我怎么不归呢？只是：归，我愿意；可不能和财主们打斗。说起财主们来，我心里自然是不服他们，自然是恨他们，只是和他们打斗终究要吃亏……”

没有多久，达和叔邀集了十几个老者来到了樟树下。坐下以后，剑秋就对他们作宣传了。在谈话时候，老者们不是这个送过烟管去，就是那个送过去。剑秋几乎烟管没有离嘴，一面抽着烟，他一面说。

越谈，人越来越多。后来也来了一些后生。达和叔对那些后生们说：

“你们下田里去吧。这是委员长给我们老者讲的，你们不该听。回头委员长自然会讲给你们后生听的。”

剑秋笑着纠正了达和叔。达和叔立时对后生们更正说：

“委员长说听得，你们就听吧。可不能里通外国：漏到财主那边去。”

说得后生们都笑了。

正在这时候，老金扛着锄头来了。他见了剑秋，就说：

“劳你等我了，委员长。吃饭时候，我才听海保说，你在这里等我。”

“我也刚来。”剑秋说：“老金叔，如今四远八方都兴了农民会，这村里也要兴了，大孚他们和你说了吧？”

“说倒说过几次了，只是，委员长……”

剑秋等了一会,见老金还没有说出什么来,就说:

“想来他们没把意思说明白,如今我来和你说说,好吗?”

老金迟疑了一会,说:

“就怕我这样一个粗人,心里不开窍,听不明白委员长的道理,反倒耽误了委员长的工夫。”

“不要紧,我有工夫。”剑秋说:“实在,这个道理,我们作田人,一听就会明白的。往简捷里说:土豪劣绅,吃的是我们作田人的,穿的是我们作田人的。他们不单不报答我们,反倒把我们不当人看,把我们踩在脚下,压迫我们。如今我们就不答应,要和他们算账。我们普天下的穷人,如今都要联合起来,打倒那些家伙,革他们的命。俗话说得好:‘一根筷子就撅得断,一把筷子撅不断。’如今我们的农民会,好比是一道铁箍,它把我们穷人都箍紧在一起。这么一来,别人不单撅不断,连砍也砍不断。想想看:我们当长工的、作田的,受尽了财主家气的人,怎么还不加到这道箍里来呢?”

众人听了,有的点头,有的说是,老金一时没有说话,他沉思着。

布谷鸟在晴朗而清和的空气中叫唤,野鸽子在那卷舒着白云的高空飞翔。水田里也是一片蓝天白云,还有那青青的山色。

遍山红了杜鹃花,好一片初夏的风光。

剑秋他远眺近望了一阵,转过头来对老金说:

“老金叔,我想起一件事来了:小时候,我在文昌阁读书那会,听人讲过,你年轻时候,打过一个财主。那财主非常有名。我当时听得格外有劲。可惜那讲故事的,讲得首尾不清,连财主的名字也说不上来。这以后,我老想请你讲给我听,老是没有遇上这个方便。今天正好遇着了,请你原原本本地说给我听听吧。”

“这是老早的事了。”老金说:“委员长,这时候讲这个可没有意思。”

“不,老金叔,这才有意思呢。”剑秋说:“以前我还想过把你这故事编成书。要是我知道得清楚,说不定已经编成了。”

老金笑了笑说:

“我这样的人,我这样的事,还编书?那些读书的人见着了还不笑话么?”

“这种书,有一种人见了笑话,有一种人见了欢喜。”剑秋说:“就好比《水浒传》,它讲义气,讲替天行道、劫富济贫。这些故事,财主讨厌听,穷人听来却分外欢喜。”

这时候,海保也插嘴说:

“我小时候,也听我爹提起过这件事。你知道:我爹是个不爱说话的人。我常常要他说给我听,他总是三言两语就讲完了。这会儿你讲吧。顺带我也听个详细。”

老金抬起头来,凝望着远方,静静地回溯着那几十年前的往事。许久,他转过头来,对剑秋说:

“委员长,不耽搁你的工夫吗?”

“不耽搁。”剑秋说:“我要到晚上才回去。”

“许多年前,”老金开始讲了,“我也不知道是哪一年。我家遭了灾,打河南地方逃出来。委员长知道这河南地方有条大河……”

“知道。那就是黄河。它的水一年四季总是浑黄的,不像我们这桐江的水这般清亮。它常常涨水,涨起水来老是决堤。”

“那年就是决了堤,”老金接着说:“我们打老家出来逃荒。一站又一站,不知走了多少站;一天又一天,也不知走了多少天。一边走,一边乞讨。也没有定盘上哪里。到哪里算哪里吧,终归到了这个县里。

“凡是逃荒的,官方发给张‘照’。我们把照呈到县衙门,县知事验明了,就把我们这帮难民打发到县里的东南方开荒去。

“这么一来,我们就在那里落了户。

“那东南方全是深山高岭,少有人烟。我们到了那里,搭起了茅屋,打草驱蛇,渐渐地安下了家。

“那时候,我还年纪小。我是由爹打北边用柳条筐子把我挑到这南边来的。

“我不记得开荒的事。等到我能记事的年岁,荒地变成了熟田。

“山里的田不愁水,大水漫不进来;山里的田也不愁旱,山溪水长年唏唏沙沙地流,流不断的。要说好地方,真是个好地方呵。

“十八岁我娶了媳妇,转年,十九岁,我爹去世了,我当了家。

“那时候,在我们那地区,有个大绅士,也是个大财主,他叫罗家章。要说起罗家章,是个道道地地的土皇上。

“打自我爹那时候起,我家就得一年三节给罗家章送礼。我们村里全一样,家家户户全得巴结他。

“我当家第二年,罗家章做五十生日。村里按户摊钱,给罗家章送寿礼:全村的男丁,七十以下,十五以上,全得拜寿去。

“两地相隔三十里。日子到了,我们打清早动身,翻山越岭的,走到晌午,才到了罗家。

“管事的收了礼,问我们当中谁能提笔写字。

“谁也不会。

“回头,收礼的拿出一张写满了字的红纸,和一个墨盒,说是代我们写好了礼单,叫我们一个个在自己的姓名下盖手印。

“我们当中的老辈子,他们当场就起了疑心。问道:‘借问大管事:我们来给老爷拜寿,为什么还叫我们画押?’

“‘你们作田的不懂礼路,’管事的说:‘这是将来罗府上好照着手印发谢帖。’

“拜过了寿,回到村里。一个月过去了,半年也过去了,谁也没接到罗家章的谢帖,却谁也没盼他的谢帖,谁也不曾提过这件事。

“转头到了第二年,六月底,田里刚收拾好,县里却发来差警。我们村里人家,一不欠粮,二不欠租,差警为什么上门来?差警说,他们是来催租的。

“树是我们栽的，田是我们开的，我们从不曾向谁赁过一升半合，哪里飞下来收租人？

“差警说，我们是县里来的，是罗家章搬来的。

“这么一说，大家明白了：原来那份礼单，就是预先写好的承耕字——我们都在上面画了押。

“怎么办？只好这么办了：全村一面款待差警，一面商量好，明天一早往罗家章家去。

“到了那里，罗家章不露面，还是去年收寿礼、叫我们画押的那管事出来和我们说话。

“他掏出了那张红纸字据，当众念了一遍，说：‘承耕字上有你们的脚板手印，随你们说到天上地下去，也赖不了老爷的租。现今官差在场：说得好，我代你们求老爷开恩，赦你们一分半成；说得不好，照据实收！’

“当时我们一齐吵起来了：也有喝打的，也有叫骂的。管事的见风头不对，溜了进去。一会，罗家章出来了。差警们雁翅般地排在他两旁。他喝道：

“‘谁个狗大的胆子，敢在我这里闹嚷！把为首的给我捆起来，解到县里打屁股戴枷去！’

“众人一时愣住了。那时，我心里像着了火，忍不住了，就打人丛里跳出来，迈步上前，揪住罗家章，把他撂倒在地。也就在这时候，差警们一齐动手，把我捆了起来。

“我到了县里，在牢里坐了好些年。也不知说是什么老太后做寿还是哪个皇帝登基，大赦天下，才把我赦了出来。

“我回到村里一看：我家什么人也没有了，那茅屋也塌了。我一时到哪去呢？我没有去处。这样，只好给人做短工，做长工。后来，到了这里，和海保他爹做了伙伴。唉，一晃，又是这么多年了。”

众人聚精会神地听着，谁也不吭声。海保听得既伤心又生气。待老金一停嘴，就狠狠地咬了一下嘴唇说：

“你撂倒了那老狗，怎么不向心窝里拼死命地擂他一拳，终了那老狗的狗命呢！”

老金叹了一口气说：

“要是如今，农会把那些作田的箍拢来了，人多势众，有帮有卫，就不打紧了。那时候，我要送了那老狗的命，一到县里就要判斩，早就不在世间了。”

“老金叔说得对。那时节，是你单人匹马和那老狗斗，自然斗不过他；如今有了农会，那些土豪劣绅就休想斗过我们。”剑秋停了停，指着眼前的一片秧田说：“不单是你们山里的田，是我们穷人双手开出来的；就说这里，当年也不都是荆棘蔓草，是我们作田人打草开荒，把它耕种成这样子，然后又让土豪劣绅抢过去的么？”

老金以前只是想到自己家里和自己村子里被抢去的田，不曾推想到普天之下的熟田，当年全是荒山荒地，全是作田人勤勤恳恳地开出来的；现在经剑秋一点破，也就开了窍，他点点头道：

“你说得对，是这样的。只是这里的荒开得早，不知是哪一代开的，哪一代让人夺走的。”

“管他哪一代，”剑秋说：“横竖我们吃那些人的亏吃够了，今天我们也要回敬他们。”

这一番话，说得老者都动了心，有几个当场就说要入会。达和叔想了好久，也说要入。后生们都知道达和叔昨天还在那里反对二利入农会，现在听他说也要入会，就都笑了。

“笑什么！”达和叔说：“你们真道我不愿归农会么？只是这些日子，我家那狗骨头和我打斗，我才这样说着气他的。我心里本来早归了的。”

老者们见达和叔也入了，都纷纷表示要入会。那些后生在一旁喝彩,他们的兴头更高了,一时几乎都报名入会了。到了中午时分,人才慢慢散开,光剩下剑秋、老金、海保几个了。

说话间,招喜儿挑着两个篮子送来中饭。老金说:

“委员长,你要不嫌弃,就和我们吃顿田间饭吧。”

剑秋说:“不,只送来你和海保两个人的饭,要是加上我,就不够了。你们吃吧,我得找大孚去。”说罢,就站起来。

这时招喜儿放下了篮子,抽出了扁担。她一边端出饭来,一边接嘴说:

“这些天,我们老奶奶也顾不得管厨房里的事了。今天一早,听说县里区里的委员全到了,把他们这一家子全吓蒙了,更顾不得管那油盐柴米了。老金叔,今天的酒是我去舀的,饭更打得多,你就留委员长表叔在这里吃吧。”

剑秋说:“这么着,我就领招姑娘的情了。”

招喜儿赶忙提起壶,酌了半碗酒,双手捧与剑秋说:

“委员长,你这样叫我,我可承当不起。还怕不折了寿数呢。”

剑秋也赶忙站起来,双手接过了酒碗,说:

“怎么承当不起呢?你道是那些三多九如、多福多寿的话,只能奉承奶奶娘子们的么?才不呢!她们才承当不起呢。——今儿一早,还听见周清臣说什么吗?”

“周清臣一听说绍亮叔做了委员长,吓得魂魄都出了窍了。”招喜儿说。

“你说说,他的魂魄怎么出窍啦?”剑秋笑着问。

“他嘴里叽里咕噜的,像猫儿念佛一般!”招喜儿说:“这不是失落了魂魄是怎的?”

“果然是该给他招招魂。——这个且不用去管他。”剑秋说:“现在该道谢你那次的功劳了。好在朱小姐过些时免不得也会到这里来……”

招喜儿知道剑秋要提那夜她领文漪出走的事,忙向他眨眼,示意他不要说。剑秋说:

"不要紧,老金叔是自己人,都是一家子,反正谁也不会传出去。——待文漪来了,还不知道怎么谢你呢。"

这时候,招喜儿从里衣里掏出一个鸡心般大小的香囊,交给剑秋说:

"这里面有个金戒指,烦你捎还给朱小姐吧。"

剑秋以为是文漪那天夜里遗落的,说:

"这还还她做什么?你拾了你就搁着吧。"

"不是我拾着的,委员长。"招喜儿说:"是那天夜里,我送她出来时候,她悄悄地揣到我手里的。当时我又不敢声张,不敢说不要,也不敢送还去,怕耽误了工夫。我这才接住了。这件事情在我心里一直不好受。我做这件事,哪是望朱小姐赏我?"

剑秋接过了香囊,解开了线,倒出了那个戒指,拿在手里,看了看表里,又还给招喜儿,笑着说:

"这上面的字是'百年偕老',这分明是柳条少爷家的聘礼。你还要她和柳条少爷百年偕老么?你要还她,她准会生气的,我要是带给她,她也定会派我的不是。你先收起来,待我问她,她一定还有一个'五世其昌'的,一定是那天晚上匆忙,没全脱给你,待我把那'五世其昌'的捎来,送与你和二利老表,这才合适不过呢。——你们定了喜日子吗?待我来给你们吹喇叭。"

吹喇叭本来是做伴当的技艺,财主们都认为是下贱的行业。现在这位堂堂的委员长,公然说要为一个丫头出阁来吹唢呐,这怎么不令人吃惊,引得海保和老金都大笑起来。招喜儿格格地笑了一阵之后,也抿着嘴儿说:

"做委员长的还爱说笑话,才少见呢。——说起我们这事,还不知道成不成。这雷打火烧家里,口口声声要把我卖到云南四川,生生死死都回不来,和他见不了面!”

招喜儿说话的当儿,大孚正好来了,笑着接嘴道:

“你不用愁坏了肚肠。这事我们农会能写保票。——老金,你说写得么?”

“光景能写得。”老金答道。

这时候,早把饭吃过了,大家再说了一阵,老金、海保下田里去了。招喜儿也挑着篮子回去了。剑秋问大孚道:

“今儿都顺遂么?”

“刚才听他们说:村里都顺遂。我是去了几个小村子回来的。那几个村子里,还有些没有通窍的。下半天你能和我去一趟么?”

“行。”剑秋说:“去了,我就打那边一径回区上,不上这里来了。你看明后天你们这里能开成立大会么?”

大孚沉吟了一会,点点头说:

“差是差些。这会你跑一趟,光景差不多了。打铁赶热,就明天晚上吧。你看怎么样?”

“好!”

“明天晚上你们两位委员长都来才好。”

“可以。”剑秋说:“你看能不能早些?因为这几天开成立会的特别多。我们在这里参加了会,作兴还得赶到别的村去。”

大孚说:“好,回头商量时,我就这么说。”

说罢,两人就一同走了。到了晚炊时分,大孚回来了。立时召集了一个会,决定通知全村,明天太阳落山时候,在追远堂开“东溪乡农民协会”的成立大会。

7

绍亮出了东溪,沿着桐江向枫镇走去。

正是暮春时节,故乡的风光是这样的绮丽:江上燕子来复去,在朝霞中,剪裁着闪闪的金波;绿茵似锦,野花如绣。但一路之上,绍亮没有伫立片刻。不是他不关心这些,而是为了赶路,此时他抽不出这种闲情逸致。

他走到黄金湖畔的金湖村边,离枫镇还有两里路的地方,农会一伙同志对面迎上来了。他看见文漪也在其中,就问她何时到的。文漪告诉他已经下来两天了。

大家见过,寒暄了几句,就一同转身来枫镇。绍亮说:

“我还以为同志们下乡去的,原来是来接我的。大家竟把我当成新官上任了。”

文漪说:“这是我的提议。因为枫镇那些旧势力的代表者,他们知道你要到了,今天准备着打你的下马威,所以大家同意先来商量一下。刚才动身时候,老刘来会里了,他也同意我们来。”

接着同志们就述说情形。原来枫镇的商会长黄炳仁因为自农会成立,镇上各店家的伙计徒弟们大都入了会。会员们在农会工运部的领导下,各行各业都开了会,庆祝各分会的成立;全镇并且开了一次大会,游行示威。自这以后,会员们纷纷向店主提出要求,如增加工资,缩短工时,不准打骂徒弟等。炳记行是个大字号,伙计、徒弟比别家多,而且店主又是商会长,所以一切要求,大多是由炳记行的会员首先提出,由炳记行首先实行,因此黄炳仁老板好不恼火——这是头一个恨农会的;还有,就是枫镇高等小学堂的校长卫乃道,他眼见农会发动打倒土豪劣绅,学校里许多师生积极参加活动,将来难免不波及于他,对农会自是愤懑。因此他们两人常常策划对付的办法,但大势所趋,人心所向,因此虽然以黄会长的长袖善舞,以卫校长的足智多谋,一时也不曾想出什么妙计来。

前不几天,两公又在三姑娘家相遇了,于是又谈起眼下的大局和本镇的情形来,谈来谈去,一筹莫展,只好用讥诮和谩骂,来彼此慰藉、彼此痛快一顿,他们这样,也不免引起了三姑娘的牢骚,三姑娘说：

“这农会里的人，真是吃了没事，挖窟窿，寻蛇打，特意抓破好肉来化脓，说什么‘打破迷信’，以后不准再替人家走阴了。我走我的阴，治得好是病家的福气阴德，治不好是病家的寿数有限，是病家的命里注定的，我何尝搁碍了他们？吃公事饭的我也见过，知县、司官吃酒打牌我也陪过，只没遇着农会这些吃公事饭的，这般势当，这般叫人不得安生。我说你们那些当校长会长的，又不是官衔没他们高，又不是钱财没他们多，可就不肯出来为我这样的苦命人说句话。”

卫乃道听得笑道：“你是‘苦命人’。哈哈，这三个字下得俏皮，是谓信手拈来，皆成妙谛，该打西瓜大的圈。”停了停，又叠一句，“该打西瓜圈。”

可是黄炳仁没卫乃道这么高超，他叹了一口气，说：

“三姑娘啊三姑娘，你不知道我也是泥菩萨过江。连我们卫乃翁也想不出妙计来。”

“妙计么？”卫乃道说，“这会儿可是有了。”

黄炳仁赶忙问计，卫乃道说：

“计就出在三姑娘身上，这……”

“你莫这呀那的，”三姑娘乔张致说，“我可是半老中世了。要用什么美人计，就莫怪我抹你们‘两长’的面子，得另外张罗去。我可出不得台！”

“哎，仙姑呀，”卫乃道说，“你就暂息雷霆，听我把话说完。——这计就出在三姑娘身上。这是三姑娘的拿手好戏。”

三姑娘还是这么乔张致说：“不是以前的知县司爷了，如今文武我不出去。”

卫乃道向三姑娘笑了笑，转而继续对黄炳仁说：

“三姑娘走阴走得显灵，这是众所周知、有口皆碑的。她装起神来,可谓片言只语,传遍四方。我们现在何不措置起来:安起神坛,请出三姑娘去,就说是礼请一方鬼神——到底有哪些鬼神,这个三姑娘知道——为全镇禳灾祈福,谁曰不宜?当斯时也,三姑娘自可鼓其如簧之舌,借鬼神之言,对那班作非分之想,乃至想犯上作乱的伙计徒弟,晓以祸福,喻以利害,劝其改邪归正;对农会那口尚乳臭,而竟敢倒行逆施之徒,则揭其阴私,痛加训斥,务使腾笑乡里,不能再去蛊惑他人。嗯,这个嘛,会长老弟,是谓之'圣人假神道以设教',质之高明,以为如何?"

没待黄炳仁说话,三姑娘抢先说道:

"还是不成!这如今我没说他们什么,他们还要打倒我呢;要照你说的,那还不捅出娄子来?我呀,稳当些好。不走阴,打打麻将也过得日子。"

卫乃道笑道:"你打麻将,他们还禁赌呢。不这么想吧。实在你怕他则甚?你一不是贪官污吏,二不是土豪劣绅,又不是大老板,对什么人也没有——嗯,会座,他们说你们对伙计徒弟们使用的是什么手段哪?"

"什么剥削手段。"黄炳仁苦笑着答道。

"这些新名词都不见于经传,听起来真叫人头痛。"卫乃道说罢,又转而对三姑娘道,"你对什么人也没有剥削手段。你出来,是由各业首事请出来的,他们要找麻烦,也只能找那些首事去,和你又不相关。"

"再说,万一不济,还有卫校长和我呢。"黄炳仁道。

"黄会长之言,真是正言谠论。"卫乃道随即要脱身棍了:"对了,还有黄会长保驾呢。难道他现在三对六面下了保票,到时出了麻烦,他能甩袖子么?我说三姑娘,你乃仙女下凡,身为七仙姑里的三仙,名登仙版,岂能受此凡夫俗子之气?"

三姑娘笑得弯了腰,她一手按腹,一手指着卫乃道说:

“你这个军师,须帚儿一掸,把自己身上一点点什么都掸到别人身上了,你自己倒干净。这会儿我也不用你拿糖饼儿甜我。我用来哄别人的,稀罕你捡起来奉承我。只是我要‘先小人,后君子’,把话说在前头:要我去,我去。若果弄得我下不了台,黄会长固然要出来,你可也脱不了干系。若是你要推却,我可得当众揪了出来。”

黄炳仁听了,连说有理;卫乃道也不便再耍滑头了。于是,妙计就这样定下来了,并立即筹备起来;一面把消息传播出去,以广招徕。

到了昨天,听到区农会委员长要到了,因此决定今天开坛。

绍亮听同志们讲完,已经进到枫镇,路过财神庙前,果然看见门外旗杆上挂起了一道布幡,那是招引鬼神的旗号,就好似乡村客店里高悬酒旗;另外,门两旁摆着纸扎的金童玉女,那是为鬼神引路的。

绍亮等一行人进入农会,老刘——他现在名义上是“国民党枫镇区分部”的执委——忙上前来和绍亮握手,也不及寒暄,只说:“来得正好!来得正好!”

绍亮会意,就带笑说:“我们就开会吧。他们既要考试我们,就得快点准备。”

老刘说:“一会人齐了就开。你主持。新官上任三把火。你也不必免俗。”

说话间,文漪过来对绍亮抿着嘴笑了笑,说:

“你看谁来了?”

“谁来了?”绍亮向大门那边望了望,没见谁进来,文漪转过身,看见是老苗在她背后,就忙过去拉住老苗的手,道:“苗师傅,你老人家好。我看你老人家比前些年越发健朗了。真叫人欢喜。我这回回来了,有工夫我还要给你讲传。”

“这会可不能给我讲这些了。这哪里是先前？如今耽搁你的工夫，就算耽搁了全区的大事。我看你比先前反见清瘦了，准定是工作太忙了，只顾忙，就顾不得吃喝睡觉了。这以后可莫要过累了。”

没待绍亮答话，文漪抢着说：

“苗师傅听见你要到了，好不高兴，昨天就把你喜欢吃的水豆豉煮豆腐、油炸豆腐丁等都准备好了，今天晚上你可是大饱口福，连带我们也沾光。”

老苗说：“就不知道还对不对委员长的口味？”

“苗师傅，你可是忘了我的名字？怎么这般称呼我？”绍亮打趣说，“再要这样叫我时，我就不应了，你却莫怪我。我在外面时，总是想着什么时候回去，再吃着苗师傅做的豆腐？不想一到就吃上了。今晚上我掏钱买壶老酒，待敬你三杯。”

文漪道：“这分明是哄苗师傅，外边哪里就没有豆腐？”

“莫说没有我们这里这样的好豆腐，”绍亮说，“就有时，你哪里寻我们乡里这样的好水去？还有那做豆腐的好手呢……”

没待说完，那边叫着开会，绍亮立时住嘴，老刘等一同来到楼上会议室，把门关严了，然后开始会议。

在绍亮讲话时，老苗敲开门，拿着一张红纸客单进来，原来今天晚上商会等处要为绍亮洗尘。除首席绍亮外，老刘以及文漪等都有名字。绍亮接过客单来看了一下，把它交给老刘，说一声“辞了！”便接着布置工作。

老刘在客单上绍亮的名字下，写上了“旅途劳顿，不能奉陪，敬谢。”交给老苗送走了。

这里开完会，大家就按照决定，各自工作去了。

到了下午，财神庙里灯烛辉煌，这比以前三姑娘走阴的排场可大得多了。今天的观众也与往常不同：往常多是些妇孺，而今天却挤满了伙计徒弟，这是商会长黄炳仁事先和各业首事说明了此举的用意，因而各店家的老板不但不阻止，反倒要伙计徒弟们来听道，说三姑娘今天要泄漏天机，机会难得，奉劝大家幸勿交臂失之。

观众们依照旧例，留下从大门到坛前一条通道。这道，是走阴者的魂魄出去请神时往来的，也是鬼神的出入之路，凡人是不准行走的。

三姑娘开头请来了本庙的赵财神，接着请来了许多神鬼，这些神鬼到坛，都是说着差不多的话：说大劫即将来临，要免此劫，定要安分守己、尽忠报效主人，不可犯上作乱，否则不死于刀枪之下，也必五雷殛顶云云。

这里三姑娘正说得热闹时，忽见一青年女子，径直地从大门走着那条禁止凡人行走的路走将进来，大家举头一望，原来是文漪来了，于是全堂鼓掌欢迎。

话说这三姑娘这时虽然发了神：眼珠子翻白、魂魄离了窍，假死过去了，可是她一听乱了阵脚，不由得赶紧回到阳间偷觑一下，然后定了定神，大声念起咒来：

我是天上五雷神，
谁敢障我来去程？
若不赶紧闪让开，
立时响雷轰他顶！
——嘘！太上老君，急急如律令！

文漪没有理会，只是用鼻子嗤了一声，而全堂却大笑起来了。

笑声刚止，老苗又打大门径直迈进来了。

三姑娘偷看一瞥，就说："进来的可是木生的大娃儿狗仔吗？"

原来，狗仔是老苗的小名，而木生是老苗他爹的小名。老苗这么大年纪了,他爹已经下世几十年了,就是老苗的子侄辈,也很少知道他的小名了,这三姑娘为什么连他上一辈的小名也知道呢?奇就奇在这里,而三姑娘的出名,也全由于此。

实在说穿了也不稀奇:原来三姑娘打早和道士钱可通有勾搞。钱道士是去龙虎山赶过考、张天师封过了的。所以他掌管本乡五都三十六图的生庚簿。三姑娘为了做她那买卖,把那生庚簿抄了一份,当作本钱。到哪村去走阴时,她便将那村的生庚簿带去。垫在臀部,她要看时,就说神指示她看"天书"。看天书时,站在她两旁的人,必须后退三步,背面朝她,病家的人,无论男女老少,全都得对她匍匐俯伏,还要燃香,弄得庄严肃穆,因此无人得知那天书就是一本生庚簿子。

现在,老苗听三姑娘叫他小名,也不答应,只说:

"你们老姑娘给你送天书来啦,我给你带进来了。"

老姑娘是三姑娘的丈夫。据说她丈夫自小有病,不能人事,所以人们给他起了这个外号。至于他的真名实姓,却很少有人知道。

三姑娘因为今天走阴无定主,而且镇上的人,各村都有,带哪册生庚簿也不成,全带吧,临时翻检,又不像天书。——天书只有一册,哪有一大堆的——所以先用包袱包好,要老姑娘掖着,站在外面,听她的口气行事。老苗来时,特意问老姑娘包袱里是什么,老姑娘答说是个椅垫,于是老苗硬将它接过,送了进来。

三姑娘一听老苗的话,也顾不得这许多了,惊叫道:"给我!"

"给我!"文漪从老苗手里接过包袱,立刻有几个徒弟把她扶到神坛上。于是,她抖落包袱皮,把生庚簿给大家看,并作说明。

于是全堂哄然。接着高呼"打破迷信",要求农会逮捕,送县法办。

这时,三姑娘见大势不好,早已高叫一声"吾神去也!"口吐白沫,瘫在椅子上装死。

事情一发生,早有人飞报黄炳仁他们去了。一时黄炳仁、卫乃道并各业首事都来了,文漪正在演说呢,他们也不敢上前打断,只好站在下面聆听。

"……同志们!不要小看了她,"文漪继续说,"这个装神弄鬼的女人,她也属于剥削者,她是一种特殊的剥削者,因为她过去——此刻以前——握有一种特殊的权力,那就是'神权'。但是,刚才我们委员长周绍亮同志说了:对于我们来说,不管它是绅权,还是神权,不管它是天地君亲师,我们一点也不客气宣布说:所有旧世界的权力,一律打倒,一律不作用了!我们宣布:'一切权力归农会'!"

"一切权力归农会!"全堂高呼。

这时,卫乃道他们都见机而作,一个个溜了,单丢下三姑娘在这里,等神仙来替她解围。

三姑娘到底是个鬼窍的人,她知道她在天上的姊妹一时也下不来,只得醒了过来,当众认错,最后并且高呼三声"打破迷信",然后丢下天书溜了回去。

8

第二天晌午时分,绍亮到村里来了。他对大孚说:

"今天晚上,剑秋还得赶到铁柱村去。怕这里耽搁得久了,误了那边,你看还能提早些么?"

"铁柱不是早成立了么?怎么今天又要他赶着去?"大孚说。

"他们今天不是开成立会,"绍亮说:"是铁柱和附近的村子联合打张得标。"

说话间,正好来了一阵暴风雨,把田里的人全撵回家来了。待到雨过天晴,已近黄昏了,各家已经吃过了晚饭。这时候,剑秋也来了。

"好!这叫做天助人愿。"大孚说罢,喜洋洋地叫敲锣开会。

村里从来只有两桩事才能敲锣:第一桩是逢公堂里有事,例如祭祀、平粜、和邻村械斗、斯文帮议事等等;第二,是罚约,例如有谁家违反了公堂中的禁约,或在干旱时节,偷了堰塘里的水等等。可是,今晚敲锣,和这两桩事全无关系,而是自东溪村开基以来,破题儿第一遭。

敲锣的事,原是住在追远堂里老福保的职务。今晚敲锣的,是二利、大牛和柳林的刘火生。

他们敲的锣,不是老福保往常提在手里那个小锣,而是祭祖时候,“擂鼓三通、鸣金九叩”的一个大锣。那个锣,原是挂在追远堂天井边的高架上的,现在已经摘下,由大牛和刘火生两个用竹篙抬着,二利手执锣槌,敲着:

轰!嗡……

宏亮的锣声,在这家家的屋檐挂着锦似的晚霞中荡开来,二利大声喊着:

“农民会开会了!快上追远堂!”

一阵锣声,夹着一阵雄壮的呼唤,人们像潮汐一样,涌进了追远堂。里边找不出一个着鞋塞袜的人,就别说什么整肃衣冠了。他们光着脚,在这祠堂里哗啦啦地嚷着、谈笑着、议论着。

周清臣家离追远堂不远,当二利敲第二声锣的时候,周清臣家和宜春祠那半掩半开的门早关严了。等到他们敲遍了全村,掩锣回来时,就特意绕了个弯儿,来到周清臣家门口,把锣狠狠地、轰隆轰隆地捶了一阵,三个人冲着门内猛力地吼着:

“农民会开会了!开会了!!开会了!!!”

人到齐了。大孚站在早先周清臣发号施令的祠堂最后进的高台上,大声说话了:

“兄弟伙,我们开会了。这个会,叫做‘东溪乡农民协会成立大会’。我们这个农民会,除了我们村,还有几个小村子。小村子是弱小民族。我们会里的章程，是反对压迫弱小民族的。回头，选举时候，请各位兄弟伙，关照各小村的会员兄弟伙：选委员不能尽选我们村里的，也要选小村的。再有一桩：我们的长工会员里头，有的是外乡外县的，他们也不姓周，兄弟伙要知道：我们兴农会，不是开谱牒局，也该照顾那些长工兄弟，回头也要举他们的手。还有一件，我们会里要选个秘书，秘书是给我们出布告、写标语、造册子的。这份事情，要个读书识字的。大家都晓得，我们村里读书的，不是新爷，就是老爷，都是财主；只有二相公是个穷人，只有他归得会。我们几个人还先商量了一下，觉得选二相公做我们的秘书最合适。到底大家中不中意，回头请各位发表发表。现在，先请区里和县里两位委员长同志给我们演说。”

这时候，天已经黑了，绍亮和剑秋站到高台上。后边的人还是嚷道：

“看不清我们两位委员长哇！”一时有叫掌灯的，也有叫点火把的，会场里乱了一阵子。结果是谁出了个主意：叫打开牌位龛取蜡烛。一语提醒了大孚，忙叫人翻上香案，把龛门打开把蜡烛和烛柱一齐拿出来。

正在点烛时候，人堆里突然有人叫道：

“把中门打开来吧！”

原来追远堂的正面有三道门，平常只开左右两扇。中门是不能随便开的。只有在祭祀时候，在掌香火的福主菩萨进出时候，迎九皇、接天花娘娘时候可以开。至于开启此门来迎接凡人，那除非此人中了进士，捷报到达之日，才准朝衣朝冠打开中门进来拜祖宗。

可是，此刻提议要开中门的，不是翰林，不是进士，而是普通的作田佬。当那提议者的话刚落，众口一词地响应：

“对呀！打开来哇！”

大孚手里端着一个大烛柱，烛柱上插着一支明晃晃的蜡烛，他

举起手,向下面接句道:

“把门闩扛下来,开吧!”

立刻,七八个人抢着抬下了门闩,此外有更多的人开门,立刻,钟鼓齐鸣,呀然一声,门敞开了。

随着开门声,全场一片欢呼。

现在,到处亮着蜡烛,犹如元宵节,人,仿佛在灯市中。

人们叫喊着:

“先莫迈!让我们绍亮迈!”

“还有杨委员长,也请他迈迈!”

“请了!请两位委员长迈啦!”

在满堂喧哗中,在满堂欢腾中,大孚、二利一伙人,簇拥着绍亮和剑秋下来了。

绍亮和剑秋并肩地走着。人们让开了一条直达中门的大路。他们一边走,人们一面踊跃欢呼。当到达门边时候,更是迸出了雷似的欢呼声。

在春雷声里,绍亮和剑秋被人们拥着过了门坎,出了中门;又被人们拥回来,拥着他俩过了门坎,进了中门。

全场在烛光的照耀中,全场在无比的兴奋中。这是自有东溪以来从未有过的景象和场面。

绍亮当着这一片踊跃起伏的人海,大声宣告:东溪村农民协会正式成立!他以烈火般的语言,在他故乡的土地上,在他那历尽苦难的亲人面前,宣告一个新的时代开始了!

在那海涛般的欢呼声里,谁也不会觉察到:绍亮的眼睛里,一刹那间,被泪水模糊了。

紧接着,剑秋讲话了:

“叔伯兄弟们!今天在这里开会的全是穷人。以前我们穷人是不能站在这里说话的。我们以前没有资格迈过中门。但是,今天我们迈过了,今天我们站在这里说话了。同志们,叔伯兄弟们,我们不单在这里有资格说话,我们到哪里也要有资格说话,我们穷人要坐天下!”

——哗啦!

全场活动着,欢呼起来。

“同志们,我们穷人,可以说,打娘胎里起,就受别人的压迫。受谁的压迫呢?受两号子人的压迫。今晚上,我就来讲讲他们是怎么来压迫我们的。

“这两种人全是财主:一种是土财主,这种财主个个村里有,像这个村里的周清臣就是。他们一天到晚想出各种各样的法子来吸我们的血。自然,这种人是我们的死对头,我们要齐心合力,把他们扳倒——就是打倒他们;另外,还有一种财主,他们是洋财主。洋财主也天天在那里玩手段,耍花枪,来吸我们的血。哪些是洋财主呢?洋财主也不少。拣紧要的说:就有英国、法国、美国、日本、意大利、德国——他们统统叫做帝国主义。”剑秋解说了帝国主义者侵略中国的事实、各种阴谋,以及军阀、卖国贼与之相勾结的情形,接着说:“我们要扳倒我们村里的财主, 就靠我们全村的穷人箍拢来——这就叫‘联合起来’;要扳倒我们区里的财主,就靠我们全区的穷人联合起来; 要扳倒全县全省的财主, 就靠全省全县联合起来;要打倒军阀,打倒卖国贼,就要靠全国工农大联合;要打倒帝国主义,就要靠全世界无产阶级联合起来。同志们,只要我们联合起来,我们就能移山倒海!听懂了吗?同志们,我们能移山倒海!”

“懂了!”

“好!现在我们来喊几个口号。”剑秋说:“我先念一遍,大家听着, 听清楚了再喊。第一个口号:打——倒——土——豪——劣——绅——!”

犹如第一声到人间的春雷:人们高高地举起了粉碎旧世界的

铁拳,声震屋瓦地吼着:

“打倒土豪劣绅!”

在这座大厦里,从来没有过这样气吞河岳的吼声。这吼声,向四面传开去。

吼声继续着:

“工人万岁!”

“农民万岁!”

“工农大团结万岁!!”

“革命成功万岁!”

剑秋讲完了话,就上铁柱村去,绍亮送他出来。剑秋对他说:

“跟着农运高潮,我们组织的发展,也要有个高潮。要把在农运中的先觉者,统统引导到党里来。历史的车轮在前进,毫无疑问,我们党是以天下为己任的,我们党就是历史车轮的轴心。

“区里的情形,你比我还熟悉。只是你离开了一个时期,而我回来了。以目前的情形来看,我想应当严密注意地主们的活动。像这村里的周清臣就鬼得很。最近他把兄弟、儿子都送走了,不知道要要什么花枪?像卫乃道和黄炳仁他们的活动,也要注意。凡是遇到他们捣乱和破坏农运,就应当组织火力,尽全力给以打击。总之,我们的手段要灵活,切忌呆板;要放得开,收得拢,切忌要放放不开,要收收不拢。最要紧的是团结民众。有了民众,我们就什么都有了,我们就可以把一切土豪劣绅、一切官绅商抓在手心里,我们就要放就放,要收就收。当然,运用之妙,存乎于心,也就是说,在乎根据事情发生的情形,决定对策。——还有,我们讨论过的:健全区县之间的交通线的问题,希望能提前办。”

绍亮答道:“对,交通问题是很要紧的,我们会注意这个问题。不然,县里的消息几天下不来,区里的消息几天上不去,这是很不方便的。我对你还有一个希望:希望在有必要的时候,你随时下来指挥、下来帮助我们。”

“这个当然。即使不通知我，我也会常常来的。因为我绝对不会老待在城里过清闲日子，像做官什么的。”杨剑秋说，“另外一件事，也是我们讨论过的：武装民众的问题。目前最重要的是筹款购买枪支。”

“你看，像三姑娘这种情形，可以罚款吗？”绍亮问道。

“她有钱吗？”

“你不是知道她买田做屋，都是走阴来的钱吗？”

“那为什么不可以拿来买武器弹药呢？这个女人，把我们当乡巴佬耍，她一闭上眼睛，就瞎说一通，颐指气使，作威作福，真是可恶之至。我看昨天这一下子，还没有完全拿下她的威风来，至少，多少年来，她在一般人的心理上所造成的偶像没有被完全打破，我主张：再搞她一家伙，索性把面皮撕它一个稀烂。”

“我同意！”绍亮说：“撕她的面皮，也就等于撕了卫乃道之流的。”

“对！一箭双雕，祝你成功。”剑秋笑着说。绍亮也跟着笑了，于是在笑声里，他们道了别。

9

杨剑秋到了铁柱村，穿过了拥挤着的人群，在农民协会的大门口见着了乡农会的委员长张七仔。张七仔一看见剑秋，欢喜得不得了，他连声说：

“你来了就好了，你来了就好了。”

剑秋忙问道：“怎么？七仔同志，你遇着了什么难题目？”

七仔把剑秋拉上门坎，然后指着那在月色朦胧中汹涌着的人流说：

“你看，委员长，来了这么多人。”

“人来得越多越好！”

“还有这多的表嫂和娃儿。”

“更好。”剑秋说:“打土豪,人人有份。”

“不单是打土豪,大家还嚷着……”

“嚷着捆张得标游乡吧?游就是!”

“不!说要抄张得标的家,我可不敢当这个盘子,没有答应。我对大家说:要等你来。委员长,你看能抄他的家吗?”

“当然抄得!”

七仔又说:“大家说今夜里要在张得标家里杀猪宰牛,大摆筵席,大家开怀喝杯胜利酒。委员长,你看喝得么?”

“胜利酒,好哇。谁说喝不得呢?”剑秋在七仔肩上一拍,“当然喝得!我们农民会又不是吃斋念佛的,是闹革命的。闹革命还喝不得胜利酒么?”他又重复一句,“当然喝得!”

“这样就好。”张七仔说:“委员长,我得令了。”

说罢,张七仔下了台阶,剑秋跟着下来。然后他俩并走着。他们一面走,一面说着。不久,走到草坪上人群的核心了。人们像潮水一般地拥向他俩。有的扛着梭镖,有的背着鸟铳。有的村,连大炮也抬来了。这些炮,有的是铁铸的,有的炮身是松树挖成的,外面箍着铁圈。这些炮都用炮架支着,和铁柱村的大炮排列在一起,好不威风!

草坪上一片喧哗,人们叫嚣着,跳跃着。

张七仔跳上炮架,一只脚踏着一架炮。接着,剑秋也让人群拥上了炮架。七仔对着那浪潮澎湃的人海吼道:

“老表们!表嫂们!县里杨委员长传下了号令:我们抄张得标的家去!到那里喝胜利酒去!——点炮起行!”

不久,号炮响了。人群,犹如爆发的山洪,哗啦啦地向张得标家冲击而去。

张得标的住屋,前面有个大院子,院墙不高,高个子踮起脚,就勉强可以看到里面。现在,激动的人群,喧喧嚷嚷的像怒潮般卷过来了。

在张得标的房子里,一片漆黑,没点儿动静。

院子外闪耀着火把,嘹亮的口哨声,响彻云霄。许多人翻身骑在院墙上,手执梭镖,热烈地呼号着。

一群人抬来了一个大石碓,用来撞击院门。院门经碓身一撞,立刻嘎然一声,歪歪斜斜地向里面倒下了。人群,随即以排山倒海的声势冲了进去。与此同时,从黑洞洞的房子里,有个彪形大汉飞速地奔了出来。人们没有防备,在这突然相遇时候,就三三两两地被冲倒了。当那人冲到院子中央时,人们才团团地把他围住,像发现了横过闹市的老鼠,多少张嘴同时叫喊:

"张得标!捉住!捉住!"

张得标被包围在人群的核心里,手里拿着两把明晃晃的尖刀子,一时没有人能靠近他。他乘势打开一个缺口,冲出去了。

这时候,外面的人,还在川流不息地向院子里拥进。张得标见院门还被壅塞着,冲不出去,他转身跃上围墙,翻到了院外。

和张得标着地的同时,骑在围墙上的人,跟着跳下来,三四人压倒了他,抢夺他手里的刀子。人越来越多,终于把刀夺下了,把他五花大绑,绑在院子里那株老梨树上。

妇女们原先听见里面和张得标交上了手,都停了脚,立在围墙外,没有进来。现在,她们知道张得标被捆住了,就拥进来。

妇女们拥到了梨树下,一时唧唧喳喳地叫嚷起来。首先,有个表嫂指着张得标的鼻子骂:

"鬼打的!你到这时候还是凶——还提刀杀人哇!好!看看吧,看今儿个你杀得赢我们,还是我们杀得过你?!"她骂着又啐着。

接着,又一个骂道:"炮子穿胸的!你记得怎的欺负老娘家么!今日看娘老子掴你这个瘸血的!"她唾过他之后,真的啪的一声,扇了个耳光。

张得标挨了这一下，只是瞪了一眼，咬着牙没有做声。

"强盗！你也有今日！"又一个用指头在他额眉间戳了一下，说："看你还称王称霸么！天开了眼，来了革命军，赶走了北佬，兴起了农会，把你们这些杀千刀的土豪仔打倒，叫你这恶鬼变猪变狗，永生永世投不了胎、做不得人！"

"鸦啄的！水淹沙壅的！你田不作，土不耙，年头到年尾，还天天吃鱼吃肉，穿绸着缎。以前你们说：是你们八字福气好，生的享福的命……"

"看今天叫你吃屎！"另一个接嘴说。

表嫂们七嘴八舌地围着张得标骂。张得标昂起头，两眼望着天，显出那不屑和她们计较的神气来。于是，越发把表嫂们激怒了。有一个立在他背后的表嫂，悄悄地脱下拢鞋[①]，狠狠地在他天灵盖上劈了几下。大家都感到这一下子显了威风，发出一阵爽朗的笑声。

这回，张得标忍受不住了。他觉得让男人捅一刀，也强过挨娘儿们的拢鞋。他转动着头，在人群中寻找那打他的。这时，那位表嫂，她还提着拢鞋在手，大大方方地打背后转到张得标前面来，叉着腰，对着他说：

"是我打了你这五雷殛顶、欺人作孽的土豪仔！你敢怎么样！"

张得标扫了她一眼，昂起了头，一霎时，又回过来，啐了她一口，骂道：

"老子不操你们这些臭货！"

正好，这时七仔嫂从屋里出来，听见张得标这粗野的骂声，急忙迈步上前，对表嫂们说：

---

① 缠脚的妇女，须着两重鞋。里为软鞋，外层为硬底，称为拢鞋。拢鞋略似现在的凉鞋。

“怎么？大家睁着眼睛让他在这里撒野？”她脱下一只鞋，举起，在空中挥舞着说：“表嫂哇，扇他这作死的臭嘴巴！”

说罢，七仔嫂领头扇过去，立刻，几十只鞋子落到了张得标的头顶上和脸颊上，尘土弥漫，使他睁不开眼睛。他只得紧闭着眼，金色的火花，在他的眼睑上闪烁着。

在屋里，张得标的老婆，打自张得标冲了出去，她就把房门顶上了，坐在里面听外面的动静。她听见人们上楼开仓了，又从楼上丢下了劈柴，放下了油缸；又听见外面在宰猪，用竹竿撑下挂在墙上的腊肉火腿。她越听越气，就在里面咬牙切齿地骂：

“你们这些穷鬼！你们这些娼妇！你们这些强盗！你们这些乞婆！你们这些下油锅、上蒸笼的！”

再过了一晌，房门被砸开了，表嫂们蜂拥而入。谁也没有和她打话，只是纷纷地搬箱笼家具。那些随着妈妈来凑热闹的孩子们，一见床上的铺盖搬走了，就爬到上面做游戏。

平常，张得标老婆是极泼辣的，谁也不敢惹她。事到如今，她也只得收敛了。可是她看见孩子们在床上蹦蹦跳跳的时候，她又按捺不住了，她压低嗓子，趁着那闹哄哄的时候，做起了鬼脸，朝着孩子们：

“你们这些短稿荐裹、短棺材埋的！”

大人们没有留心听，孩子们听得真，他们也不示弱，就念着往常在背地里才敢念的谣儿回敬她：

“张得标的老婆，是只野鸡婆！”

野鸡婆借势就来撵孩子，被一个提箱子的老表阻止了，并且将她推了开去。她随即把那老表缠住，用手揪住他，用头撞他，连哭带骂的：

“‘男不斗妇，女不让路。’我没招你，没惹你，我没有嚼你的骨头吸你的血，我规规矩矩地立在这里，你凭什么推我！你凭什么打我！”

众人见她要撒泼了,叫那老表让开,到别处搬东西去。野鸡婆见众人让她,以为拿着了理,就在地上打起滚来。大家见她疯了一般,只得暂时罢手,退到房门外来。这样,她更其发作了。众人前脚跨出去,她后脚就跟出来。到了厅堂上,她就躺下打滚,从左滚到右,从上滚到下,一面滚,一面嚎啕着、诅咒着:

"你们这些绝子绝孙的狗男女!命里注定了你们是穷鬼,靠作田累力吃饭,谁叫你们偷来抢来!天老爷呵!你睁眼呵!雷劈他们呵!火烧他们呵!水淹他们呵!瘟了他们,灾了他们,全收了他们呵!莫要留他们在世上造反、害好人家呵!"

她这么一撒赖,男人们只得遵守"男不斗妇"的习俗,不和她混闹,纷纷地退了出来。最后,在厅堂中不曾走的,只剩孤零零的几个人了。

一见这光景,她越发不罢休了。她的发髻原来已经散了,此时索性弄成个披毛鬼,把头一劲儿往地上撞,嘶叫着,跪行着,撕扯着男人的衣裤。结果,所有的人,全被她闹出来了。

厅堂里没人了,野鸡婆这才坐起来在地上喘气。她心里想:这班穷鬼也怕狠,我再加把劲,作兴能把他们全撵出去。这时候,在楼上搬东西的一伙人下来了,打头的是七仔嫂,她手里提着一只大皮箱。野鸡婆乘着七仔嫂还在楼梯上的时候,像阵旋风似的卷了上去。七仔嫂猛不防,顿时连人带箱子从楼梯上摔下来。

这时候,七仔正好进来了,后面跟着进来一大群人。七仔原在外面指挥,正是听到了野鸡婆闹事的消息才赶着来的。他走到厅堂中央,就喝野鸡婆道:

"住手!不认得我是委员长么!上头有命令:土豪婆撒泼,一样地砍脑壳!"

一呼百应,众人异口同声地叫"捆"!野鸡婆打量着这来头,怕了,赶快松了七仔嫂,躺在地上不动。七仔想:得索性降伏了她,免得众人有顾忌，大声喝道：

“兄弟伙！她还装死呢。装死也是不行的！谁去茅坑里舀桶大粪来灌她！”

许多人同声答应了“是”。野鸡婆这才跳起来，扑到七仔面前，哭嚷着：

“我拼着一条命，让你们吃了吞了吧！”

七仔昂起头向门外问道：

“大粪来了吗？快点！”

“让开！”门边吆喝着：“大粪来了！”

从大门到厅堂中央，立刻闪出一条巷弄，真的要提粪筐粪桶进来的样子。

“把勺子准备好！听我的号令：她要是再不滚进去，老老实实坐在房里，就灌！”

“灌！”众人齐声呐喊。

野鸡婆一张望，看见全堂的人板着面孔，注视着她，好不可怕。她一骨碌溜回到房里去了。

在厨房里，妇女们杀了鸡，宰了鸭；接着是拔毛、破肚、顺肠子。有的在烧水，有的在捞饭。灶上灶下，热热闹闹的，她们在那里笑谈着。头一个说：

“谁家娶媳妇有这般热闹呢？”

“没有。”有人答道：“皇帝老子娶媳妇也没有这般热闹。”

和这同时，许多嘴在一问一答地：

“说起来，我们还上当了。”

“上什么当了？”

“就这么说吧：这张得标苦害了我们这么多年，今儿我们只吃他一顿，还不上当么。”

“唉，说起来真是。这畜牲，讹诈了我们多少次呀。”

有人从外面又提进来许多腊味，其中有糟鱼和火腿。

“糟鱼和火腿，”有人这么说：“听说是进过贡的。”

于是，话又接下去了：

“那不是皇帝吃的么？”

“那么，今夜里我们吃了，不也算做了皇帝么？”

“哼！皇帝例规是他们做的么？金銮宝殿我们也能上！”

大家不由得咯咯地笑了。

男人们扛出了酒瓮，抬出了桌子板凳，在院子里摆设停当，他们见一大堆表嫂还围在张得标身边，就说：

“表嫂们，你们莫围在这里，往厨房里帮忙去吧。”

“我们打土豪啦。”

“莫要拍干净了土豪仔身上那点土吧。还是请你们下厨房。今夜里让那土豪仔歇着，明儿游乡的时候，看我们的！”

10

各村的农会，正像雨后春笋般地生发着和抽长着。农会以雷霆万钧之力，在轰击着旧世界。

东溪农民会设在追远堂后进。自从农民会成立以来，这个祠堂里就显出那前所未有的热闹景象。农会的秘书二相公，以前虽是出过考，但八韵的试帖诗，是不曾搞明白的。他从来不吟什么诗，自到追远堂办事之后，忽然诗兴大发。第一天，他就做了一首诗，写出来贴在墙头上。诗是这样的：

往来无马褂，谈笑有赤脚；

土劣何处去？尽作乌龟缩。

神主龛上原来有副“保我子孙黎民”的木刻对联，如今也贴上了一副纸写的“打倒土豪劣绅，革命成功万岁”的新联。龛中央挂着一面镰刀斧头旗。厅堂左右摆着几张方桌，中央是用方桌拼成的长条会议桌。这样一种布置，分外显出那古所未有的新兴气象。

现在，傍晚了，人们陆陆续续地来了。有位老太婆，正在和大孚说话。她纠纠缠缠地缠了许久。大孚三番几次地向她解释，劝慰她，但都没用。最后，老太婆生气地说：

“你们兴农民会，就兴你们的吧，也不干我的屁事。只是你们好事不做。”

“嘿！老婶！你说话要实在点！”二利截断她的话，多少带点脾气说。他原站在那边和人说话，听见了后面这句话，才转身过来质问她的，“哪一桩事我们农民会做错了？”

老太婆没有被吓着。她瞅了二利一眼，漫不经心地说：

“哟，是你哪？你晓得么，你出生时候，你那小鸡鸡缩进肚子里去了，也不知是男是女，把你娘吓得不知怎么才好。亏了我把它轻轻地拎了出来。要不，嘿！”

她这么一说，引得大家笑了。二利越发上火了。他吼着：

“谁跟你说这个来着！”

“不相信么？”老太婆慢悠悠地说，“问你娘老子去。”

“我问你啦！”二利急得暴跳起来，“我们农民会哪里不好，哪里搁碍了你？”

“农民会样样都好。可就是有一桩不怎么样。”

“哪一桩？”

“兴了农民会，连媳妇也敢顶婆婆的嘴了。”

“这个怪不上我们农民会。”

“这不明摆着是农民会长她的势么？古话说得好：‘新三年，旧三年，缝缝补补穿三年。’如今，她进门不上三年，就吵着要她老公剪洋布裤。我教导几句,还顶我的嘴呢！没有农民会,她敢?！”

“你说是农民会,就算是农民会,我们认了！”

“好了！是你二利说的,媳妇顶得婆婆！”

“顶得！是我说的！凭你告到哪里去！”

老太婆没有办法。她只得招着一肚子的委屈走了。当她离开时候,还嘀咕着：

“好哇！顶得?这还成世界?——可是,向哪里去告呢?如今那些新爷老爷全不作用了。”她走到侧门的门坎上,又转身朝着二利啐了一口,“要是新爷老爷还作得用,我也不来禀你们农民会。哪晓得倒禀坏了。呸！”

二利没有再还嘴,他正注意着稀狗屎。稀狗屎又在那里纠缠二相公了。二相公对他说：

“入会有入会的章程,这哪里马虎得的?你先得和委员长说,委员长再召集委员开会。大家举手赞成了你,我自然就上你的册。要不赞成你呢,你在我面前说得口里出血,也是枉然。”

“莫和他扯了,二叔。”大孚听见二相公向稀狗屎说得这么婉转,就走了过来,“他再要缠下去,明天叫他也戴顶‘一见大吉’[①]！”

这时,又有几个作田的来问上册的事,二相公撇开了稀狗屎,和别人谈正经的去了。稀狗屎在那里呆呆地立了一阵,又向大孚缠了过来,道：

“委员长,你是穷人,我不也是穷人么?”

二利再也忍不住了,反问稀狗屎道：

“你是什么样的穷人?你是痞子！”

“哟?只准你二利哥当穷人,不准我们当穷人么?谁个不知：我

---

① 纸扎的、无常戴的高帽子,上书有“一见大吉”四字。因此高帽子有时又称“一见大吉”。

稀狗屎上无片瓦，下无寸土，要是连我也不算穷人，嘿！夸句海口，东溪带柳林，也寻不出一个穷人来。——连半个也怕寻不出来！再夸句海口，像我这般道道地地的穷人，莫说这里够格上农会，就是到长沙省城毛泽东那里，他也非准我不行。不准，我可有道理讲。"稀狗屎说得口沫飞溅，瞪着眼睛，向着二利，"你可相信？"

"我相信你到了毛泽东那里，他就要打你四十大板。"二利说："你要有本事赖下去，这里就照着毛泽东的规矩打你！你可相信?!"

"狗入的才不相信。我当然信。"稀狗屎嬉皮笑脸地说："莫说四十板，就是打八十板，也该。"

"那你就出去！"

"二利弟，嗯，二利哥，你是当了委员的人，比不得先前啦，说话要有斤有两。你凭良心说，我算不算穷人？"

"不算！"

"我们这里是农民会，是作田做手艺的人兴的，与你何干何湿呢？你作了田么？你学的是哪门子手艺？"大孚说。

稀狗屎不和大孚辩理。他知道辩也辩不过。他还是揪住二利的话：

"你说我不算穷人，我能算是财主老爷么？"

"你是财主的走狗！"二利说。

"好哇！帮财主家做事，算走狗，怎么老金和海保都不算走狗？他们不都帮财主家做事的么？——他们上得会，我也上得会。"他忽然跪下，磕头如捣蒜，"求求你们，大孚委员长哥，二利委员哥，还有老金老伙计委员哥，可怜可怜我，让我在册上搭上一个名字吧。"

"你真要缠个不休么？好！"大孚向二相公努了一下嘴，"二叔，把他上痞子册！"

二相公答应着，随手抽出了册子，提起笔来。稀狗屎怕真的就将他登上去，爬起来，往外面窜。他一面跑，一面还咕噜着：

"我没有答应,你们上的不算!"

二相公目送着稀狗屎出去了,才搁下笔,好气又好笑地说:

"不算?你的贱名,打早就在这上面了。看你还动得了?"

11

就在稀狗屎碰壁的那天,周清臣接到了周清官从南昌的来信:

大哥手足:敬禀者,弟自抵省垣,多方会晤,所得甚多,诸事如意,颇堪告慰。弟当即日返里,此中底蕴,容当面禀。金风多厉,饮食寒暑,务企珍摄。专此,顺颂秋祺!

堂上请代问安

弟官顿首

这封信给了周清臣莫大的安慰。他读了一遍又一遍,顿觉天高气爽,通体舒畅,真所谓是"家书抵万金"!他举着这封信,跌跌撞撞地跑到瞎精房里,禁不住大声说:

"娘!我们有救了!"

瞎精这几天病了,正在床上躺着,听得他一声叫,竟然腾地坐了起来,问道:

"又出了什么事?"

"喜事!"周清臣说:"三弟来信了!"

"信里怎么说的?"

"当然他不能明说,可是已经说得够明白的了!他说'诸事如意',况且他又说马上要回来了!要是时局不好转,他急着回来干什么?"

"阿弥陀佛!"瞎精双手合十,"可是眼前这几天怎么办呢?"

"娘说的是!"周清臣搔搔后脑勺,"只要能拖过这十天半月,哪怕是三天五天,也许就晴了天了……”

瞎精吟哦了许久,断然地说:

“依我看,这么办……”

“怎么办?”

“把招喜儿赔出去,白送给二利,一文钱也不要……”

“恐怕也是枉然,二利他们这会吃了火枪药了,六亲不认,你把丫头送给他,也捆不住他们的手脚!”

“那是。可就有一条,你看:说亲,定亲,至快得三五天,办喜事又得一两天;才娶过亲,总不会马上翻脸不认人,至少也得过上三五天吧?这么着不就过了十天半月了吗?依你刚才说的,过了十天半月也许晴了天,那就不用怕了!到时候就看我们的!再说,那时节老三也回来了,我们肚里有了底,他们即使再闹,我们心里也多少踏实些。”

“那是一计!”周清臣咬了咬牙,“事到如今,也顾不得这许多了!只好死马当作活马骑,闯!”

周清臣和瞎精商议定当,第二天,就着福保嫂去达和叔家说亲。果然达和叔老俩儿对福保嫂说:

“我们一辈子也只娶一个媳妇。也得办备些东西,请请亲戚家族,少说也得过三五天,稍缓一程儿,拣个喜日子再办吧。”

福保嫂回过了周清臣以后,周清臣并不马上把这事告诉招喜儿。一直等到深夜,才把她叫到瞎精房里。周清臣也在房里,见招喜儿一进门,没吭一声,起身走了,瞎精才说:

“你自小在我跟前,我也没有亏待过你……”

瞎精住了嘴,等待招喜儿的答复。她知道招喜儿是个聪明人,遇事只要提个头,就知该怎么做,怎么说。招喜儿一听她的语气,早猜着她要提嫁她的事了,她心里骂道:“我在你这雷打火烧的家里做了这十几年的奴才,临到后来,还安心要把我卖到那天角落、地角落里去,差不点把我逼得上了吊。现在,又想我来救你们么,哼!没有这般便宜事!你这个老妖精,尽管你说什么好的,我只是不受。我把你的心肝肺肠都照得明明白白了,我还会听你嘴里那一套假情假义!要不外边逼得你没有办法……"

"我不是早就说过么,"瞎精待了许久,见她还不答应,只得接着往下说了,"我要当作我家的姑娘来遣嫁你。"

"这话,作兴老奶奶和别人说过,"招喜儿说:"我不曾听见过。"

"唔。"瞎精点了点头,说:"你大概不曾听见过,这事我是和大老爷商量过的。——刚才我又在这里和大老爷商量你的事了。——你不是和二利合得来么?"

瞎精又打住了。招喜儿不答话,瞎精只得往下说:

"我和你大老爷的意思:把你许配二利。这样子,既近便,你早晚好回家来走走;二则,也遂了你们的心愿。这不单你欢喜,我心里也欢喜。"

"谢老奶奶的恩典。"招喜儿说:"只是二利是个穷鬼,他哪有钱赎老奶奶家里的丫头?料他也赎不起!"

瞎精是个最鬼窍的人,她一听招喜儿的话,知她是有意叫自己把话当面对她说断,以免日后有机会时候,再向二利要招喜儿的身价。于是,瞎精咬牙切齿地笑了笑说:

"这事,这里早就替你们想到了:不要那边的礼金。二利家也准备停当了,过三五天就娶你过去。这事,总算没亏待你吧?"

"谢老奶奶的恩典。"

"只是,有一桩事,要你和二利商量一下。"

招喜儿已经知道她的下文了。就虚应故事地问道:

"叫商量什么?老奶奶。"

"以后是亲戚了。'是亲有三顾',你们都是聪明人,论起来,这样的事,不说你们也知道。"

但是,这时候的招喜儿却格外的“糊涂”。瞎精的话,不说到十分,即使九分九她也是听不懂。这样,瞎精只得将请二利保全她家的事,忍着性子、和和善善地、详详细细地说了。最后,还对她许愿道:

“如今一时来不及,待世界清平了,我要托人到省城买一对三四钱重的金戒指送你。”

招喜儿心里说:“哼!你还想‘世界清平’!看你等得了?”但她还是硬着头皮,向瞎精道了一声谢,告辞出来了。

招喜儿回到房里的时候,和她同床的表嫂早已披着衣服、坐在床头等她了。她一跨进房门,表嫂问道:

“是说把你嫁给二利吧?”

招喜儿满心欢喜地答道:

“是把我嫁给那伴当了!”

“真的过三五天就是喜日子吗?”

“是。”

“为什么要这样快?”表嫂说,“我活到这四十几岁了,却没有听见过今天许亲,过三五天就出阁的。”

“你不知道,”招喜儿说,“都是农民会把他们催的。”

表嫂问道:“可是叫你早早过去,叫二利保周清臣的驾吧?”

“可不就是?”

“你叫二利保他么?”

“二利他有本事管,我就有本事捶他!!”

表嫂听得乐开了。她笑着说:

“你莫捶他,只是务必叫他保定戴周清臣的高帽子。我告诉你,”表嫂压低着嗓子说:“要是周清臣一戴高帽子,保管把瞎精气死。我巴不得气死这老妖精!你看她病了这么久还不死,可得气气她才好。”

招喜儿高兴得点着头。

临喜日的前一天晚上，表嫂打开了她那个樟木箱子，拿出一份褪了色的红笺来，笑盈盈地递给招喜儿道：

“我把这个还给你。好妹子，恭喜你们吉祥如意、五子登科、百年偕老！”

这红笺，是招喜儿的年庚八字。当初她被卖到周家的时候，她娘把红笺掖在她怀里的。娘牢牢地嘱咐莫要丢失了，日后许配人家的时候再拿出来。因此她一直保存到现在。当瞎精发觉她和二利的事，说要将她卖到远方去的时候，她把红笺取出来，托付表嫂说：

“要是我死了，求你把这给了二利。求你对他说：我这年庚八字到他家去了，要把我当作他家的人，清明祭扫时候，该有我一份斋饭一炷香。”

现在，当表嫂把红笺递过去时，招喜儿笑盈盈地伸出手来，说：

“表嫂，照你的金赞。”

表嫂轻轻地拧了一下她那丰满的脸颊，说：

“我来给你开脸吧。”

开脸，是在姑娘们出阁的清晨举行的。仪式是这样的：午夜以后，交了子时，伴娘们和新嫁娘同时起床，点燃一对红烛，放一挂鞭炮，伴娘们动手为新嫁娘梳妆打扮，先在她脸上擦点儿粉，用线夹掉脸上的汗毛，因此叫做“开脸”。

“免了吧，表嫂。”招喜儿说：“又不是人家的姑娘小姐。”

“不是什么姑娘小姐，”表嫂说：“也该做个好彩头。不点烛燃炮也罢了，这礼是不该免的。”

“这就劳累你了。”

“累什么。”表嫂说：“这会儿，你不知我心里有多欢喜。”

“该怎么谢谢表嫂呢！”招喜儿说着，流泪了。

“你看你这没出息的。又不是花轿来了，压什么彩呢！”表嫂说。

“别人到这时候，舍不得娘，我为的是舍不得你。”

“唉！我是个苦命人，有什么舍不得的。往后，你不做奴才了，和那后生，有有没没的，商商量量把日子打发走。看见你们好，我一样的欢喜。来吧，”开脸的东西预备好了，表嫂说：“先擦个脸。”

开过脸，表嫂又帮着她截眼眉，剪鼻毛，修鬓脚。这一打扮，招喜儿越发艳丽，犹如仲夏的早晨，池塘里含苞初放的一朵亭亭玉立的芙蕖。

12

夜更深了，招喜儿和表嫂重又上了床。表嫂睡着了，招喜儿为了那美丽的明天即将破晓，兴奋得再也合不上眼。

人在遇到了极度的欢乐或是极度悲痛的时候，往往不知不觉地沉浸在往事的回忆里。现在，招喜儿正遇到了这样的时刻。

就是去年这时候，周清官为了要讨她，便变着法儿对瞎精说：

“娘，如今枫镇来了个算命卜卦的，说解得透刘伯温的‘烧饼歌’，能知过去未来。我想接他来，算算你老人家的高寿。”

瞎精说：“既然这般灵验，就把他接来，算个全家福吧。”

这么着，周清官第二天就把算命的接来了。一家子围在大厅里来听各自的命运。第一个自然是算瞎精的。算命的把瞎精多少岁嫁到周家来，儿女多少，如数家珍一般地都说了出来。甚至瞎精的二儿子不到二十岁就短命死了，也说得丝毫不爽。瞎精听了，连连称赞算命的高明。当算到三娘子的时候，瞎精头一句话就问她命里该有几个儿女。

算命的领命之后，非常慎重似的，掐了又掐，糊弄了老半天，才吞吞吐吐地说：

“回老奶奶，这位少奶奶命里查不着子星。”

“一颗子星也没有么？”

“一颗也没有。”

"这就是了。"瞎精转而问道,"老三女人在么?"

"我在这里,娘。"三娘子答应道。她听了算命的话,身子凉了半截。所以答的话不怎么柔和,舌头有些僵直了。

"你听见长老的话啦!"

"听见了,娘。这个长老也着实高明。"三娘子答道,到此,她只得装出那大量的模样来,趁着众人在场,对瞎精说,"娘,你老人家不知道,我早就劝他了。我说,娘快要做生日了,趁早娶个小的,替娘抱个孙孙吧。哪知他这个人,有意无心的,我的话好像耳旁风一般,他听了,把它搁在一旁;我催他,他老是说,待三年两载再说;要不,他就说,待我先禀明娘去,看娘怎么说。我也不知道他禀问了娘——你老人家不曾。如今,娘,我看也不用等了,趁着长老的八字灵验,把招喜儿的生庚和他的合合,要是没有什么相剋,娘,就请你老人家做主,拣个好日子,把那丫头收上吧。收上了这丫头,一来,能照样侍候你老人家;二则,也省得做媳妇的老替他操这份心。最打紧的,还是省得你老人家盼。"

这一席话,把瞎精说欢喜了。她一面说,瞎精一面点头。待她说毕,瞎精就吩咐把周清官和招喜儿的八字合算。算命的仔细合了一阵,然后从褡裢里抽出一个小小的铁珠子算盘来,一面拨珠子,一面念念有词,这样糊弄了一阵之后,他恭恭敬敬站了起来,向瞎精作着揖说:

"恭喜了,老奶奶,这位小娘子和老奶奶的福命一样:也是三颗子星。这第一颗,却是一颗文曲星,有两三步功名,将来不中进士也是个举人老爷——不出一年之内,就要降世了。"

就这样,当天夜里瞎精就把周清官叫到房里,说:

"我房里这丫头子,人倒是机灵,身体也好,模样儿也周正;如今就给了你啦。回头到了你跟前,却要好好地夹管。这种下人,千万莫要惯坏了她。"

这话，招喜儿在后面房里听得清楚，待周清官走了，她就从里面转出来，给瞎精下跪说：

“老奶奶，我情愿侍候你一辈子，如今我怎么也不出这个房门，离了你老人家。要出这房门，也要待你老人家百岁之后。”

“老三收上了你，不也一样在这里侍候我吗？”瞎精严峻地说，“怎么？一个姨奶奶还不足意吗！还要像姑娘小姐一般做正房娘子么！”

事情这样定下来了，招喜儿苦思着，也没有想出什么法子，那天在山上拾蘑菇，遇见了大孚嫂。就对她说：

“婶子，我不做这个人了。求你给二利捎个信，要他端午节，到枫镇桥上等我——那天炳记行要来接瞎精去过节，我得跟瞎精去。瞎精不能去看龙船，到时我出去和二利见个面，我也就心甘情愿死了！”

大孚嫂惊问是什么事。招喜儿把原委说了一遍，大孚嫂听了，自然气愤。说了一阵，她又劝道：

“好妹子，千言万语，只求你听我一句：你怎么也不能走到那绝路上去。等着，总有天睁眼的日子。”

“唉，知道哪年哪月，那老天爷才睁开眼来。”招喜儿说，“以前听人说过，我们这世界，每隔十万年要天翻地覆一次。也不知上次是哪时天翻地覆的，这十万年的岁月该满限了吧，我愿它早早地到来，我愿今天就是那天翻地覆的日子！”

大孚嫂苦笑了一下说：“要真是天翻地覆了，那世界上的好人也和那些坏人同归于尽了。那也是不分青红皂白，不公道的。”

“我也不管它公道不公道了。老婶，这世界，哪有公道的去处？我只情愿和那些豺狼虎豹同归于尽。如今叫我一个人做屈死鬼，留这些豺狼在世上吃人吮血，倒真是死了也不甘心！”

大孚嫂接着又劝慰她，要她好好地和二利商量。“处处有路朝长安，”大孚嫂说：“路有千条万条，怎么弯弯曲曲，总归要走到的。”

最后，她也宽怀了一些，就等着端午节见到二利再说。

13

招喜儿随瞎精到了枫镇。

初五早上，她侍候瞎精饮完了雄黄酒，自己也吃了一些节日的粽子、蒜头之类，就随着黄炳仁老婆到江边去看“龙舟竞渡”了。

是个好晴天，初夏瑰丽而灼热的阳光升起。远远近近的村庄里的姑娘们来了：她们头上满插着那开遍郊原的、随手采摘来的芬芳的花朵；她们的脚上，佩着一串串小小的银铃；随着脚步的挪动，银铃儿发着清脆的响声。招喜儿今天打扮得和所有的姑娘们一样，这就越发显得丰满而美丽。

她通过热闹的街头。后生们在街头唱着，叫着，跳着和笑着，摩肩接踵，使她简直有点挤不过去。快到江边时候，招喜儿看见二利和大孚、大牛、刘火生他们在一起，于是她用眼睛打了个招呼，就跟着黄老板娘来到江边，站在一个土坎上，因为这地方高些，好俯瞰河上。

二利一伙站在培元桥上。

现在，培元桥上堆满了人，人山人海的。江的两岸更是万紫千红。姑娘们的鬈发之上，散发着浓郁的鲜花的香气。花枝，招展着；人，像花枝一般地招展着。

桐江照例涨起了“端午水”。江上不是那么水明沙净了，它浑黄而急湍，显得比平日豪放得多了。当第一只龙船从上流穿过桥孔，以快于江水的流速划往下流去集合的时候，第二只，第三只，以及所有的龙船，全衔尾疾驰而下。

龙船集中在离培元桥一里多路处的柳荫下。船上罢锣息鼓，各自在那里养精蓄锐，静静地休憩着。

这里——桥头和它的两岸，万头攒动。人们在翘企着，在引领而望:望着那柳荫之下。

太阳光照射着,姑娘们桃花般的双颊,更其红艳了,红得像五月绽得照眼的榴花了;好像用灯芯草在她们脸上轻轻地一划,也会划出血来似的。

人们急切地在等候着,等候着竞渡开始。而招喜儿却在急切地寻找一个离开这里的机会,以便到桥上寻二利去。她几乎和所有的人们的目标相左:她只是频频地望着桥上。但是在万人如海里,她没有发现他到底站在哪里。她心里忐忑不安,担心即使在这里脱了身,到那边也一时找不着他。

在柳荫之下,一声大鞭爆轰然地响了。犹如第一声春雷,惊起蛰伏着的龙蛇:龙船上金鼓齐鸣,一时如万弩同发,它们急驰而上。

龙船是狭长的。它的前后置以浮雕的、朱漆贴金的龙头龙尾,它在水上行走如飞。从正面和两岸望去,有如蛟龙飞舞于江上。

现在,桥头和桥畔,桥上和桥下,因为人声鼎沸,都没有听见那声爆响,但都看见了那一缕青烟,同时看见龙船开动了。于是万口同声:

——快呵!

紧接着,人们鼓舞着,跳跃着,骚动着:一江两岸,浸淫在一片欢呼声中。

风平浪静,水软桨声急:划上来,划上来,划上来,划上来了!

船上的鼓手,挥动着粗壮的臂膀,以扛鼎之力,以雷霆万钧之势,骤雨般地擂着鼓;鼓声急促而洪亮地:

——咚!咚!咚!

鼓声,像雷,——暴风雨之前的。

船,上来了;船,近前了。两岸的人,向竞渡者喝彩:

——快呵!快呵!快呵!

口哨,几百支,几千支口哨同时吹起:与水上的金鼓相呼应,相激荡。

龙船接近桥孔了。好！看哪一只最先越过那流水最急的、有着大漩涡的一孔。

第一只进入了漩涡的中心；第二只，第三只，第四、五只几乎与第一只同时飞渡。

这时候，一片锣鼓声，一片口哨声，一片欢呼鼓舞之声。

这时候，岸上与船上，人们的心情同其紧张；人们与擂鼓者的呼吸同其急促；与划桨者的脉搏同其跳动。

这时候，急流好似已经静止，漩涡好似已经凝固，龙船好像滑过玻璃似的滑过了桥孔。

也正是这时候，招喜儿在万人丛中找着了二利。

他们俩急剧地泅出了人海，出了市镇，然后放缓了脚步。

二利问道：

"在这样的人堆里，这样的时候，你怎么看见我的？我们一伙人都在那里了望你，也没看见你的影子。我心下正好生着急呢。"

"我也没有见你。"

"那你是怎么把我拉出来的？"

"我听见你在吹口哨。"

二利说："这也奇了。这多人吹口哨，你怎的分得出来？"

"我也不知怎的分得出来。横直我分得出来就是了。"招喜儿抿着嘴儿笑了笑，然后问道："大孚婶和你说了以后，你和大孚他们说过吗？"

"说过。都说你不该有这个想头。"

"说起来这世上我也没有什么舍不得的。只是丢不下——唉！"

"我就不怎么着。他们真要逼得我们走投无路，也不能让他们干赚不赔。"

"我也这样想过，我就是一条路：至死不从！"

“要到了这步,我就是这么想:他周清官也莫想便宜!我也要捞个够本!”

他们边走边谈,没有多久,到了一个山崖下的竹林边。他们是沿着桐江西上的。桐江在这里回环曲折了三次,成之字形。之字中央,是一片绿洲。那竹林就面临那茸茸的碧茵。

他们在竹林外对着那静静流水和满目芳草坐了一会,又一同缓步到竹林里去。

两人到里头,寻了一丛碧油油的嫩草坐了下来。过了些时候,二利捻住她的手道:

“趁这会儿,我们相好了吧。”

招喜儿羞赧地低垂了头。过了片刻,她轻声地、简短地,但是略无犹豫地:

“随你!”

不知什么虫子,在那缀着艳丽的野花的锦茵之间鸣叫着:唧唧复唧唧,好似在歌吟着那良辰美景。

他俩回到镇上的时候,第三次竞渡的龙船正划到了桥洞下。再过了一会,龙船竞渡就结束了。

于是,两岸和桥上的口哨声渐渐减弱,渐渐低沉。

于是,龙船缓缓地在水上漂荡着,人们意兴阑珊地在船上敲着鼓和鼓的边沿。

于是,声音的海洋里退潮了,可以听得见人们的笑语,听得见人们的细声悄语了。

江上的风光,绮丽而潇洒。

“招喜儿!”黄老板娘还是站在原来的地方。她发现招喜儿站在不远处的河坎下的水睑上,兀自在那里聚精会神地望着河上,就叫道:“你那死鬼!我哪处没瞭遍,你却溜到下面去了。”

招喜儿回过头来,嫣然一笑道:“姑娘哪里知道:还是头一次龙船上来的时候,那些人就把我挤下坎来了。差点儿没见龙王老子。我还担心姑娘也挤着了呢。没挤着你吧?姑娘。”

“你只知道探看热闹,你还知道照顾姑娘我——回去了!”

“姑娘你看!”招喜儿指着桥上,说,“放鸭子了。”

黄老板娘朝上一看,果然许多羽毛洁白的鸭子从桥上飞到水上。龙船上的后生们争先恐后地跃进了水里,他们各显本领,开始追逐鸭子,展开捉鸭子的游戏。

人声沸腾,声海之潮复来。

这回,姑娘们的眼睛格外尖,格外明亮了。她们注意着那些在水中矫若游龙的后生们:看谁泅得最快,谁追获的鸭子最多。

当江上没有了鸭子,已是黄昏时候了。这时候,人影散乱,姑娘们绯红的双颊上,抹着胭脂般的夕阳归去了。招喜儿也随着黄老板娘回到了炳记行。

在路上时候,黄老板娘说:

“我打早就想回行里了。你这死鬼,你不饿么?”

招喜儿欢欢喜喜地说:“回姑娘,我今天饱了。今天才算真像活了一天呢。”

“真是胡说八道,哪天不都是活着的!怎么光是今天?”

招喜儿只是笑了笑,没有说什么。

可是经过了这一次,不久瞎精就风闻其事了,商议着要把她卖了,卖到辽远的去处,让她与二利永生永世见不了面,谁想到一声霹雳,革命来了!革命成全了这对青年的爱情。

这时候,天大亮了,招喜儿从沉思中醒来。她腾然坐起来,走到桌边,在镜子里望着自己脸上浮起的两朵红霞,她似乎第一次发现,自己竟然是那样的美丽,那样的幸福。她的心咚咚咚地跳得好厉害呵!

14

周清臣嫁过了招喜儿。过了几天，不见风吹草动，他又看见村里的土劣打得差不多了，还没沾着自己，心想：和二利这门亲结灵了，准是他在农会里说了好话。可是又一想，又有点嘀咕起来，总觉得不保险。夜深了，周清臣还没有睡。最后，他悄悄地来到了后园的下房里。

下房里空无一人，两个长工都还没有回来。他想：看光景，怕就要出事了。同时，他又联想起大娘子告诉他二利手里拿的那顶高帽子。他越想越怕，就到前院舍屋里唤醒了稀狗屎，着他往追远堂前后溜溜，看能不能偷得些消息回来。

正好，农会正在开会。

每逢开会，追远堂的前门和“左宜”“右有”“入孝”“出悌”四个侧门全有人守哨。这时候正是深夜，月亮已经西沉了，夜色茫茫，稀狗屎什么也看不见，当他摸摸索索地靠近“右有”“出悌”两门之间的那个窗户的时候，他还没有发现守哨。可是早被守哨的大牛和刘火生发现了。他俩就拉起话来：

“火生，小心些。”大牛说：“今夜里开这样要紧的会，切不可让土劣们偷听了去。”

“当然哇。”火生答道：“要是谁敢靠近来，他是土劣也罢，走狗也罢，我就有本事戳他一梭镖。”

稀狗屎一听，再不敢过去了。他转了一个弯，钻进厕所里。这厕所离“出悌”只十多步。在门边小声说话，里面也听得见。稀狗屎进去后，怕有人进来，就蹲在板子上，装成出恭模样，尖着耳朵听着。听了老半天，一点头绪也没有。那两个守哨的，你一言我一语，说了个海阔天空，可是半句话也没有挨着开会的边。

稀狗屎听着听着，突然听见那守哨的向厕所走来了。他站起来

就往外跑,到厕所门边,正好和外面进来的那人撞了个满怀。那人正是大牛。他侧身就溜。大牛一把把他揪住了叫道:

“火生,快来!捉着一个探子!”

刘火生飞跑过来。

“我要是听见你们说一句话,我就是,喏,”稀狗屎手一伸,五指分开,作乌龟状:“这个。”

“不问你这个那个。”大牛说:“问你几时来的?”

“刚进来的。”稀狗屎说。他停了停,又补充道:“我刚进来,你就进来了。”

“刚进来,怎么就出去呢?”大牛问道。

“喏,是这样的,刚才,嗯,就是刚才,我这鸟肚子咕咚咚,咕咚咚的,你道是怎么啦?——要泻啦!我蹲下,他娘的又不泻了,我这鸟肚子,可真的坑死人。”

“不行!”大牛说:“你这条走狗,相信不得。走!到我们会上说去!”

“算了。”火生做转弯说:“看光景,他或许没听见我们说话。”又对稀狗屎说:“你可要赌个咒,我们才放你。要不,你得上我们会里去,当你做探子办。”

“上对天,下对地,中当过往神,”稀狗屎赌咒道:“我稀狗屎要是听见你俩说话,就让我打落到十八层地狱,给阎王老子挖煤去。”

大牛这才松了手。稀狗屎如逢大赦一般,一溜烟跑回宜春祠,向周清臣报告。

周清臣听了,更像是热锅上的蚂蚁,懵头转向,坐立不安。挨到三更时分,他听见下房里有人说话,知道老金和海保开会回来了,忙端着一碗菜籽油,掖着一盒火柴来到下房里,对那两个长工说:

“你们也点个灯吧。黑乌乌的,在房里说话不方便。”他一面说,一面燃着了灯盏,添满了油。

老金坐在床上吸烟,也没有起身。他说:

“老爷,你莫费神,我们用不着。”

“用不着也搁在这里吧。”周清臣说。停了停,他就转入正题了,“我看,我们村里,怕又有人要游乡了吧?”

老金简捷地答了声“不晓得”。

周清臣转弯抹角地问了几次,老金还是“不晓得”,海保呢,更是一声不吭。

周清臣越加预感到凶多吉少。他显出一种无可奈何的笑容,坐了下来,亲切地说:

“你们不清楚农会里的事,也是在情理之中,这也难怪你们。想想:老金在这里这多年岁了;海保呢,不说现在,就说他爹,当年在这里,还不是一家人一般?因此,大伙在一块时候,面子上虽说是一道开会呀,商量着办呀,骨子里不定句句话能当着张三李四说的。且不说这个。另外有桩事,打早横在我心上,总是没工夫说,趁这时候我就言明几句吧:就是做东家的,以往对待你们多少有不周到的地方,免不得向你们认个错。就比如我老三吧,海保就曾几次遭他的打骂。我也早就说过:他这脾气实在要不得。莫说海保是这里的姨表侄,有事好说,犯不着伤和气,再说彼此亲戚……”

“没有什么伤和气的!”海保打断了他的话,“你们是财主,我们是长工,本来就和气不了,哪有什么伤不伤的!出世到如今,也没听见过这样的新鲜话!”

“话不能这般说,”周清臣说:“表侄。目下你年纪轻,不知道瞻前顾后。说起以前……”

“以前!以前怎么样?!以前少吃了你家的亏么?!我爹娘没有把命赔上么?!”

“话不能这般说,”周清臣说:“表侄。有道是‘死生有命,富贵在天’。你爹娘的事,也是八字上注定了的,怎怪怨别人?我还是刚才那句话：一个人做事，总得瞻前顾后，不能鼠目寸光，光顾眼前……”

“偏要光顾眼前，你能怎么样?！”海保说：“管它什么猫儿老鼠！”

周清臣心里的愤怒，自然不用说。可是他遵守那句古传的金言：“忍得一时之气，免得百日之忧。”因此他还是忍气吞声。他知道他两人之中，只有老金选上了委员，却故意装糊涂说：

“听说你俩全当了委员。做了官的，越该讲理。不道海保委员，起手打笑面人。唉，有道是……”

“老爷，你莫这般说吧。”老金说：“你要这么说，我免不得插几句啦！这农民会里的委员，多得很。不管委员不委员，横竖是我们作田伙的把式，犯不着你们做财主、当老爷的操心！”

周清臣听出眉目来了，心里越发凉了，胆怯地对海保说：

“你，年轻人，莫过火了啊。”

“我偏要过火！”海保跨上一步，和周清臣面对面，眼睛瞪得圆圆的：“你还敢怎么样？土豪仔！”

这是周清臣第一次听见别人当面这样骂他。他是最怕戴上这个头衔的，忙说：

“你这话说的是谁呵？当天对地讲：我家自开基以来，就是安分守己，乐善好施，从没有人当过半天的土豪。”

“嘿！没有?”海保说：“你们全是土豪！你周清臣当了一辈子土豪！你家祖祖辈辈是土豪！”

“海保！”周清臣说：“我待你没差没错，哪知道你今天还特意要给我背黑锅。”

周清臣气得透不过气来，他捶了自己几下胸膛，一言不发，踉踉跄跄地走了。

15

周清臣走了以后，海保就站起来对老金说：

“约莫有三更了,我该动身了。”

老金说:“石莲村你没去过，又兼是二十里的山路，这更深夜半,你一个人怎么走？还是我伴你去吧。”

海保说:“不！明天事多,一人有一人的用场。刚才会上原说定我一个人去。你要去了,回头分派了你的事情,一时到哪里找去？这石莲你也没去过,你也不熟悉路途。两个去,不跟我独个去一样？”

老金沉吟了一会,觉得海保说的也是,便道:“既这么着,你就趁早走吧。可记着石莲的方向:是西南角。山里没有大路,作兴连小路也寻不着。若遇着无路时候,或是走到了那三岔路口,也不用脱鞋卜卦,倒不如看七姑星。看七姑星是十拿九稳的。”

海保答应了是,老金送了他出来,一径送到出了后山,过了堰塘,方回来睡觉。

海保这样星夜去石莲，是为的找吉祥嫂。吉祥嫂原是石浒村人,丈夫是作田的,承耕了周清臣家的田,死后遗下一大堆债。债主们见留下的是孤儿寡妇,秕糠里榨不出油来,只得作为“绝户账”,搁置了起来。而周清臣呢,他可是神通广大,偏能人弃我取,绝处逢生:起先,他逼迫吉祥嫂把那两个娃儿卖了,把卖身钱全刮了去,还说不敷,不销账;然后逼着吉祥嫂再醮,礼金又全给了他。因此周清臣不单将吉祥生前所欠他的租谷收还了,而且收了三四倍。这些事海保是比人清楚,因他家不单原来和吉祥家是前门对后门的邻居,而且同支共房,是未出服的叔叔,对卖去两个弟弟,他没少伤心酸鼻。所以今夜开会时,大家一提该寻吉祥嫂回来诉冤,他就说他去合适,众人也觉得他说的在情,都赞成他去。因为明天就要开会,所以今夜里就得动身,好在明天早点赶回来。这样,大孚就教他到了那里怎样说话以后,决定要他去了。

海保离村不远,就进入深山。一到山里,就没了大路,只是些纵横的小径。他在那些小径中,揣度着拣了一条与方向接近的,继续朝前走。他想，只要方向定准了，走到头，纵使偏了，偏得也有限。

深夜的山林，是最寂静的，可也是最热闹的：不仅山涧淙淙，不仅松声若涛，还有走兽飞禽，虫声唧唧。但是海保并未注意这些。格外引他注意的是那远远近近的鬼火：它浮游着，闪烁着。在人们的意识里：深夜的山林，原是山魈鬼魅的世界，海保当然也是这样想的。他想，在这时候，在这样的地方该是有魍魉虎伥的。于是，他解开胸前的扣子，用手指擦了前额，挺起胸，壮起胆，迈步向前。

他所以要擦前额，是如大家所相信的：年轻人额眉间有三道火。这三道火，就像三道剑光。如果在急困之中，把它擦亮，鬼魅见着了，都将为之辟易。但这是不能随便试的：因为凡是有害人之心、有妒人之心，以及见义不为的人，这灵光就将暗淡失色，或者黯然无色。要是鬼魅见你连擦不亮，它们就将蜂拥而上，那就无法脱身了。但是海保自问从不曾做过亏心事，而且永不会做什么亏心事，他相信他的额眉间那种灵异的光华，将永保灿烂、永不失色的，因此，虽然鬼火高低明灭，但他昂首而前，毫不畏惧。

走着走着，他渐渐走进了一座杉树山林。越走越无路可循了。这山中的树，竟是这般郁郁苍苍，以致把天宇翳荫了。开头他进山林时候，还可以看见从密叶间下泻的一点月光，愈往深处，愈不见光亮了，星月全为浓荫所遮蔽。这样，真有些到了那荒凉无人的世界，他心里有些踌躇起来。

“你怕什么？”他自己责备自己，“你站着做什么？”然后，重又举起了有力的步伐。

终于，他走出了杉林。这时候，正好浮云翳住了月光，一眼望去，朦胧中只见一片茅草，茫茫无际。在那草原中，不仅没有大路，连樵径也寻不着一条，更不辨东西南北。于是，他抬头观望：寻找天上的北斗。乍一看时，星星好像全隐了；再看，就有些若隐若现的；再细细看时，越发清晰了。终于，他找到了那七颗星子。于是，海保校正了方向,继续向前。

当他又登上一个山峰时,启明星亮了。他立在那里望了望那逐渐开朗的东方,心上更其充塞起朝气,他俯瞰山麓,在那郁郁苍苍的樟林中有个村庄,村前不到两里处,有组大建筑。在那庭园里,有那平地突起、矗立如山峰的一堆巉岩。他知道,这就是石莲洞,而那村子,当然是石莲村了。于是他欢喜得什么似的,自己告诉了自己一声:“没有走错!”就从山上俯冲下来。

到了村边,在井边遇着一位出来挑水的姑娘。这姑娘比他还年轻。海保四顾了一下,远近还不见人,只得上前道:

“借问表姐:这里可是石莲府上?”

姑娘点了点头说:“你寻哪家?”

“我有个婶娘,她原是石浒妇道,两年以前,改嫁来的。如今这里那位表叔,我也不知道他的名字。”

“那就是我娘。”姑娘说,“表哥请进。”

海保知道吉祥嫂就是这姑娘的继母,果然是亲戚了,便上去挽了水,挑了起来说:

“表妹领路。”

姑娘含笑道:“表哥把担子搁下。哪有还没到家喝杯水,就挑起水来的?”

海保哪里肯依。于是姑娘朝前领路。进了村,走过两条巷弄,到了家。还没进门,姑娘便叫道:

“娘,石浒表哥来了。”

吉祥嫂迎了出来。因为隔了几年,海保长大成人了,她有些不认得了,仔细一看,才说:

“老弟,你竟长得这般高大了,真是难得。你爹你娘都还健朗?”

一问起爹娘,海保不禁就掉下了眼泪。继而又忍住了,说:

“婶,今天游周清臣的乡,我特意来接你回去出口气。”

吉祥嫂看见一提起他爹妈时,海保就哭,便不再问。待海保说到周清臣时,她也揣不住眼泪,悲梗而颤抖地说:

“老弟,不怨别的,只怨我生坏了八字、投错了胎,到了石浒,遇着你叔这样一个命苦的人。过往了的事,就莫提了;要提起来,比用锥子锥我的心还痛。我不愿意看见周清臣那只豺狼,老弟,难为你白跑一遭,我不去了。”

“娘,”姑娘在旁边插嘴道:“人家表哥爬山爬岭的,漏夜赶了来,你就随表哥去一趟吧。”

“量米做饭去吧。”吉祥嫂对姑娘说,“我要去了,将来有朝一日,万一又反了水,那杀千刀的又得了势,他要找到这里来,不是又连累了这里?”她转而对海保说,“老弟,我想想还是去不得,我的命不好,我们惹出祸来。”

姑娘这时在厨房淘米,她又接话了:

“我爹在山上不是入了工会、和王老三表叔他们一道,连老板也撵走了。要惹祸,爹惹得更大,犯不着娘来连累。”

海保说:“婶,表妹说得是。——我还没问表妹的名字……”

“叫茶英。她娘没了时,就在舅母家。我来了,才接回来。”吉祥嫂说。转而叫茶英:“这是你海保表哥。”

“刚才我听娘叫过表哥的名字了。”茶英一面烧水捞饭,一面说,“娘,莫这么前怕虎后怕蛇的,哪里怕得这许多。”

海保说:“婶,不说别的,单想起我那两个老弟,如今卖在人家,不知是死是活,今天你也该去扇那恶虫一顿。还有……”

听到这里,吉祥嫂已经涕泗滂沱了。她哽哽咽咽地说:

“老弟,你莫说了。去就去吧。我要今日不去,往后就怕再没有这样日子,为我那两个可怜的娃儿出口气,……我,命苦总归是命苦,也顾不得这许多了。”

说话间茶英端上了饭来。海保说:

“婶,表妹,不吃饭了。赶路要紧。”

茶英说:“唉!一餐饭能耽搁多久。还是昨天吃了到如今,又走了半夜的路,哪有不饿的?娘,你还哭什么,闷着这肚气往那水淹沙壅的土豪崽头上出去。这会,你陪着表哥吃点。”

一时吃过饭,海保准备领着吉祥嫂动身。茶英又把一竹筒子早已装好了的菜饭给海保说:

“表哥,你带着路上打中伙。”

海保说:“不用。这二十里路,眨眼就到。哪用得着在路上吃饭。”

“又不是费劲的事。”茶英说,“我娘走得又慢,她刚才又没吃下几粒饭,怕她也饿呢。还是请表哥带着。”

这样,海保就接过饭筒,和吉祥嫂出了门。茶英送他们出来,一直送到屋后那座高山上,待他们走远了,她才回来。

16

天快亮,周清臣还没有睡着,忽听得一阵门响,他吓得手脚发麻,头昏眼花。可是敲门声还是紧一阵慢一阵地响着。待了好一会儿,周清臣扶着墙挨到大门边,屏住鼻息,竖着耳朵,听着门外的动静。这时候,他才慢慢缓过气来。这不会是农会里的人吧?他鼓足勇气,轻声问道:

“哪个?”

“快开门!我!”

清清楚楚是周清官的声音。周清臣开门出来,周清官一见是他,就说:

“怎么你起来开门啦?长工们都睡死啦?”

“嗳,嗳,小声些,你这个人……”周清臣哀求似的说。

“这一回可不怕他们的啦!”

“唉,唉,我关上门你再说好不好……”周清臣摸索着闩上了门。

弟兄两个摸着黑往屋里走,周清官还是不住嘴地说:

"你知道革命军放的头任县长是哪个?"

"哪个?"

"刘廉甫!"

"哪个刘廉甫?"

"嗳嗳,连他你都忘了?辅之的老上司呗!"

他说的这个"辅之"是王佐的大号。周清臣吃了一惊,说:"噢,是他呵!……"接着是"啪哒"一声响,原来周清臣正摸到门坎边,在这"啪哒"一声中,他绊倒了。这一跤摔得不轻,可是他忘了痛,趴在门坎上还是问:

"革命军怎么会放他当县长?"

"不放他放哪个当县长?"周清官一面说,一面弯下腰去摸到了乃兄的一条胳膊,用力把他拉起来,"还有好消息哩,在南昌我碰到肖如川家的老大肖星,他说他十有八九会出仕到这里来!"

"那么那个农民会还闹什么?"

"农民会,不作用!兔子的尾巴——长不了!蒋总司令也说了话了:实在糟得很!他很快要下令解散农民会!——这是我在南昌听人说的。"

"这自然是最好不过的了,可是,我不明白……"

"我给你仔细说说,你就明白了!"

这时候,弟兄俩,已经摸到厅上,点着了灯。

"你知道,这个革命军里的人,莫看他在一口锅里吃饭,可是不一心。有国民党,也有共产党。这个共产党都是穷人,自然要打倒财东;这个国民党就不同,里边有的是大老板,当然不答应。眼下,他们还合伙做着买卖,终久要分家的。可是掌柜的是国民党,这个蒋总司令本人,就是第一名国民党员!将来是谁的天下,这不是秃子头上的虱子——明摆着的吗?哥,听明白了没有?"

“多少明白点儿。那么你说杨剑秋、周绍亮他们是什么呢？”

“这还不敢说定。听说国民党里也不完全是清一色的,有主张和共产党干的,也有主张合作的,总之,一句话:花头多得很！要说杨剑秋、周绍亮他们一心一意要兴农民会,那么十之八九是共产党！”

“眼下还有农民会,这日子就不好过呵！”

“我们心里有了这个底,那就不怕啦！大不了是一场阵头雨,转眼就是雨过天晴！”

周清臣还是不放心,思索了一会儿,才说:

“那么我们是不是暂且找个地方躲一躲,躲过了这场阵头雨再说？”

“不用,不用！我还有件大事没告诉你呢:我和小臣都已经归了国民党啦！我是三十五名,小臣是三十六名！”

“噢！”周清臣真是喜出望外,马上又迟疑起来,“当真？这恐怕得花一笔大钱吧？”

“一个子儿也没花！只是请了肖星吃了一顿,我和小臣的名字就上了他们的花名册啦！”

“那倒是捡了便宜！”周清臣放心了,“这国民党怎么还有名次？”

“那是花名册上编的号码。”

到底躲不躲呢？周清臣还是犹豫不决,支支吾吾地说:

“还是躲一躲好……”

“现在国民党共产党还是一家子,他们敢把我这个国民党怎么样？”

这时候,传来一声鸡啼,天快亮了。周清臣突然想起了件事,问道:

“你进村的时候,看见什么动静么？”

“没有。只见祠堂里还点着灯,不知道在搞什么鬼名堂,管他呢！——我累了,哥你也该睡了！”

周清官回房里睡觉了,周清臣还是犹豫不定。“就说天快晴了,可是在天晴之前,也犯不着挨一身雨淋呵！好汉不吃眼前亏。”他想,“老三也许不要紧,他是国民党。可是,我呢？我还不是呵……”他打定主意,就蹑手蹑脚地摸到大门边,悄悄地把大门打开了……

天亮以后,一阵惊天动地的锣鼓声,把三娘子惊醒了,她忙推推身边正在打呼噜的周清官,大声道:

“醒醒,你听你听,又敲锣了！”

“不怕！我不是对你说过了吗？我是国民党……”

过了一会儿,传来了一阵踏踏踏的脚步声。

“你还睡?抓人来了!”三娘子一面说,一面匆匆忙忙地去关房门。

这天,正是东溪村农民协会公审周清臣的日子。人都集合好了,一伙后生,气冲冲地到周清臣家去抓他。可是找了半天,床底下,床顶上,立柜里……直到茅厕里全找了,也没找着。可是事出意外,周清臣没找到,倒是抓到了一个周清官。几个后生,一拥而上,七手八脚把周清官捆了个结结实实。可是周清官并不很害怕,竟然还说:

“好,叫你们捆！捆了看你们怎么放？”

后生们不理他,牵上他就往门外走。

17

追远堂外的场子上有个戏台。当初设计的人,是煞费匠心的:把前台置在地上,后台立在池塘里。立在池那边看戏台,台影倒映在碧波里,那翘起的飞檐,像展翅的燕子,在粼粼的碧波里翩翩而舞。

今天,农民会在这里开大会。

东溪和柳林等村的男女全到了。广场上站满了人。

台上,“出将”“入相”那两扇门边,雁翅地站着四个执梭镖的后生,雄赳赳,气昂昂地把守在那里,好不扬眉吐气的样子。

一霎时,乡农会的委员长大孚从后台迈出来了。门边那四个后生,学着革命军的礼节,立正向大孚行了个军礼,大孚也举手还了个礼。台下看见这样威风凛凛的,都觉得自己好不光彩,一时喝起彩来。欢呼之声,响彻四方。

大孚左等右等不见后生们把周清臣解来,正在着急,但见人们把周清官解上台来了,只好临时改变计划,先来公审周清官,同时着人再去找周清臣。

周清官抬头见了大孚,开口就说:

“这是干什么?你叫他们把绳子松了!”

“干什么?我们要审你!”

“莫开玩笑,我们是自己人!”

“谁和你是自己人?你是土豪劣绅!”

“我是国民党,蒋总司令也是国民党,你们敢和国民党作对么?”

“管你是不是国民党,反正你犯了罪,我们就要审你!”

“我一不偷二不抢,我犯了什么罪?”

“莫废话,——喂!”大孚转向后生们说:“先把高帽子给这土豪仔戴上!”

“嗳,嗳,大孚!嗳嗳……”

“好!现在公审大会开始了!刚才这周清官说,他一不偷二不抢,到底犯了什么罪?他自己还装糊涂!谁有话说,请上台来……”

大孚的话还没有说完,只见台下挤挤嚷嚷上来了一伙人。第一个上台的是海保。他直走到周清官的面前,指着周清官的鼻子说:

“土豪仔,你再说说:你有罪没罪?”

周清官翻翻白眼看看他,不吭声。

“你说吧,我爹是不是你害死的?”

周清官还是不吭声。

“你害死了我爹,又打了我的娘,又放狗咬她,活活把她气死了,你这个畜牲,害了多少条人命,你还敢说你没罪吗?!”

周清官把头扭到一边,不看海保。

海保胳肢窝里夹着一个小包,这时候,他把这个小包抖落开了,取出一件布衫来,那布衫上血迹斑斑,由于年经月久,这些血迹已经变成黑色的了。这正是海保娘的布衫。

一瞬间,台下静寂得没点儿声音。随即爆发出了一阵呐喊声:

“问他:有没有罪?”

“周清官!你怎么成了哑巴啦!说话呀!”

“叫他说!”

“要他偿命!”

“……”

海保望着血衣,手都发抖了,再也忍不住满眶的热泪,任它簌落落地流个痛快。他用手背擦擦眼睛,一面捉着周清官的耳朵,把他的脸扭过来,一面在他面前拎起血衣,用那沙哑的声音问他:

“你看见了没有?”

周清官瞅了那血衣一眼,讷讷地说:

“海保,海保,多个朋友多条路,莫图一时痛快!我们的事回去再说,不会亏待你的……”

他的声音很轻,台下的人是听不见的。可是台上的那伙人见周清官到这时候了,竟还敢这样放肆,一齐拥过去。海保气得快炸了肺,一个巴掌扇过去,打了他一个趔趄。

台下的人顿时又呐喊起来:

“打得好!”

“打呵!打呵!”

“打死这条畜牲!”

“……”

海保和几个后生七手八脚一顿打，把周清官打倒在地。他躺在台上久久不起来。有人轻声问道：

“怎么老不起来？莫非当真死了？”

这句话叫周清官听见了，灵机一动，两腿使劲一挺，闭住眼睛，半张着嘴，装得更像死尸了。

二利一见这模样，大声说：

“当真死了！快，到村后去挖个坑，把他埋了！”

几个后生当真搬腿的搬腿，搬头的搬头……要把他抬走，吓得周清官杀猪般地叫起来：

“松手松手！我没有死！我起来……”

众人一松手，周清官一骨碌直立了起来。

台下沸腾了！一阵阵的呐喊，冲击着戏台。

这时候，周清官头上的高帽子也不知道上哪里去了；脸也歪了，可是他还是失神似的瞪着两眼，似乎并不服气。台下的人们又齐声呐喊起来：

“跪下！”

“还那么凶，叫他跪下！”

周清官没等人动手，自己乖乖儿地跪下了，低下了头，海保问道：

“周清官！你想不到也会有今天的吧？”

周清官的头低得直顶住胸部。

台下人群里一阵骚动，大孚手搭凉棚，往台下一看，只见一伙后生，推推搡搡地把周清臣押进了会场。人们纷纷发问：

“哪里抓到的？”

“刚才这老畜牲跑哪里去了？”

领头的大牛兴高采烈地大声喊道：

“哪里去了？嘿！好地方！老尼姑的床底下！”

这一说，引得人们哈哈大笑。当这伙后生推着周清臣挤过人群的时候，谁也没放过这老狗，你打一拳，我踢一脚，揍得他头昏眼花，东歪西倒地来到台前。

把周清臣解上台后，人们忙把早已准备好了的一顶高帽子，扣在他的头上。帽子上写着"大土豪、笑面虎周清臣"一行大字。台下发出了一声惊天动地的呐喊：

"杀呀！"

周清臣颤抖着求告那押解的人说：

"委员委员！求你们押我回后台定定神。要不，我没有魂了。"

谁也没理他，前拉后推地把他弄到了台前。

"杀呀！"

又是一声惊天动地的呐喊。周清臣偷眼向下面望：梭镖和鸟枪齐举，喊杀声震天。他想：别的村子，也有当场被打死的，今天我可得小心，不要吃这眼前亏。他扭转身来对大孚说：

"委员长，先让我给众人磕个头，饶了我吧。"

"周清臣，你听着！"大孚吼道："现在，我们乡农会代表全乡的农民兄弟来审问你了！"

"委员长，请你下问吧。"周清臣哭不像哭，笑不像笑地答应着。他从来不曾听见大孚有这大的喉咙，像现在这样神采奕奕。

"你说，"大孚问道："你家两代管公堂，吃了冤枉没有？"

周清臣预料到了有此一问，他就把想好了的话，像背书似的答出来：

"当天对地讲：我周清臣自经管公堂以来，银钱出入，笔笔有账。其中如果有一文半子的虚浮，我上对不起祖宗，下对不起子孙，中间对不起今天在场的各位叔伯兄弟、婶婶嫂嫂。我现在一则当着委员长、各位委员以及在场各位；再则，我在这里面对追远堂的先灵下个跪、起个誓：要是我周清臣的话有一句不实在，就让五雷殛顶，往后不得好死。"

还没待周清臣说完,下面已经沸腾了,已经叫着和骂开了:

“莫让他放屁了!”

“捶他!”

“捅死他!”

“砰了他!”

“把他沉死!”

“扔下来!扔下来!”

一阵喊喝之后,大孚又说话了。他问道:

“周清臣!你还是说不说实话?你真要耍花枪,就对你说明了:今天要抄你的家!”

“抄去呀!”台下一声呐喊。

“这么一时三刻叫我说,我实在想不起来。”周清臣哭丧着脸说:“我经管了这多年的公堂,我也知道保不定没有错处。求农会宽限我几天,容我慢慢地……”

“莫要耍花枪!”大孚喝住了他,然后说:“我再问你。你如果再不说,你就莫怪啦!——听着!”大孚声色俱厉地说:“我大声地问,你可要大声地答。——你管公堂吃了冤枉没有?”

“我,”周清臣嗫嚅着:“吃了。”

台下叫喊着:“大声点!”

周清臣只得大声地重复了一句。

大孚又问:“你仗什么发的财?”

“仗收租放债。”

“收租放债逼死过人没有?”

周清臣摇了摇头,说:“没有。”

全场哗然,怒不可遏地挤上前来。站在前面的人,有的已经翻身上台了。一个个伸出拳头要捶他。

犹如风雨之骤至,人群奔涌而上。戏台在摇动着,而且格格地作响。大孚看见维持不住了,叫人把周清臣拉进后台,让他蹲在角落里,然后和台上的委员们一同把众人劝下台去。

呼嚣声渐渐低沉下去,渐渐地平静了下来。

继续开会。

刘火生站出来,指着周清臣的鼻子——这时,周清臣头上的高帽子已经没有了,被刚才上来的人打落了,踩得稀烂了——问:

"你吃了我多少卖身钱?"

"我不记得了,老弟。"

刘火生使尽了平生之力,狠狠地照他的面上扇了过去,说:

"冤有头,债有主,今天你赖不了!"

"这件事是我对你不起。"周清臣说:"我要本本利利地打还你。请老弟你息怒。"

"我娘是稿荐埋的,你……"刘火生捏紧了拳头,待要捶他,大孚怕把他打昏了,游不了行,叫人把刘火生拉开了。

接着,吉祥嫂上台了。她一站到周清臣面前,就气得发抖,话也说不出来了。她的嘴唇颤动了许久,才断续地说出了几个字来:

"你这……恶……鬼!你……害得……我……"

最后,她泣不成声了。大孚对她说:

"吉祥表嫂,今日是有冤申冤,有仇报仇。你不要急,也不要怕,你慢慢地、头头尾尾地一桩桩地问他。"

台下的人也叫道:

"吉祥嫂,你莫要生气,你说吧!"

吉祥嫂歇了一会,心情稍为平静了些,这才揩干了自己脸上的泪珠,指着周清臣的鼻子骂了一声:"恶鬼!你也有今日!"然后转过脸来,对着台下说:

"老表、表嫂们呵!你们也晓得:我在石浒村时候,我那死鬼丢下了两个男娃,一个吃奶的女娃。周清臣开头和我说好话,哄我卖了一个娃儿还他的账，我只得忍心把我那大的卖了，把钱交给了他。他说不够还，又逼着我把那两个小的卖了。这样他还不足意，说吉祥欠他的债，这三个娃儿的卖身钱，还不够还他一半。我问到底欠他多少，他又不说。只说，'你还够了，我自然就不再问了'。我没有娃儿了，他又逼着我去嫁。我第一次嫁了六十吊，全归他收了；后来我那男人又没了，再嫁到石莲去，这一次是四十吊，又全归他收了。就是收了我们母子这多人的卖身钱，收了我这多次的卖身钱，他也没有松一句言，从不说我还清了他的账。如今，"吉祥嫂转过身，对着周清臣，"我问你：我到底欠你多少？我哪时候还得清你的？你说你说！"

这时候台下愤激已极，鸟铳和梭镖齐举，一片喊杀之声。周清臣也不说话，只是向吉祥嫂磕了一个头。大孚对周清臣说：

"你说，吉祥嫂她男人，当年欠了你多少？"

"不瞒委员长说，她男人欠是欠了我的。只是这事我做得过分了一点，如今我当着众人认个不是。"

台下众人叫道：

"吉祥嫂，你快扇他呀！"

吉祥嫂又哭了，她哭着扇了周清臣一下，然后撕他的衣服，用头撞击着。周清臣一面闪避，一面说：

"表嫂，我认罪了，请你高抬贵手。"

大孚把吉祥嫂拉开了，又大声问道：

"周清臣，我问你，你的良心黑不黑？"

周清臣叫了一声"委员长"，却没有下文。大孚严厉斥责了他，又问他几遍，他才答应道：

"这件事，我是不凭良心。"

"你哪件事凭良心？！"大孚说："你是个黑良心的！你说：你是个黑良心的！"

台下又在叫嚷。周清臣才答应道：

“我是个黑良心的！”

“你是不是假仁假义？”大孚问。

“我是。”周清臣答。

“你修桥补路,是为了众人,还是为了自己？”大孚问。

“一半为了众人,一半为了自己。”周清臣答。

“修回龙桥为的什么？”

“一半为众……”

“胡说！”大孚喝道。

“大半为自己。”周清臣忙答。

“为自己什么！”大孚问。

“为了我老人家葬地的风水。”

大孚然后对众人说：“大家都听见了，周清臣为了培家坟地的风水,为了他家里人财两旺,倡首把原来好好的平桥拆了,做成了一座拱桥。让我们挑担推车的又多费气力,又不方便,他却说成是为了别人。今日我们越发认得他口里是个仁义道德、心里是个男盗女娼的人。我们越发认清了这个笑面虎，我们不能饶了这个笑面虎,我们要打倒他！”

大孚说毕,接着领着全场高呼“打倒土豪劣绅”的口号。然后,由农会秘书二相公宣读布告：

东溪乡农民协会布告

为布告事：查得本乡周清臣、周清官是个头等土豪之家。几十年来,他们收租放债,有的被他们逼得跳水上吊；有的被他们逼得离乡背井；有的被他们逼得卖妻鬻子,家破人亡。他们又霸管公堂,霸占农田水利。凡此种种罪恶,实属罄竹难书。受其害者,无不思之痛心,言之泪下。

我农会之目的:在于打倒土豪劣绅,实行三民主义,为我农民兄弟自求解放。为此,农会一致决议:清算周清臣家各项账目。自布告之日起:凡有欠周清臣家租谷银钱者,一笔勾销。并经决定:罚该周清臣、周清官戴高帽子游乡一次,并当即抄家。以示惩罚,而平民愤。切切此布!

委员长　周大孚

中华民国　年　月　日

二相公读完了布告,台下万口同开:

"赞成! 赞成!"

高昂的呼声继续着,一直喊到台上宣布游行路线,把周清臣、周清官牵下来的时候。

游行的路线是:先在东溪绕村一周,然后出村,经柳林,过桐江,在南桥墟里摆街,然后回头,在东溪附近几个小村绕圈子后回村。

南桥墟是个小墟镇。逢一、五两日当墟,每月墟期六次。虽说这里的墟期没有枫镇这么多,市面又不如枫镇这么大,可是当起墟来,也是很热闹的。东溪农会,为了把周清臣、周清官游乡的事办得有声有色,特意选定今天这个墟期。并且事先弄来了几只驳船,在江上搭了浮桥,一面事先把游乡的事放出风去。因此一江两岸的大小村庄,早就获得了消息,所以今天墟里的热闹景象异乎寻常,真是万人如海,挤得水泄不通,亚赛枫镇端午节日的龙舟竞渡。

说起今天的游行队伍也是特别的:它的排头是旗队。除了朝拜、械斗时候的大纛旗和各种旗帜以外,还有许多面镰刀斧头的红旗;接着旗队的是乐队。乐队除了锣鼓,还有唢呐。出发以后,七八个唢呐就合奏着《得胜令》《将军令》等,使队伍越发显得精神抖擞,有时他们也吹奏诙谐的调子,像《老鼠嫁女》《王婆骂鸡》等,引得大家欢畅淋漓。接着乐队的是执神铳的一队。神铳原是迎神或朝拜时候，在神祇启行和到达时候用的。这种铳，很短，只有一个身子，没有筒子。它发音洪亮，数铳齐发，犹如雷霆。而今天执铳的，是一百单八人。这人数，也是农会里决定的。接着是梭镖、鸟铳、土炮。周清臣、周清官各执小锣一面，夹在那些枪炮的中央。他俩被捆绑着，后面有人牵着绳子。最后是大孚。大孚手执一面“三军司命”的红绸小旗。这旗子是从庙里的“福主菩萨”的宝座上抽下来的。大孚后面是一大队后生，他们一式扛着榉木棍棒。棍棒是会武术的人用的。会武术的人，使棍如风，梭镖大刀，根本不能挨近他的身子，所以人们对于执棍棒的人，自来是另眼相看。现在这一队棍棒，自然更是威仪赫赫，引人注目。

大队出了柳林，点了神铳。神铳响后，这里浩浩荡荡向南桥进发。南桥墟里，人山人海，拥向江岸。而且有无数的人，迫不及待，蜂拥地过江来迎了。

两岸人群堵立，排成了一字长蛇阵，一时江边成了闹市。

队伍下到沙滩、登上浮桥时候，两岸欢欣鼓舞，一时千百支口哨声，响遏行云。

大纛旗、镰刀斧头旗，所有的旗帜，在春风中哗啦啦地飘，鼓声像骤雨，唢呐像流水，不停地吹奏着。

前头的队伍已经登岸，后头的队伍刚登上浮桥。这时候，打两岸望着行进的队伍，活似一条矫健的游龙。

当大孚率领着这一队后生走到浮桥中央时，他举起了那把“三军司命”，向空中挥舞了三次，于是乐止声停，整个队伍鸦雀无声，顷刻之间，犹如万马齐暗。一时两岸的人群，屏息着、万目睽睽地注视着这位指挥三军的司令。然后，大孚又举起旗子，发出一声怒吼：

“打倒土豪劣绅！”

于是，全队人马举起了拳头，举起了梭镖，举起了鸟铳和棍棒，像万马振鬣长鸣一般，万众共一呼：

"打倒土豪劣绅！"

于是，山鸣谷应，风起云涌，两岸的人群，跟着举起了拳头：

"打倒土豪劣绅！"

大孚再一次高呼：

"革命成功万岁！"

人群再一次举起如簇如林的拳头：

"革命成功万岁！"

这时候，铳声震响，乐声复作，人声鼎沸。

这时候，队伍进到了墟里。

这时候，没有游行者与观看者的分别了：人们的声音汇总在一起，人们的欢悦和愤怒交流在一起了。

这时候，水南水北的人群继续拥来。

这时候，小小的南桥墟沉溺在人海里了，沉溺在声海里了。

声海波涛汹涌。

人们前推后拥地、拼命地挤到梭镖和鸟铳的队伍身边来，听周清臣、周清官兄弟两个自己告白他们的罪恶。

"当当当！"周清臣敲着小锣，低着头，说："我是东溪土劣周清臣。我是个黑良心的人。我家祖祖辈辈都讹诈穷人，欺孤侮寡……"

周清官也"当当当！"敲着小锣，说："我是周清臣的兄弟周清官。逼死佃户的土豪兼恶霸。诱奸出家人……无恶不作！""当当当"，"罪该万死，应该打倒！"

在这声海里，周家兄弟两个的声音，就像在雷霆震怒的时候，一只蚊子嗡嗡嗡，自然距离稍远的就听不见了，因此人们叫嚷着：

"土劣崽，大声点！"

但是靠近他兄弟两个的，听见他数说自己的罪恶，无不拍手称快。有笑的，有叫的，有吹口哨的，有一面笑一面互相议论的。近处越这样，远处越听不清楚。越听不清楚，就越叫嚷得厉害。刘火生于是提着周清臣的耳朵，吼道：

“给我大声点！”

“是是，”周清臣答应道：“火生弟，遵命遵命。”

火生一个嘴巴子扇过去：

“娘的，谁跟你这样的贼种称兄道弟！是刚才委员长把我拉住了，没有捶你，你道老子消了心头之恨！——给我敲锣！大声说！”

“当当当！”

周清臣敲着锣儿，说着，比先前大声些了，但头越发低下去了，这使得大牛和海保不得不一次一次地扳正他的脑壳。

队伍纵横地两次穿过墟场。鼓声、锣声、唢呐声、口号声，把墟场弄得沸沸腾腾。可以这么说：南桥自开基以来，从未有过这样的场面。最后，队伍回头了。下岸的时候，大孚又领着队伍呼着口号渡过了浮桥，岸上的人群又同样呼应着。直到队伍走远了，南桥岸上的呼声还没有落下去。

第八章

1

就在周清臣游乡那天夜里，瞎精断了气。临死，瞎精遗嘱几件事：第一件，暂时不要殡葬她，等将来“太平”之后，把棺材抬进追远堂开奠；第二，鲤鱼形定要设法收为己有。弄过来之后，万不准别家附葬，以免分去风水龙脉，等等。正当她临咽气的时候，咬牙切齿地对着一家人说：

“有一天天晴了，那些逢是和我家作对的人，一个个都要他不得好死，一个个给我斩尽杀绝……”

打自装殓了瞎精，停柩宜春祠后，差不多有一个月，周清臣没有迈出过大门。他一个人缩在宜春祠里，就像只涵洞里的乌龟似的。还把宜春祠的侧门闩上，和后园隔绝了，不再和老金、海保见面。

满七七那天，周清臣率领着周清官等在瞎精的灵前上了香。家里人散了，他独个儿有气无力地踱到前院子里来散闷。刚踱了几步，忽听得砰砰嘭嘭的一阵敲门声。他忙到舍屋里叫稀狗屎去看个究竟。稀狗屎来到门边，趴在地上，从狗洞里向外侦察了好一会儿，才爬了起来，跑进去报告周清臣说：

“老爷，看装扮，不是农民会里的，也不是本地人。”

“什么样的装扮？”

“我只见着下半截：扎的裹腿，着的草鞋，有枪。光景是革命军。”

周清臣一听，顿时失了魂魄。他自己缩在舍屋里，叫稀狗屎绕

门出去再探。不一晌,稀狗屎蹦进来了,喜气洋洋地说:

“好了!老爷!肖家的大舅爷和二舅爷做了官长回来了。他们来老奶奶灵前作草吊的。”

“你看清楚了?”

“我和舅老爷打话了。”

开了门。肖亮和他的哥哥肖星身上各挎着一把左轮,跟着四个背枪的警察,挺胸凸肚地跨进门来。周清臣叫稀狗屎把门关紧,上了闩。肖星见这光景,就说:

“姻兄,不用关了,叫我的马弁把守一下吧。”接着,他把马鞭一挥,命令那四个警察道:“你们轮着派人在此站岗,不准闲杂人进来!”

可是,周清臣还是婉谢了肖星,把门关闭了。

客人到灵前行了礼,周清臣就把他俩招待到客厅里。

肖星一向在省会警察厅做事。肖亮是在兴业煤厂开始兴工会的时候,听到要捆绑他的风声以后,跑到省城里去的。宾主落座之后,周清臣向他们诉说了这些日子以来的遭遇。肖星兄弟马上告诉他:县里换了县长,已经不是左派握权了。

“这位新县长是……”

“刘廉甫。”

“果然是廉公么?我已经听舍弟说过了。”周清臣喜出望外地说:“那太好了。但不知廉公是怎么回来的?”

“这是因为,”肖星说:“我省旅居在京沪各地的耆绅,屡次陈请蒋总司令,说江西的农民运动为共产党所把持,太过火了,以致民不聊生,大丧元气……”

“姻兄,”周清臣插嘴道:“还不止于此呵。”

“所以,”肖星得意洋洋地说:“蒋总司令就电令江西省政府:遴选公正耆绅,回县担任县长,切实整顿地方,纠正农运过火之处。”

“好好好！看光景，是天心厌乱了。”周清臣越说越兴奋了，“想两位姻兄是回来辅佐廉公的吧？这真是珠联璧合，桑梓之福。”

“谈不到为桑梓造福。”肖星说：“不过廉公的多次邀请，盛意难却，所以不得不回来。”

“请教姻兄的官职是……”

“从庐陵道来说，数我们县里最烂；从全县来说，数我们区里搞得最为乌烟瘴气，所以县里决定在枫镇成立警察分署，叫我担任分署长。实在，姻兄也知道，我不是为名利而来的。”

“有姻兄辈出来，可见天心厌乱，可贺可贺。”周清臣又问道：“这警察分署，就如先前的巡检司衙门吧？”

“不！”肖亮道：“比巡检司的职权大得多！先前的巡检司，连判罪都不行，得送上县去；现在的警察署，有‘就地正法’之权。”

“噢？那可像前清的‘先斩后奏’了。”周清臣说：“好！‘治乱世，用重典’，地方官是应该有这样的权柄，才好办事。二姻兄担任的是什么官职？”

肖亮并没有受县方的什么委任。他是在县里动身时候，才这么装扮起来的。乃兄既没有对他说过：他到底是个什么官，他自己也没有问清这一点。周清臣这么一请教，倒使他有些瞠目结舌，应对不上。幸好，肖星给他解围了：

“预备派舍弟担任巡官，专责弹压煤矿，不过还没有请委，视事以后再说吧。”

在见着肖星兄弟之前，周清臣觉得头昏脑晕，百病丛生；可是，这会儿已经医好了九分九了。真是人逢喜事精神爽，他几乎是一口气对肖星叙说了农会方面如何“倒行逆施”，并且形容得淋漓尽致。肖星听了之后，说：

“这种情形，也是前任县长放纵的。说起那前任来，也实在可怜：农会指东，他不敢走西。以后不同了，以后看廉公的了。至于本区,大概也不至于再糟下去了。”

“姻兄可知道?这里区农会里那委员长,就是舍间人。”

“知道。廉公此次回县,是师法曾文正公在籍办团练的办法的。长毛也有办法平,像周绍亮这样的乳臭小儿,那就不在话下了。听说,这周绍亮还是姻兄栽培过的人,难道他竟然以怨报德?”

“唉!”周清臣长叹了一声,才说:“此乃狗彘不食之人!”接着咬牙切齿地说:“我们乡里如果不是县里那个杨剑秋和这个豺狼,哪会搞到这步田地!”

肖星大不以为然。他觉得周清臣把剑秋和绍亮形容得过于厉害了,未免长他人志气,灭自己威风,说道:

“我看他们也不是什么三头六臂的人,不过如此而已。”

“谅他们赤手空拳,”肖亮拍拍左轮,“也敌不过我们警察署的枪。”

“姻兄有所不知,”周清臣说:“他们叫嚷什么‘唤起民众’,弄得那些犯上作乱的人,像开了鬼门关一般,无时无地不在做那些违天犯法、伤天害理的勾当。不说别的,只凭‘唤起民众’这一桩,就是十恶不赦。”

肖亮正要发挥只要枪杆在手,并不在乎他们什么“唤起民众”的宏论,被肖星的话截住了。

“姻兄听说了吧,”肖星说:“小臣姻贤侄那个,嗯,这个……未婚妻朱文漪,也被他们引到这里区农会来做工作了。”

这事,周清臣早有所闻,可是不愿提起,他只是对着肖星叹了口气又摇了摇头。

可是肖星对这事很有兴趣,他继续说:

“姻兄,这件事情,据我多方面的侦探,完全是杨剑秋捣的鬼。简捷地说,这朱文漪和杨剑秋早就有了暧昧,所以一到府上,她就不安于室,犯七出之条——私奔起来。”

周清臣又叹了一口气，摇了摇头还是表示不愿提及此事的神气说：

“唉，‘所过者化’。只是家门不幸，贻笑乡里。”

“这没有什么，姻兄，嗯，这完全是没有关系的。”肖星说：“可以说，这种事情是司空见惯的。我在省会，就不知道经手办过多少件这样的案子。”

“虽说是司空见惯，”周清臣说：“总不该出在我们这样的孝悌忠信、礼义廉耻之家。”

“这也不可一概而论。”肖星说：“所谓世风不古，道德沦丧。不说别的，就说宣统皇帝的姨太太，报纸上也登载过了：和人私奔了。宣统的妃子尚且如此，那还算得了什么！不过，话又说回来，杨剑秋这样一个行动，他倒给我们一个把柄了。”

周清臣吞吐吐地问：“姻兄说的是……”

“这朱文漪是周府上的媳妇，已经明媒正娶，”肖星说：“这个谁个不知，哪个不晓。而杨剑秋猝然用不正当手段引诱良家妇女私奔，这不仅违警，而且违法。这件事情，放下来是四两，提起来有千斤。因此说它是我们的一个把柄。”

周清臣听了，暗暗叫苦。因为从肖星的话里，他断定在警察署和农会的打斗中，免不得要把他牵连进去。而他在双方未分胜负之前，无论如何是不愿被牵涉到里面去的。

“姻兄，‘所过者化’，”周清臣说：“这事情小儿和我都不愿究起了。而且，”他又想出了一个理由：“小儿已经自由了他的一个同学。那是一位千金小姐，大家闺秀，只要时局稍稍宁静，我就要安排给他办喜事。因此目下究起这件事来就无意思了。”

“是的。”肖星说：“不过将来和杨剑秋对簿公庭的时候，免不得姻兄屈驾。”

周清臣不好再怎么解脱，只得说：

"姻兄们做的,都是解民倒悬的事。将来如有用得着的地方,自然遵命。"

于是宾主又谈到地方上的事。肖星要周清臣把东溪的情形写个呈文给他,把农会的首要人物开上,并且说明谁该严办,谁该从轻发落等等。周清臣一口答应了,肖星兄弟方才告辞走了。

就在肖星到任的第三天,铁柱乡的张七仔、东溪乡的周大孚都被捕了。

2

傍晚时分,肖星到达枫镇,一行人站在拱门外迎接。里边有商会长黄炳仁,首饰业首事罗明道等。枫镇高等小学校长卫乃道前几天得到了肖星的信,说到任以后,希望他多加协助,"以整顿地方,扶持正气"。他得信之后,乐得头脑发热。肖星的信里还有这么几句:"弟抵枫之时,若率领贵校学生前来欢迎,则愧不敢当也"。因此他带来了一队学生,敲着洋鼓、吹着洋号,弄得十分热闹。此外,在欢迎的行列里,还有区农会委员长周绍亮。

肖星一到,先和绍亮握了手,道了寒暄,然后次第和在场的人打招呼。最后,他又转过来问绍亮道:

"你们宣传部朱部长怎么没有来呢?很忙吧。"

"今天晚上我们还有戏,她担任了角色,现在正在上装,所以来不了。我们已经演了一个星期了,今天是最后一天,回头请你光临指导。"

"演什么戏?她担任什么角色?"肖星说:"想来轰动了全镇吧?"

"可不么。"罗明道老板赶快接嘴说:"我是'半老中世'的人了,才第一次看这样的文明好戏。通共我看了四天。戏的名字《五卅痛史》,这朱部长扮的是一个劳工的妻子,这个京腔,说得那个流利,就莫提了。"

“署长，”卫乃道说话了。他非常讨厌罗明道这样呶呶不休，讨厌他对于文明戏有这大的兴趣。他特意把他的话截断：“今天晚上就在敝校暂作行署吧。一切都准备停当了。”

“这就叨扰了。——绍亮同志，回头一定来观光。请向朱部长致意。我和她的令尊很熟的。”

几天以后，大致部署好了。警察分署就召开了一个“枫镇各界联席会议”，来讨论什么“本区本镇宜兴宜革事宜”。出席会议的有枫镇小学、商会、钱粮柜、五都积谷仓的董事们以及街绅乡绅等，唯独区农会只邀请主席一人。

当然，区农会方面密切注意了这种情形。

过了几天，卫乃道和黄炳仁等又用了“枫镇各公法团体”的名义，对肖星来了个“联合公筵”。

酒席摆在枫镇小学的礼堂里。

今天这个礼堂格外布置了一番：四壁贴上了红绿标语。什么“欢迎肖署长解民倒悬”啦，“欢迎肖署长为本区民众除害”啦，“欢迎肖署长绥靖地方”啦，“欢迎肖署长保护商民”啦，“肖署长是蒋总司令的忠实信徒”啦，等等，不一而足。

本来就要坐席了，绍亮还没有到，只得稍候一下。

在这空隙里，那伙官绅商就大放厥词地议论起绍亮来了。在这当儿，数黄炳仁最露头角。他说：

“说来说去，这位委员长不是别人，倒是我成就了他。不然，即便他出了师，我留了他的生意，至多现在也只是个下手先生，他哪里到得广东去、回来当得上什么委员长？真所谓‘时也命也运也’，让他‘也’着了罢了。”

这议论慢慢地由近及远，由区到县，于是又纷纷地议论剑秋来了。

“乃翁，”黄炳仁插嘴说：“我看，今天我们这里这位委员长有些蹊跷，他就任区农委员会时候，我们特意接他的风，他反而谢绝不来；今天没安他的席，他倒画了‘到’字。”

“嘿嘿，这没有什么蹊跷的。”卫乃道说：“后生小子嘛，岂能登大雅之堂？其不敢坐首席也宜矣！”他摇头摆尾了一下，重复一句，“宜矣！”

正在这伙人议论风生之际，催客的公役回来了。他向黄炳仁报告说：

“周委员长说他马上到。他要我给各位说，说县农会的杨委员长刚才到了镇上。”

黄炳仁一听，不免吃了一惊。回头向卫乃道求计似的：

“乃翁，你看……？”

“我看，嘿嘿。”卫乃道说：“见怪不怪，其怪自败。既然县里有了刘廉公，区里有了我们肖署长，孙猴子一个斤斗十万八千里，翻不出我们如来佛的手心。何况这杨剑秋自农会成立以来，跑来跑去，已经是家常便饭，寻以为常。他这回来，不过碰巧而已，值不得什么深谋远虑的。”说到这里，他转过身去，对着肖星，“署长以为浅见如何？”

“乃翁真是料敌如神。”肖星说了，又转向对黄炳仁，“会长，杨剑秋既然来了，我看就一并请吧。”

“署长的话对，”卫乃道说：“我们也给他一个好看的：和周绍亮一样——也请他一旁坐下！”

卫乃道的话，引得大家哈哈大笑起来。这时候，黄炳仁已经在请柬的尾巴上加了剑秋的名字，着公役快请去了。

不一会剑秋到了。他向黄炳仁他们拱了一下手说：

“叨扰了，我这个不速之客。周委员长因为要主持一个会，他要我向主东们致谢。”

略叙寒暄之后，开始安席。总共有三个圆桌，摆成个倒着的品字。

酒过数巡，卫乃道向着上面说：

“肖署长，听说，从省城到南京，都在议论我们县里农民运动过了火。综是以观，则我区更是万分过火了。我看，应当俯顺舆情，斟酌损益一下吧。”

“卫乃翁为民请命，正气凛然，非常钦佩。不过对于农运，本人不在其位，不谋其政。好在杨委员长在座，这方面的情形，他是很详细的。”

“有理有理。”卫乃道然后遥遥地对杨剑秋说：“喂，剑秋老弟！——恕不吝自充长者，称足下为老弟了。老弟对于肖署长的话，以为如何？”

“卫校长，我觉得肖署长的话有些言不顾行！”杨剑秋说。

“这话从何说起？”因为杨剑秋的答复，大出卫乃道的意料，他带着惊愕的神气问。

肖星正喝着酒。这时，他把酒杯重重地往桌上一放：“我倒要请教！”

杨剑秋也激动起来了。但他极力地使自己镇定下来，从容地说：

“在我到这里以前，我好像听到了这样的消息：警察署今天逮捕了兴业煤厂的工会委员长王老三……”

“那是兴业煤厂当局解送来的。”肖星说：“在警署没有审问以前，任何人不得干涉！”

“农会方面并不妥协。这事也足以说明有些人是言行不符。——此外还逮捕了铁柱乡的张七仔，东溪乡的周大孚等。这些人既然都是农会方面的人，既然警署方面不在其位、不谋其政，请问凭什么逮捕他们？”

“警署方面对任何暴动有权镇压！对任何作奸犯科的人有权逮捕！”肖星说：“不巧得很，警署方面，还受理了一件引诱良家妇女脱离家庭、背弃本夫的案子，而这个案子的主角，大概近在眼前。像这样的人，警署也有权，”他摇头晃脑了一阵，然后发出了一个浑浊的鼻音：“嘿嘿！”

这时候，罗明道老板看见双方这样剑拔弩张，恐怕打起架来。他怕事儿闹大了不好收拾，弄得自己也沾一身腥。为了息事宁人，他于是站起来，请宾主各斟一觥，说：

“我们来敬署长和委员长一杯。”

然而卫乃道却蓦然地起立，说：

“东道主在此！老朽尚能执事，罗老板，请你不要越俎代庖！”

罗老板用抱歉的眼光望着卫乃道，但卫乃道好似没见着似的。他举起杯，号召全场说：

“诸君，我们向肖署长贺任。”

当大家正在吊盅时候，忽然外面传进来一声呐喊：

“立即释放张七仔！”

“立即释放王老三！”

紧接着，又是一声呐喊：

“立即释放周大孚！”

这三声口号，像是汹涌澎湃的怒潮，弄得全场惊惶失措。面面相觑了一阵之后，肖星仗着酒力，捏紧拳头在桌上一捶，站起来，吼着：

“杨剑秋！这分明是你搞的鬼！”

剑秋没有理他。

“我素来不在乎这些！”肖星抽出了手枪，枪口指着剑秋，凶狠地道：“你们把一个太平的乡里，搞得乌烟瘴气！”

这时候，这些贤主嘉宾，乱作一团了，他们从窗子里一了望，望见那扛着梭镖和鸟铳的人群，已经把学校团团围住，一时都吓得要死，一个个面色如土。

“抱歉得很，”杨剑秋从容地用轻藐的口气说：“听区农会说，今天时间匆促,只通知了附近的几个村子;如果全区的民众来了,我看更加乌烟瘴气了。在千百人的面前,一两支手枪,还是收起来为好!"

肖亮一跳老高,大声喊道:"老子和你拼了!"

"住口!不准你放肆!有胆量,睁开你的狗眼向外面看看。"剑秋也以严厉的训斥回敬了他。

和这同时,大门外发出了一声惊天动地的呐喊:

"打倒反革命肖星!"

那伙官绅商见势不妙,三五一群地商量了一阵:推出卫乃道做代表,请剑秋出去退兵。剑秋答复他:"这是区农会的事。待回去和区农会商量再说。"

在礼堂里的人,恭恭敬敬地把剑秋送了出去,原以为不久就要解围了。可是等了好久,外面的口号还是此起彼落,越叫越热闹,丝毫看不出有撤退的迹象;因此无不感到自己成了瓮中之鳖,命在呼吸之间了!

3

到了二更时分。

那些官绅商还被围困着。他们在那里等候调停人的消息。

开头,肖星还有些劲头,他曾经说,要命令他的警察队冲锋,可是,他的警察,昨天被肖亮分去一半上了矿山,剩下的一半,全被围在警察分署里,因此他的命令完全失效了。他和旁的官绅商一样:灰溜溜地在这里伫候把条件谈妥,农会撤围,让他活着回去。

调停人是首饰业的首事罗明道,还有杂货业和药材业的两位首事。他们三人,已经来了三次了。现在,区农会正在开会,就让他们在院子里等候。

现在里面开会讨论的,并不是今晚上枫镇发生的事情,而是在讨论召开全区农民大会和参加全县农民大会的事。

剑秋是得到区里的报告以后,今天拂晓赶到枫镇的。他和绍亮部署以后,决定自己赴宴,留绍亮急速召开和主持这个会。

绍亮在会上把剑秋所说的情形,在会上作了报告。

情形是这样的:在县里,刘廉甫已经把许多在押的土豪劣绅释放了,其中包括枫镇区的劣绅王佐。现在,县农会和县政府的交涉,已经到了短兵相接的地步。因此,县农会决定在最短期间召开全县农民大会,来向反革命势力示威,以支援县农会。

剑秋打枫镇小学回来,马上参加了会。绍亮报告他:会议已经决定召开全区大会,参加全县大会。并决定:会后,区农会全体人员漏夜下乡,通知各乡农民会的开会日期,并迅速派出代表队,带足干粮,就地起程上县。

在会议结束时候,绍亮请剑秋讲话。剑秋说:

"同志们,我们要不怕辛苦,不怕困难,这一炮一定要打响,要把反革命的势力压下去。这一炮打得响不响,就看我们唤起民众的工作做得好不好,民气发扬得充分不充分。这两事——严格说来,实在是一件事——如果办好了,我们这一炮一定打得震天价响,反革命势力就一定会吓得目瞪口呆,魂不附体,就像这时候的肖星和卫乃道一般。

"'闯锅不怕大。'在目前,我们要有这样胆量才行,哪怕把天闹塌了,把地闹得翻过来了,那越好,我们欢迎。总归一句:我们一定要拆旧世界的台。不要顾虑到这个台塌下来的时候,作兴会打着我们。是的,作兴会打着的,但是,同志们,难道我们就会因此而畏缩、退却吗?我想,这决不会的。

"革命者有着大无畏的精神,因此在革命者的字典里找不到'懦夫'两字。自然,在我们这里也没有这种东西。

"横在我们面前的问题是兴业煤厂的问题。现在肖亮既然以武装占领了矿山,破坏了工会,王老三同志也就不能回去了。这是革命的高潮中的一股逆流。我们必须解决！

“怎么解决？是请人出来作调停、请他们把矿山让出来吗？那就是与虎谋皮了，那是笑话。

“要解决它，只有一个办法，那就是，”剑秋说到这里，举起了拳头：“这个——武力。但是我们要一步一步来。因此我们要把它暂时搁几天，等县里的问题解决了，再回过头来解决它，这就更为轻而易举了。

“外面还有代表在等着，同志们也要赶到乡下去，我就不多谈了，祝同志们顺利。”

说罢，剑秋就打后门出去，骑着备好了鞍的马走了，他是赶回县城去的。

这里绍亮宣布了散会，方才走了出去。罗老板等三人见绍亮出来了，忙起身相迎。绍亮抱歉道：

“罗老板，劳你们三位久候了。

“说哪里话来，委员长，”罗老板说：“为了革命成功，世界大同，不才等稍尽奔走之劳而已。”

“我们讨论以后，对于我们农会方面提出的条件，又作了修改。三位老板，我们农会方面是仁至义尽了，接受不接受，那就在于他们了。老实说，事情是他们惹出来的，民众是他们激怒起来的。要是不接受，那只好请他们直接向到镇的民众去交涉了。”绍亮说罢，就把条件念了一遍，才交给他们：“一、立即释放被警察分署捕来的农会和工会方面的会员；二、警署须向被捕的人道歉；三、警署鸣爆向到镇的民众赔礼，并由署长肖星亲自向民众道歉，保证以后决不逮捕工会和农会会员。”

调停人离了区农会，来到学校操场时候，操场上立即呼起了口号：

“不答应条件，决不收兵！”

快三更了，这个小小的市镇，越加精神焕发，好似浸沉在元宵节的欢乐里，山歌和口哨，响遍了街头巷尾。

肖星和卫乃道他们又在礼堂上垂头丧气地推敲那几个条件。绅商们为了脱身，哪一条也同意。至于肖星，这时忽然又血脉贲张起来了：索兴把刚才亲口承认了的也一股脑儿推翻，说要硬拼到底，宁可做断头将军。经绅商们多方相劝，他才应允了放人，旁的条件还是不同意。卫乃道再次地把那"大丈夫能屈能伸"的古训向他解说一遍。劝他把握时机，全盘接受。结果，他仅同意鸣爆。"至于要我向那班不逞之徒道什么歉，"肖星说："我可以对诸君明白宣布：这是关系个人的人格问题，是绝对不能接受的！"

肖星的态度，突然变得强硬起来，外面并不知道，倒把他们自己人吓着了。那班绅商，担心再僵持下去，民众冲了进来，那是会"玉石俱焚"的，一个个在私下里盘算着：找个机会赶紧溜掉。

第一个不声不响溜到后门来的是易马窦。易马窦像吃过了"最后的晚餐"的犹大，他背着众人，独行其是。到了后厅，他放缓了步子，装成若无其事的样子：抻了抻长衫，掸了掸马褂，拂了拂袖子，然后背着手，悠然地、目不斜视地踱了出来。他一跨出门，就被人们喝住了。没等他停稳脚步，一只粗大有力的手，立即从背后抓住了他的领子和坎肩，被抓得倒退了两步。

正是满月时候。这时候，皓月当空，一切看得很清楚。易马窦定睛一看：那抓他的不是别人，正是他的老家——枫镇杨家的一个后生，论起辈分来，这后生还是他的堂弟。他再举眼一看：围住在这里的，绝大部分是杨家人。他在吃教之前，因为偷婶子，被村里罚他出了族；吃教之后，他倚仗洋鬼子的势力，把元兴当店霸占去做了天主堂，让杨家输了官司、全村丢了脸，杨家人没一个不是恨之入骨的，都骂他是里通外国的奸贼。此刻，他既然遇上了对头，要轻轻便便地通过去，自然是不行的了。他心里也知道这点，他站定之后，就

对那后生说:

“老弟!”

“谁和你是老弟!”后生说:“认清楚了么?”

这个易马窦,在这一刹那间,打错了算盘,他以为不管怎么样,他们对外国人大约总得另眼相看的吧!因此他立即操着外国教士说中国话的那种阴阳怪气的腔调“抗议”道:

“为什么不长眼珠子,抓起教会里的人来了!”

“抓了怎么样?”众口一词地喝道。

“好!你们抓我!你们知道我是哪一国的?”

“你是哪国哇?”那抓他的后生讥诮地问他道:“你是冥国吗?”

“我们是法兰西!懂吗!法兰西——法国!”易马窦说:“你们要小心!弄得不好,要八国联军的!”

被激怒了的中国农民,哪管你什么八国九国的联军,只是挖苦他:

“法国么?你在我们国里干什么?想当扒子手怎么的?”

易马窦眼看来势不对,为了不吃眼前亏,打算缩回到礼堂里去。可是已经迟了!门早被人们堵住了。当他迈上阶台第一级的时候,站在更上一级的人,立时把他推了下来,倒在人丛里了。于是,大家把他这边一推,那边一推。推得他头昏眼花,没了办法,只得又端出他那法宝来。他嚎叫道:

“我告诉你们,我们法兰西不是好惹的!——不是好欺负的!”

人丛里有人喝道:

“你这个假洋鬼子,帝国主义的走狗!”

这句话,提醒了愤怒的人群。无数张嘴立时怒吼起来:

“打倒帝国主义哟!”

“揍死这个假洋鬼子!”

“揍死这个帝国主义!”

开头那抓他的后生，提起粗大的拳头，狠命地捶了他一拳，骂道：

“你他娘的，莫说一个，你叫一万帝国主义来，爷老子们也得把它砸个稀烂！”

接着，无数的铁拳，落在易马窦的头上和身上。最初，他还叫了一阵；但这喊叫，在这汹涌澎湃的人海里，不过像一只嗡嗡的蚊子。人们终于把这位上帝驻本镇的代表，打倒在地了，连嗡嗡之声也没有了。

消息传进去：易马窦被打死了。礼堂里那伙人，顿时失了魂魄。卫乃道急得顿脚。他向肖星乞求道：

“我的老太师！‘识时务者为俊杰’，你答应了这几个条件吧，免得生灵涂炭哪！”

这时，肖星连卫乃道也不理会了，他握紧了手枪：子弹上了膛，扳开了保险，命令警察分署他的那几位部下，随他一道冲出去。他估计只要打倒几个，人们就会一溜烟似的跑个光的。当他冲到大门边的时候，望见门外高举灯笼火把的一片人，他清醒了，再也不敢扳动机柄了。他知道：枪声一响，人群立即会奔进来，自己的身子，立即会被剁成肉酱。于是，他退了回来，无可奈何地对卫乃道他们说：

“请罗老板三位再去一趟吧！我接受对方的条件，但对方必须负责医治易马窦；否则，引起国际交涉，由对方完全负责。”

这样，罗老板三人又来到了区农会，他们在大门外遇见了那专治跌打损伤的“偷儿草”。罗老板问他道：

“何师傅，你是看易教长来的么？”

“我上天主堂去过了。”

“怎么样了？有救么？”

“升天了。”

罗老板一愣，说：

"何师傅,怎么你这剂草药也救不了他?——这么一来,我们这几个中间人又费嘴舌了。"

"大概是这么着,罗老板!"偷儿草笑嘻嘻地说:"我那玩意儿,只能治中国人,它治不了外国人。那里通外国的,更是没法儿治了。"

罗老板没有多耽搁,就和同来的那两位老板,一同进到农民会,转达了肖星的话。绍亮沉吟了一刻,对那三位老板说:

"国民革命,本来是要打倒列强的。真的帝国主义也要打,狐假虎威的就更不用说了。罗老板,请你们转告他吧,易马窦的事,农会方面可以负责。"

在礼堂中的官绅商们,一直等到外面完全退了,听不见一点儿声音了,才一个个踮起脚尖,提心吊胆地溜了出来。最后剩下黄炳仁和卫乃道。黄炳仁长长地吁了一口气,说:

"乃翁,你看,像官绅商全体联合起来,也扳不倒他们,这如何是好?"

"我看也不可操之过急,凡事总有许多波折。如今手握兵符的是老蒋。只要他反对,大局就扳得转,这农会也就兴不久。——静以待动吧。"

卫乃道一面说,一面送黄炳仁出门。两人并肩走到操场上,两人抬头望了望天上,月亮已经偏下去了。黄炳仁说:

"你看月边一个大晕圈,怕又有风暴。"

卫乃道端详了一会,懒洋洋地点了点头,表示同意地说:

"嗯,怕免不了。今年真是个多风暴的年岁。不曾见过今年这样多、这样大的暴风雨。"

4

在东溪,大孚被逮走以后,村里人一时摸不着头脑,待在家里听动静。农民会那伙委员,集合在太史第开会,一面推人赶往枫镇区农会联络。土劣们也正聚集在宜春祠里商议，召拢那伙流氓地痞，叫他们去张贴标语和布告。布告上说：官边来了公文，即日取消农民会，要绅士们执掌帅印，出来管事。有些农民会的会员，见这情形，不免胆怯了，他们都不敢来太史第听讯。在太史第开会的那伙人，并没有被吓倒。不光后生们是这样，就连上了年纪的二相公也说：要和他们决一死战。

太史第里的会没有开完，一帮流痞寻上门来了。这些人并不是土劣，可是他们也恨农会。第一，他们恨农会不但不准他们入会，还把他们上了流痞册，害得他们在这期间低头落眼；二恨农会禁烟、禁赌、禁盗窃。这么一禁，自然剥夺了他们的生计；三恨农会罚他们游了乡，叫他们当众赌了誓：往后改邪归正，倚靠卖力做生活吃饭。今天，他们认定变了天，又是他们的世界了。一听到土劣们的吩咐，格外有劲，一个个磨拳擦掌，气势汹汹地指着二相公，要他交出册子来。

开头和二相公打话的是稀狗屎。他神气活现地说：

"你们又不中用了！翘辫子了！快把册子送上来！"

二相公瞪了他一眼说：

"什么册子？"

"农民会的！"稀狗屎两手扠腰说："看你还把我们上副册不！"

"纸吃了墨，流痞就是流痞，还改得了么？"二相公说。

"你说真的还是假的？"稀狗屎说："我不怕你是个拖猪[①]的。你要是嘴硬，就莫怪我老稀拳头硬！"

"只有断头将军，没有降头将军！"二相公凛然地说："我周南不怯这鸡鸣狗盗之徒！"

这时候，双方剑拔弩张了。在稀狗屎背后那伙流痞，一个个握拳扠腰，准备大打出手；而农民会里那伙人，也一个个挺起胸膛，站

① 这是揶揄读书人的话。取两词之音相近。拖猪者是阉割雄猪和雄鸡睾丸的手艺人。

了上来。二利跨上一步，拉开二相公说：

“叔，你歇歇去，我来收拾他们！今儿谁要在这里捡便宜，得先看看他的本领！”

“你还起雄！”稀狗屎指着二利说：“莫非警察署逮不了你？”

二利闷声不响，上去给了他一个耳光，接着双方扭打起来。没有多久，流痞们就支持不住了，稀狗屎就大叫一声：“得胜回头！”领着那帮人滚出去了。农民会的人见他们退了，也就没有跟踪追击。

今天晚上，老金和海保都没有到太史第来。

原来近几天海保打摆子，躺在下房里没出去。今儿午后，老金上山采了一把草药，在厨房里熬了汤，端给他喝了，安置好了，老金才走出下房。他来到后园门边，见门关了，还上了闩，加了锁。他不由得猜疑起来：自从兴农会，周清臣就没过问这道门，怎么忽地又管起来了？他只得转身，打算穿过宜春祠出去。可是那两处也关死了。这样，他在园里蹲了一会，思索了一阵，也想不出个道理来，只得又回到下房里。

这时候，海保正在发汗。老金摸了摸他的头，正在退烧，也就没叫醒他。

老金坐在房里打草鞋。天黑以后，他倚在床上听动静，没听出什么来。到了二更时分，海保烧退尽醒来了，说口里发干，想喝点水。老金把关门的事告诉了他，起身说：

“我再去看看吧。”

老金来到宜春祠门边，放轻了脚步，把耳朵贴在门上：听见里面脚步杂乱，棍棒顿在地上咚咚作响。他赶紧回到下房，二话不说，扶着海保要往后园走。海保问他：

“怎么了？”

老金气喘咻咻地说：

"快走快走！"

到后园的墙根前,把腰一弯,拍拍自己的肩膀说:

"快蹬上我的肩膀,翻墙出去,快去找大孚……"

"那么你呢？"海保问。

"你不用管了！快上快上！"

这时候，背后传来一阵踏踏踏的脚步声。老金使出全身的力气,双手抃住海保的腰,一下举了起来。海保跨上墙头,向老金喊了声"快上！"腾地跳下了墙头……

老金正要翻身上墙,只见七八个汉子手执棍棒飞奔而来。为首的是周清臣和周清官,第二个是稀狗屎。他眼见跑不了了,反倒定下心来,就在墙边一站。

周清臣不见海保,就问道:

"海保呢？"

"海保？海保正害病在床上躺着呢。"老金说。

"怎么下房里没有他？"周清臣着急了。

"那我就不知道了！"老金说。

"先把这老家伙送走！快快！"周清臣对稀狗屎说着,又带上几个人回去找海保。老金估计这时候海保已经走远了,心里落下了块大石头。

周清官领上稀狗屎他们几个,架住老金就往外走。老金问道:

"你们要把我怎么着？"

"怎么着？送你上枫镇见官去！"周清官说。

稀狗屎他们几个急得顾不上把老金捆上,架住老金前拉后推,气急败坏地往村外跑。出了村,直往山上走。老金知道是怎么回事了。可是他预计海保已经安然脱险,心里坦坦荡荡的无所牵挂。

不觉已经走上一座断崖,稀狗屎悄悄问周清官道:

"我们怎么办？"

周清官没说话,向崖下指指。这时候,他心里又着急,又兴奋。急的是:海保跑了,但怕追兵赶到。兴奋的是:他总算报了仇了,但觉得不满足。在他杀人之前的时刻,还想消消一肚子的闷气,就说:

"农会里的委员先生!你也想不到会有今天的吧?现在,我问你一句:你还敢和我们作对么?"

老金没回答。周清官以为他害怕了,甚至觉得他在发抖了,他嘻嘻一笑,问道:

"你这个顶天立地的好汉,怎么吓得连话也说不出来啦?"

"好,我说……"老金说。

架着老金的那两个匪徒,光顾着听他俩说话,不知不觉放松了戒心。正在这时候,冷不防,老金使尽平生之力,猛一挣脱,双手把周清官拦腰抱住,一纵身,跳下了万丈高崖。

海保领着大孚、二利一伙人赶到周清臣家里,一个人也没找到。

直找到第二天清晨,在那座悬崖底下,发现了老金,只见他紧咬着牙关,双臂像两条铁条似的砸在另一个尸体的腰里,搬也搬不开。那被砸住的不是旁人,正是他的仇人,也是全村人的死敌周清官!

太阳出来时候,农会里装殓了老金,灵柩设在松林中。全乡的会员全到了。白蜡烛插在地上。大孚含着泪,肃穆而悲哀地跪下了。立在他背后的人,全体随着他,肃穆而悲哀地跪下。他拈起了头一炷香,盈睫的泪珠,夺眶而出了。他哽咽着说:

"老金哥,闭眼吧!你是个好样的!不管周清臣逃到天边,我们发誓要拿着他,在你的坟前,斩了他来祭奠你。自今以后,有我们就没有他们,有他们就没有我们;我们要和他们把死结头打到底,永不解开!"

大孚的头低垂着。后面的人们,也全体低垂着。一个个为牺牲的英雄而洒泪，洒着那英雄的、复仇的热泪。

5

现在，枫镇各界在区农会开会，讨论明天参加全区农民大会的事。警察分署只派来了一个文书，旁的机关团体，不敢明显地和农会方面对立了，大部分都还是主管人亲自出席。

商会的会长，是新接任的代理会长罗明道。黄炳仁自从那天晚上易马窦归天以后，就装起病来，请罗老板代理他的职务。

绍亮在枫镇几年，镇上的情形是十分清楚的。自然，他也知道罗老板很爱好面子，要是有人奉承他，赔钱的买卖作兴他也做；对于农民会，和别的大老板不同：他是取不赞成也不反对态度的。现在，轮着罗老板讲话了，绍亮先作了几句介绍：

"'工农商学兵'，现在请商会方面发表意见。今天，商会出席的代表是新接任的罗明道会长。罗会长的宝号，是全市第一个实行老板和徒弟同桌吃饭的。这足见罗会长思想前进，拥护革命。我们向罗老板表示欢迎。"

罗老板赶忙起立，向大家鞠躬致了谢，然后笑嘻嘻地说：

"主席，各位代表，各位先生，我是一个才疏学浅的人，不会说话，说得不对的地方，务请各位多多地指导、多多地原谅。

"刚才我们周委员长绍亮姻兄在开会词里说到：希望工农商学兵各界，明天踊跃参加大会。其他各界，我不知道。至于商界，不是我夸什么海口，我们枫镇的商界同胞，素来是见义勇为、当仁不让的。我敢写保票：上自老板，下至徒弟，明天一律参加，这是第一点；还有第二点：一律上起铺板，关掩店门，大会时间，不做生意。各家门上一概自己写标语，张贴出来，贴得越多越好。以上两点，是兄弟个人的提议，对与不对，请讨论公决。"

没等到会上讨论罗老板的提议，卫乃道就咳嗽了一声，开言道：

“诚如周公委员长所说:‘工农商学兵’,大概该当老朽说话了吧。”

“请吧,卫校长。”绍亮转而对与会者说:“刚才罗会长的提议,如果没有异议,就通过了。”待了一霎时,他又说:“没有异议。——罗会长,明天商界参加游行的办法,已经记录在卷了。”然后又转过来:“请吧,卫校长。”

卫乃道是打定了主意不准他学校里的师生参加大会的。他原来预备了一套遁词,以便在会上推三调四,可是出乎他意料之外的是:罗老板在会上说了这样的硬话,弄得他不好措词了。在刹那之间,由急于说话转而不敢说话了。当绍亮第二次“请”他不久,他忽然按着他的肚子,痛不可遏似的嚷了起来:

“哎哟哟!不得了!各位,剑秋兄,我大概是‘绞痧症’[①],我支持不住了!我得走了!”

绍亮说:“请卫校长简单说一下明天学校方面参加大会的办法吧。”

“不行,”卫乃道按着肚子弯着腰站了起来,“迫不及待了。”

“请卫校长说一句:参不参加会。”

“不行哪,老弟。我告辞了。”说罢,他就离了席,弓着背,蹒跚地走了。

到会的人谁都看出了卫乃道的苗头,一时窃窃私议起来。绍亮对大家说:

“我们继续开会。据我所知:学校方面是决定参加的。我可以保证:明天的会,一定是个空前的大会。”

会议继续着。

---

① 指急腹症。

卫乃道回到学校，立刻召开了一个“紧急校务会议”。会上，校长交议：“本校学生一律不准参加校外集会，免荒学业而维校风案。”这提案提出之后，马上有人发言反对，可是卫乃道不待讨论，匆匆地通过了这议案。

开过会，卫乃道立即贴出了一张布告：

布　告

为布告事，查学生当务之急，厥唯学问。学问之道无他：求其放心而已。苟尔莘莘学子，不唯放心之是求，而一心外骛，以为鸿鹄之将至；则不仅有违尔父兄之期望，本校长亦难以谢尔父兄付托之重也。兹经本日紧急校务会议议决：本校学生一律不准参加校外各种集会，仰各凛遵毋违。其有迷顽之徒，敢于明知故犯，本校长当依据决议，严加惩处，勿谓言之不豫也。

切切此布。

校长　卫乃道

自从区农会成立以来，这个学校的师生间，就分成了两派：一是左派，一是右派。在教员中，右派多于左派；在学生中，情形正好相反，左派占了绝对优势。右派学生虽然有校长撑腰，可是他们势孤力单，成不了气候，有时候也只得跟着左派打转。

本来，从昨天起，学校里已经停课了。学生们在赶着编壁报，写标语，排新戏，拟演说词，准备参加大会。布告贴出时，正好有一群学生在礼堂里练歌。当他们围上去读完了那布告以后，不约而同地都叫嚷了起来。有人提议：“立即质问卫校去！”这提议马上得到大家的赞成。

这群学生，一时带着不可抑制的激动，拥到了校长室外。先由代表进到里面,传达学生自治会的决议:请校长取出校旗,以便明日参加游行。

卫乃道听了,冷笑了一声,道:

“夫校旗者,犹校印也。乃校长之所执掌,非学生所得过问者也。”

“夫校旗者,” 一位代表也摇头摆脑起来:“乃全校师生所共有之物, 非校长所得而私者也。且夫天下尚且为公:‘货恶其弃于地也,不必藏于己’,况区区一校旗乎!”

卫乃道把桌子一拍说:

“校长可以丢,校旗不能交!鄙人办学,历史悠久,从没有见过这样猖狂的学生!像这样目无长上,离经叛道,其不异于禽兽者几希!”

卫乃道的话刚落,还没待代表们发言,外面就喊起口号来了:

“打倒学阀!”

“打倒土豪劣绅!”

同时,有一部分学生拥了进来。卫乃道走到房门边一看:学生们有的已经拿起了体操棒,激昂慷慨地在那里叫喊。这场面,他是第一次见到,他被吓退了。于是他退了回来,换着口气说:

“诸君,我们要切切实实地实行学生自治,维护学生自治,千万不可自乱秩序,贻人笑柄。诸君如果对学校有所要求,自可经过正当途径,推出代表来与我说话。”

学生们这才退了出来,到礼堂集合开会。通过了向校长提出的条件:

一、全校师生参加全区农民大会,由校长布告周知;

二、校长代表本校参加大会主席团,在会上必须发表演说,拥护农民运动,拥护三民主义、五权宪法。

条件递进去以后, 学生方面的代表三番几次地和他交涉;同时,教员方面,也组织了一个调停团,从中折冲。学生们一直候了半天,卫乃道才出来答复。他说那两个条件可以接受,但有两点不同意的:第一,老师们参加大会与否,校长不能勉强,因为教员是县里聘的;第二,校长本人不预备在会上演说,届时可由学生代表本校讲话。

学生们商讨以后,同意了卫乃道的答复。经过了这次风潮,全校更加活跃起来了:全体加紧地准备明天参加大会。

6

梅子黄时家家雨。可是今天,家家门前却挂着太阳。

雨后初晴,晴空里纤尘不染。湛蓝的天宇下白云舒卷。

桐江流出了枫镇,绕过镇外的棋盘坪,静静地,轻轻地映带着朝阳、映带着两岸的花草,向东漾去。

今天,棋盘坪上热闹极了。

各乡的队伍,从桐江之南来了,从桐江之北来了。

大纛旗在草坪上招展,歌声在草坪上飘荡。

枫镇区农民大会开会了。

从今天起,这个坪有了新的名字,叫作"中山场"了。场中戏台上原来那"歌舞升平"的匾额,现在贴上了"中山台"三个大字;台中央板壁上那块"观今鉴古"的匾额,现在贴的是"天下为公"。

各乡押解来的土豪劣绅,集中在台前。他们一律戴着高帽子。簇簇的梭镖,一层层地围着他们。

一位脚着草鞋、背着斗笠的剪发青年妇女,手里拿着传声筒,从后台出来了。她是大会的司仪。

当她走到台前,下面就有人议论了:

"东溪老表,听说,这位表姐委员,以前你们村里周清臣土豪仔还想娶她做儿媳妇。哪知这委员文武双全,手上有几百斤气力,又能飞檐走壁。她特意让周清臣打发花轿抬她。待抬到家里,就打轿里跳出来,打他个人仰马翻。待周清臣领着一伙人来捉拿,她却从从容容地且战且退，退到后园墙脚下，眼见无路可走了，要让那伙人逮住了，她却忽然一纵身，纵到园子外面去了，压根儿就没追着她。——是吗？老表。”

“坐花轿的事倒是真的，”东溪人答：“你说的纵过园子墙，我也是头一遭儿听说过。”

“怎么啦？你们东溪人还不知她怎么出来的么？”

“反正……”东溪人说：“这位朱委员——你还不知她高姓朱么？”

“知道。我刚才不小心，忘记了罢了。你说朱委员反正怎的？”

“反正周清臣的儿子柳条少爷是只癞虾蟆，他想吃凤凰肉，是白搭！总之朱委员替周清臣爷儿俩出了一个大名气。”

“喂，东溪老表，”又一个人说：“你听说了吗？这朱委员和我们县里杨委员长还认识呢，是书友呢。”

东溪人很神气地说：

“这事儿，嗯，我们早一个花甲子就知道了。你还不知道他们是哪时候的书友呢？他俩都是吉安学生的委员长。一个管男学生，一个管女学生，全吉安府九县一厅的学生都归他俩管。”

“是哇？这么着，朱委员和我们杨委员长才配得来哇。”

“那是合适不过的了。我猜：他们终归要配拢来的。”

“要是这么着，那我们就好比亲眼看见梁山伯和小九妹成亲啦，这真是难逢难遇啦。”

“不！”东溪老表不同意说：“那梁山伯祝英台只懂文，不懂武。他俩是文武双全。打个比方说：他俩要是成了亲，就好比那擂鼓助阵的梁红玉，配上了……梁红玉她当家的叫什么来着？老表。”

“韩世忠，韩元帅么。”

“对了，就好比梁红玉配上了那韩元帅。”

“各位老表同志！”朱文漪在台上大声地喊叫：“请你们不要走动了，开会了！请大家安静下来。各村各乡站在一块，不要走动，坐下来也行。”

大会主席、区农会的委员长谈话之后，接着上来讲话的是各乡的农民代表。那些代表，都是各个农会选出来的。各个乡都希望自己的代表得到全场的喝彩，选出来的尽是口才好的人。

“说起我们村里，不多，”第一个代表在台上说：“只有两个土豪，两个劣绅。——各样一对。他们的老婆倒有三对半。”台下笑声一片。台上继续说：“他们平日讲究得很：看见我们作田的，生怕沾脏了他们似的，赶忙用袖子在长衫上掸呀掸的。好像我们身上留着有大粪。好像那些大粪往他们身上飞了。好啦，我们农会决议了：他们爱干净，偏要让他们腌臜一阵子。待今天开罢了会，回到家，就把他们扔到屎坑里，腌他半天……”

“好呀！要得呀！”

“腌透一点，来一个整天！”

“再灌他一顿！”

台下的笑声、叫声、掌声和喝彩声混成一片。台上的讲话听不见了，久久地才平静下来。

另外一个代表在台上讲话了：“刚兴农民会那当儿，我们村里那个土劣就吓唬我们说：‘你们哪时候归的三民主义？三民主义由你们乱归的么?！告诉你们：谁归三民主义，都得村里的绅士和财主作保。无保不认帐。你们归了，白归！查着了，还要罚！’……”

“放他的驴屁！”

“掠到江里，送他下省赶考去！”

“砰了他！”

台下喧嚷着。渐渐地，全场汇成为同样的一句话：

“砰了他！”

这时，台上的司仪又用大喇叭说话了：

“同志们！安静！安静！不要走动！”

“喂！东溪老表,”台下又议论了,“她有名字吗？”

“她当然有名字！她哪里是马马虎虎的！”

“叫什么？”

“姓朱,表字文漪。”

“现在,”停了一会,文漪继续说:“坐着的也请起立。我们来唱个歌:‘打倒列强’。一,二,三！唱！”

大合唱开始了。梭镖一顿一顿地打着拍子,有的晃着手里的旗子,有的挥动着拳头。

歌声停了,司仪指挥全体坐下,这么一来,秩序井然了。

继续开会。

各乡农会讲过了话,接着是枫镇各界的代表;最后,是学生代表。

“……我们工农商学兵联合起来,共同奋斗,”学生代表讲道:“就能打倒帝国主义,打倒军阀,打倒土豪劣绅,实现世界大同。同志们！让我们携手并进吧！革命成功万岁！”

“万岁！”全场响应。

这时候,学生队伍敲起了鼓,吹起了喇叭;场上的口号声,此起彼落,此落彼起,汇成为一个声音的海洋。

海洋的巨浪向前冲击着,它冲击着旧世界的堤防。

7

就在这一天,县城里也在开大会。

会场在离县衙门不远的贡院旧址。远远近近的、四面八方的人,从东门,从西门,从南门,从北门鱼贯而入。

这是一座依山临水的小城,平日总是冷清清的。早晨,太阳缓缓地爬上高耸的东山,越过高峰;然后,以那南方的特有的瑰丽的光彩,照临到那古老的城堞和寻常的巷陌中来。傍晚,夕阳在西岸,映得城里的蔓草疏林,显露出一种荒凉的情调。可是,今天这座古城却洋溢着青春的活力。

人流,继续向贡院汇拢。

在县衙门前面,也聚满了人,等候县农会和县长交涉的消息。

人声,像隐隐的雷声,灌进县衙门里去。

交涉在继续着,双方相持不下。

中午时分,人们忽然拥到城外来了。那是从西门和小西门拥出来的。

渡头上站满了人,江岸上站满了人,城上城下全站满了人。随着地势的高低,人海的波浪起伏着。

有扛着梭镖的,有执着棍棒的,有背着鸟铳的,有手里拿着红绿旗子的,万头攒动。

这里原是个冷冷清清的渡头,此刻变得万分地喧嚣。

"来了!"

所有的人,向一只顺流而来的帆船望去。不久,船靠岸了,有几十个青年学生解着一个戴高帽子的人从舱里走出。帽子上写着:"劣绅王佐"。当他被牵上搭板时候,岸上,万人齐呼:

"打倒土豪劣绅!"

原来王佐被刘廉甫释放以后,匿居吉安,被本县在吉安的学生逮住送回来了。正在这热情高涨的时候,上游又驶来了一只轮船。船上装满了兵。这里是浅滩,这兵船靠不了岸,只得停泊在河中央。

船上的兵是刘廉甫搬来的。当刘廉甫听到农会要召开大会的消息,本来打算召集各区的武装进城。可是各区也和县城同时举行农民大会,当地的警察分署自身难保,当然分不出力量上县。刘廉甫星夜派人去吉安给省里拍电报。电报说:"农会准备发动民变,占领县城,县城官民,危如覆巢之卵,请速派重兵前来弹压。"因此省方就近由吉安调派了一连兵来县。

岸上依然是一片沸腾的人声,谁也不知道那船兵来干什么的。

可是,船上忽地鸣枪了。接着,排枪密响,子弹在空中尖锐地叫嚣起来。人群开始骚动了,忙乱地向城中奔突。

城中立时嘈杂动荡起来。

这时候,有伙农民代表簇拥着一位青年,打县衙门出来。人们互相告语:

"走!委员长来了!"

委员长杨剑秋在前面走,人群在后面跟随着,自然地排成了队伍。愈走,队伍排得愈长。他像个龙头,龙的身子在后面延伸着,延伸着。

巨龙在城中盘旋。

出了城,来到江边。于是,数里的江岸上,重新排好了队,重新竖起了壁垒。

现在,全县八个区的总指挥和副指挥跟在剑秋后面,在巡视着和指挥着。所到之处,呼声雷动。这气壮河山的吼声,自然把轮船上的小兵吓着了。

仅仅在半年以前,当北洋军阀的部队退却的时候,就在这县城东南方的一个山坑里,附近民众联合起来,把北军一个师包围在那里。民众居高临下,用土炮鸟铳,打死打伤北兵三千多人,这件事是远近闻名的,轮船上的官兵,自然听说过这里的民众的威声,现在岸上的呼吼,真像仲夏的雷声,并且现在的民众更不比半年以前的民众了。那时候只是由一个村子发起,远近只是附和。此刻可是大不相同了,已经成了一支有组织有指挥的队伍。

船上的兵面对那屹立着的铜墙铁壁,一枪也不敢发了。

剑秋巡视完了,率领着八个区的总副指挥登上了小东门的谯楼。

原来刘廉甫在命令他的八个警察分署来救援的时候,他曾自命为八路诸侯。"只要八路勤王之师一到,"他说:"那农会方面就不得不销声匿迹,县里也就高枕无忧了。"可是,现在在这谯楼之上听命令的，并非刘廉甫的八路诸侯，而是八个区农会的总副指挥。

“各区把队分为两部分，”剑秋说：“一部分留在江边，对付这条船，一部分回去对付刘廉甫。这刘廉甫非常可恶。刚才我们的代表和他办交涉，他不但态度强硬，而且傲慢非常。我当时就在揣度他为什么这样有所恃而不恐。现在谜底揭开了，原来不过如此。可以肯定地说：今天我们必获全胜，一定给刘廉甫颜色看。

“刘廉甫是我县土劣帮里一个承上启下的人物。他是我县土劣的头子，他能通到省主席乃至老蒋那里去。今天我们要是打下了他的威风，那我们的上风就占定了，我们农会既是第一又是非同小可了。至于他刘廉甫算老几，我们不去管他……”

总指挥们听了他这一番话，都笑起来了。

“谁管他这个去呢？”剑秋继续说：“可是又有人担心：他刘廉甫虽说是土劣头子，总是县长。土劣，农民会有权打他，县长是上面放下来的，是老蒋放下来的，我们能动他的手么？我说动得！这有什么动不得的？谁要动我们的手，我们就动他的手！谁要破坏农运、反对农民运动，哪怕他是皇亲国戚，哪怕他是东海龙王，哪怕他是玉皇大天尊，我们也不能让过他！也要打他一个落花流水，人仰马翻！

“现在让我们部署一下：为了适应情势，便利指挥，从现在起，宣布成立‘军事行动指挥部’。指挥部直接受中共县委会的领导。根据县委决定：由本人担任指挥部的党代表。全权指挥全军。

“各区乡队的建制和指挥人员不变。因为队伍要分成两部分，为了指挥方便：命令枫镇区的总指挥王老三同志兼任江边区司令，各区乡在江边的队伍，统归王老三同志节制；命令枫镇区副总指挥周大孚同志兼任城区司令，凡城内的队伍统归周大孚同志节制。

“同志们！”最后，剑秋激动地说：“以前，不知道有过多少次‘官逼民反’的事，可是每次造反的，差不多都失败了，有时候，我们老百姓把天下打下来了，算是成功了，可是，到头一着，是别人坐江山，把我们扔开了，我们还是受穷受苦受压迫。像朱洪武的时候就是这样子。今天，不同了，完全不同了，因为今天我们有了我们自己的党，我们无产阶级的党。有了我们的党，我们将来就一定能打下江山，我们也就一定能坐稳江山！

“同志们！不管是土豪劣绅、帝国主义、军阀和走狗，不打是不行的！必须把他们打下来！

“把旧世界打它一个稀子瓜烂，不可收拾！”

城墙外连个人影儿也没有了，城里的队伍也都走了，江边区的队伍也全部进了城，上到城墙上，禁闭了城门，一时显得很沉寂。

在船上看来：这沉寂的时候，正是战云密布，山雨欲来的时候。他们看不见人，只看见那伸出城垛上来的森森的明晃晃的梭镖，那从垛堞间伸出来的土炮和鸟铳。

铳眼和炮口齐指向一个目标。

现在，王老三站在小东门的谯楼上，和各区乡选派来的传令兵在一起了望江上的兵船。一会儿，船上的烟囱冒起了烟。

“王司令！”枫镇区东溪乡的大牛看见这情形就叫了起来，“你快传号令放炮，打那些狗入的吧。他们想跑了！”

“有理！”王老三说：“那些狗入的看见我们的炮光景能射到船上，他们就想避开一些，让我们射不着它。传令兵传令：叫左右的枪炮手都向谯楼上看，”说到这里，他从背上摘下了斗笠，“看见我的斗笠一举起，就放；看见我的斗笠举两下，就收。”

传令兵得了令，都跑下去了。不一会，王老三把斗笠举起来了，于是，枪炮齐发。子弹像雨点一般落在江中。

船上匆忙开枪还击。可是，花生米一般大小的步枪子弹，怎能射得穿厚厚的城墙呢？这结果，只是引起了城墙上的骂阵和更密集的枪炮。

果然不出所料，那成为众矢之的的轮船，没有多久就吃不消了，就开到枪炮射程以外的对岸去了。

这样，王老三又举起了他的斗笠，于是，城墙上的枪炮声顿时中止，骂阵也同时停下来了。江边又恢复了沉寂。

这时候，城里可愈加热闹了。

当队伍进城以后，就把县衙门密密层层地包围了起来。不久，衙门前搬出了几张方桌，拼成了一个台子。大孚站在衙门前的一个石狮子上。他本该站远一些以便指挥的。但近日来，因为老金的被害，他心里格外愤激，那种复仇的念头，比什么时候都要激烈。他站在衙门口，就是一种为了更便于揪出那不共戴天的阶级仇人的心情。

老金的死，给他一个教训：就是对于仇人们决不能放过一个机会。周清臣不是利用一个这样的缝隙把老金弄死的么？

“哪怕他是皇亲国戚，哪怕他是东海龙王，哪怕他是玉皇大天尊，我们也不能让过他！”他站在石狮子上想着刚才剑秋的话，“对！不能让过他！”

现在，他看见他的身边搭起了台子，他就料想到这准定是刘廉甫要出来讲话了。他想：“不管怎么样，他站在上面讲话，我们的人站在下面，不管听不听，反正先让他占了上风。不行！这不能让过他！我们要和他唱对台。”他想到这里，用手势下命令，召齐了区乡指挥，开了一个会。

接着农会方面就从店铺里借来了许多铺板和条凳，登时对着县衙门搭了三个台子。

大孚和各区指挥站在中央那个台子上，各乡指挥分别站在左右台子上。台下站着梭镖、鸟铳和棍棒，壁垒森立，严阵以待。

果然，过了一会，衙门里出来了一伙扛枪的差警和一伙小官，小官站在台子后面，差警排在台子的两旁。又过了一会，一个穿长

衫马褂的人出来了。小官们把他挡上了台。他站定以后,惊异地望着对面三个台子上的人,愣了一会,才说:

“农友们!我是刘县长,现在我来向你们说几句话:第一,你们要认清是非。要知道县政府是国民革命的政府,以实行三民主义、五权宪法、恪遵总理遗教为其职志。你们现在这样在县府聚众滋事,这就是不问是非。这种不问是非,无理取闹……”

“你莫耍花枪了!”大孚大声吼起来,“我们着你把放走的土劣逮回来!”

“你是什么人?”刘廉甫也嚎了一声。

“我是司令!”大孚答道:“专来找你的!”

“本县长不能和你们说话。你们农会有事,可以派出代表,向本府请愿。”

“我就是代表!”大孚道。

这时候,站在刘廉甫旁边的一个小官说话了。他说:

“老表,你既是代表,就该依照正式手续,呈递请愿书,请求县长接见。如今你不依照正式手续,县长也不知谁是代表。这般吵吵闹闹,很不合法。”

“官儿,你老人家莫打官腔啦。”大孚讥诮地答复了一声,然后转向全军,“同志们,我是不是代表?”

于是,万口同声:

“是!”

接着,大孚举起了拳头,瞪圆着眼睛,正对着一丈之外的刘廉甫呼口号:

“逮回土豪劣绅!打倒贪官污吏!”

全场立即举起了拳头,发出同样的怒吼。这一片震天的吼声,像潮汐一般,向衙门冲击着。

这时候,衙门里又出来一批差警,由一个警官率领着。在震天价响的口号声里，他忙命令全体差警的枪口对着人群，有四个差警，还迈前了一步，枪口一致瞄准着大孚。大孚指着那警官说：

“我说，你莫在大家面前耍把式啦。你们这几个人只是一些胡椒，还不够塞牙缝的！收起那几根吹火管子去！回头缴了你们的，莫说我们不客气了！”

刘廉甫一听，恼火了。他叫道：

“本县长限令你们撤退！再要胡闹，就把为首的押起来！”

大孚嘿嘿笑了两声，然后回答道：

“本司令限令你逮回土豪劣绅。再不听令，就把你押将起来！”

这时群情激愤，一个个摩拳擦掌，举枪挥棍，在那里等候号令。就在那当儿，立在台子左边的二利说话了。他说：

“司令，莫和那狗官嚼舌头了！你传号令：抄了他那鸟衙门！”

“抄衙门去呀！”万众呼应着。

这时候，有几个小官附着刘廉甫耳旁叽里咕噜地说了些什么，刘廉甫点了点头，然后转过身子，那几个小官就上前扶着他，预备把他扶下去。下面见这光景，都着急了，都叫道：

“司令，快点！那狗官要溜了！”

大孚自然也非常着急，但他不知道是不是要率领大队跟着冲进衙门去。正在这时候，传令兵海保飞快地跑来了。当他飞到台前，四五个人同时把他向上一送。他站在大孚面前，气喘吁吁地说：

“党代表命令：捆起那狗官来！”

这当儿，刘廉甫已经下了台，所有的官员和差警都已经向后转，预备缩进去了。大孚一得令，立即跳下地，一个箭步，纵上了县衙门的台子，他一面举起右手向全军发令：

“上呵！”

像一幅巨网，全军围了上来！

和下令同时，大孚向这边叫道：

“刘廉甫！不准跑！”

那时候，刘廉甫已经迈过了大门坎，差警们有扔下了枪的，有被截住在门外的；那些跑进去了的，就仓仓忙忙和小官们来关掩那两扇从不关掩的既高且厚的大门。

但是，并没有让他们把门关上，大孚又一次挥手：

“上呵！进衙门捆刘廉甫！”

像风雨雷电，一时并至；像长江大河，滚滚东来，门，怎么能关掩得住呢？于是，顷刻之间，大队在各区乡指挥的率领下，浩浩荡荡冲进了衙门。

大孚站在台上继续挥手，人马继续拥进，直到铁柱乡的委员长张七仔前来报告，他们乡已经捆住了刘廉甫，他才进到衙门里去。

8

把刘廉甫捆住之后，大家都要求把他牵出来，戴高帽子游街。那时候，因为县府方面的活动，请出了一批人来作调停；此外，又绕道过江，到对岸请了那连长来。这样，那连长也参加到调停人里面，和调停人一道到县农会来。

对方提出的条件是，只要农民撤出县府、不戴刘廉甫的高帽子、不游街，那么农会方面提出的条件都可以接受。农会方面想，如果戴刘廉甫的高帽子，不单会壮本县农民会的威声，而且别的县里的农民会听到了这消息，也会长志气的。到现在为止，只有吉安市戴了商会长的高帽子，别处还没有惩罚那破坏农运的官吏。因此，这一行动，它定会对于农运产生好影响。因此，在党的紧急会议上，剑秋是主张这样做的。可是，会议考虑到虽然现在已经看到蒋介石的反动气焰了，但是国共合作毕竟还没有最后公开决裂。因此会议决议在刘廉甫完全接受农会条件、那一连军队立即撤回的前提下，可以不把刘廉甫牵出来，可以就地在县衙门内释放他。

剑秋根据党的决定，和调停人举行谈判。因为我方完全占着优势，可以说，是一种泰山压卵之势，因此交涉进行得迅速而又顺利。除了这一连军队说要待命返防、在返防前决不登岸外，其他属于县府的条件，对方都接受了。

双方签字以后，军事行动指挥部马上召开了一个祝捷大会。剑秋在会上讲了话，接着宣读了对方接受的条件，全场聆听以后，欢呼之声，经久不息。接着宣布了我方撤退步骤。

散会后，各区乡队伍开始撤退。到了二更时分，队伍全部出了城。大孚留在城里，他把带队的责任交给了二利，便到县农会里来找剑秋。

剑秋还没有回来， 他让一个工友领到剑秋的房子里。坐定以后，那工友说：

“老表，我们委员长他老人家今夜里不准回来，你等吗？”

大孚说：“我还是等吧，老表叔。”

“莫客气啦，老表。想来你老人家在乡下不是个委员长也是个委员，你称呼我老表叔，我怎么也不敢承当。你老人家叫我老吴吧。我贱姓吴。”

老吴是个矮个子，猴脸，说话时候，眼睛、眉毛、鼻子和嘴巴子一道儿动。谁和他说话，不知怎么总会联想到那机灵而又贪婪的老鼠来。大孚心里打量他：八九不离十，这人准定是混差事的老油子，但是，剑秋怎么会用他呢？因为这会儿横竖没有事，因此大孚就来寻究一下他的来历。问道：

“老吴表是老吃衙门饭的吧？”

“唔，短是不短了。还是光绪爷那会儿来的，二十好几年了。”

“一向在县衙门的？”

“可不么。唉，不行了，越来越背时了。”

这时，老吴靠近了大孚。大孚闻着了他那股强烈熏人的酒气，

知道他是个酒鬼,更觉得他是个道道地地的混子。问道:

“在这里不是顶好吗?怎么说是越来越背时了?”

“老表,我这人是直言直道的,”老吴说:“不瞒你说,是这么的:开头,县衙门本不是调我到这边来的。只因我看见这里是个新衙门,又是管革命的,一定有油水,我就打了个通关,让上头把我调来了。哪知来到这里几个月,一根鸟毛也没捞着。”他停了停,又带着那倒了八辈子霉的神气,再补充一句:“真是个清水塘!”

“你一个月也关不少的饷吧?”

“想来你知道:馆子里的堂倌,他们靠小账吃饭,并不是靠老板的工钱。我们虽不是堂倌,要是靠饷吃饭,莫说我们听差的,连县长也要饿瘪了。新上任的刘县长我不清楚。前一任那个县长,打自兴农会瘪到下任。瘪得他,——哼,就莫提了!”

“刘县长今天还差不点戴高帽子呢。”

“就是。我早就料着他没有好下场。”老吴说。他转而又发着感慨,“老表,以前的事,而今提也莫提起了。以前你也会听见说:‘一任清官,千两纹银。’从来没听说过,衙门里的人受点油水,叫做什么‘贪污’。谁要是贪了污,就打倒谁,就撤谁的差。撤差不要紧,要是农会说句话,努个嘴,还得坐班房。唉,千不怪,万不怪,只怪左派的共产——怪孙中山。”但他还觉得不妥当,因而接着又更正道:“实在也怪不得孙中山,只怪宣统皇帝退位。哼!实在你宣统退什么位呢?不退位不就得了吗!”

大孚听得好气又好笑,他正要驳他的时候,又一个人进来找剑秋了。大孚站起来一看,原来是王老三。

大孚是兴农会以后才认识王老三的。但两人见面,不是在小会上就是在大会上,始终不曾单独说过话。那一次他们被肖星逮到枫镇警察分署,关在一起,自然也没有交谈过。此刻,正是个促膝谈心的好时刻,两人都很欢喜。

当他们坐下来谈天的时候,老吴早已溜走了。

他们没有一句客套,更没有互通姓名,他们一开始就说着比亲骨肉还亲的话。当王老三述说了他以往的遭遇,说到自己娘亲和妹妹的死的时候,大孚不禁堕泪了。他拭了一下眼睛说:

"那一次在戏场上,你把肖亮结果了就好了。"

"这一次让我们结果他去吧。杨委员长要和我们一道下去。只要他下去了,料他肖亮活不成!"

原来肖亮自那天带领警察占领煤厂之后,就利用他那几个拳师和煤厂附近各村学武艺的人,利用彼此之间的师徒关系、师兄弟关系,组织了武装,来对抗农会。这些村子,僻处深山,农会组织既不普遍,也不健全,一经肖亮的威胁,一时按兵不动了。

"对!不怯他占山为王!"大孚说:"让我们联合起来,把他那山寨踏平!"

说话间,剑秋回来了。王老三和大孚同时立起来迎接他。剑秋也没有道寒暄,他随手把煤油灯旋大了,然后又朝着大孚道:

"有桩事情,要你辛苦一趟。"

大孚笑笑说:"看你连眼睛也熬红了,还担心别人辛苦。有那跑腿的事,你就赶紧吩咐吧。"

剑秋于是打口袋里掏出一封信来交给大孚说:

"上次县里派去省里买枪的两个同志,前几天来了信,说他们在南昌找到了省公安局朱局长,承朱局长帮忙,我们县里买了二十支汉阳造,还有子弹。枪弹领到以后,他们雇了一只船装上来了。这几天不顺风,预料船没走多少路,作兴还停在那里等风。这里的船预备好了,你就动身,到路上迎他们去。遇着了,马上催他们赶路。有风张帆,无风拉纤,日夜莫停,希望能在四五日内赶到桐江湾。到了那里,把枪弹起上来,一径送到枫镇,不必交到县里了。这封信就是把这个决定通知船上的同志的,你把它交给他们就是了。"

王老三一听,知道这批武器要拿来对付肖亮,一时好不兴奋,忙脱下身上那件小夹袄,搭到大孚肩上说:

“我们赶旱路,热和;江上冷些,你加上这个。快吧,大孚哥:一路之上,你要马不停蹄,专等你回来,杀他娘的肖亮一个片甲不留!”

大孚答应了几句,问了船码头,也不多说话,也不和王老三客套,从肩上拿起夹袄穿上。扎好腰带,打了一声招呼就走。

他一出门,遇上刘火生。大孚问他为什么没随大队回去。刘火生说特意来找他,问问还有什么事情没有。

“要没有什么,”刘火生说,“我就伴你回去。”

大孚说:“这事又古怪了:刚才我明明看见你带着你们村里的队伍和二利他们一道出发的,怎么这会儿又转来了?你莫非是在路上和二利拌了嘴,气回来的?”

刘火生笑笑说:“这回你算错了。是二利打发我转来的。”

大孚问原因,刘火生只是笑而不答。待大孚问了几次,刘火生才吞吞吐吐地说:

“实在也不光是二利,大家都这么说:得留下几个人跟随司令才好呢。”

大孚笑道:“原来你是来当马弁来了!好没出息!”

刘火生说:“殿前都检点,马马虎虎的人够格么?谁说没出息!”

谈笑间,到了码头,大孚说:“上船啦。”

“哪去?”

“下省去。”

“这会下省做什么?”

“没有枪杆子怎么做司令?”大孚靠近他耳旁,轻轻地笑着说:“弄点本钱来才好打起发呢。”

刘火生还是摸不着头脑,但他相信大孚是胸有成竹的,所以毫不犹豫地随大孚上了船,扬帆破浪而去了。

这边剑秋待大孚一出门,就对王老三说:

"我们本该马上走。因为刚才得到消息:刘廉甫和王佐乘着那兵船一同溜到吉安去了。是他们胆怯去的,还是别有原因,得等到明天再看。"

这样,剑秋就在县里留一天,到第二天夜里还没见什么动静,便漏夜和王老三出了城,一同前往枫镇。

他们过坳跨岭的, 走到拂晓时候, 忽然淅淅沥沥地下起雨来了。这雨不大也不小,不紧不慢,田里塘里并不见水涨,只有路上滑溜溜的,在这山间,真是难行,好像这雨专为洒在路上似的。但他俩似未注意,只是一面说话,一面不停地走,虽有时滑倒了,爬起来再说再走,谁也没有闲工夫来埋怨天气。

未到晌午,他们到了淇下,走进了那唯一的饭店打中伙。

一落座,店里的刘老板上前打招呼说:

"早饭卖过了,午饭还得等会儿再煮新鲜的,两位暂且歇歇吧。"

剑秋正脱衣服拧水,听了刘老板的话,就说:

"我们要赶路,等不得这么久,麻烦老板量出米来,我们先煮我们自己的吧。"

刘老板自然同意。于是,剑秋和王老三顿时动起手来,一个淘米,一个切菜,反倒把刘老板闲起来了。他坐在那里抽烟,只将油盐柴米指给两位客人,并就着和客人们拉谈。

"两位打县里来的?前天在县里见着委员长啦?"刘老板说,"人家可有能耐, 把我们那位本家县官, 差不了一粒米儿就戴了高帽子! 大角色呵大角色!"

王老三说:"刘老板,你说的可是杨委员长?"

"当然是他! 吉安府九县一厅,也寻不出第二个人来。"刘老板说,"像这般高才,这般有胆有识的人,我们吉水县,只怕打文丞相以后就数他了。连解缙学士还怕没他这样胸襟。”

这刘老板说的是文天祥，文天祥是状元宰相，确是县里历史上一个有名人物；而解学士，为《永乐大典》的总修撰，著名的才子。这时剑秋在灶前烧火，觉得刘老板的比喻不伦不类，有些好笑，就接嘴说：

“可不见得。莫说不见得，就说他有些能耐，也要‘一个好手三个帮’。他要没有全县的民众，一个光棍委员长作什么用？还怕早让你们刘县长捉将起来了。”

哪知剑秋这几句话，立时把刘老板顶火了。尤其是末了提起刘县长，更使他火上加油。

原来刘老板和刘廉甫同宗同村。他们村距此地不远，四周环山，山上种的是油茶，都是村里人世代相传地经营的。哪知自刘廉甫中了举，以后又做了京议员，他就强行霸道，逼迫村里各家的茶山卖与他，归他独家经营。村里人谁敢和他违拗，只得卖与他。因此，不到几年，四周茶山全都属刘廉甫的了。唯独那刘老板有些古怪脾气，他家祖遗的两块茶山，又都在中心地带，说怎么他也不肯出卖。刘廉甫好不光火，一张状子就叫县里把刘老板的山地判与了他。刘老板当然不服，和刘廉甫打官司。结果是荡了家产，官司也输了。这样，刘老板在村里立脚不住，只得向亲友处借了些本钱，到这里来开了这家小店。

昨天铁柱乡的委员长张七仔打县里带回队伍在这里歇晌。张七仔是刘老板的姨表侄——他娘是刘老板娘的大姊——因此把包围县衙门，把刘廉甫的威风全打下来了的事，详详细细地说与他听。他听过之后，真是多少年的块垒顷刻消失，乐得一夜不曾合眼，心想这农民会，这指挥农民会的杨委员长有多好呵。

现在刘老板听了剑秋的话，真是气不可遏，可又不好怎么发作，便丢下两位客人，叼着烟管，独自坐在门前凉棚下看雨景去了。

“这刘老板是个馊人,上次我听张七仔和人说笑话时说到他,”王老三和剑秋说,“说他真有点像笑话里那卖豆腐的, 宁愿输了豆腐也不肯输了气,有时明明他占的是‘曲礼’,他也要和人家争到底,不肯软口。待我告诉他去,看他这回怎么改口气——他要改口气时,算是头遭儿,又得成故事了。”

剑秋说:“这何必呢? 弄得他尴尬起来,对我们又没有好处,反倒显得轻薄。”

王老三点了点头,只是出来问刘老板买鸡蛋。刘老板用嘴向里一努,说:

“你那同伴的,连人家县里的委员长他都不放在眼里,他这大的脚色,鸡蛋对口味么——我这里做不来这起大买卖!”

这时王老三只得附着刘老板的耳朵,如此这般,说了一阵,直说得刘老板目瞪口呆,登时起身,进到房里,端出一海碗蒸好了的腊肉并提出一壶酒来。这样,这顿饭自然出乎意外的丰盛了。

吃罢饭,剑秋说:“刘老板,打扰你了,算账吧。”

刘老板说:“没啥算头。赶路去吧。”

剑秋一再请他算,可是他就不开口。这样,剑秋就掏出一块钱来,放在桌上说:

“刘老板,你将就收下。作兴你还不够本。”

刘老板的脾气这时又发作了,他把那银元一指,说:

“委员长,开门见山地说:你要来试我可试不着! 我可不是鱼眼珠子,识不得泰山。莫说委员长你,就是那起差不多的人,在我这里酒肉饭,吃了抹抹嘴就走的,多的是! 我今天要是收了你的钱,我算是狗养的!”

王老三只好来圆场,他把钱收起来,说:

“我代刘老板说一句:今天匆匆忙忙,没预备什么;下次再来,再张罗点像样的,请委员长赏脸,我也跟着沾光。不对吗,刘老板?”

“这话像话。”刘老板说，“要说回县时候，留委员长的驾，要在这里住几天，我知道是没这大的脸面。只是一顿蔬菜淡饭，我是要预先整治好的。”

剑秋笑着道了谢，并说回县时一定来叨扰，就这样，在欢笑声里，刘老板冒雨把客人送出门，一直送到西面那高坡上，待他们转入松林，看不见身影了，他才回转来。

有道是“最难风雨故人来”，但是，在潇潇微雨里，送别新相识，也别有一番滋味吧。